新　潮　文　庫

名もなき星の哀歌

結城真一郎著

新　潮　社　版

11511

目次

名もなき星の哀歌

記憶其《そ》の一　ある虫捕り少年

「今日もごっつい捕れたのう」

そう言って足を止めると、先頭を行くツヨシが虫かごを掲げてみせてきた。透明なアクリルケースの中には、その日の「成果」が山ほどうごめいている。

「こいつらどうしちゃろか」

意地悪い笑みを浮かべながら、ツヨシは虫かごを揺らす。形の上では皆に意見を求めているが、彼の中でもう答えは決まっているのだろう。それはきっと、ロクでもないことに違いない。

「家持って帰っても邪魔やき、逃がしたろ」

「賛成！」

「えー、みんなで飼おうがや」

仲間たちは口々に言うが、少年の興味はもっぱら数時間後の未来にあった。退屈な田舎町が年に一度だけ様変わりする瞬間。幻のようなひと夏の夜。台風のせいで中止の可能性もあった夏祭りだが、この天気なら開催の運びになるだろう。夕暮れの気配が漂う八月の青空には、迷子になった千切れ雲が浮かんでいた。

「――つまらん、つまらん、そんなの」

ひとしきり意見が出揃《でそろ》うと、ツヨシはぶんぶんと首を振った。

「じゃあ、どうするっちゃ？」

仲間の一人が問うと、彼は高らかに宣言する。

「祭りの会場で、保科《ほしな》にぶつけちゃるき」

その提案に、いっせいに歓声が上がった。

「いいな、それ！」

「保科、泣いちゃうやろな！」

――それは、かわいそうやろが。

そう言えたらよかったが、少年はぐっと飲み込むしかなかった。町の小学生の間には、絶対に破ってはならない鉄の掟《おきて》があるからだ。

『ツヨシにだけは逆らってはならない』

小学五年生とはとうてい思えない大きな身体《からだ》から繰り出される強烈なパンチは、そこいらの中学生ごときなど一発で倒してしまうだろうし、日々彼が企てる悪事の数々はとてもじゃないが同じ人間のすることとは思えなかった。ツヨシに刃向うというのは、それらすべての災いが自分の身に降りかかるのを認めることと同じなのだ。

触らぬ神に祟《たた》りなし。結局、少年の選択肢は一つ。それは、数時間後に保科ひとみの身へ振りかかる悲劇を思いながら、周囲の景色をぼんやりと眺めることだけだった。

まっすぐに伸びる未舗装のあぜ道と、すぐ脇《わき》を走る用水路。一面の田んぼの中に点々と姿を見せる瓦《かわら》屋根の家々。振り向けば、先ほどまで虫捕りをしていた通称「おにぎり山」が、こんもりと大地の上にその姿を誇っている。絵に描いたような田舎の風景。少年には、それがたまらなく退屈だった。

――つまらん町やが。

そんな平凡な日常に、よくも悪くも刺激をもたらしてくれるのがツヨシであることは間違いなかった。

「――ほんだら、保科、絶対泣きよるが！」

いつだってツヨシは保科にちょっかいを出す。授業中に消しゴムのかすを投げつけたり、休み時間に彼女が席を立った隙《すき》を突いて持ち物を隠したり。数え出したらきりがなかったが、彼がそこまで彼女にこだわる理由を少年は知っていた。

しばらくすると一行は、神社の鳥居の前に差し掛かった。こんもりとした森を背に佇《たたず》む神社の小さな境内。石畳の参道に沿ってずらりと出店が並び、ねじり鉢巻き姿の男たちがせわしなく支度に追われている。頭上には、木から木へとまだ灯りの入っていない提灯《ちょうちん》が列をなして吊《つ》るされ、祭りの開始を急《せ》かすように風に揺れていた。

「あ、『隊長』やが！」

誰かが叫びながら、人混みの中心を指し示す。「ほら、あそこ！」

指の先には、脚立《きやたつ》を担《かつ》いで闊歩《かっぽ》する精悍《せいかん》な男の姿があった。

「隊長」は町の顔だった。どうして「隊長」と呼ばれているのか、その理由はわからなかったけれど、とにかく町の誰もがそう呼んでいた。イベントがあればそこにはいつも「隊長」の姿があり、中でも毎年の夏祭りに対する熱意は人一倍だった。

当然、「隊長」は町民の誰からも好かれる人気者だったし、いつでも潑溂《はつらつ》とした笑顔を振りまき、浅黒く日焼けした顔から時おり白い歯を覗《のぞ》かせる姿は理屈抜きにカッコよかった。「隊長」を見ていると、休みの日には家で寝ていることが多い自分の父親がひどくつまらなく思えて仕方なかった。

そんな町一番の有名人である「隊長」を唯一《ゆいいつ》嫌っている人間がいるとしたら、それはおそらく息子のツヨシだけだろう。「確執」というほど大袈裟《おおげさ》ではないかもしれないが、父子の関係がそれほど良好でないことは町の誰もが知るところとなっていた。

「おーい、お前ら！」

こちらに気付いた「隊長」が大きく手を振っている。

「早よ帰らんと、日が暮れちまうぞ！　浴衣《ゆかた》に着替える時間、なくなりよるが！」

少年は天を振り仰ぐ。やや薄紅色に染まった空に煌《きら》めく一番星。昨晩までの大雨が嘘《うそ》のようだった。天気予報では今晩も雨模様とのことだったが、きっと外れだろう。町内放送が『昨晩の雨で増水しているため、川には近づかないように』と注意喚起したのは、それからしばらくしてのことだった。

記憶其の二　ある浴衣姿の少女

少女の隣を歩く保科ひとみは、いまだに声を震わせていた。

「ねえ、もう何もついてないよね？」

そう言って浴衣の袖《そで》を引かれたので、さっと彼女の全身に目を走らせる。先ほどまで淡い桃色の浴衣の上を這《は》い回っていた虫たちは、既に姿を消していた。けれども不意に帯の下から無数の足が姿を現すような気がして、少女はすぐに目を逸《そ》らし、また前方へと向き直る。

二人は、子供たちだけが知る「秘密の場所」へ向かっているところだった。「おにぎり山」の中腹にある開けた広場。そこからは、夏祭りの花火がよく見えるのだ。

山のふもとの道は辛うじて舗装されていたが、右手には森が迫り、左手にはガードレールのすぐ向こうに轟々《ごうごう》と唸《うな》る川が流れている。昨晩の大雨で増水したため近寄らないように、という町内放送が流れたのは三時間ほど前のことだ。

「ねえ、あれ見て」

ひとみが不意に左手の前方を指さす。川幅約二十メートル。そこに渡された一本の石造りの橋。俗に「沈下橋」と呼ばれる類《たぐ》いのもので、その橋には欄干がついていなかった。増水して橋が沈没した際に水の抵抗を減らすための知恵なのだと、少女は祖父から聞いたことがあったが、その知恵が今回ばかりは裏目に出ているような気がした。橋にとってはそのほうがよくても、橋の上で相対する人間にとってはそれが危険極まりないことであるのは明白だからだ。特に、すぐ下を流れる川が暴れ狂っている今夜であれば尚更《なおさら》だ。

「何してるんだろう」

歩みを速めるひとみの後を、少女も追う。橋の上の二人は、三メートルほどの距離をあけて向かい合って立っていた。少女たちから見て右手の影は比較的小さく、左手の影は大きかった。日の落ちきった夜の世界では二人が誰なのか判別しかねたが、同い年の小学生くらいにも見える。

「あれ、ツヨシじゃない？」

ひとみの言葉に、少女は必死で目を凝らす。確かに、背格好は似ているようにも思える。暗がりの中、微《かす》かに浮かんで見える浴衣の柄も、先ほどひとみに虫をぶちまけた男子のそれと同じようだ。彼女の言う通り、間違いなく左の影はツヨシだろう。

では、もう一人は――？

ひとみが悲鳴を上げたのは、その直後だった。

小さな人影のほうが水面めがけて腕を振ると、ツヨシと思《おぼ》しき人影はよろめきながら橋から転落し、そのまま濁流に消えた。まるで操り人形のようだった。指一本触れずに、何者かはツヨシを暴れる川へ「突き落とした」のだ。

無数の星屑《ほしくず》が頭上で瞬《またた》く、できれば忘れてしまいたい、ある夜のことだった。

第一章　裏裏稼業《かぎょう》

1

「それでは、憎き旦那《だんな》さんのことを思い浮かべてください」

健太《けんた》の指示に従い、婦人は目を閉じた。

「子宝に恵まれない腹いせに浮気を繰り返し、挙句、蒸発したクソ男のことを、何もかも思い浮かべてやるんですよ！」

婦人の眉間《みけん》に深い皺《しわ》が刻まれていく。きっと、積年の苦悩や怨《うら》み辛《つら》みがここぞとばかりに溢《あふ》れているのだろう。いつも通りの彼のやり方——顧客の感情を激烈に昂《たかぶ》らせることで、すべての記憶を引っ張り出しやすくするのだ。

毎回の段取りに従い、ここで良平《りようへい》は後を引き継ぐ。

「——そのまま、この水晶玉に手を載せてください」

部屋の窓は、すべて遮光のカーテンで仕切られていた。天井から吊《つ》るされた、たった一つのランタンの灯りだけが頼りの薄暗い一室。黒魔術の研究でもなされているかのような雰囲気を醸《かも》す、部屋の真ん中。木製の机を取り囲む形で婦人、健太、良平は座っていた。机の上には大きな水晶玉が一つ置かれており、玉の中ではうっすらと白煙が揺らめいている。

引き結んでいた唇の端から、婦人は吐息ともつかぬような小さな声を絞り出す。

「――ごめんなさい、やっぱり、ちょっと怖くて」

「不安なのはわかります。でも、あれだけ念入りに打ち合わせをしたんですから、大丈夫ですよ」

良平は、いまだ瞼《まぶた》をきつく閉じたままの婦人の両手を取る。

この日のために、幾度となく「リスクの洗い出し」をしてきた。旦那の持ち物が部屋のどこかから出てこないか、過去の事情を知る友人から連絡が来やしないか、そして向こうが復縁を願い出てくることはあり得ないか。誰かの存在を記憶から完全に抹消するのには、数え切れないほどの危険が伴う。一つでも見落としたら、すべてが台無しになるかもしれない。だからこそ、限りなくゼロに近いリスクまで隈《くま》なく検討してきたし、そこまで徹底的に議論を尽くしたという自負があるからこそ、この言葉には少なからぬ説得力があるはずだった。

しばらく彼女は身を強張《こわば》らせていたが、やがて覚悟を決めたように良平へ身を任せた。

「そうですね——」

「怖いことなんて、何もないですから」

そう囁《ささや》くと、婦人の両手を水晶玉に導く。玉の内部の白煙が何かを察したように激しく渦巻き始め、それを確認した健太がわざとらしく咳《せき》払いをする。

「さて、準備は整いました。奥さま、今日は記念すべき日です。新しい自分に生まれ変わろうじゃありませんか！」

最後にお決まりのこの台詞《せりふ》を言うのは、健太の役目だった。

婦人の両の手のひらが水晶玉に触れると、渦巻いていた白煙が一斉に吸い寄せられていく。「引き取り」が始まる合図だ。

「深呼吸しましょうか」

そう指示しながら、良平は水晶玉内部の動きを注視する。婦人の手のひらに集まった煙はいまや紫色に変色し、時おり雷雲のように発光していた。

「どんだけ嫌な記憶なんだろうな——」

小声で耳打ちしてくる健太へ曖昧《あいまい》に頷《うなず》きつつ、引き続き婦人の様子に気を配る。

「あああああ」

婦人の口から漏れる苦悶《くもん》の吐息——「引き取り」の際に生じる痛みは、その記憶が当人にとって嫌なものであればあるほど大きくなるという。それに耐えきれず、中途半端《はんぱ》などころで水晶玉から手を離してしまったら、これまでの労力が水の泡だ。

良平は、婦人の手に自分の手のひらを重ねる。それは彼女を落ち着かせるためでもあり、すべてが終わるまで彼女が水晶玉から手を離さないようにするためでもあった。

「あああああああああああああっ――」

婦人の、絶叫ともつかぬ声が不意に途絶える。見ると、水晶玉の中は先ほどまでと同じように白煙がゆらゆらと揺れているだけの状態に戻っていた。

「成功ですよ、奥さま」

重ねていた手をそっと離す。

彼女は状況が飲み込めない様子で、目をぱちくりさせていた。

「あれ、私――」

戸惑うように呟《つぶや》く婦人だったが、明らかにその表情からは疲れや憂《うれ》いが消えていた。

「すごいわ、まったく思い出せない。本当に、生まれ変わったみたいだわ」

それを見た良平は、すかさず電話番号を書きつけた紙切れを差し出す。

「ちなみに奥さまは『一見《いちげん》コース』になりますので、明日の朝、目を覚ましたときには、この『店』のことも何もかも忘れてしまいます。もしも『買い戻し』を希望される場合は、眠りに落ちる前にこちらまでご連絡ください」

説明を聞き終えた婦人は、穏やかな微笑を浮かべたまま、静かに首を横に振った。

2

そもそもの始まりは大学三年の春。

講義が終わり荷物を片す良平に、妙な言い草で絡《から》んでくる男がいた。

「――なあ、授業中、机の下で漫画読んでただろ？」

リュックサックに筆箱とノートを放り込み、席を立とうとした瞬間だった。顔を上げると、細身で長身の男が立っているのが視界に入ってくる。

「後ろの席から見えたんだ。俺もその漫画大好きでさ。しかもそのカバー、予約限定版だろ？　よほどのファンと見た」

切れ長の目に尖《とが》った顎《あご》。肌は病人のように白く、髪は寝起きそのままでやって来たかのように乱れている。おまけに、季節外れの派手なアロハシャツに膝《ひざ》丈の短パンという装《よそお》いだ。人を外見で判断してはいけないが、どう考えても「まとも」とは言い難い見てくれだった。加えて、まるで旧知の仲ででもあるかのような馴《な》れ馴《な》れしさときている。

思わず眉《まゆ》をひそめたのは言うまでもなかった。

「『終末のライラ』――かの人気雑誌『週刊少年ピース』において、連載十五年目にして人気ナンバーワンを独走する世紀末冒険ロマン。特に、お前が読んでた最新刊は最高だ。旧人類滅亡の理由が明らかになるあのシーン、誌面で見たときは鳥肌モノだったよ」

そう一気にまくし立てると、男はにんまりと笑ってみせた。八重歯がちょっとだけ顔を覗《のぞ》かせるくしゃっとした笑顔は愛嬌《あいきょう》があったが、初対面の人間を「お前」呼ばわりするのは褒《ほ》められたものではない。

「俺、漫画家志望なんだ」

そのまま良平の隣に腰をおろすと、男は訊《き》いてもいないことを勝手に語り出した。気付けば教室に残っているのは、自分と男の二人だけになっていた。

「入学してすぐ、漫画同好会を見に行ったんだけど、正直落胆したね」

席を立つタイミングを逸したので、黙って彼の話に耳を傾けるしかない。

「みんな、趣味の延長線上でさ。仲間内で好きなように描いて、互いに読み合う。ただそれだけ。馴れ合いさ。新人賞を目指そうなんて気骨のある奴《やつ》は一人もいなかった」

男は頬杖《ほおづえ》をつくと、一つ溜《た》め息をついた。

――へえ、本気なんだね。じゃあ、そんなきみはどんな漫画を描いてるんだ？

ここでこんな質問の一つでも投げかけられるのが、できた人間なのだろう。おそらく男もそれを待っている。けれども、良平はひたすら沈黙を貫いた。復学後は、どこの馬の骨とも知れぬ「学友」とは極力関わらない――そう心に決めていたからだ。

無言のままの良平に痺《しび》れを切らしたのか、男は頬杖を崩すとぐっと顔を寄せてきた。

「ところでさ、お前はかつての俺の傑作漫画の主人公に顔がそっくりなんだ。不愉快だからイケメンとは言いたくないんだけど……何て言うんだろうな、そのちょっと気だるそうな、世を憂うような表情——あと、そのおでこの傷」

そう言われ、反射的に額へと手を伸ばす。小さい頃、遊んでいる最中に怪我《けが》をして残った傷跡——そのときのことを覚えてはいなかったし、さして目立つものでもないのだが、何となくそれを曝《さら》け出すことに抵抗があったため、意識的に前髪を伸ばすようにしていた。

「だから、話しかけてみようと思ったんだ。ってか、そういう特別な理由でもなきゃ、普通はこんな唐突に話しかけたりしないぜ」

その失礼な物言いに、ただただ呆《あき》れかえるほかなかった。突然話しかけてきたかと思えば、漫画に懸ける思いを語り、人のことは「お前」呼ばわり。挙句、コンプレックスでもある傷跡について躊躇《ためら》いなく触れてくる。しかも、その傷も含め、自分の顔が男の作品の主人公と似ているのだという。ここまでに、何一つとして「普通」なものが見当たらないではないか。

「——そろそろ行っていいかな？」

話を断ち切るべく、良平は席を立つ。このまま漫然と話を聞いているうちに「友達になった」などと誤解されても困ると思ったのだ。

「つれないねえ、もうちょっと語り合おうぜ」

唇をとがらせつつ、良平に倣《なら》って男も立ち上がった。

リュックサックを肩から担《かつ》ぐと、脇目《わきめ》も振らずに教室を出る。

背後に男がついてくる気配があったが、無視して歩き続けた。

「なあ、売れる少年漫画の鉄則その一ってなんだと思う？」

教室を出てまだ数秒――投げかけられた妙な質問に思わず足を止め、振り返る。

「しつこいぞ」

男は短パンのポケットに両手を突っ込み、柱にもたれかかっていた。よく見ると、何一つ荷物を持っていない。手ぶらで講義に来るとは、なかなか舐《な》めている。

「いいから、何だと思う？」

「知るかよ」

「『第一話に魅力的な謎《なぞ》がちりばめられていること』だよ、良平くん」

そう言って、男は得意げに笑う。

「待て、何で俺の名前を知ってんだよ？」

「そう、これこそが『魅力的な謎』さ。今日はまさに、俺と良平くんの物語の『第一話』と呼ぶにふさわしい日となるだろう」

「人をおちょくるのもいい加減にしろよ」

いささか気味が悪かった。講義の前に出席が取られたわけでもないし、持ち物に名前が書いてあるわけでもない。たまたま後ろの席に座っただけのこの男が自分の名前を知るタイミングなど、どこにもなかったはずだ。

「さて、続いて売れる少年漫画の鉄則その二」

「質問に答えろ」

思わず語調が強くなったが、男はまるで意に介していない。

「鉄則その二は『謎はあまり引っ張りすぎない方がよい』だ。少年の心は移ろいやすい。鉄則その一と矛盾しているように聞こえるかもしれないけど、謎が謎を呼びすぎると少年たちは逆に興味を失ってしまう」

もたれかかっていた柱から身を起こすと、男はゆっくりとこちらに向かって歩いてくる。まるで周囲の時の流れが遅くなったかのような、しなやかな身のこなし――彼が醸す独特な雰囲気に、その瞬間、良平は完全に飲まれていた。

「答えは簡単。今日の朝、表札を見たんだ。同じアパートに住んでたなんて知らなかったよ、岸《きし》良平くん」

目の前までやって来た男は、人懐《なつ》っこい笑みを浮かべた。

——逃げられない。

そう悟った良平は大きく嘆息すると、男を睨《にら》み返す。

「ああ、その通り、俺が岸良平だ。で、お前はどこの何者だ？」

健太とつるむようになったのは、この日からだった。

下宿先のぼろアパート『メゾン・ド・ジョイ』へと帰る道すがら、健太は身の上話を赤裸々に語ってくれた。乱れた寝癖のような髪の毛は天然パーマだということ。服装に悩む時間がもったいないから、アロハシャツと短パンばかり着ていること。実家は農家で、男三兄弟の長男としてこの世に生を享《う》けたこと。小さな頃はよく農作業を手伝わされたけれども、それが嫌でたまらなかったこと。畑仕事の退屈さを紛らわすべく、作業中はずっと物語を空想していたこと。気付けば漫画家を志すようになっており、自作の漫画を学校に持って行ってはクラスメイトに読ませていたこと。漫画の評判はそこそこよかったものの、同級生からは「ちょっと変わった奴《やつ》」として遠巻きに見られてきたこと。彼女がいたことはないし、大学進学を機に上京してきたため、こっちには友達もほとんどいないということ。そして、夢を追いかけるあまり親から見放されているということ——初対面の印象こそ最悪だったが、話を聞くと案外面白い奴らしいということがわかった。

「期末試験と新人賞の応募期限がかぶってんだ。で、俺は二回新人賞を優先したってわけ。なかなかの親不孝者だろ」

結果、二回の留年を余儀なくされたのだという。ただ、二回留年したという点に関しては自分も同じだった。そのことを告げると健太の顔は綻《ほころ》んだ。

「え、なに、お前もなの。期せずして浦島太郎と浦島次郎が出会ってしまったわけだ」

大学二年生が終わったタイミングで、良平は世界一周の旅に出た。それは入学当初から決めていたことであり、そのためにサークルにも入らず、友人も作らず、ひたすら二年間バイトに明け暮れて資金を貯《た》めてきたのだ。そして二年かけて無事世界を一周し、この春めでたく復学したというわけだ。

「親はよく世界一周なんて許したな。まあ、俺も人のこと言えないんだけど」

「いや、実は許されてないんだ」

その勢いで、すべてを健太に曝け出した。誰にも内緒で旅に出たこと。何も知らずに仕送りを続けてくれた両親のこと。大嫌いだった父親が脳卒中で倒れたこと。母親から知らされても無視して旅を続けたこと。父は他界し、母からは勘当されたこと。不思議と健太には話す気になった。彼の前では格好をつける必要も、背伸びをする必要もなかったから。

「――お前、なかなかクレイジーだな。ますます気に入ったよ」

誰にも言うつもりのなかった秘密。

それを共有したことで、より一層距離が縮まった気がした。

健太のフルネームは田中《たなか》健太だった。

「呆れるほど無個性な名前だよな。まあ、『岸良平』ってのも負けず劣らずだけど」

健太は「如月楓《きさらぎかえで》」というペンネームで漫画を描いていた。あまりにも平凡な自分の名前に嫌気が差したので、せめて筆名くらいは派手にしたかったのだという。

「名前も中身も『普通』の人間だと、この世界で埋もれちまうんだ。でも、俺はそうなりたくない。誰よりも面白い漫画を描いて世界を驚かせたいって、本気で思ってる。だからまずはペンネームからだ。形から入るのって大事だろ?」

健太はしばしば嬉々《きき》として自身の夢を語ってみせたが、彼との間に圧倒的な距離を感じるのは、まさにこの瞬間だった。

──どうして、そんなに自分を信じられるんだ?

中学生くらいまでは、自分も人並に夢を見る少年だった。なりたかったのは野球選手だっただろうか、それとも宇宙飛行士だっただろうか。今となっては当時どんな夢を描いていたのか、まったく思い出せなかったが、少なくとも「信じれば夢は叶《かな》う」と漠然と思っていたことだけは確かだった。けれど、どこかのタイミングで夢から覚めてしまったのだ。

——夢なんて見ない方が人生は幸せなんだ。

今は亡《な》き父の口癖は「お前は人とは違うんだ」だった。何を根拠にそんなことをのたまっていたのだろうかと、いまだに思い返すたび胸がムカついてくる。「自分は人と違う」なんて思うから、本当の身の丈を知ったときに絶望することになるのだ。だったら、叶いもしない夢なんて初めから追わなければいい。

「——『お前は人とは違うんだ』っていうのが、死んだ父親の口癖だったんだ」

いつかの午後、キャンパスの芝生に並んで寝そべりながら、良平はポツリと漏らしたことがある。眼前に広がる煮え切らない曇り空は、まるで自身の心をそのまま映しているようだった。

「今考えれば、無責任なもんだよ。確かにクラスとか学校とか、そういう単位で見れば俺は人とは違った。でも、いつからか薄々気付いてたんだ。このとてつもなく広い世界の中で、自分は片隅に埋もれるちっぽけな存在にすぎないって」

小学校から高校まで、常に自分は注目の的だった。大して勉強をしなくてもテストではいつも一番だったし、水泳だって徒競走だって、たいてい学年で首位争いをしてきた。社交的で人当たりもよく、見た目も悪くない。教室の輪の中心にいたのはいつだって自分で、当時はそれが永遠に続くものだと思っていた。けれど、いつからか予感していたのだ。

「世界一周をして、予感は確信に変わった。世界は想像を絶するほど広くて、残酷だった。いかに自分が小さな世界のお山の大将だったか、まざまざと思い知らされたよ」

背中を包む、芝生の柔らかな感触とほのかな土の香り。それらに混じって、世界各地で目にしてきた様々な「リアル」が脳裏をよぎった。家計を支えるために売春宿で働く中学生くらいの少女。農作業中に地元ゲリラに家族を殺された孤独な少年。ピストルを片手に貧民窟《くつ》を走り回る裸足の子供たち。彼らを前にすると、呑気《のんき》に夢を掲げてのうのうと生きていることが、今まで以上に陳腐に思えてきたのだった。

「自分が『何者』かになれるなんて思わない方がいいんだ。無理して夢を掲げて、広すぎる世界の前で惨《みじ》めになる必要なんてない。『自分は人と違うのかもしれない』なんて思わない方が、結局のところきっと幸せなんだよ。だって、俺たちは彼らと比べたら、既に十分過ぎるほど幸せなんだから」

それを聞いた健太は、ふん、と鼻を鳴らした。

「クソみたいな『言い訳』だな」

「なんでだよ？」

「それが、世界一周をして獲得した答えか？」

「ああ、文句あるか」

「じゃあ訊くが、彼らがお前より不幸だなんて、どうして言えるんだ？」

この論理が吹けば飛ぶような脆《もろ》いものだと、良平は気付いていた。だからこそ、彼の追及に反論の持ち合わせなどあるはずもなかった。

「要は、自分を無理やり納得させるための詭弁《きべん》なのさ。『今のままで十分に恵まれてるから、これ以上何かを望むべきじゃない』って、そう思い込もうとしてるだけなんだ。だけどな、俺からしたら、周りを下に見ながら無茶な理屈をこねくり回して自分に嘘《うそ》をつき続けることのほうが、よっぽど不幸だと思うぜ」

今にも落ちてきそうな空を、黙って見上げることしかできなかった。言いくるめられた悔しさよりも、自分に対する疑念の方が強かったからだ。どうして、こんな幼稚な理屈で自分を納得させられると思ったのだろう。どうして、納得した気になっている自分がいたのだろう。

しばしの沈黙の後、健太はポツリとこう呟《つぶや》いた。

「ていうか、そもそもなんで世界一周しようと思ったわけ？」

——そういえば、どうしてだっけ。

当時のことを必死に思い出そうとする。けれども、考えれば考えるほど自分のことがわからなくなる。何がそこまで自分を駆り立てたのか、見当もつかない。

「なんでなんだろう」

「井の中の蛙《かわず》は、井戸の中にいることを正当化するために海に繰り出すだろうか」

「面白いこと言うな」

「でも、そういうことだろ」

まさにその蛙こそが自分だった。果ての見えない荒れ狂う海を目の当《ま》たりにし、井戸の中にいる方がいいと自らを納得させた臆病《おくびょう》な蛙。けれど、その蛙は「やっぱり井戸にいるべきだ」という結論ありきで大海に出たのだろうか。「何らかの希望」を胸に抱いていたのではないだろうか。では、その「希望」とは？

「――勝手な推測だけどさ、お前だって深層心理では『何者』かになりたいのさ。要するに何が言いたいかっていうと、俺たちは似たもの同士ってことだ」

どうしてそのような結論になるのか全くわからなかったけれど、健太が言うとなんだかそんな気がしてくるから不思議だった。

健太は本気で漫画家を目指していた。

ふらっと部屋に遊びに行くと、たいてい彼は机に向かってペンを走らせているか、構想ノートを前に頭を抱えているかのどちらかだった。

「どうして漫画家になりたいかって？　答えはシンプルさ。いまこの瞬間、地球上で自分だけがこの物語の続きを知っている。それってすごいことだと思わないか？」

ふと尋ねたことがあった。「どうして漫画家になりたいのか」と。そのときに返ってきた答えがこれだ。

「俺だけが知る物語の続きを世界が待ちわびている。もし、俺が死んだら永遠に物語の続きは闇《やみ》の中なんだぜ。考えただけでもワクワクしてくるだろ？」

そう言われても、いまいちピンと来なかった。

「そうかな？」

「それがわからないうちは、良平くんはしょせん読者の一人止まりの人生さ」

そんな彼は、しばしば作品への意見を求めてきた。

「見てくれ、今回のはかなりの自信作だ」

「読者の一人に過ぎないけど、厳しく感想は言わせてもらうぞ」

なんて軽口を叩《たた》きながらも、できるだけ本音を言うようにした。どれだけ厳しい言葉であっても、それを正直に伝えることが「本気で夢を追う者」への礼儀だと理解していたからだ。

「有名漫画の継ぎはぎだな。具体的にどこがってわけじゃないけど、要するに手垢《てあか》まみれってことだ。それに、登場人物たちの行動原理がイマイチしっくりこない。作り物感があるんだよ。たとえば――」

彼の描く漫画は、少なくとも良平の目には面白くなかった。ありきたりな設定に、ありがちなキャラクター。よく言えば王道だが、今どきそれだけでは流行《はや》らない。健太自身は面白い奴だが、それが作品に活《い》かされていないのは極めてもったいなく思えた。素人目《しろうとめ》にも、彼の描く絵がとびきりうまいから尚更《なおさら》だ。

「不思議なもんだよな。お前自身は漫画のキャラみたいなのに、どうして描く漫画は平凡なところに落ち着いちまうんだろう。コマ割りとか、構図とかはめちゃくちゃうまいからこそ、すげえもったいないぜ、マジで」

「的を射すぎてて、返す言葉もないな」

原稿の束を突っ返すと、健太はそれを乱暴に机の上に放る。そして、そのまま丸ペンの一本を手に取ると、ふうっと溜め息をついた。

「お前に似た主人公が活躍する漫画があるって言ったろ？　それだけなんだ、今まで新人賞で入賞したの」

良平はこれまでも再三、その漫画を見せて欲しいと頼んできた。自分に似ているというキャラクターを見てみたかったというのもあるが、唯一《ゆいいつ》過去に賞を獲得したというその作品を読めば、何かしらヒントが見えてくる気がしたからだ。今まで数多くの作品を投稿してきて、それだけが唯一審査員の目に留まったのには、きっと理由がある。

「残念ながら、もう手元にはないんだ。『週刊少年ピース』の誌上で発表されたんだけど、その号もどっかいっちまった。まあ、しょせん佳作だし。そんなもんにしがみついてるのは、カッコ悪いだろ？」

そうぼやく彼の視線に、いつもの熱量はなかった。

そこにあったのは、必死に夢に向かってもがく「普通」の大学生の姿だった。


「──俺たち、尾行されてるぞ」

健太がそんなことを言い出したのは、出会って半年くらいの頃だっただろうか。

アパートからちょうど五分の距離に個人経営の洒落《しやれ》た喫茶店があり、暇さえあれば自分たちはそこで時間を潰《つぶ》していた。コーヒー一杯で無限に粘ることができ、貧乏学生にはありがたかったからだ。二人とも親からの仕送りが断ち切られた身だったので、金をかけずに時間を潰せる場所はここ以外には考えられなかった。

その喫茶店でいつものように油を売っていると、突然彼が言い出したのだ。

「入口付近の一人用のテーブルに座ってる男、あいつにマークされてる」

そのとき、良平は入口に背を向ける形で座っていた。

──何をバカなことを。

そう呆れたけれど、自分の肩越しに背後を見やる健太の視線は真剣そのものだった。

思わず振り返って確認しようとすると、「バカ、やめろ」とテーブルの下で脛《すね》に蹴《け》りが飛んでくる。どうして尾行されていることに気付いたのか訊いてみると、「いつも俺たちが入店した五分後くらいに来るんだ」とのこと。自分たちがこの店にやってくる時間は、日によってまちまちだ。たまたま二限の講義が休講になったから来ることもあれば、授業を全部サボるつもりで朝イチから溜まっていることもある。にもかかわらず、男はきっかり二人の入店後五分で姿を現すという。それが本当なら、確かに不自然ではある。

「あ、帰るぞ」

それから十分もしないうちに、そう健太が目配せしてきたので、たまらず振り返る。ちょうど、会計を終えた男が出ていくところだった。身長は一メートル八十センチほどだろうか。筋肉質で引き締まった体軀《たいく》はさながらスポーツ選手のようで、品《しな》のよさそうなライトグレーのスーツに磨きこまれた革靴という身なりは、できる営業マンを思わせた。

「俺たちが気付いたことに、やつも気付いたのかな。だとしたら、しくじった」

正直言って、まともに取り合う気にはなれなかった。健太の勘違い、もしくは妄言の類《たぐ》いとしか思えなかったからだ。自分たちがつけ狙《ねら》われる理由なんて皆目見当もつかないし、そんなことをして誰の得になるというのか。

けれども、それから数日後、期せずしてその男と再び出くわすことになる。自分たちが記憶を売買できる奇妙な「店」で働くことになったのも、それがきっかけだった。

ただ「きっかけ」という意味で言えば、元を辿《たど》ると大学三年の春。教室で健太と出会ってしまったこと——きっと、そこからすべては始まったのだ。

3

婦人とともに地下駐車場へと降りると、既に黒のセダンが横付けされていた。

「おやおや、若造コンビがまたでかしたようだな」

運転席から降りてきたのは「店」専属の運転手、通称クマさんだ。ふっくらした大きな身体《からだ》に、人懐っこい小さな目、そして口元にもっさりと蓄えたヒゲ。歳《とし》は四十代半ばに見えるが、実年齢は不詳。クマっぽいかと言われると微妙ではあるが、とにかくクマさんは昔からクマさんなのだそうだ。

「お二人には、どれだけ感謝してもし足りないくらいです。本当にありがとうございました」

婦人はそう言って、何度も何度も頭を下げた。

「私は新たな人生に踏み出します」

後部ドアをクマさんが開け、婦人を中に促す。

「ご婦人、来る時と同じで申し訳ねえが、乗車中はこいつをつけててくんねえか」

彼女が後部座席に収まったのを確認すると、クマさんがいそいそとアイマスクを取り出す。婦人はにこりと笑み、すぐに慣れた手つきでそれを装着した。

客が「店」に出入りする方法はただ一つ——「店」の従業員が運転する車で送迎してもらうのだ。入店の際、客は指定された時間に指定された駅へ行く。そして、車に乗り込みアイマスクをつける。当然ながら、「店」の地下駐車場に着くまでそれを外すことは許されない。帰りはその逆で、どこかの駅前で降ろされるまで客はアイマスクを取ってはならない。言うまでもなく、「店」の場所を知られないようにするためだ。通常の客は営業担当者が自分で送迎しなければならないのだが、ある一定額以上の取引を行う「上客」には、クマさんの運転するセダンが割り当てられるのだった。

「ほんじゃ、ご婦人の門出だ、出発進行！」

クマさんが乗り込むやセダンはゆるりと発進し、地下駐車場には良平と健太の二人だけが残された。

「——それにしても、銀行員ってのは面白いな」

ビルを出ると、健太がおもむろに言い出した。

「何だよ、急に」

渋谷駅からセンター街を抜け、さらに奥へ進んだところにある薄汚れた雑居ビル。看板もなければ、テナント案内板もない。そもそも人通りは少なかったが、仮に通りかかった人がいたとしても、この中で怪しげな商売が営まれているなど、まさか思いもよらないだろう。打ち捨てられ、忘れ去られた場所――「店」が置かれるにはうってつけの場所だった。

時計の針は十時を回っていたが、七月の夜はまだまだうだるような暑さだった。いわゆる熱帯夜というやつだ。特に土曜日の夜は尚更で、センター街から放たれる人々の熱気のせいか、不快指数はいつも以上に高いように思える。けれども、良平はこの町が嫌いではなかった。煌《きら》びやかなネオンと道行く人々の喧騒《けんそう》。「裏稼業《かぎょう》」に従事する人間が姿を隠すには、もってこいの場所に思えたからだ。

良平は大学を卒業し、大手都市銀行に就職した。それは別に安定を求めたわけでも、金融で世界を変える気概があったからでもない。「店」で使える情報がもっとも集まってくる場所――それこそが銀行だと確信していたからだ。叶えたい夢もないし、成し遂げたい野望もない。かと言って趣味に没頭するでもない。彼女もいないし、健太以外に友達と呼べるような存在もいない。そんな「つまらない人間」である自分が、唯一熱くなれる場所。それこそが「店」だった。あくまで自分にとって大切なのは「裏稼業」である「店」であり、銀行で働くことは手段でしかないのだ。社会人二年目の七月となった今でも、その気持ちにまったく変わりはないし、だからこそ「銀行員ってのは面白いな」という意見は新鮮だった。

「――だってさ、他人の人生をタダで覗き見できるわけだろ」

「人聞きの悪いことを言うなよ」

「いや、事実だろ。そのおかげで俺たちの裏稼業が絶好調なんだから」

銀行には、人々の人生が集約されている。誰がいつ生まれ、何の職に就き、いくら稼ぎ、誰と結ばれ、または結ばれることなく、死んでいったのか――何から何まで調べることが可能だ。そうやって他人の人生にやすやすとアクセスできるからこそ、二人の「裏稼業」はうまくいっているのだ。

「でも、今回の案件はすごかったな。久しぶりに震えたよ」

健太は夜空に向け、軽やかに口笛を吹いた。

どんよりと暗い雰囲気の婦人が支店にやって来たのは、つい一週間ほど前のこと。

――こちらの通帳を記帳してもらえますか。

差し出された通帳を端末に突っ込み、パソコンの画面に向かう。間もなく表示されたのは「口座解約済み」のアラートだった。

――二年前に解約されてますね。

そう言って通帳を返そうとしたとき、婦人の異様な様子に気付いた。

——いま、二年前って言いました?

その目は血走り、こめかみには血管が浮き出て見えるようだった。

何か気に障《さわ》ることを言ってしまっただろうかと自問していると、婦人はハンドバッグからハンカチを取り出し、すすり泣き始めた。

聞けば、今回持参した通帳は十年近く前に失踪《しっそう》した旦那の物だという。部屋の整理をしていた際に偶然見つけ、銀行に持ってきたのだ。

——もう、死んだものと割り切っていたつもりだったんです。

失踪後、あの手この手で捜索したものの、結局見つけることはできなかったとのこと。

——でも、十年ぶりにこんなものが現れて、私、何をどうしたかったのかしら。

解約されたのが十年前であれば、諦《あきら》めはついただろう。また、口座が十年近くただ放置されただけであれば、それはそれでよかったのかもしれない。問題なのは、二年前に解約されていたということだ。

——少なくとも、あの男は二年前までどこかで生きていたのよ。それだけじゃない、私のことを覚えていたから、解約したのよ。

その口座は貯蓄用だったが、すぐに有名無実と化した。旦那はそこに入金しなくなり、やがて自宅に姿さえ見せなくなったからだ。子宝に恵まれなかったことが原因かもしれないが、今となっては真相を知る術《すべ》もないし、知る必要もない。そうして十年前に凍りついたはずの時が、図らずも動き始めてしまったのだ。

――いまごろ、新しい家庭でほくそ笑んでいるんだわ！

旦那がほくそ笑んでいるかはさておき、少なくとも良平が内心ほくそ笑んだことは間違いなかった。これ以上ない「上客」だったからだ。それはむろん、銀行にとってではない。「店」にとってだ。

素早くパソコンに口座番号を打ち込むと「杉本修平」と表示される。すかさず「家族名寄せ」のタブをクリックする。たった一つ「杉本由美子」の名前が現れた。子供はいないというので、この「由美子」こそがいま目の前にいる婦人に違いない。「杉本由美子」のページへ飛び、自宅の電話番号を手元のメモに書きつける。

――またのご来店をお待ちしております。

適当に上辺だけ慰めの言葉を並べ、婦人を家に帰す。

自然と口元が緩むのが、自分でもわかった。

電話をかけたのは二日後の夜だ。健太と落ち合い、番号を記したメモ書きを渡す。同時に、どういう属性の客で、どのような「ニーズ」が想定されるかを伝える。健太は頷き、スマートフォンにすぐさま番号を入力すると「営業」をかけた。

――杉本由美子さんでお間違いないですか？

――率直に申し上げますが、ご主人様のこと、忘れ去りたくはありませんか？

──秘密のお店があるんですよ。特別な方にしかご紹介できない、不思議なお店が。

いつだって手口は同じだ。窓口に現れた、多かれ少なかれ何かを背負った人々──時にそれは早くに息子を亡くした夫婦であり、望まぬ妊娠をした若いカップルであり、癌《がん》で余命幾ばくもない老人であった。彼らの電話番号を自分が控え、不意に健太が電話する。来店したその日にかけては素性がばれかねないので、いつもだいたい二、三日後だ。話がトントン拍子に進めば、およそ一週間で「成約」になる。簡単なものだった。


「──それに比べて、漫画家ってのは退屈な仕事だよなあ」

そうぼやいてみせる健太は大学卒業後、定職に就かずブラブラしている。本人は漫画家を自称しているが、どこからどう見ても夢を追うフリーターだ。唯一、他のフリーターと違うのは、特殊な「裏稼業」をしていることくらいだろうか。

「漫画家じゃないから、退屈なんだと思うけど」

「厳しいねえ、良平くんはいつだって」

「じゃあ訊くけど、名刺に漫画家って載せられるか?」

「載せられるかどうかは、神経の図太さ次第だろ」

そうこうしているうちに、いつの間にかセンター街を抜けていた。歩行者用信号が青に変わり、スクランブル交差点を渡る。JR渋谷駅はもう目と鼻の先だ。

そのとき、駅前にできた人だかりから歓声が上がる。

「なんだ？」

健太が立ち止まったのにつられ、良平も足を止めた。

「――それでは、最後の曲を聴いてください」

人だかりの中心から、マイク越しの澄んだ女性の声がする。

人垣が邪魔で見えないが、どうやら路上ライブをやっているようだ。

「それにしても、けっこうな人だな」

そう呟きながら、ざっと人数を数える。およそ六十人といったところだろうか。そこそこ人気がある、名の知れた歌い手なのだろう。

「すいません、ちょっと、かたじけないっす、すいません」

図々《ずうずう》しく人混みを掻《か》き分けていく健太――押しのけられた人々の非難の視線から逃れるように俯《うつむ》きつつ、自分も後に続く。

「最後の曲はもちろん、皆さんお待ちかねのこの曲！」

ほしなー、と群衆の誰かが叫ぶ。

立っていたのは、夏なのに白いニット帽をかぶった、ワンピース姿の小柄な女性だった。帽子に隠れてよくは見えなかったが、うなじがのぞくくらいのショートカットで、鼻の上にちょこんと載せた丸い黒縁のメガネが可愛《かわい》らしさを引き立てている。おそらく、度は入っていないだろう。俗に言う、サブカル女子のような出《い》で立《た》ちだ。歳は自分たちと同じか、少し下くらいか。全体的に幼く見えたが、くりっとした大きな瞳《ひとみ》と若干腫《は》れぼったい唇が妙に色っぽく、そのアンバランスさが印象的だった。

「聴いてください、『スターダスト・ナイト』」

そう宣言するや、「ほしな」はアコースティックギターを掻き鳴らし始める。軽快なリズムながら短調を基調とした旋律はどこか物悲しく、それでいて懐かしかった。

前奏が終わると、夜空に放たれる彼女の歌声。マイク越しの柔らかな息遣いが、メロディと歌詞にたしかな肌触りをもたらす。ギターのアルペジオと、そこに重なる伸びやかな声。それらが織りなす雰囲気に、聴衆はただ息を飲むほかない。

星空を眺める「わたし」と「君」の歌だった。無限の星屑《ほしくず》が瞬《またた》く夜空の下で「君」がぽつりと呟いた一言。「あの星の夜空は、きっと僕らのことを覚えていてくれる」――そのとき「わたし」は気付くのだった。もしかしたら、いまこの瞬間の自分たちは、星屑の一つとして永遠に夜空に刻まれるのかもしれないと。

百億年後のあの星で愛を紡《つむ》ぐ人々が
この歌を、光を、見つけてくれるから――

気付くと、頬を涙が伝っていた。何故《なぜ》だかまったくわからなかった。それでも、メロディが、歌詞が、声が、何もかもが愛《いと》おしかった。「ほしな」の歌に、ただひたすら心を奪われる自分がいた。だからこそ、隣のあの男が絶句して立ち尽くしていたことに気付かなかったのは、ある意味当然かもしれない。

夜空に星なんか露ほども見えやしない、夏のある日の渋谷駅前でのことだった。

4

「店」に初めて行ったのは、大学三年の秋頃だった。

当時、良平はバイトを三つ掛け持ちしていた。家庭教師を二件と、大学近くの居酒屋を一件。何の相談もなく勝手に海外へ飛び出した挙句、仕送りを「不正受給」していたのだ。それだけでも十分万死に値するが、おまけに「父親の死に目に帰国しない」という「とどめの一撃」つきときた。

「あんたがどこで死のうと、もう関係ない。うちの子じゃないんだから。ただ、大学だけは卒業しなさい。じゃないと、お父さんが浮かばれないわ」

母親は涙ながらにそう言うと、電話を切り、まもなく仕送りは断たれた。母親とは、それ以来話していない。

それからというもの、学費と家賃のために死に物狂いでバイトをした。大学に深い思い入れがあったわけではないが、母親の最後の言葉は胸に刻まれていたからだ。それに、父親のことは大嫌いだったものの、やはり死を見届けなかったという負い目はあった。だから、その日も授業が終わるや居酒屋へ直行し、日付が変わる頃まで汗水たらして働いていたのだ。


「――くそったれが」

もうすぐシフトも終わろうかというとき、アロハシャツに短パン姿の見慣れた人影が店内に転がり込んでくる。出勤日を見計らって彼が店まで茶化しに来ることはままあったが、その日は既にかなり深酒をしているようだった。

「お前、今日十二時までだろ？」

当然ながら、シフトをすべて把握されていた。「終わったら、付き合えよ」

言われた通り、十二時に仕事を上がると彼の待つ席へ向かう。幸いにもオーナーは懐《ふところ》の深い人で、シフトを終えた後、閉店する朝の五時まで客として店にいることをいつも許してくれた。

「今日の俺は荒れてるぞ」

健太は飲むとすぐに赤くなるタイプだったが、その日は赤を通り越して、もはやどす黒くさえ見えた。「構想十年の超大作が、入選しなかったんだ」

言われるまで忘れていたが、確かにその日はとある新人賞の結果発表の日だった。彼は今回、中学生時代から構想を練ってきたという自称「近未来ＳＦ超大作」で応募していたのだが、結果はこのあり様を見ればすぐにわかる。

「金賞のやつ、あらすじ読んだけどクソみたいにつまんなそうなんだぜ！　選考委員のやつら、どんなセンスしてやがるんだよ」

そうやって愚痴をぶちまける姿は、不憫《ふびん》で滑稽《こっけい》だった。だから「普通」でいいのに。下手に「大きな夢」を掲げるから、そんな思いをすることになるのに——彼のことを応援したい気持ちに嘘はないが、同時にそう思っているのも事実だ。ただ、そんなことはおくびにも出さず黙って頷《うなず》くことが、こういうときの自分の役目だとも理解していた。


「ちょっと、いいかな？」

スーツ姿の男が相席を求めてきたのは、その直後だった。

サイドが短く切り揃《そろ》えられ、トップはジェルできちっと固められたツーブロックの髪に、縁なしのメガネ、その奥の鋭い眼光。直感的に、この男をどこかで見たことがあると思った。

「見るに、きみはいま、負の感情に苛《さいな》まれているね」

流れるような無駄のない所作で、男は健太の隣に腰をおろしながら言う。口元に運ぼうとしていたビールのジョッキを、健太は叩きつけるようにテーブルに置いた。

「お前、俺たちを尾行してただろ！」

その喧嘩腰《けんか》な声色に、店内の何人かがこちらを振り返る。

やはり思い違いではなかった。特に、健太は喫茶店で男の顔を見ているのだから間違えるはずがない。自分たちを尾《つ》けていた男の突然の出現――自然と水の入ったグラスを握りしめ、無意識に身構えてしまう。

「うん、その通り。俺はずっときみたちを尾けていた」

男はあっさり認めた。それはつまり、健太の言っていたことが妄言ではなかったということになる。そして、あろうことかその男が、このタイミングで自分たちに接触を試みてきたのだ。意図も、理由も、何もかもわからなかった。

「実はね、俺は『記憶を取引できる店』で働いてるんだ」

「何をわけのわからねえこと言ってんだ」

間髪を容《い》れずに、健太が嚙《か》みつく。

「みんな最初はそう言うんだけどね。これでどうだろう？」

男はスーツの内ポケットからプッシュ式の小瓶を取り出し、蓋《ふた》を外した。瓶には、淡い水色の液体が満ちていて、一見するとただの香水に見える。

「いくよ?」

男が健太に向かってそれを噴きかける。

飛沫《ひまつ》が降りかかるや、健太の表情は一変した。

「な、なんだこれ?」

酒のせいでとろんとしていた彼の視線は急に焦点を結び、自分からは見えない何かを追うように宙を彷徨《さまよ》い始めたのだ。

男は小さくほほ笑むと、今度は良平の方へ向き直った。

「きみも、どう?」

おそるおそる頷くと、男は先ほどと同じように自分にも噴霧した。

瞬間、脳裏に蘇《よみがえ》るある記憶。それは喫茶店の光景だった。それも、ただの喫茶店ではない。いつも自分たちが溜《た》まり場にしている、あの喫茶店だ。

新聞から目をあげ、店内の大学生二人組を観察する。奥に座る方が、背を向けているもう一人に机の下で蹴りを入れ、何やら額を寄せ合ってひそひそやっている。尾行されていることに勘付いたのだろう。ということは、彼らの中に尾行する男の存在が根付いたはず——そう、この日の出来事を彼らが覚えていることが肝要なのだ。

目的は果たせたので、席を立って会計をする。背中に視線を感じるが、振り返らない。どうせすぐに彼らとは顔を突き合わせ、商談をすることになる。そのとき、彼らはこの記憶を「目撃」することになるのだ。その日のことを思うと、自然と胸が高鳴ってくる。

店を出ると、いくぶん涼しくなった秋の風がほんのりと頬を撫《な》でた。


「――どうだい、少しは信じたかな？」

男は楽しそうに自分たちを交互に見やる。信じたか信じないかで言えば「信じられないながらも信じるほかなかった」というのが正しかった。間違いなくそのとき蘇ったのは、健太が「自分たちは尾行されている」と言い出したあの日の記憶だったのだから。

ただ、今しがた見えたのは自分の記憶ではない。明らかに、自分たちを尾行していた、、、、この男の記憶だ。それも、ただ映像として見えただけでなく、目的を果たした高揚感や吹き抜けていく秋の風の心地よさ――それらがまるで、自分の身に起きたことのように想起されたのだった。

「記憶ってのは、映像だけじゃないんだよ」

男は瓶に蓋をして、胸の内ポケットに仕舞い込む。

「音、匂《にお》い、触感。それから、そのときの感情。全部が記憶なんだ」

そのままペンを取り出すと、男は卓上の紙ナプキンを広げ、番号を記した。

「興味があるなら、ここに電話を入れて欲しい」

――どう考えても、胡散《うさん》臭い。

そんな良平の想いとは裏腹に、健太の決断は早かった。

「興味があるから、いますぐにその店とやらに連れて行けよ」

言うなり紙をくしゃくしゃに丸めると、彼はテーブルの上に放ってみせた。記憶の飛沫をふりかけられて我に返ったのか、いくぶん酔いがさめているように見える。

あまりの急展開に呆気《あっけ》にとられる良平をよそに、男は健太の言葉を予期していたのだろう、にやりと笑った。

「それなら、話は早い。この下に車を止めてある。すぐに来るんだ」

男は颯爽《さっそう》と席を立つと、店を出ていった。

はっきり言って、半信半疑どころの騒ぎではなかった。もしかすると全部夢なのではないか、とすら思えた。健太と同じくらい、自分も知らぬ間に酔っぱらっていたのでは、と。

「――でも、わかんねえよな」

店を出てエレベーターに乗り込むと、健太がポツリと言った。

「そもそもの話なんだけどさ、あいつは何のために俺らを尾行してたんだろう？」

5

「店」の営業は土日がかき入れ時だ。

昨夜、路上ライブで涙したことは既に良平の頭になく、興味はその日のアポイントメントの方にあった。本日最初の客は十二時に来店予定だったが、会社の独身寮にいてもすることがないので、一時間ほど早く「店」に来ていた。

「――にしても、嫌な事件が多いねえ」

クマさんがタバコをふかしながら、誰にともなくぼやく。昼でもカーテンを閉ざし、ランタンの灯りだけが頼りの休憩室。一階の角部屋は、「店」の従業員が集える唯一《ゆいいつ》の空間だった。

「ほら、この事件とか――もう四年も前のことになるんだな」

クマさんは、読んでいた週刊誌をこちらに寄越した。『医者一家焼死事件から四年――黒い噂《うわさ》と惨劇の全真相』と題された記事。当時かなり騒がれていたことを、たしかに自分も覚えている。

「四年前っていうと、あれか、お前ら若造コンビが働き始めた頃か？」

「僕たちはもうすぐ三年ですね。大学三年の秋からなので」

ああ、そうだったか、と特に興味もなさそうに呟くクマさんを横目に、ざっと記事に目を走らせる。四年前、高知県の小さな町で起きた不審火――燃えたのは、大病院を経営する医者一家の家だった。焼け跡からは一家五人の遺体が見つかり、その後の調べにより出火場所は玄関近く、放火である可能性が極めて高いことが判明した。怨恨《えんこん》か、それとも別の理由か。五人の命が失われたというだけでも話題性は十分だったが、この事件が世間の耳目を集めたのにはもう一つの理由がある。

「その生き残ったガキも、災難だよな。お前と同い年くらいだろ？」

クマさんの言う通り、一家には一人だけ生存者がいた。長男坊は運よくそのとき東京にいて、巻き込まれずに済んだのだ。ただ、たちまち世間から好奇の目を向けられたことは間違いない。それはもちろん、莫大《ばくだい》な資産を一人で相続することになったからだ。

記事によると、男は現在二十六歳とある。なるほど、確かに自分たちと同い年だ。

「その犯人が放火した瞬間の記憶でも売りに来たら、買手はたくさんつくだろうになあ」

不謹慎にもクマさんはそんなことを口にしたが、確かにろくでもない記憶が「店」で取引されることは多々ある。たとえば、小遣い稼ぎに女子高生が「プールの授業の前に更衣室で友達と着替えている記憶」を売りに来れば、金持ちの異常性癖の男がすぐさまそれを購入しにやって来るが、そんなのはまだかわいい方だろう。人が電車に飛び込む瞬間や車に轢《ひ》かれる瞬間の記憶だけを買い漁《あさ》るような、悪趣味で猟奇的な「上客」はごまんといるのだから。そういう連中には、この放火犯の犯行時の記憶などびっくりするような高値で売れるかもしれない。

「まあ、お前らがそんなやばい連中の相手をするのは、まだ早いだろうけどな」

まだ半分も吸っていないタバコを灰皿にねじ込むと、クマさんは席を立った。

「そろそろジュンさんの客が終わる頃だ。ちょっくら送りに行ってくる」

彼が口にした「ジュンさん」こそが、自分たちを「店」に連れてきた張本人であり、「店」のナンバーワン営業マンだった。ジュンというのはおそらく下の名前だろうが、ジュンなのかジュンイチなのか、それともジュンペイなのかは、誰も知らない。この「店」においては従業員も客も、名前は重要ではないのだ。

間もなく、携帯に健太から「手《て》筈《はず》通り客を池袋駅で拾った」という連絡が入った。

自分たちの間には、ある程度の役割分担がある。客を捕まえるのは基本的に良平の役目で、以後当日までのやりとりや車での送迎をするのが健太だ。

——お前は平日、客を捕まえるのに専念してくれさえすればいいんだ。

銀行の窓口で客を捕まえるのが、一番手っ取り早い。手元の端末には情報が満載だし、手続きの合間に世間話などを通じて素性を探っていくのは、そう難しいことではないからだ。むしろ大変なのは、その後の営業活動の方だろう。電話をかけ、にわかには信じられないような「店」の話をし、成約まで漕《こ》ぎつけなくてはならないのだから、仕事の負担で言うと圧倒的に営業を担《にな》う健太の方が重いはずだ。

――でも、お前は懲戒解雇になるリスクを背負ってやってんだ。俺とは違う。

健太は口癖のようにこう言っていたが、確かにこのことがばれたら自分は一発で免職になるだろう。顧客情報を流用しているのだから、当然だ。

――それに、図々しさという点で、俺の方が営業向きだ。

これも彼の言う通りで、初めて教室で話しかけてきたときのような独特の間合いの詰め方でいつもやすやすと成約してみせるのだが、この言葉が後ろめたさの裏返しであることも良平にはわかっていた。漫画家を名乗りつつ、彼は平日も暇を持て余している。二人で営業を始めたときに「報酬は折半」と決めた以上、暇なら暇なりにできることを最大限やらなければいけない――そう彼は感じているのだ。けれど、気付いていたとしてもそんなことは口にしないし、する必要もない。

扉をノックする音がし、すぐにジュンさんが入ってきた。

「お、来てたのか」

ジュンさんは先ほどまでクマさんが腰掛けていた椅子《いす》に座り、おもむろにタバコに火をつけた。

「今日はどんな客なんだ？」

その問いに、良平は努めてつまらなそうな口ぶりで答える。

「今日はただの『売り』ですよ。額も小さいし。親の口座から二十万引き出そうとしてたんで、理由を尋ねてみたら、中絶費用のためだそうです」

「呆れた話だな。親御さんも泣いてるよ、きっと」

「でも、お金がないっていうんで、仕方なくこの『店』のことを紹介したら『ぜひ、行きたい』と」

「まあ、人に喜んでもらえるのはいいことだ」

そう言われても、物足りなさを感じずにはいられなかった。昨日の婦人の取引は一度に百万単位の金が動いたため成功報酬もかなり弾んだが、今日は「売り」案件で額も小さい。稼ぎもたかが知れている。

「客からの『売り』案件は転売がキモなんだから。そんな暗い顔をする話じゃないよ」

このような「売り」の際、営業マンには記憶の査定額、つまり買取価格の二割が報酬として支払われる。

たとえば百万円と査定された記憶が売りに出されたら、その二割の二十万が営業マン、残りの八十万が客のものだ。今回の案件で言えば、二十五万円と評価された記憶を売れば中絶に必要な現金二十万円が客に入る計算となる。自分たちは報酬を折半しているので、各々《おのおの》の稼ぎは二万五千円。自分は銀行窓口で顧客情報を抜いているだけなので時給換算にしたら悪くはないが、ジュンさんが扱っているようなビッグディールを目《ま》の当たりにすると、どうにもこの程度の取引はちっぽけに思えてしまう。

ただ一方で、ジュンさんの言う通り「売り」案件は転売がキモなのは確かだった。要するに、客が手放した記憶を高値で買い取りそうな別の客に売り込むわけだが、記憶の「買い」は購入額の三割が営業マンの懐に入るうえ、価格を営業マンが決められる。つまり、需要と供給が合致さえすれば、「安値」で仕入れた記憶を「高値」で転売し莫大な報酬を得ることができるのだ。

「──まあ、そうなんですけどね」

「クマさんから、お前たちの昨日の『引き取り』案件はすごかったって聞いたぞ。何といっても、人を一人消すんだ。生半可な覚悟じゃできない。それこそ『リスクマネジメントのリョウ』の名に恥じないビッグディールさ」

自分が相変わらず不満そうなのを見かねてか、励ますようにジュンさんは笑った。

「引き取り」というのは、言わば廃品回収と同じだ。客は金を支払い、自らを苦しめる負の記憶を引き取ってもらう。「買い」と同じく報酬は三割で、価格設定も営業マンに一任されている。たとえば、昨日の婦人が憎き夫の記憶を抹消するために支払った金額は三百万円——銀行の預金総額を事前に把握していたからこそ、ふっかけてもぎりぎり支払える額を提示できたのだ。よって、報酬は一人四十五万円。本業の給料の約二か月分を一晩にして稼ぎ出したのだから、確かにジュンさんの言う通り、胸躍るようなビッグな案件には違いない。

だが一方で、その金額の裏には多大なる責任が伴った。「売り」や「引き取り」によって、客は自らの記憶を失ってしまうのだから。昨日の婦人の例で言えば、彼女の旦那《だんな》は彼女の人生において存在しない人間になった。けれども、たった一時とはいえ二人が夫婦生活を送っていたのもまた事実。つまり、何かの拍子に「葬《ほうむ》られたはずのかつての婚姻関係」が彼女のこれからの人生に顔を覗《のぞ》かせる可能性は、常につきまとうことになる。

だからこそ、どのようなリスクが想定されるか事前に徹底的に調べつくす必要があったし、その点において健太よりも自分に適性があるのは確かだった。健太が客を「その気」にさせ「リスク検討」は良平が行う。数をこなし、互いの強みがわかってくるなかで自然とできたもう一つの役割分担。いつ頃からか、ジュンさんは自分たちを『リスクマネジメントのリョウ』と『セールストークのケン』と呼ぶようになっていた。

「きっと、店主《マスター》もお前たちのことを誇らしく思ってるよ。まあ、顔にも口にも出さないだろうけどね」

店主というのは、その名の通りこの「店」の支配人だ。白髪に、牛乳瓶の底のような分厚いメガネをかけた容姿はさながら狂気の科学者といったところで、全身から放たれるオーラは尋常ではなかった。滅多に従業員の前に現れることはなく、いつも奥の部屋にこもって記憶にまつわる研究に勤《いそ》しみつつ、「売り」案件における価格の査定を一手に担っているのだという。事実、初めて「店」に来た日に一度会って以来、その姿を見てはいない。

「何も焦《あせ》らなくていい。むしろ、たった三年でそんな案件をこなせるようになったなんて、すごいことだよ。俺もうかうかしてられないな」

ジュンさんは冗談交じりにそう言うと、ふうっと煙を吐き出した。

6

「俺はジュン。みんなからはジュンさんって呼ばれてる」

今からおよそ三年前、初めて「店」を訪れた日のこと。

後部座席で揺られる自分たちに、ジュンさんは素性を明かしてきた。素性といっても、周囲から何と呼ばれているかわかっただけだが、少なくとも、もう名も知れぬ追跡者ではない。

アイマスクをして車に乗せられるなど、危険極まりない行為に思えたが、

――この機会逃したら、一生後悔すんぞ。

と、鼻息荒く唾《つば》を飛ばす健太の勢いに負け、結局しぶしぶながら「店」へと向かうことにしたのだ。

「――それで、きみは何をそんなに不満に思ってるんだ？」

ジュンさんがそう言い終わらないうちに、健太は吠《ほ》えた。

「俺の漫画が認められないんだ。頭の古いクソ審査員どものせいで！」

「きみは漫画家を目指してるの？」

「ああ、そうだ。文句あるか」

視界を奪われているので見えたわけではないが、なんとなく、そのときジュンさんがふっと小さく笑ったように思えた。

その後も、ジュンさんの質問に酔っぱらった健太が噛みつくというやり取りを何度か繰り返し、やがて静かに車は停車した。

アイマスクを外し、車から降り立つや、たまらず健太と顔を見合わせる。なんということのない、普通の地下駐車場。こぢんまりとして、せいぜい乗用車が五台も停まれば一杯になってしまいそうだ。コンクリート打ちっぱなしの無機質な天井は思いのほか高く、青白い蛍光灯が不気味に明滅していた。

「さ、こっちだよ」

　ジュンさんに導かれ、エレベーターに乗り込む。真っ先に目に飛び込んできたのは、奥の壁に設置された古い大きな鏡だった。

「鏡の方に向かって並んで」

　言われるがままジュンさんを挟む形で鏡の前に立つと、背後で扉が閉まる音がし、エレベーターは上昇を始める。すると不思議なことに、鏡の中に白い煙が渦を巻き始めたのだ。煙は鏡に映る三人の身体に纏《まと》わりつくように形を変え、時おり雷雲のように閃光《せんこう》が走る。エレベーターの中に煙が充満しているわけではないので、鏡の中だけで起きている現象に違いなかった。

　ちん、というチープな音とともに、エレベーターは停止した。

　見ると、先ほどまで鏡の中でうねっていた白煙は姿を変え、今は鏡に映る三人の頭上にぼんやりと九桁《けた》の数字をかたどっていた。

「これが、きみたちの番号だよ。要は、本人確認さ」

　ジュンさんは手元のメモに数字を書きつけると、それをめいめいに手渡した。

「この『店』において、名前は意味をなさないんだ」

　説明を聞きつつ、エレベーターを降りる際、瞬間的に視線を走らせてみる。階数表示は「3」となっており、今いるのはビルの三階と思われた。押しボタンは「4」まであるので、おそらく四階建てだろう。不可解なことに、「B1」「1」「3」「4」のボタンは確認できたものの、「1」と「3」の間にはボタンの代わりに鍵穴《かぎあな》がついていた。

「どうして二階はボタンじゃないんだ?」

先に立って歩き出したジュンさんの背に、健太が問いかける。酔っているように見えて、意外と目ざとい。

「それは、今のきみたちには関係のないことだよ」

静かだが、それでいてどこか緊張感をはらんだ声色。これ以上問うても、おそらく腑《ふ》に落ちるような回答は得られない。そう確信させるような、冷たい語調だった。

三階はリノリウムの廊下の両側に扉が二つずつあるだけで、地下駐車場に負けず劣らず殺風景だった。それぞれの扉は固く閉ざされていて、中の様子は外からではまったくわからない。

「奥の部屋にしようか」

ジュンさんに導かれて、右手奥の部屋へ入る。地下駐車場や廊下と比べると、中はいくぶん凝った内装になっていた。厚手のカーテンで窓は覆《おお》われ、ど真ん中に吊《つ》るされたランタンが唯一《ゆいいつ》の光源となっている。その下に木製の机が一つと、同じく木製の椅子がいくつか。見ると、机の上には水晶玉が置かれていた。

「まずは、座ろう」

促されるままに、並んで腰をおろす。

「最初にこの『店』について説明するね」

ジュンさんはジャケットの内ポケットから例の小瓶を取り出し、机の上に置いた。

「おわかりの通り、ここは記憶を取引できる『店』なんだ。嫌な記憶を引き払うことも、好きな記憶を買うことも、なんでも自由さ」

話に耳を傾けつつも、自然と目は机の上の水晶玉に向いてしまう。

その視線に気付いたジュンさんが、水晶玉を押して寄こす。

「取引は、この水晶玉を通じて行うんだ。玉に手を当てて、好きな食べ物を想像してごらん」

言われるがまま、水晶玉に手を添える。想像したのは冷奴《ひややっこ》だった。

その刹那《せつな》、目の前にいくつもの光景がフラッシュバックする。見知らぬ女性と向かい合って冷奴を食べる自分、お皿から冷奴をこぼして泣いている幼女をなだめる自分、冷奴を包丁で切ろうとして誤って指を切ってしまった自分――。

荒波のように押し寄せる、さまざまな光景。連続写真のごとく瞬時に切り替わりながら、連続写真とは違って脈絡のない場面の数々。圧倒的な情報量に耐えかねて、思わず玉から手を離す。すぐに冷奴にまつわる映像は脳裏から消え、暗がりに浮かぶ健太とジユンさんの顔が戻ってきた。

「いまきみが見たのは、この『店』で人々が手放した記憶の数々さ」

鼓動が速まり、額には冷汗が浮かぶ。おそらく脳内での処理が追いつかず、パニックを起こしているのだろう。

「もし、きみが記憶を売れば、その記憶はこの水晶玉に閉じ込められるんだ」

ジュンさんは、同じように健太へと水晶玉を押しやる。彼が玉に触れた途端、内部に生じた白煙が急速に渦を巻き、手のひらの触れている部分に吸い寄せられていった。あわてて手を引く健太。

「水晶玉の中にある限り、記憶は色褪《いろあ》せない。ただし、記憶の元の持ち主の感情を知ることもできない。面白いだろ？」

確かに言われてみれば、先ほどの居酒屋でのように「記憶の元の持ち主」の感情を追体験したわけではなかった。あくまで映像として見え、音として聞こえただけだ。

「感情も含めて体感したいのであれば、水晶玉から小瓶に抽出して、買ってもらうしかない」

机の上に置かれた小瓶をジュンさんは指し示す。

「まあ、値が張るから正直言うときみたちが買うのは厳しいだろうけどね」

いたずらっぽく笑うと、彼は咳《せき》払いを一つした。

「さて、本題だ。きみは先ほど、嫌な記憶があると言ったね」

問いかけに対し健太は静かに頷き返したが、居酒屋でやさぐれていた時よりも顔色は幾分よさそうに見えた。少なくとも、瞳にいつもの力強さが蘇ってきている。

「その記憶を思い浮かべながら、もう一度水晶玉に触れてみて」

指示通り健太が改めて水晶玉に触れると、今度はジュンさんも水晶玉に手を載せた。

「さあ、そのときのことを思い出して」とジュンさんが指示を出す。と、再び水晶玉の中で白煙が渦を巻き始めた。ただ、今度は健太の手のひらの前で渦巻いていた白煙が、紫色の閃光を放ちながらジュンさんの手の触れている部分へと吸い寄せられていく。傍目にも何が起きているのかわかった。健太の記憶がジュンさんに共有されているのだ。

「なるほど――」

水晶玉から手を離し、ジュンさんは静かに呟《つぶや》いた。「本気で悔しかったんだね」

そのときジュンさんが「目撃」した健太の記憶の中身はわからない。ただ、少なくとも映像だけで悔しさが伝わるような、そんな何かを見たことは確かだった。

「わかった、まだきみは学生だし、今回は特別価格の一万円でその記憶を引き取るよ」

一万円。高いのか安いのか、すぐには判断がつかなかった。貧乏学生にとって一万円は高いけれど、それで精神衛生を保てるのであれば安いような気もする。ただ、いずれにせよ判断を下すのは健太だ。

固唾《かたず》を飲んで見守る良平の耳に飛び込んできたのは、実に意外な言葉だった。

「――そうすると、ジュンさん。あなたにはいくらの報酬が入るんですか？」

健太の顔からは完全に酔いが引いていた。

「きみは面白いところに目をつけるね」

ジュンさんは愉快そうに顔を綻《ほころ》ばせると、指を三本突き立てて見せた。

「今回は『引き取り』だから、三割だよ。だから三千円だね」

その答えを聞いた健太は、額に指を押し当てる。考え事をしているときの、彼の癖だった。

思いもよらない展開に、自然と胸が躍る。こんな状況でも「店」の報酬体系に考えを巡らす人間が、健太以外にいるだろうか。

「値段はジュンさんが決めていいんですか？」

健太が再び問うと、ジュンさんは驚いたように目を見開き、首を傾《かし》げた。

「鋭いね。その通りだけど、どうしてそんなことを訊《き》くのかな？」

それを聞いた健太は満足げに頷くと、不敵な笑みを浮かべた。

「――それなら、俺とこいつを雇ってください」

健太の言う「こいつ」が自分を指していると気付くのに、一瞬だけ時間を要してしまった。言っている意味がまったくわからなかったからだ。

「俺もこいつも、金に困ってるんです。死に物狂いで稼ぎます」

確かに今のジュンさんの話通りであれば、高額の案件を自ら見つけてくればものによっては一瞬にして数万円の稼ぎを生むのも可能ということになる。それは物わかりのよくない小学生に算数を教える二時間よりも、厨房《ちゆうぼう》と客の間を何往復もするだけの六時間よりも、遥《はる》かに魅力的だった。

「死に物狂いで働くよな？」

念押しされ我に返ると、すぐさま頷き返す。

様子を眺めていたジュンさんは面白そうに目を細めると、席を立った。

「いいだろう、店主に訊いてみよう。ついておいで」

そのままジュンさんに続いて部屋を出ると、再びエレベーターへと乗り込む。今度は鏡の方を向くようにとは言われなかったので、良平はジュンさんが押すボタンに注目していた。見ると、健太も同じようにジュンさんの指先に視線を向けている。

「残念、店主がいるのは四階だよ」

ジュンさんが言い終わらないうちに扉は閉まり、エレベーターは上昇し始めた。

7

十二時を過ぎた頃、不意に扉を開けて姿を現したのは健太だった。

「え、客は？」

そう問うと、健太は肩身が狭そうに俯いた。

「間際《まぎわ》になって『やっぱり、怖い』ってさ。車に乗り込んでアイマスクしたら、何かされると思ったんだろうな」

その報告にちっと舌打ちをしつつ、椅子の背もたれに背中をあずける。

最後の最後に客が怖気《おじけ》づくのは、割とよくあることだった。考えてみれば当たり前の話で、見ず知らずの人間の運転する胡散臭い車にアイマスクで乗るなど正気の沙汰《さた》ではない。そこをいかに懐柔するかが、営業マンの腕の見せどころなのだが。

「悪いな、お前が取ってくれた客なのに――」

健太が謝罪の言葉を口にする。

「いいよ、そんな大した金額にはならなかっただろうし」

「だけど、『次のステップ』のためには一件たりとも逃してられないだろ」

そう言われ、思わず唇を噛む。

「店」に雇われることが決まった日、店主は最後に一つの条件を出した。

――まず、お前ら二人で報酬を一千万稼いでみろ。

――そうしたら「次のステップ」に進むチャンスをやる。

──ただし、三年以内だ。それで結果が出なきゃ、しょせんお前らはその程度ってことだ。

「店」の営業マンは、大ざっぱに言って取引額の三割が自身の稼ぎとなる。そこから逆算すると、総計三千三百万円ほどの取引をこなさなければこの数字は達成できないことになる。達成できないとどうなるのかは言われなかったが、命まで取られることもなかろうし、そんなことを気にする前にがむしゃらに働こう、というのが二人の間での共通認識だった。

働き始めて三年弱。一件の単価が数万円というところからコツコツと場数を踏み、昨日の婦人の案件でやっと累計《るいけい》取引額は三千万円の大台に乗ったところ。残された時間を考えると、健太の言う通り、たとえ小さな案件であっても逃している場合ではない。

「ところで、これどうしたんだよ」

机の上に広げられたままになっている週刊誌を、健太が指さす。

「クマさんが読んでたんだ。嫌な事件多いよなって」

週刊誌を押しやると、健太は手に取りパラパラとページを繰る。

「そうか？　呑気《のんき》な記事も多いぜ。芸能人の下半身事情に、今期のドラマ視聴率予想──見ろよ、これなんか笑っちまうぜ」

見せられたページには「イケメン代議士『コロン王子』に永田町はメロメロ？」の見

出し文字が躍っていた。

「ウケるぜ、こいつ。答弁やら演説の前に、必ず香水をつけるんだとよ。いくら香りに気をつけてても、胡散臭いんじゃ困ったもんだよ」

彼の手から週刊誌をもぎ取る。

「俺が言ってるのは、この記事だよ」

『医者一家焼死事件から四年――黒い噂と惨劇の全真相』のページを広げ、健太の眼前に突きつける。と、すぐに彼の表情が曇った。

「そういやあったな、こんな事件。そうそう、この死んだ一家の苗字《みようじ》が珍しいんだ。ミゾロケだったっけ？　まあ、読みより字面《じづら》のインパクトがすごいけどな」

『御菩薩池《みぞろけ》泌尿器《ひにようき》科クリニックは地元でも大評判で――』という一文を健太は指さす。

焼死した院長の御菩薩池公徳《こうとく》は、地元では極めて評判がよく、ゆくゆくは政界へと推す声も多かったという。同時に亡《な》くなった妻の恭子《きようこ》は気立てがよく、麗《うるわ》しい夫人として有名だったようだ。誰もが羨《うらや》む、幸せな一家――だからこそ地元民の見方は一致していた。放火殺人事件のはずがない。彼ら一家のことを、誰も恨んだりするはずがないのだから。

「――いい人だったらしいけど、誰が殺したんだろうな」

良平は、週刊誌を閉じると机の端へと放る。別にまだ殺人事件と決まったわけではないが、記事の書きぶりは明らかにその方が「面白い」という論調だった。「完璧《かんぺき》すぎる一家」に対する嫉妬《しっと》か、はたまた彼らには誰も知らない「裏の顔」があったのか、それとも——。

「そりゃ決まってんだろ、この生き残った息子だよ」

健太は事もなげに言ったが、記事が暗にその可能性を示唆《しさ》しているのは明らかで、完璧すぎる一家の唯一の「癌《がん》」、そして親元を飛び出した放蕩《ほうとう》息子だと、そこにはあっさり書かれていた。こんな記事を掲載するなんて名誉毀損《きそん》で訴えられてもおかしくはないが、確かにこの件でただ一人、金銭を手にし「得」をしたようにも見える人物だ。

「でもさ、たかだか金のために、こんなことするか？」

「甘いよ、良平くん。これが金のためだったら、俺は当たり前すぎてがっかりだね」

「他に理由があると思うのか？」

「可能性の一つさ。でも、一気に『御菩薩池』の姓が五人も減るんだぜ。珍苗字ランキングで上位に躍り出るチャンスだろ？」

やっぱりな、と苦笑する。いかにも斜に構えたこの男の発想らしい。

「そんなことして何の意味があるんだよ」

「自身の苗字の希少価値を上げるために、同族を抹殺する——面白いだろ？」

「バカげてるよ」

「そう言うけどな、こういう奇抜な発想にこそ面白い話のヒントってあると思うぜ」

「次の新作は『同族殺しサイコスリラー』で決まりだな」

「登場人物のほとんどが『大豆生田《おおまみうだ》さん』になっちまうけどな」

思わず吹き出してしまったが、すぐさま「不謹慎だぞ」とたしなめる。

「まあ良平くんの言う通り、不謹慎な話はこれくらいにしておこう。でもな、真面目《まじめ》な話、こんな珍しい苗字で生まれたらそれだけで人生一歩リードしてると思うぜ」

そのとき不意に、かつての健太の言葉を思い出した。

――名前も中身も「普通」の人間だとさ、この世界で埋もれちまうんだ。

考えてみれば、おかしな理屈だ。けれども、健太が言うとどこかそれらしく思えてくるから不思議だった。

「『如月楓』は捨てて『御菩薩池彦摩呂』にしようかな」

「名前が目立ちすぎて、誰も漫画の中身に目がいかねえよ」

そうして、二人は顔を見合わせて笑った。

出足こそ好調ではなかったものの、残りの二つの案件は予想に反して上々だった。

本日二人目の客は某上場企業の役員の男で、「幼少期に姉と風呂《ふろ》に入る弟の記憶」を購入した。当然、その姉弟と男の間には何の関係もない。要は「風呂の覗き」だ。取引価格は五十万円。報酬は一人七万五千円。「ありゃ、とんだ変態野郎だ。あの腐れロリコンからはもっと金をふんだくってやるべきだった」と健太が吐き捨てたのも、もっともだ。

最後の客は現在劇団員をしている女優の卵で、「彼氏に浮気された女の記憶」を十万円で購入した。金額そのものは二件目と比べると小さかったが、夢へのひたむきな姿がどこか健太とかぶるところがあり、自然と二人の対応は熱を帯びた。

「次の舞台のテーマが『浮気された女たち』なんです。私、恋愛経験が多いわけじゃないし、ましてや浮気されたことなんてないから……でも、今度こそ主役を取りたくて」

「いいじゃないですか。応援しますよ、あなたの夢」

「主役になれたら教えてください。絶対その公演観《み》に行くんで――」

そんなこんなで、結局一日の総取引額は六十万円。報酬は一人九万円。蓋を開けてみれば、極めて充実した一日だったと言えるだろう。

仕事を終え「店」を出ると、渋谷駅近くの居酒屋チェーンに入る。土日の二日間だけで一人五十四万円も稼いだのだからもう少し奮発してもよかったのだが、大学時代に染《し》みついた貧乏性の名残だろうか、二人はあまりバカげた金の使い方を好まなかった。翌日からまた「表向き」の仕事が始まる良平は烏龍茶《ウーロンちゃ》を、翌日も特にすることのない健太は生ビールを注文する。

「計算してみたんだ」

最初のひとくちをグイと飲み、ジョッキを置くと健太がおもむろに切り出した。

「この調子を保てれば、再来月には目標を達成できる。おそらくな」

現時点での正確な二人の累計報酬額は、八百三十七万円だった。目標まであと百六十三万円。金額だけ見れば大きいが、最近は一発で五十万前後稼げるような大口案件も増えてきているし、現に今週はこの土日だけで二人合わせて百八万円を稼ぎ出している。さすがにこの数字は出来過ぎだが、月に二、三回は大口の案件を成約できているイメージなので、健太の言う通り、あと二か月もあれば目標は達成できそうだ。期限は三か月先の十月末なので、ノルマに追われる月末の銀行員のように直前であたふたすることもないだろう。

「——そこで、俺は考えてみたんだ」

健太の瞳《ひとみ》にいたずらっぽい光がよぎる。

「このまま『店』の手足として営業マンをしてるだけで、本当にいいんだろうか。店主に勝手に貼《は》られた目標に向かって盲目的に働いて、そんでそのまま終わってしまっていいんだろうか。仕事の内容は特殊だけど、『店』の歯車になっているという点では、そこらのサラリーマンと大差がないんじゃないか、ってな」

「どういうことだよ？」

「つまりだ。お前はいま銀行員として働きつつ、そこに集まった客の情報を悪用して『裏稼業《かぎょう》』に勤しんでるよな」

「悪用ってのは人聞きが悪すぎるけど、まあそうだな」

「同じことを『店』でやってみないか？」

「ごめん、まったく意味がわからない」

健太は一息にジョッキを空けると、大きなゲップを一つした。

「『店』にも客の情報が溜《た》まってるだろ。それをもとにして、二人で探偵をやらないか？　人々の記憶を頼りに謎《なぞ》を解くんだ」

目から鱗《うろこ》な発想だった。しかも「店」に集まっている情報は、銀行が持っているデータとは比べものにならないほど希少価値のある「個人情報」と言えるだろう。

「――面白いな」

「漫画の題材にできそうだろ」

健太はやや自嘲《じちょう》気味にそう言うと、卓上のボタンを押して店員を呼ぶ。「ただいまうかがいまーす」とバイト店員の叫ぶ声がした。

「もちろん『店』で働けたことには感謝してる。ちょっと前までは仕送りを打ち切られた餓死寸前の貧しい学生だったのが、いまや同世代の中でもかなり稼いでる方なんだから」

「まあ、それはそうだな」

「わかってると思うけど、店主にもジュンさんにも、これは内緒だ」

念押しするように、健太は一段と声を落とす。

「お前が銀行を出し抜いているように、『店』のことも出し抜いてやろうぜ」

「それはいいけど、どうするつもりだ？　『記憶を頼りに謎を解決してみせます』って書いたビラでも撒《ま》くのか？」

「そこなんだ。まずは、そもそもこの思いつきがうまくいくかの検証が必要だと思う。だから、一つテーマを決めて試しに取り組んでみないか？」

振り返ってみれば、思いがけない方向に人生を転がしてくれるのはいつもこの男だった。彼が「店」に行こうと言い出さなければ、「店」で働かせてくれとジュンさんに提案しなければ、こんなにも刺激的で色鮮やかな日々は自分のもとに訪れていなかっただろう。そう考えると、この話に乗らない理由はなかった。

「マジで面白いけど、そこまで言うからにはテーマとやらを考えてあるんだろうな」

「ああ、もちろん」

健太はおもむろにスマホを取り出すと、画面を向けてくる。そこには、白いニット帽に真ん丸のメガネをかけた女性の姿が映し出されていた。

「これって――」

「そう、昨日駅前でライブをやっていた、あの子だ」

健太は画面を何度かタップすると、再びこちらに向けた。

「昨日、家に帰ってからいろいろ調べてみたんだ、あの子について」

今度はブログのページが開かれていた。画面上部にはポップな字体で『流浪《るろう》の歌姫～星名《ほしな》～非公式ファンページ』の文字が光り、その下には『ファン交流掲示板』『最新出没情報はこちら』など多くのコンテンツの見出しが躍っている。

「『星』の『名前』と書いて『星名』、歳《とし》は俺たちと同じ二十六歳。昨日の感じだと、もう少し年下っぽく思えたけどな」

説明に耳を傾けつつ、視線は『星名の謎一覧』という見出しに釘《くぎ》づけになる。

お見通しだ、とでも言うように健太が笑った。

「やっぱりそこが気になるだろうけど、もう少し星名の基本情報を共有しておこう。彼女は事務所などには所属していない、いわば全くの素人《しろうと》。メディア露出もほぼゼロで、彼女自身が取材を断っているんだそうだ。にもかかわらず、全国各地に熱狂的なファンを抱え、水面下ではかなりブームになっている。動画投稿サイトにファンがアップロードしたライブ映像は、一番多いのでなんと七十万回以上も再生されてるんだ。驚きの数字だよ」

「七十万回？　どうしてそんなに？」

「そこなんだよ。彼女には、彼女だけの実に面白い特徴がある」

彼の指が『最新出没情報はこちら』の文字をタップする。瞬時に画面が切り替わり、今度は日付と場所の一覧が表示された。

「星名は路上ライブを中心に活動してるんだけど、神出鬼没なんだ」

見ると、まさに星名の動きは「神出鬼没」というにふさわしかった。ある日は博多駅前に現れたかと思えば、翌日は仙台で、さらに次の日は高松で目撃されている。健太によれば、その「機動力」が話題となり全国にファンが拡大しているのだという。

「もう一つの特徴は、彼女の歌がすべてある一つの世界観に基づいて構成されてるってことだ」

「世界観？」

「その最たる例が、昨日聴いた『スターダスト・ナイト』――さっき言った七十万回再生されているライブ映像はこの曲を歌っているときのものだし、紛れもなく星名の代表曲と言っていいだろうな」

昨夜の路上ライブを思い出す。確かにあの歌は名曲だった。こぼれるようなアコースティックギターのアルペジオは、音の一つひとつが夜空に瞬《またた》く星の光を想《おも》わせ、それぞれの光が百億光年の暗闇《くらやみ》を越えて地球に届いたときの孤独と奇跡を感じさせたのだから。

「で、その世界観って言うのは？」

「果てしない宇宙を舞台に誰かを探す物語——これが星名の歌のモチーフなんだ」

「誰かを……探す？」

「勘がいいな」

健太が画面を切り替える。『星名の謎一覧』に飛んだことは言うまでもない。

「星名が全国津々浦々で路上ライブをしているのには理由がある。お気づきだとは思うが、誰かを探してるんだよ」

曰《いわ》く、彼女が旅をする理由は「きっとこの世界のどこかにいる『あの人』を見つけるため」なのだそうだ。これは彼女自身が公式に発表している情報で、「あの人」がどこにいるかわからないからこそ、日本中を巡る流浪の歌姫と化しているのだという。「管理人の勝手な予想では昔の恋人かなと思ったりもしますが、安易すぎる気もしています……汗」という言葉でページは締めくくられていた。

「もうわかったよな？」

その投げかけに、自信を持って頷《うなず》きを返すことができた。

「『あの人』を見つけようってんだろ？」

「ご名答。『あの人』に関する情報は限りなくゼロに近い。だからこそ、挑戦しがいがあるってもんだ」

店員が「すいません、お待たせしました」と言いながら、生ビールのジョッキを持って席にやって来た。空になったジョッキを返しながら、健太はこう続ける。

「ただ、謎はこれだけじゃない。そんでもって、もう一つの謎はここまでの『作り物めいた美しい話』とは趣が全く異なるんだ」

立ち去りかけていた店員を呼び止め、生ビールと冷奴を追加注文することにした。

「飲まないんじゃないのかよ」

健太がニヤリと口元を緩める。

「いいから、話を続けろよ」

自分も悪い笑みを浮かべているのがわかった。

8

店主の部屋を訪れたことは、一度しかない。初めて「店」に連れて行かれ、健太が自分たちのことを雇えとジュンさんに詰め寄った、あの大学三年の秋のことだ。

「店主、いまよろしいですか?」

ジュンさんが鉄製の重々しい扉をノックすると「おう」と微《かす》かな声がした。

「大丈夫みたいだ、さあ入ろう」

健太と並んで扉を入った良平は、室内の異様な光景に目を疑った。

古書がずらりと並んだ本棚、埃《ほこり》を被《かぶ》った水晶玉や用途不明の骨董品《こっとうひん》が置かれたサイドボードの他、やたら大きな姿見や得体のしれない観葉植物などで、部屋は一杯だったからだ。奥には木製の机とひじ掛け椅子が置かれ、白髪の老人がこちらに背を向けて座っているのが、薄闇のなかにぼんやりと確認できた。部屋の灯りは卓上の蠟燭《ろうそく》のみで、先ほどジュンさんに通された三階の部屋に負けず劣らず不気味な雰囲気が漂っている。

「店主、面白い二人組を見つけたんですよ」

ジュンさんが言い終わらないうちに椅子がくるりと回転し、店主はこちらを振り返った。分厚いメガネの奥の、ぎょろりとひん剝《む》かれた瞳は眼光が鋭く、眉間に刻まれた深い皺《しわ》は気難しさを示すこれ以上ない証《あかし》に思えた。

「『店』で働きたいと言うんです」

ジュンさんを挟む形で立っていた二人は、するとはなしに一礼する。それでも店主は口を開かず、腕組みしたまま二人を値踏みするように睨《にら》みつけるだけ。

痺《しび》れを切らしたのか、ついに健太が口火を切る。

「田中健太と言いま――」

「お前の名前なんて知ったこっちゃない」

それまで沈黙を貫いていた店主が、おもむろに口を開く。しわがれているのに、どこか重たく、冷たい声だった。健太はすぐさま口をつぐみ、気圧《けお》されたように背筋を伸ばす。

「人間にとって、最大の個人情報は何だと思う？」

試すような口ぶりで店主は問いかけてきたが、答えを期待しているわけでもないのか、矢継ぎ早に続ける。

「名前か？　生年月日か？　血液型か？　免許証の番号か？　どれも俺から言わせりゃ違う」

どこからか葉巻を取り出すと、店主は咥《くわ》えて火をつけた。

「一番の個人情報は、それぞれの人間が持つ『記憶』だ」

煙を吐き出した店主は、それまで健太に向けていた視線を良平に移した。

「お前がお前である唯一の証明は、お前の持つ記憶だ。整形しようとも、身分証を偽造しようとも、お前はお前の記憶を持つ限りお前なんだ。これは大切なことだ、覚えておけ」

頭をフル回転させて言葉の理解に努めたが、わかったような、わからないような、腹落ちしない収まりの悪さが胸に渦巻くばかりだった。

「エレベーターに鏡があっただろ？」

店主の言葉をジュンさんが継いだ。

「鏡に映るものは、その記憶構成——連続性とも言い換えられるかな。とにかく、それを一度すべて調べられる仕組みになってる。一人として同じ記憶を持つ人間はいないから、それが本人確認になるんだ。そして、各人の記憶構成をもとに、番号が割り当てられる。さっき紙を渡したろ？　入店記録から取引履歴まで、すべてはこの番号で管理されてるのさ。仮に俺に変装した『誰か』が『店』に忍び込んでも、鏡に表示される番号が違うから一発でわかるっていう、そういう仕組みさ」

　思い出したように、ポケットから紙切れを引っ張り出す。そこに記された九桁の数字こそが、自分が自分である証ということらしい。

「さっき言ったろ？　この『店』において名前は意味をなさないって」

　つまり、その気になれば良平は「田中健太」を名乗ることもできるし、整形してパスポートを偽造することもできる。でも、唯一変えられないもの——記憶こそが、自分が自分である証拠であり、証明なのだ。そう言われてみると、なんとなく納得できるものはある。

「——話の腰を折ってすみません」

　それはそうなのだが、率直な疑問を口にすることにした。

「いま、仕組みとおっしゃいましたが、水晶玉やら鏡やら、どういう原理なんですか？　記憶の売買なんて、どうにも信じられなくて——」

その発言を最後まで聞くことなく、店主はおもむろに机の引き出しを漁《あさ》りだす。

「信じられん仕組みのモノなんて世の中にはごまんとあるが、お前がそのすべてを理解する必要などどこにもない。うちで働くんだろ？　なら、これを飲め」

渡されたのは、何の変哲もない白い錠剤だった。手のひらに載せて眺めても、普通の風邪薬と何が違うのかさっぱりわからない。

「お前らの記憶を監視する『番人』だ」

「番人？」

思わず繰り返してしまったが、健太も戸惑っているのか、つまんで眺めるばかり。

「記憶がその内容に応じて、短期記憶と長期記憶に振り分けられるのは知ってるだろうな？」

店主はメガネを外すと、ふうっとレンズに息を吹きかける。

「その仕分け段階で、『問題のある記憶』が混じってないかを『番人』がチェックする」

今度は健太が店主の言葉を復唱する。

「問題のある記憶？」

店主は頷くと、取り出したハンカチでごしごしとレンズを拭《ふ》き始めた。

「では何をもって問題のあるなしが判断されるかだが、極めてシンプルだ。営利目的以外で『店』のことを誰かに話したら、それが『問題のある記憶』さ。営利目的とはすなわち『売り』『買い』『引き取り』——これらの取引にまつわる文脈だけを指す。要は、軽々しく『店』のことを口にするなというわけだ」

店主はメガネをかけ直すと、探るように二人を交互に見やる。レンズを拭いたのはお前たちのよからぬ企《たくら》みを見逃さないためだ、とでも言いたげだ。

「基本的に例外はないが、従業員に対してこのルールは適用されない。つまり、お前たち同士が営利目的以外の理由で『店』についてしゃべる分には構わんし、俺やジュンに対しても同じだ。その点は柔軟だから、安心しろ」

健太の方をちらりと見やる。彼は訝《いぶか》しそうに眉《まゆ》を上げたまま、手のひらの上の白い「番人」を見つめていた。店主は「安心しろ」と言っていたが、おいそれと信じられる話でもない。得体のしれない錠剤を飲むなんて正気の沙汰ではないし、それは彼も同感なのだろう。当たり前だ。わからないことが多すぎる。もし「問題のある記憶」を検知したら、「番人」はどのような「制裁」を加えてくるのだろうか。

「——ついいですか?」

おもむろに健太が口を開く。てっきり「制裁」の内容について訊くのかと思いきや、いつものように彼の発言は予想の斜め上を行く。

「ということは、この『店』の目的は営利活動にあるんですか?」

その質問に、初めて店主が笑った。

「お前は面白いな」

くくくっ、としばらく肩を震わせていた店主は、やがて空咳をする。

「ああ、そうだよ。我々のやっていることはボランティアじゃない」

一瞬前まで笑っていた眼鏡の奥の瞳は、刃物のような鋭さを取り戻していた。

「自分の記憶を手放そうとか、人の記憶を覗《のぞ》こうなんて奴《やつ》は、正直ゴミだ。特に『辛《つら》い記憶を引き取って欲しい』なんてのは、クソみたいな甘えなんだよ」

口調は淡々としていたが、言い知れぬ迫力があった。

「人は誰だって一つや二つ、墓まで持っていかねばならん苦悩を抱えるもんだ。それが生きるってことであり、人間である痛みなんだ。それを、金を払うことで手放して楽になろうなどとは、考えが甘いと言わざるを得ない。だから——」

店主はそこで口をつぐんだ。一瞬だけ、完全な静寂が訪れる。

「容赦なく搾《しぼ》り取れ。同情を差し挟む必要はない。とことん稼ぐんだ。そういう気概を持ったやつと、俺は仕事がしたい」

しばしの沈黙。それを破ったのは、健太の短い一言だった。

「——決まりだな」

言うなり、彼は錠剤を口の中に放り込んだ。

良平にも、今や迷いはなかった。この爺《じい》さんが言っていることは真実だ。それは理屈を超えた直感だった。ここは怪しい宗教団体の事務所でも、詐欺《さぎ》集団の活動拠点でもない。間違いなく、記憶を取引できる「店」なのだ。健太に倣《なら》い、自分も一思いに錠剤を飲み込む。

「こいつらの指導はお前に任せる」

ジュンさんにそう言うと、店主は椅子《いす》を回転させ机の方に向き直った。

「まず、お前ら二人で報酬を一千万稼いでみろ。そうしたら『次のステップ』に進むチャンスをやる。ただし、三年以内だ。それで結果が出なきゃ、しょせんお前らはその程度ってことだ」

9

「まず、ここまで話した星名の情報から、お前は一つ疑問を抱くべきなんだ」

得意げになぞなぞを出題する小学生のように、健太の瞳は爛々《らんらん》と輝いていた。

「呆《あき》れるほど現実的で、つまらない疑問。これがヒントだ」

毎日のように全国のどこかで路上ライブをする二十六歳の女。誰かを探して全国を飛び回っているという設定であり、歌の世界観にもそれは表れている。全国的にファンが増えてきているが、特に事務所に所属しているわけではない——。

「そんなに人気が出てきてるのに、熱愛スクープの一つもないのかな?」

「バーカ」

健太の手元から、枝豆の皮が飛んでくる。

「物事は多面的に見なきゃいかんのだよ、いいか? 博多から仙台まで行くのって、いくらかかると思う?」

その瞬間、良平は星名にまつわるもう一つの謎の意味を理解した。

「なるほど、金か?」

「その通り。宇宙を舞台に誰かを探してるからって、『恒星間航行』よろしくワープできるとは考えにくい。もうわかってると思うけど、星名の動きを実現するには、交通費という極めて現実的でつまらない壁が立ちはだかるんだ」

確かにその通りだった。それも、サラリーマンが月に一回の出張へ行くのとはわけが違う。星名は毎日のように北から南、東から西へと、何百キロという移動を繰り返しているのだ。そこに交通費という無視できない問題があるのは明らかだ。

「『神出鬼没キャラ』で事務所が売り出しているのならわかるが、星名は違う。つまり事務所が交通費を出してくれてるわけじゃない。それじゃあ、あいた時間にバイトを死に物狂いでやっているのかと言えば、おそらくそれも違う」

意味ありげに再び差し出されたスマホの画面には、修学旅行の行程表のようなものが示されていた。

「ファンの暇人が検証したんだ。星名の移動が、現実的に可能なのかを。結果がこれだ。移動費や宿泊費は、どう安く見積もっても月四十万円。一方、移動時間およびライブ時間を差し引くと、バイトに充当できるような時間はほとんどない」

「親の援助って可能性は？」

「ファンの間ではそれが圧倒的多数説だ」

追加で頼んだ生ビールと冷奴が運ばれてくる。

「パトロンがいるって可能性もあるな」

「そう、それがファンの間では悲観的かつ少数の見解だ」

好物の冷奴に箸《はし》をつけるのも忘れ、いかにしてこの謎を暴《あば》くかについて考えを巡らせ始める自分がいた。

「――さて、ここで一つ後出しの情報を良平くんにお伝えしよう」

そう言いながら、健太は冷奴を箸で二つに割る。

「四年前、実は星名はテレビ出演を果たしてる。歌手を目指す素人がトーナメント方式で戦って、優勝者は実際に歌手デビューを果たすって具合のやつ。一時流行《はや》ったろ。そこで星名は決勝まで進み、惜しくも敗れてるんだが、そのとき彼女は本名で出場してたんだ。これは彼女の公式の発表ではなく、ファンの誰かが見つけたんだとさ。熱狂的なファンってのは、つくづくすごいもんだと改めて感心したよ」

　思わず嬉《うれ》しくなった。「この謎を解くのに必要なピースは何か」という点において、彼と完全に考えが一致していたからだ。むろん、まず必要なのは彼女の「名前」だ。「『保科ひとみ』ってのが本名だ。『店』において名前は重要ではない、なんてどこかの誰かさんは言うが、まずはここから始めようじゃないか。明日の日中、『店』に出向いてこの名前で調べてみる。幸いにも、漫画家の俺は暇を持て余してるからな」

「店」で働く人間は水晶玉に蓄積された記憶にアクセスし、探し求める内容のものがあるか調べることを許されている。玉に手を載せ、映像やキーワードを思い浮かべるだけの簡単な作業ではあるものの、それはあくまで営業活動の一環として許されているに過ぎない。そういう意味では、健太の企みは間違いなく背信行為にあたるだろう。取引以外で「店」の情報を使おうというのだ、ばれたらタダでは済まないに決まっている。

　ただ、ここで重要なのは「営業活動以外の目的で水晶玉にアクセスすることが禁止されているわけではない」ということだ。あくまで、禁じられているのは「店」について口にすることだけ――彼がつこうとしているルールの穴は、まさにそこだった。

「――とまあ、いろいろ言ったが、要するに俺たちは明日から『探偵』としての顔も持つことになる。怪しい『裏稼業』のさらに先へと足を踏み入れるんだ。だから、力をつけとかなきゃいけないってことで……」

健太の視線が卓上に注がれる。つられてその先を追った良平は、思わず苦笑した。

「すまんな良平くん、俺が一人で全部食っちまった」

記憶其《そ》の三　ある引きこもりの青年

『それでは視聴者の皆さまお待ちかね、決勝戦とまいりましょう！』

明かりの消えた部屋の中、青年はスナック菓子を頬張りながらテレビの画面を眺めていた。床には脱ぎ捨てた衣類が山のように積もり、いつ買ったかもわからない様々な空き箱が散乱し、それらの隙間《すきま》の至るところから漫画やアダルト雑誌が顔を覗かせている。

もはや両親さえ、何も言ってくることはなかった。最後に口をきいたのは何年前だろうか。それどころか、最後に顔を見たのもいつか、青年には覚えがなかった。

頭ではわかっているつもりだった。変わらなくてはいけない。同世代の人間は、社会に出ていっぱしに働いている。わかってはいる。わかってはいるはずなのに、それなのに、自分ときたら――。

『先攻は、この人――』

だからこそ、夢へ向かってひたむきに走る人間を見ると、たまらずどこかへ逃げ込みたくなった。自らのことを信じて瞳を輝かすことができる人がいるなんて、わざわざ知りたくなかった。だから先攻の柊木琉花《ひいらぎるか》が歌い終えたとき、青年はチャンネルを変えるつもりでいた。

『さて、迎え撃つは現役大学生の保科ひとみさんです！』

司会者の煽《あお》り文句とともに、一人の少女がステージの中央に躍り出る。

青年は息を飲んだ。彼女は、紛れもなく地上に舞い降りた天使だった。透明感のある色白の肌と、はにかんだような笑顔。そして俯《うつむ》いたときによぎる一瞬の影——。

『自信のほどはどうですか？』

『自信は……正直、あまりないです。でも——』

『でも？』

『届くと信じています。大切な人に』

それからの数分間、青年はテレビに釘づけとなる。

ふんわりと舞う長い黒髪は夜空に尾を引く流星のようで、透き通る歌声には暗闇を駆ける孤独と、その先の光を目指す希望があった。地球に届いた星屑《ほしくず》たちの光——その一つひとつが特別であるように、この星の片隅に息づく一人ひとりの人間もまた特別なのだ。そう思わせる、圧倒的な説得力があった。だからこそ、歌が終わる前から青年は確信していた。勝者は保科ひとみだと。

『それでは、審査員の皆さま、判定をお願いします！』

間もなく審査結果が発表され、勝者には金の冠が授けられた。ありえない結果に憤慨した青年はテレビを消すと、リモコンを力いっぱい壁に向かって投げつけた。

記憶其の四　あるカフェ店員の娘

その日、娘はある決意を固めていた。いざ店長を前にしたら言い出せるか不安ではあったが、疲弊し切った心と身体《からだ》は、さっさと胸の内を吐露することを欲していた。

「邪魔だよ」

キッチンで、この店自慢の水出し珈琲《コーヒー》を準備していると、先輩の女が通りすがりに吐き捨てていく。

——辞めてやる。

どうして自分が標的なのかわからなかったが、きっと理由などないのだろう。何となく気に喰わない。何となくむかつく。何となくうざい。きっと、ただそれだけの話なのだ。でも、だからといって右から左に受け流せるわけでもない。唇を噛《か》みしめながら、娘はグラスを二つお盆に載せ、店内へと向かう。

席には若い男女が座っていた。女は小柄で、綺麗《きれい》な長い黒髪を後ろで一つに束ねている。至ってシンプルな装《よそお》いには、風に揺れる可憐《かれん》な花のような美しさと弱さがあった。

実をいうと、娘は何度か店でこの女を見かけたことがあった。おそらく常連なのだろう。接客をするのはこれが初めてだったが、近くで見ると芸能人のように整った顔立ちをしていることがわかった。一方、男の方はと言えば、店内にもかかわらずサングラスをかけっぱなしだ。

「こちら、当店自慢の水出し珈琲でございます」

言いながら、女を盗み見る。俯き加減のまま何やら険しい表情を浮かべており、喧嘩《けんか》でもしているようだった。

「ミルクとガムシロップはご利用になられますか？」

続けて、男に一瞬だけ視線を送る。男も男で、腕組みを崩さないままテーブルの端を睨み続けるばかりだ。

「どうぞごゆっくり」

一礼をして席を離れると、理由なく隣の席を乾拭《からぶ》きすることにする。キッチンに戻っても先輩の女がいるだけだからだ。それよりは適当に店内を清掃して時間を潰《つぶ》す方が、よっぽど精神衛生上よいだろう。

「――柊木琉花が勝ったのは、オヤジの金の力だ。実力じゃない」

「慰めのつもり？」

思わず娘は手を止める。どうも、喧嘩や別れ話の類《たぐ》いではなさそうだ。

「シルビアプロダクションだけはやめておけ。あそこは若い女を騙《だま》してＡＶに出演させるような、腐った事務所だからな」

「自分だって同じようなことしてるくせに」

「同業だからわかるんだ。絶対にやめろ」

「何、急に善人ぶって。言っておくけど、私はあなたのことをまだ許してないから。この人殺し――」

何やら面白そうな香りがプンプンする話だった。確かに自分も何度か町でスカウトされた経験はあったが、シルビアプロダクションは危ないと評判だ。聞くに、女はその事務所からスカウトされていて、同業の男は友人だからこそ、彼女の目を覚まそうとしているのだろう。なにより、女が最後に放った物騒な言葉。この人殺し――⁉

「わざわざ東京出て来てそんなクズみたいな仕事して、最低の息子だね。お父さんもきっと泣いてるよ」

「何とでも言えよ」

ふと、背中に視線を感じて振り返る。案の定、キッチンから先輩の女が蔑《さげす》むような視線を送ってきていた。どう見てもあれは「手を抜いているのばればれなんですけど、何様のつもり?」と言っている顔だ。

溜め息をつくと、足早にキッチンへ向かう。

――どうせ辞めるんだ、最後に一言文句でも言ってやろう。

「この歳になっても、まだツヨシは私の足を引っ張るの？　いい加減、大人になったら」

「おい、待てよ」

背後で、女が席を立つ音がした。

第二章　記憶の欠片《かけら》を集めて

1

毎週水曜日は二人の間で「案件会議の日」と銘打たれており、互いに進捗《しんちょく》状況を報告することになっている。自分は窓口に訪れた「金になりそうな客」を健太に伝え、健太は先週までに知らされていた「客」が実際に金になりそうかどうかを自分に伝えるのだ。場所が決まって五反田《ごたんだ》なのは、二人の自宅からの距離を考慮してのことだった。

「――それにしても、良平くんには友達がいないよな」

薄暗い店内で、健太はそう呟《つぶや》くとビールジョッキを傾ける。炭火焼が有名な洒落《しゃれ》たダイニングバーの個室。クラシックが流れるアダルトな雰囲気に似つかわしくない発言だったが、不思議と彼が言うと嫌味に聞こえない。

「中高の奴《やつ》らは、大学入ってからみんな疎遠《そえん》になっちまったからな」

「そういや、良平くんって何部だったんだっけ？」

「言ってなかった？　野球部だよ」

胸がちくりと痛み、喉《のど》の奥の方で何かが疼《うず》くのを感じる。

「強かったの？」

「いや、全然。うちは進学校だからさ、スポーツはからっきしだよ」

その流れで、当時の出来事を仔細《しさい》に話すことにした。最後の大会を前にスタメンを外されたこと。それは自分の練習態度を監督が見かねたからだということ。精神論を掲げ、実力ではなく頑張りで評価するのは納得がいかないと刃向ったこと。監督と口論になり、そのまま退部したこと。それから何となく気まずくて、部活の仲間たちの輪から離れてしまったこと。

「——俺の昔話はいい。それよりも早く聞かせろよ、探偵さん」

「焦《あせ》るなって、ワトソンくん」

「なんで俺が助手なんだよ」

とは言ったものの、この役割分担が合理的であることは理解していた。平日は朝から晩まで銀行に拘束されている自分が、趣味の延長とも言える「探偵業」に全力を注ぐのはどだい無理な話だし、そもそも言い出しっぺは健太なのだ。先日の夜は勢いで押し切られた感があるが、冷静になって考え直すと、彼が「星名」にあれほどまでに執着するのはいささか不可解でもあった。たまたま路上ライブに出くわしただけで、わざわざフアンクラブのサイトまで覗《のぞ》きにいくのは過剰な気もする。いずれにせよ、彼女への思いの強さも考慮すれば、必然的に健太がホームズで自分はワトソンだ。

「結論から言って、成果はいまいちだ。その理由を説明しよう」

健太はおもむろに鞄《かばん》から紙と鉛筆を取り出すと、何やら描き始めた。

「水に浮かぶ氷山をイメージして欲しい」

あっという間に、紙の上には水面を示すのであろう一本の直線と、そこへ浮かぶ氷山が現れる。自称漫画家と言うだけのことはあり、さっと描いたにしてはかなりリアルだった。水面から顔をのぞかせている部分は全体の一割程度、他の大部分は水中に沈んでおり、水中は水中で、深さが増すほど暗くなるように濃淡がつけられている。おまけに立体感を出すためか、氷山には陰影まで描かれていたが、おそらくこれは本筋とは関係がないだろう。

「記憶を検索するにあたって、まず俺はジュンさんに教えを乞《こ》うた。もちろん、探偵をやるためだとは言ってないから安心しろ。適当に理由をつけて、どうやったら効率的に求めている記憶を探し当てられるか訊《き》いてみたんだ。そこで教わったのが、今からする話だ」

健太は鉛筆の先で、水面からのぞく氷山の一角を指す。

「ある一つの記憶を氷山にたとえるとすると、五感にあたるのがここ。特に視覚と聴覚が占める割合が大きいらしい。お前が母親に勘当されたときの記憶を例に取れば『死ね、バカ息子』と電話を切られ、その後天井を仰いだ部分だな」

「『死ね、バカ息子』とは言われてないし、天井も仰いでないけど、言ってることはよくわかる」

「上出来だ。ちなみに、玉に触れたときに体感できるのはこの部分までなんだそうだ」

つまり、氷山の全貌《ぜんぼう》を見るためには水中から引き上げなければならないのと同じく、記憶の全貌を知りたければ水晶玉から取り出してやる必要があるということになる。だから、水晶玉に触れるだけでは記憶にまつわる感情まで呼び起せないのだろう。記憶が「氷山」だとしたら、水晶玉は「海」なのだ。

「次が、水面直下のこの部分」

鉛筆の先が、水面からすぐ下の部分を指し示す。

「ここにあるのが『感情』。嬉《うれ》しい、楽しい、悲しい、悔しい。勘当されたお前がどう思ったかは知らないけど、とにかく記憶にまつわる一切の感情は水面直下にあるんだそうだ。たとえば、ある曲を聴くとその当時の感情が蘇《よみがえ》ることってあるだろ？　あれは、五感と感情がこういうふうに近接してるから起こる現象なんだとさ」

これも容易に想像がつく話だった。五感に劣後する形で感情は沈んでいるが、稀《まれ》に水面上まで引っ張り上げられることはある。部活の行き帰りで毎日のように聴いていた曲を聴くといまだに胸の奥がぎゅっと締めつけられる気がするのも、おそらくそのせいだろう。

「ただ、話はこれで終わりじゃない。記憶にはさらに『下層』がある。それが、ここ」

水中に濃淡をつけたのはそのためか、と勝手に納得する。感情の更にその下。図の上で最も面積が大きい、氷山の最深部。暗く影をつけられた闇《やみ》の領域。

「ここに眠るのは『無自覚』だ」

「『無自覚』？」

「たとえば、お前が母親に勘当されたのは季節で言うといつで、時間は何時頃だ？　そのときお前は大学何年生で、どこに暮らしてた？　さらに訊こう。お前の母親は、そもそもなんていう名前だ？」

その問いかけに、一瞬口をつぐむ。考えればすぐに答えは出たが、逆に言うと考えるまでまったく意識していないことでもあったからだ。

「十二月。帰国した矢先に、仕送りを断たれたんだ。時間は確か夜中だったな。復学前だからいちおうまだ大学二年で、大学時代に住んでたところだから、家は吉祥寺《きちじょうじ》。母親の名前は……明美だな」

「いまお前が言ったことは全部、記憶の奥底に沈殿した『無自覚』の部分だ。考えてみればわかることもあれば、考えてみてもわからないくらい意識してないこともある。一つの記憶には無限の情報が隠されてるんだ。ただ、ジュンさんでも正直なところ『無自覚』の領域の広がりはわからないらしく、要はその記憶を脳に刻み込むに至るまでの『そいつの人生すべて』とでも考えておけばいいらしい。ここまではいいか？」

「お前は漫画家よりも教師になるべきだって思うくらい、よくわかった」

「俺の将来に新たなる道を示してくれてありがとよ。それじゃあ、ここまでの話が記憶の検索に際してどう重要なのかの話に移るぞ」

いつもと同じように軽口を叩《たた》いたものの、内心では興奮しっぱなしだった。かれこれ三年近く「店」では働いてきたが、ここまで記憶に関する理屈を説明されたことはなかったからだ。何より「記憶を取引できる」という胡散《うさん》臭さの裏に、意外にもきちんとした理屈があったことは、素直に驚きと言える。

「結論から言って、『保科ひとみ』に関する記憶として確証が持てるものはこれしか見つけられなかった」

そう言って健太は、小瓶を取り出し机の上に置く。

「お前、持ち出したのかよ」

唖然《あぜん》として問い質《ただ》すが、あくまで彼は涼しい顔をしていた。

「店」の営業マンは営業活動のため、一つだけ記憶を持ち運ぶことが許されている。初めて二人が「店」に行った日にジュンさんが居酒屋でしてみせたのと同じく、他人の記憶を実体験してもらうのが客に「店」の存在を信じてもらう一番簡単な方法だからだ。

ただし、持ち出していい記憶は一つだけであり、持ち出す際にはその内容について店主の審査を受け、承認をもらう必要があった。つまり、健太は営業用と偽って保科ひとみにまつわる記憶を持ち出してきたわけだ。

「まあ、見てくれ」

健太がこちらに向けて小瓶の中身を噴霧する。

刹那《せつな》、良平の脳内に映像が見えはじめた。

狭く薄汚い部屋、男の鬱屈《うっくつ》したような溜《た》め息。番組司会者の煽《あお》り文句とともに画面に現れた少女。軽やかで無垢《むく》、凛《りん》とした佇《たたず》まい。ガラス細工のように繊細な歌声。発表される審査結果。壁に向かって投げつけられるテレビのリモコン――。

「――どうだ」

健太が真剣な面持ちで覗き込んでくる。

店内の個室に意識が戻ってきた良平は、一度おしぼりで顔を拭《ぬぐ》った。

「柊木琉花より、絶対保科の方がうまかったと思うけどな」

「ああ、それは俺も同感だ。でも、俺が言いたいのはそういうことじゃない。何故《なぜ》、この記憶しか見つけられなかったのか――それが重要なんだ」

　そう言って、健太はおもむろに「氷山」の絵に何やら描き加え始める。

「人が記憶するという作業は、要は情報に優劣をつけることだ。お前が母親に勘当された場面において『母親の罵詈《ばり》雑言《ぞうごん》』は情報としての価値が高く、逆に『そのときの季節』は情報として重要ではない。これと同じような取捨選択が、記憶するという行為において常に行われている。もうおわかりだと思うが、価値の高い情報が水面より上に当たる部分で、情報の価値が下がるほど、それらは海中深くへと沈んでいくんだ」

　健太が描いたのは二人の人間だった。一人は氷山の上に立っており、もう一人はスキューバダイビングのフル装備を施した状態で、海中に潜っている。

「海面から顔を出している部分を見るのは簡単だ。氷山の上に立てばいい。日の光があれば、何の苦労もすることなくその形を知ることができる。一方で――」

　健太は海中に潜っている方の人を丸で囲った。

「こいつ。海中に潜るためには重装備が必要で、さらには日光も届かない海中で氷山の全貌を知るにはライトも必要だ。勘のいいワトソンくんならもうわかったかな？」

「つまり、俺たちにはまだ『酸素ボンベ』も『ウエットスーツ』もないってことか」

　満足げに頷《うなず》くと、健太は机の上にちょこんと置かれたままの小瓶を指さす。

「この記憶において『保科ひとみ』は圧倒的に情報として優位だ。だから、彼女の名前と顔しか知らない俺でも簡単に辿《たど》りつくことができた。でも、もっと彼女にまつわるいろんな情報で装備を固めないと、氷山の最深部に埋没した彼女に辿り着くことはできない。だが、きっと答えはそこに眠ってる」

振り返ってみれば、いままで自分たちが取り組んできたのは極めて簡単な記憶探しだった。「徒競走で一等賞を取った記憶」「彼女とキスする記憶」「姉と風呂《ふろ》に入る弟の記憶」「浮気された女の記憶」など、扱ってきた案件は限りないが、結局どれも氷山の上に立って「その記憶において最も情報価値の高い部分」を見てきただけなのだから。

でも、今回は違う。「保科ひとみ」という人間を真の意味で知るには、海中に押しやられた部分にまで光を当てなければならない。そうしなければ、彼女にまつわる謎《なぞ》に迫ることなどできるはずもないのだ。

「どうだ、お試しで挑むにしては少々骨が折れると思わないか」

健太の口ぶりは極めて愉快そうだ。

「ああ、本当だ。明日も仕事だし、ちょっとしんどいな」

「今日はもうお開きにしようか」

「いや、もう一度記憶を見直そう」

「そう来なくっちゃ」

時計の針はまだ七時過ぎ。二人は追加でハイボールを注文した。

2

「──ダメだ、わかんねえ」

健太が投げやりに小瓶をテーブルの上に置く。最初は満杯に入っていた淡い水色の液体も、気づけば残り半分くらいになっていた。

「あんまり見過ぎるとなくなっちまうから気をつけろよ」

とは言ったものの、このまま徒労に終わるのは納得がいかない。せめて、何らかの成果と呼べるものが欲しいところだ。

「柊木琉花ってやつも、優勝した割にパッとしてねえしな」

スマホをいじりながら健太がぼやくので、同じようにスマホを取り出し、柊木琉花について調べてみた。検索結果の一番上に、所属事務所の公式プロフィールが現れる。歳《とし》は自分たちの二歳上。ただ、代表曲として掲載されている曲はどれもタイトルすら見かけたことがなかったし、テレビ番組出演歴を見てもローカル番組ばかりでピンと来なかった。

「それより、何か違和感があるんだよな」

そう呟きながら、もう一度小瓶を手に取る。「最後に一回だけ、行ってくる」

霧状の液体が全身を包む。霞《かす》み、揺れ、溶け始めた視界の端で、健太がスマホに視線を落としているのが見える。それも束《つか》の間《ま》、次の瞬間、良平は暗い部屋の中に座り、スナック菓子を頬張っていた。

他人の記憶を体感する際、最も特徴的なのは「一人称」としての視点と「三人称」としての視点をともに体験できることだった。記憶の元の持ち主と同じ視点で眺める一方で、自分の意識を保ち「第三者」としてその記憶を見ることもできるのだ。

記憶の中で良平が最も注目したのは、言うまでもなく歌番組だ。舞台が暗くなり、彼女は歌い始める。歌詞もメロディも、ぼんやりとしていてわからない。わかるのは画面の中の彼女の容姿だけ。長い黒髪がふわりと舞い、耳には銀色のピアスが光る。透き通る白い肌は渋谷駅前で観《み》たときのまま。それなのに、何故か別人のように思える。理由は明白だった。まず髪の長さが違うし、この前見たときにはニット帽をかぶっていた。そしてなにより、メガネだ。メガネが圧倒的に印象を変えている。髪を切って、メガネをかければ、そりゃ印象もだいぶ変わるだろう。

抽出液の効力が切れ、記憶の旅も不意に終わりを迎えた。

「どうだ、新しい発見はあったか」

健太がスマホの画面に視線を落としたまま尋ねてくる。よい答えなど最初から期待していないような言い方に、ただ首を横に振ることしかできなかった。

それから間もなく、話題は本来の「店」の業務の方へ移っていった。保科ひとみに関する考察がさしあたり壁にぶち当たった以上、話題を変える必要があったからだ。だが、こちらも歯切れの悪い報告をし合うばかり。良平は月曜日から水曜日までの間にこれといった客に出会えていなかったし、健太は健太で特に状況が進展した客はいなかった。

「――わかった。バッティングセンターに行こう」

そう健太が提案してきたのは、場の空気がにっちもさっちもいかなくなった頃だった。

「なんでまた？」

くよくよ悩んでも、事態が好転することはない。こういう日はさっさと家に帰って寝るに限る、というのが良平の持論だったが、一度思い至ると健太はなかなか考えを曲げない。

「普段しないようなことをすると、思わぬ着想を得ることがあるんだ」

「ホントかよ」

そう言いつつも、これ以上ここにいても生産性はなさそうだ。

いそいそとスーツの上着を羽織ると、良平は伝票を手に席を立った。

二人がやって来たのは秋葉原《あきはばら》のバッティングセンターだった。五反田駅から電車に揺られること二十分。その間にだいぶ酔いが回っていた。保科ひとみの謎に迫れなかった苛立《いらだ》ちと「案件」が少ない焦りからか、いつもより速いペースで飲んでしまったせいだろう。

覚束ない足取りでプレイ用のメダルを購入する。『酔っている方のプレイ禁止』という注意書きが目に入ったが、気にしない。

「やったれ、元野球部！」

健太が隣のバッターボックスからヤジを飛ばしてくる。プレイしないのであればバッターボックスに入ってはいけないのだが、がら空きなので問題はないだろう。

「プレイボール！」という音声とともに、まず一球目が飛んできた。

良平のバットは思い切り空を切る。

「おい、ヘタクソ！　そんなんじゃ甲子園に行けねえぞ！」

健太も相当酔っているのか、呂律《ろれつ》がまわっていない。

「うるせえ、黙って見てろ！」

続く二球目も空振り。

おかしい、と直感的に思った。こんなに当たらないはずがない。

ふと、ある公式戦での打席が想い起こされた。これはたしか、夏の甲子園の地区予選だったろうか。ピッチャーの手から放たれた白球は、物理法則を無視したかのように良平の眼前で止まる。歓声が遠くなり、静寂が訪れる。左足を踏み込み、重心を前に移す。振り子のようにスイングする全身、静止したボールを打ち抜くバット。瞬間、周囲に音が戻ってくる。快音は大歓声に掻《か》き消され、打球の行方を追って背後を振り返るピッチャーを横目にスパイクで地面を蹴《け》って走り出す——会心のバッティングで場内を沸かせたのはいつだって、こうした現象が起きたときだった。一度や二度ではない。それくらい、当時の自分は物理法則をも超越していたのだ。最後にバットを握ったのは十八歳のときなので、およそ八年前——ブランクとしては決して短くはないが、それでも身体《からだ》に染《し》みついた動作なのだ。酔っぱらっていることを差し引いても、もう少しバットに当たってよかった。

「なんだ、そのへなちょこな構え方は！　世界一周なんかしてる暇があったら、素振りしろ！」

「アメリカに行ったときに、大リーグ見て勉強してくればよかったかな」

そう負け惜しみを口にしたものの、三球目も空振り。

「くそ！」

悪態をつくと、バットを短く握り直す。まずは当てること——真芯《ましん》でなくてもいい、ファウルでもいい。まずは感覚を取り戻さなければ。本業も裏稼業《かぎょう》もいまいちなうえに、バッティングすらままならないとなると、いよいよいいところなしだ。

「そんなバッティングじゃ、アメリカに入国すらさせてもらえねえぞ！」

直後に鈍い金属音が響く。両手には白球を捕えた瞬間の「重さ」が残ってはいるものの、清々《すがすが》しさはなかった。ぼてぼてのピッチャーゴロ。健太が球の行方を目で追いながら、溜め息ともつかぬ声を漏らす。

バットを握り直すと、バッターボックスを仕切るネット越しに訊いてみた。

「どうだ？　これなら入国させてもらえるかな？」

「無理だろうな。本当に野球部かって疑われて、追い返されるよ。そんくらい、入国審査は厳しいんだ」

その瞬間だった。

脳裏にかつての記憶が蘇る。バンコクの「ドンムアン空港」での入国審査の一場面。旅の途中、長らく髭《ひげ》を剃《そ》っていなかった自分はパスポートを提示した際に「顔が違う」と疑われ、しばらく入国させてもらえなかったのだ。帽子やメガネを外すのは当然としても、「入国時には髭も剃らなきゃ」と気にするようになったのは、それがきっかけだった。

「──わかった」

直後にピッチングマシーンが五球目を放ってきたが、これをあっさりと見送る。

「おいおい、せめてバットは振ろうぜ」

健太のヤジなど、もはや耳に届いていなかった。

「わかったんだ、さっきから感じていた違和感の正体」

「プレイ中止」のボタンを押し、バットをもとあった場所に戻す。ただの一球も満足のいくバッティングを見せられなかったが、そんなことはどうでもよかった。

「もう一度、『探偵』の話の続きをしよう」

「どうしたんだ、急に」

「いいから」

バッティングセンターを出て、付近の小さな公園に移動する。常夜灯が一本立っているだけの寂しい公園で、人の気配は全くなかった。秘密の話をするにはもってこいだ。

「――で、たった五球でバッティングを諦《あきら》めるほどの大発見を聞かせろよ」

ベンチに腰をおろすなり、健太が急《せ》かしてくる。

「世界一周をしてる時に、バンコクの空港で起きた話だ。そのときは東南アジアを中心に回ってたんだけど、髭剃るのがだんだん面倒になって伸ばしっ放しにしてたんだ。そしたら、パスポートの写真と違うって、入国審査の時にな」

まだ酔いが抜けきらないため、ややとりとめのない話になっているのが自分でもわかったが、そのまま続けた。

「で、それ以来、入国時には帽子とメガネを取るだけじゃなく、髭を剃ることも忘れないようにしたんだ」

「そりゃよかったな。でも、全く話が見えてこないぞ」

「さっきの記憶を見たとき、違和感を覚えた」

「違和感？」

「俺たちには『今見ている記憶が保科ひとみにまつわるもの』という前提があったから、テレビ画面の中で歌う保科を見ても疑いなく本人だと思ったけど――」

彼女は歌番組で決勝に進み、惜しくも敗れた。それを知っていたからこそ、記憶の海からたった一つの氷山に辿り着いたのだ。同じ境遇の「保科ひとみ」が二人もいるわけがない。だから、記憶の女は自分たちが迫ろうとしている保科ひとみに違いない。

「でも、それを知らずにあの記憶だけを見たとしたらどうだろう。おそらくだが、俺たちは画面の中の彼女を『保科ひとみ』だとは思わない。俺たちが渋谷で見かけたときとは別人みたいだったろ。きっと、言われなきゃ同一人物だと気付かないはずだ。何故か教えてやるよ。髪の長さが違ううえに、帽子とメガネをしてたからだ」

健太はすかさず小瓶を取り出すと、瞼《まぶた》を閉じて自らの胸元に噴霧した。

「――確かに、言われるまで気付かなかった」

引きこもり男の記憶を再確認した健太が、感心したように頷いてみせる。

「記憶の海からその記憶が見つかったのは、『名前』と『歌番組で準優勝』という二つの条件が一致したからで、お前が彼女の顔を知っていたからじゃない。だって『俺たちの知る保科』と『テレビの中の保科』は全く別人に見えるんだから」

「なるほどな。でも、あの男の記憶を見たことで俺たちは『イメチェンする前の保科ひとみの容姿』という新たな情報を得たわけだ」

「その通り。明日もう一度『店』で調べてみるといい。メガネと帽子をしてないときの保科に出会えるかもしれない」

　説明を聞き終えた健太は、ふふっと笑った。

「助手が優秀だと助かるよ」

「今頃気付いたのか」

「バッティングはまったくのど素人《しろうと》だがな」

「酔ってるせいだ、次それを言ったらぶっとばす」

「いやいや、普段やらないようなことをしたからこそ、新たな発想が出てきたんだろ」

　二人はいつものように顔を見合わせて笑った。

3

　翌日の午後一時。食後の眠気が容赦なく襲ってくる昼下がり。

昨晩、図らずも飲み過ぎ、そのうえ遅くまで公園で議論し続けたためか、良平はいつも以上にあくびを嚙《か》み殺しながらパソコンに向かっていた。画面に開いていたのは「大口顧客リスト」のエクセルファイルだった。そこには支店に一定額以上の預金があるものの、なかなか攻めあぐねている「大口取引先個人」の名前がずらりと並んでいる。これをもとに手当たり次第に電話をし、来店を促すのだ。幸いにも良平は七月の目標達成度が良好だったため、意地の悪い支店長からとやかく言われることもなく、寝ぼけ眼を擦《こす》っていることができた。平凡で退屈な日常だ。

「どういうことだ！　いい加減にしろ！」

危うく舟を漕《こ》ぎかけていたので、窓口から突如として飛んできた怒声にすぐさま背筋を伸ばす。

「妻の金なんだぞ！　何で家族の俺が引き出せないんだ！」

怒鳴り声の主は、白髪の老人だった。土気色の瘦《や》せこけた頰には疲労が滲《にじ》み、大声を出すと眼球が飛び出してしまうのではないかと心配になるほどだ。

「すみません、いかがなさいましたか」

見かねた課長が窓口へ向かうが、老人の怒りは収まらない。

「『いかがなさいましたか』だと？　何度でも言ってやる、金を引き出させろ！」

銀行のルールでは、基本的に口座から金を引き出せるのは本人に限られる。普通預金であれば、ATMでキャッシュカードを使うことで本人以外による引き出しも可能ながら、窓口ではそうはいかず、口座名義人本人の意思確認なしに出金する手立てはない。そのことを知らずに来店した本人以外の家族が、窓口で怒りを爆発させるのはよくあることだった。

「ですから、一度奥さまに解約の意思があるかを確認させていただきたく――」

「ふざけるな！　妻はもう俺のことだって誰だかわからねえんだぞ。解約の意思なんて知ったことか！　このままじゃ金が足らなくなっちまうんだ！」

「そう言われましても――」

「妻がいくら預けてると思ってる！　貴様ら銀行は預かるだけ預かって、人の金を返さないのか！　石塚由香里《いしづかゆかり》で調べてみろ、いくら入っている？」

瞬間、弾かれたようにパソコンの画面へと視線を走らせる。石塚由香里の名はリストの上から五番目に記されていた。預金総額四千二百万円。そのうち、定期預金が四千万円。紛れもなく「大口顧客」だった。

「毎日、朝から晩まで見舞いに行ってんだ。治る見込みなんてねえってわかっててもよ、放っとけないだろう……」

最後の方はもはや涙声になっていた。その力のない口ぶりはあまりに気の毒で、彼らからこれ以上金をむしり取るのは鬼畜の所業にも思えてしまう。けれど、しっかり石塚由香里の基本情報——住所、電話番号、年齢、家族構成を付箋《ふせん》に書きつけると、素知らぬ顔でまたパソコンの画面に向かった。

その日の夜、寮の部屋に帰るとすぐさま健太に電話をかけた。健太も健太で待ち構えていたのか、ワンコールも鳴り終わらないうちに電話は通じた。

「よう、ワトソンくん」

健太の声は軽快で弾んでいた。それだけで、何かしらの進展があったとわかる。

「ご機嫌なところからすると、何かわかったんだな？」

「おっしゃる通りだ。まずは俺から『探偵ごっこ』について報告しようか」

「ああ、ぜひそうして欲しいね」

「それじゃあ聞いてくれ。結論から言うと、かなりの収穫だ」

期待に胸躍らせながら、ベッドに倒れ込む。

「まず見つけたのはカフェでの記憶だ。持ち主はその店で働くバイトの女の子なんだけど、コーヒーを席に運んでいったときに客の女の顔をまじまじと見てる。女が綺麗《きれい》だったから印象に残ったんだろうな」

「それが、保科だと？」

「ああ、間違いない。テレビに映ってる時の保科と同じ顔だ」

予想通りだった。「保科ひとみ」にまつわる記憶というのは、必ずしも「その人間を保科ひとみと認識している記憶」とは限らない。つまり、今回健太が見つけた記憶のように「その人間を保科ひとみだとは認識していない」けれど「印象的だから、顔は映像として記憶に残っている」ということが十分にあり得るのだ。

「——で、保科はそのカフェで男と揉《も》めてる感じなんだけど、面白いことに男は柊木琉花について言及する」

「柊木琉花って、あの柊木琉花？」

「ああ。男が言ったんだ。『柊木琉花が優勝したのはオヤジの金の力だ』って。要はコネってことだろうな。だからすぐにもう一度、柊木琉花について調べてみた。この前はろくに興味がなかったけど、確かにすごい出自だよ。聞いて驚くな。なんと、あの『帝都一族』当主の三女ときた」

「まじかよ！」

思わず声を張り上げてしまったのも無理はない。「帝都一族」とは、ホテルを中心にフィットネスクラブやレストランなども経営する「帝都ホールディングス株式会社」の創業家のことであり、間違いなく日本で指折りの資産家の一つなのだから。その三女ともなれば、バックに控える財力はとてつもないだろう。

「でも、その男はなんでそんなこと知ってんだ？」

感じたままに、素朴な疑問を口にする。

「それなんだが、どうも男は芸能プロダクションのスカウントマン的なことをしてるっぽいんだ。いわゆる業界人ってやつだな。そんでもって、男は保科に忠告する」

「忠告?」

「『シルビアプロダクション』だけはやめるようにってな。保科にはそこから声がかかってたんだと思う。そのプロダクションってのは、若い女を騙《だま》してAVに出演させたりするような悪徳事務所なんだそうだ」

なるほど、ありそうな話だった。惜しくも柊木琉花に敗れたとはいえ、保科ひとみの方が歌はうまく、見た目もよい。当然、あの日の出演によって多くの業界人の目にも留まったことだろう。

「それから、もう一つ。保科はその男に対して、実に気になる発言をしたんだ」

「気になる発言?」

「『この人殺し』――ってな」

言う通り、それは実に興味深い発言だった。たとえば「殺してやる」や「殺してみろ」といった類《たぐ》いの発言は、カップルの痴話喧嘩《げんか》でも飛び交うことがあるだろう。けれど「この人殺し」というのは、それとは少々趣を異にする気がした。

「――その男は何者なんだ?」

「それこそが今回の収穫の核心さ。男の名はツヨシ——漢字でどう書くのかもわからないし、苗字《みようじ》もわからない。とにかくツヨシだ」

「それだけじゃ大した収穫とは思えないけど？」

「焦るな。そのツヨシはただのツヨシじゃない。保科の幼馴染《おさななじみ》なんだ」

「なんでわかる？」

「保科が言ったんだよ。『この歳になっても、まだツヨシは私の足を引っ張るの？』ってな。間違いなく、ツヨシと保科は小さい頃からの顔馴染みだ」

　事態が大きく一歩前進した気がした。少なくとも、彼女の過去に迫る手がかりに辿り着けたのは間違いない。

「ただ、話はここで終わらない。ダメもとで『保科ひとみ』と『ツヨシ』の二語で調べてみたんだ」

「そしたら？」

「あったのさ、一つだけ。その記憶には保科ひとみ本人は出てこないんだが、名前は明確に登場してる。ある少年の記憶だ。おそらく幼少期のものだろう。そこでツヨシは、虫かご一杯の虫を祭りの会場で保科にぶつけようって計画してた」

「かなりガキの頃だな、それは。小学生くらいか？」

「しかも、さらにわかったことがある。おそらくツヨシは保科のことが好きで、だからこそちょっかいを出してるんだ」

報告によると、幼少期よりひとみとツヨシは顔見知りであり、ツヨシは彼女に好意を抱いていたとのこと。だからこそ、虫をぶつけるほかにもいろいろとちょっかいを出してきたのだろう。それからおよそ十年の時を経て、ひとみはオーディション番組に出演する。そこで「帝都一族」の三女である柊木琉花に敗れ、デビューの夢は絶たれてしまうが、番組出演をきっかけに「シルビアプロダクション」よりオファーを受けた。そうと知ったツヨシはひとみを押しとどめようとするも、彼女はツヨシに「人殺し」と言い放った。

話を聞く限り、「ツヨシ」の正体に迫るのが次なるミッションに思えた。それは単に、彼がひとみの幼馴染だからというだけではない。ツヨシは保科ひとみが「星名」として活動を始めたことに、多かれ少なかれ関係しているような気がしたからだ。ポイントは、星名が無所属の歌手であるということ――結果として彼の忠告通り、彼女は「シルビアプロダクション」を蹴り、無所属で活動するという道を選んだのだから。

「それなら、次はツヨシの正体に迫ろう」

「ワトソンくんなら必ずそう言うと思って、当然『ツヨシ』について調べてみた」

「でも?」

「情報が少なすぎるんだ。『ツヨシ』だけで調べると、とんでもない数の記憶がヒットしちまうから、もっと絞り込む必要がある」

「今度の土曜、どっちにしろ『店』に行くから、そんときに虫捕り少年の記憶を見せてくれ。この目で見ないと、何とも言えない」

「保科の件は、いちおうこんな感じだ。ところで『本業』の方だが、土曜のアポは現状一件しかない。それも、ジュンさんの客に代打で入る形でな」

「一件か……ちょっとしんどいな」

ジュンさんの客に、二人が代打で入ることはままあることだった。ジュンさんがより上客を捕まえた場合、どうしても日程の調整がつかなければ「下位案件」が二人へ回ってくるからだ。もちろん、客がないよりは回してもらえた方がよい。成約すればその分だけ目標に近づくのだから、ありがたい話だ。しかし、そんな「おこぼれ」で満足できるほど、二人はもうビギナーではなかった。

「俺の方は面白そうな客を一人見つけたよ。妻の療養費を捻出《ねんしゅつ》したい夫なんだが、その妻がそこそこの資産家なんだ」

今度は自分が、次なる「獲物《えもの》」の情報を伝える番だった。

「なんで資産家なのに、費用を捻出する必要があるんだよ？」

「まず大前提として、銀行から預金をおろすことができるのは、名義人である本人だけだってのは知ってるよな。だけど、その妻は施設に入っていて、おそらく認知症も発症しているんだろう。夫のこともわからない状態らしい。そうなると本人に出金の意思確認ができないから、いくら金があっても持ち腐れになっちまうってことだ」

「そうすると、その金を『店』に対する支払いにだって充当できないってことだろ？」

健太の言う通り、仮に石塚由香里の夫を客として取り込めたとしても、由香里本人しか預金に手をつけられない以上、四千万円の定期は引き出すことができない。それが本件における最大のネックだった。

「その通り。ただ、彼らは間違いなく金を必要としてるし、それにこれだけの金が背後に眠ってるとわかっていながら、みすみす見逃す手もないと思うんだよな」

「わかった、そっちの件もどうするか考えよう。打開策が見つかれば、史上最大のビッグディールに成り得るからな」

「ああ、何か策がないか考えてみてくれ」

「わかった。じゃあまた、他にもアポが入ったら即連絡する」

「了解、また土曜に」

ツヨシの件も石塚由香里の件も面白そうではあるが、決め手に欠ける感じがする。それでも、良平の胸は高揚感に満たされていた。一緒に事を運ぶのが健太だからかもしれない。彼と力を合わせればどんな難題だって打開できる気がしてくる。

掛け時計に目をやると、もう夜の十一時過ぎだった。

4

事態が急変したのは、明くる日の夕刻だった。

「臨時夕礼を始めるから、みんな集まるように」

号令をかけた支店長のもとに、ぞろぞろと行員が集まる。異動が発令される時期に臨時夕礼はつきものだが、既に七月の異動は出揃《でそろ》っているので、どう考えても季節はずれな出来事だった。だからこそ、支店長席の周りに集った一同は揃いも揃って怪訝《けげん》な表情を浮かべていた。当然、良平もその一人だ。

「結論から言おう。うちの支店で、情報漏洩《ろうえい》の疑いがある」

支店長はゆっくりと一同を見回しながら、そう言い放った。整髪料で固めた髪が、蛍光灯の明かりを反射して光っている。脂《あぶら》ぎった顔はいつも以上に意地悪く歪《ゆが》み、行員の不穏な動きを何一つ見逃さぬようにしているかのようだった。

ざわめきのなかで、良平は背筋がすうっと冷えていくのを感じた。周囲の音が遠くなり、二本の脚で立っているのがやっとなほど視界が揺れ始める。

「まだ、確定したわけじゃないが、その可能性を示唆《しさ》する電話が本部の方に入った。詳しい事情は割愛するが、要するに銀行でしか言ってないはずのことが、他の人間に知られてたっていうんだ」

握りしめた拳《こぶし》のなかで、ジワリと汗が滲む。

このようなことが起こると、考えていなかったわけではない。けれど、可能性としては限りなく小さいだろうと思っていたのも事実——要するに、甘く見ていたのだ。

「別にいま、犯人探しをするつもりはない。念のための注意喚起だ。まさかそんな馬鹿《ばか》なことをする人間がいるはずはないと、私は信じているからな」

良平は、支店長から視線を外せなかった。真っ先に視線を逸《そ》らすと、犯人だとばれる気がしたからだ。

「以上、散会！」

支店長席の周りにできていた人の輪が一斉に崩れる。しかし、良平はびっしょりと背中に汗をかいたまま、しばらくその場を動くことができなかった。

「——岸くん、ちょっといいか？」

ハッとして、声のした方を振り返る。支店長が応接室の扉を開け、手招きをしているのが見えた。頭の中が真っ白になったが、逆らう術《すべ》などあるはずもない。

「まあ、座って」

促されて部屋の奥のソファに腰掛ける。良平が座ったのを確認すると、支店長も対面のソファにドカッと腰をおろした。

「いきなり呼び出されて、何かと身構えているかもしれないが、安心していい。一つ確認したいだけなんだ」

　声色は優しかったが、その目は笑っていなかった。

「本部に連絡が入ったのが月曜日。電話してきたのは、ある女性のお客さんだ。なんでも、娘さんが銀行に出向いて、お客さんの口座からお金を引き出そうとしたらしい。その際、男性行員に中絶費用を捻出するためと言ったそうなんだな」

　あいつだ、と真っ先に思い至る。土壇場《どたんば》で「店」に来ることを拒否したあの女——まさかこんな形でやっかいごとを持ち込んでくるとは。

「その数日後、不可解な電話がかかってきたそうで、しかも、その電話の相手は娘が中絶費用に困っていることを知っていたと言うんだ」

　良平は何も言わなかった。いや、言えなかったというのが正しいだろう。ただ一つ明らかなのは、万事休すということだけ。考えてみれば、極めて危険な手法には違いないのだ。これですべてがうまくいくと思う方が、どうかしていたのだ。「店」で働く「特別な自分」には、追い風しか吹いていないと思い込んでいたのだろうか。今更ながら、自分の浅はかさに腹が立つ。

「結局、お金を工面できなかった娘が母親に洗いざらいすべてを話し、その中で母親が謎の電話に疑念を持ったんだそうだ。もちろん、娘も仲のいいごく一部の友人にそのことは相談していたらしく、厳密にいえば『銀行でしかしていない話』というわけではないらしいんだがね」

神妙な顔で頷いてみせながらも、内心安堵《あんど》の笑みを浮かべそうになる。だとしたら、わかりっこない。まだ、天は自分を見放していない。そう思った矢先だった。

「——ただ、念のために、店内のカメラの映像はすべて確認した。すると岸くん、接客中にやたら付箋やメモ用紙に何やら書きつけてるようだが、あれは何だ？」

カウンターパンチを食らったように、目の前がチカチカした。顔面が火を噴きそうなほど熱い。あれが何か、教えてやろうか。顧客情報をメモしてたんだ！　やけになってそう叫んでしまいたかった。きっと、見抜かれている。でも、ここで認めてしまってはすべてが終わりだ。そうとわかっているから、最後まで折れるわけにはいかなかった。

「手続き上、忘れては困ることを備忘録的にメモしているんです」

涼しい顔のつもりだが、傍《はた》からそう見えているかは自信がなかった。

「——なら、いいんだがね」

支店長はにやりと笑うと席を立った。

「いちおう注意喚起だ。違うのであれば、すまなかった。疑われたみたいで、いい気はしないよな。戻っていい」

良平は、支店長の視線と対峙《たいじ》する。言葉は優しかったが、依然として瞳《ひとみ》には粘着質な光が宿っていた。

立ち上がると支店長に一礼し、そのまま応接室を後にする。たった数分の間に精神はすり減り、激しい吐き気がした。幸い露見はしなかったものの、もう窓口の客を頼りにすることはできないだろう。それだけは紛れもない事実だった。

「――まあ、クビにならなかったことをひとまずは喜ぼうぜ」

翌日の土曜日。

「店」の休憩室で健太と落ち合った良平は、真っ先に事態を報告した。

「そうだけど、もう銀行の客を利用するのは不可能になっちまった」

「仕方ない。新しい方法を探そう」

健太は事もなげに言うが、良平は唇を噛みしめることしかできなかった。「店」で働き始めた頃の苦労を思い出したからだ。

当時、二人で毎晩のように街に繰り出し、客を探したものだった。そうして酔っ払いの会社員や終電後の駅前で座り込む女に声をかけて回るのだが、彼らを「店」に連れ込むのは容易ではなかった。酔っ払いに記憶の小瓶を噴きつけても「酔いすぎておかしなもんが見えてるんだ」と取り合ってもらえず、女たちは「車に乗ったら幾らもらえるの?」などとのたまうばかりだったからだ。また、奇跡的に「店」に連れてくることができたとしても、手元に大した金がなく、雀《すずめ》の涙ほどの額で取引せざるを得なかったことは一度や二度ではない。そんな辛酸を舐《な》め続けてきたからこそ、蓄積されたノウハウの数々——客にはどのような「ニーズ」があり、どうしたら「店」に連れ込みやすくなるか。それがあったから、銀行に集う情報を武器に、それなりの成果を上げられるようになったのだ。それゆえ、銀行窓口での動きを封じられたのは致命的だった。

「しかも、配置転換を食らったんだ。席が支店長の真ん前になっちまったし、これからは窓口じゃなくて外を回ることになる」

「席は最悪だけど、外を回れるのはよかったじゃないか。一人だけの時間が増えるんだろ?」

「それが、よくないんだ」

昨日の夕方、良平は「担当者」として外回りをするよう命じられた。二年目の行員が単独で外回りをする「担当者」になるのは一般的には出世を意味したが、今回の配置転換は必ずしもそうではない。

「俺が割り当てられたのは、ほとんど大した客がいない地区なんだ。先輩も誰もやりたがらないようなところでさ。けど、地盤を持っちまったからには年間の目標も厳しくなるし、結果を出すには外を駆けずり回るしかない」

「でも、どうして外回りになったんだ。支店長としてはお前を席に拘束して、常に監視しておいた方がいいんじゃないの？」

「うちの支店長は、性根が腐ってるって有名なんだ。自分の失敗を部下になすりつけたり、気に喰わない部下を毎日『姿勢が悪い』『目つきが人を馬鹿にしている』といびり続けて退職に追い込んだりって話でさ。察するに、俺は毎日のように数字を詰められ、人間性を否定され、客のいない地区を走り回るハメになるんだ」

欠伸《あくび》を嚙み殺して、客が窓口に来たタイミングだけ適当に投資信託や保険商品の案内をしていれば済むというわけではなくなってしまった。これからは、今まで以上に数字が求められることになるだろう。しかし、数字が上がらなければそれこそ支店長の思う壺《つぼ》だ。そのうえ「店」で結果を出さないといけないのは、今までと変わらない。それなのに、窓口での「狩り」は封じられたときている。一気に崖《がけ》っぷちに追いやられた気分だった。

「――迂闊《うかつ》だった」

嘆息してみても、それで事態が好転するわけではない。いつもならここでからかいの言葉の一つを寄越すはずの健太でさえ、それ以上口を開かなかった。

スーツ姿のジュンさんが部屋にやって来たのは、それから十分ほど経《た》った頃だった。

「どうした、暗い顔して？」

　ジュンさんは重苦しい雰囲気を察して二人の様子をうかがうが、沈黙で返すことしかできなかった。

「期待の若者コンビがそんな顔してちゃ困るよ。あ、もしや、俺のお客さんを押しつけられたことを怒ってる？」

　良平の正面の椅子《いす》に、ジュンさんはドカッと腰をおろす。

　午後に控えるたった一件のアポイント。さらなる上客を捕まえたジュンさんから回ってきたおこぼれ案件。普段なら「金にならないんだろうなあ」などと健太とぼやくところだが、今は状況が状況だ。たった一件でも、どれだけ少額でも、逃すことはできない。目標の一千万に届くかどうか、極めて怪しくなってきているのだから。

「むしろ、ありがたいです。いろいろまずいことになってきたんで」

　良平はジュンさんにこれまでの自分たちの営業手法と、それが封じられた現状について洗いざらい打ち明けた。

「仮にの話なんですが、一千万稼げないとどうなるんですか？」

　――目標を達成できないかもしれない。

　いままでは、露ほどもそんなことは考えなかった。自分たちならできる。根拠もなくそう思っていた。でも、もう違う。頭の片隅に追いやられていた危機感が、ゆっくりと頭をもたげ始めたのだ。

「正直に答えるよ」ジュンさんの表情からはいつもの笑みが消えていた。

「目標額を稼げない営業マンは、記憶を消されて町に放り出される。稼げない人間は『店』には不要だからね。言っただろ？ 営利活動こそが『店』のただ一つの存在意義だって。一度しか顔を合わせたことのない営業マンを何人も見てきたでしょ」

思い返してみると、自分はジュンさん以外の営業マンをほとんど知らなかった。ときたま知らない顔とすれ違うことや、休憩室で一緒になることはあっても、親しくなった人はいない。それはひとえに、彼らが自分たち二人に対して興味を持っていないからだと思っていた。しかし、答えはもっと単純で残酷――彼らはそもそも「店」から消えてしまっていたのだ。

「きみたちはお世辞抜きですごいよ。課された目標のラインにここまで迫れたのは、ここ数年できみたち以外にないからね」

それに対し、納得していない様子の健太がすぐさま身を乗り出す。

「でも、凄腕《すごうで》の営業マンを引き抜いてるんですよね？ それなのにどうして稼げずに終わるんですか？」

その疑問は、もっともだった。「店」にはしょっちゅう、各業界で名を馳《は》せる「腕に覚えあり」の営業マンが自らを売り込みに来るのだという。ひょんなことから「店」の存在を知った彼らが、「より稼げる場」を求めて「店」に集うのは理解できる。それなのに「目標額を稼げる人がほとんどいない」というのが、どうも腑《ふ》に落ちない。

「ケンの言う通り、『店』にはいろんな営業マンがやって来る。もちろん、彼らにはきみたち以上の目標が課されるから一概に同じ水準で語ることはできないんだけど、実は『店』から彼らが消える理由は稼ぎの額だけじゃないんだ」

その口ぶりには、得体のしれない不気味さがあった。

「――と、言いますと？」

話の先を促す健太に、ジュンさんはにやりと口元を緩めた。

「彼らの多くは、営利目的以外の理由で『店』のことを口にしてしまうんだ」

脳裏に、すぐさま「あの日」の出来事が蘇《よみがえ》る。手渡された白い錠剤、記憶を見張る「番人」――「店」の営業マンを縛る鉄の掟《おきて》。

「確かに『店』には魔力がある。俺だって、最初の頃は何度も友人に『店』のことを言いそうになったからね」

ぎくりとして健太を見やるが、彼はまっすぐにジュンさんを見据えたままだった。ここで顔を見合わせたら俺たちの「企《たく》み」がばれるだろうが――彼の横顔は、明らかにそう言っていた。

「言ってしまうと、どうなるんですか」

尋ねる健太の表情は、あくまで飄々《ひょうひょう》としている。

ジュンさんはジャケットの胸ポケットからタバコの箱を取り出すと、一本口に咥《くわ》えた。

「――そいつは、死ぬよ」

「死ぬ？」

二人して、思わずその文言を繰り返した。それはあまりにも唐突で、現実味のない言葉だったからだ。

「ああ、死ぬ。そうだ、ちょうどいい機会だから、説明しよう。それに実は、いまから対応してもらうお客さんにも関係する話なんだ」

ジュンさんはタバコに火をつけると、ぷかっと煙を吐き出した。

「『問題のある記憶』を検知すると、その瞬間に『番人』はそいつにとって最も大事な記憶を抹消してしまうんだが、そうすると、そいつは『自分が誰であるか』がわからなくなって、死んでしまう。まあ死なないとしても、廃人になるのは避けられないな」

背筋が凍りつき、絶句する。

「前に言ったろ？　自分が自分である唯一《ゆいいつ》の証明が記憶だって。その証明たる記憶の基礎を失うと、人は正常でいられなくなるんだ。最悪の場合、絶命する。二人も気をつけろよ」

冗談交じりにジュンさんは笑ったが、とても笑い事ではなかった。まるで、「探偵ごっこ」のことを見透かされているかのようだったからだ。もちろん、「店」のことを口にしないよう、日頃から細心の注意は払っているし、居酒屋で話す時も周囲に聞こえないように声のトーンは落としている。けれど「探偵ごっこ」を始めてしまった今、いきがかり上「店」にまつわる話をする機会が増えるのは確実だ。迂闊な真似《まね》をすると、自分たちもいなくなった数多《あまた》の営業マンたちと同じことになる可能性がある。

「『番人』は、営利目的であるかどうかを何で判断してるんですか？」

言いながら、思わず良平は前のめりになる。記憶を奪い去られるかもしれない以上、この点をはっきりさせておかなければ極めて危険に思えたからだ。

「いい質問だ」

ジュンさんが手を打つと、指に挟んでいたタバコから灰が机に落ちた。

「大事なのは『記憶の移転を伴う意図があるか否《いな》か』さ」

「記憶の移転？」

「他人に『店』のことを話した時に、記憶の移転をさせる意図があるならセーフ、ないならアウトだ。店主が言ってたのを覚えてないかな。『売り』『買い』『引き取り』にまつわる以外で『店』のことを口にしてはならないって。その三つに共通する要素は『記憶の移転が生じる』ということだけさ。実際にいくら稼ぐかは問題じゃない。出口戦略として『記憶の移転』を想定しているのであれば、問題がないと判定されるんだ」

こちらの表情から察したのか、ジュンさんはすぐに具体例を示す。

「じゃあ訊《き》くよ。集まった記憶を頼りに人探しをするつもりで『店』のことを人にしゃべったら、どうだと思う？」

そこに「記憶」を移し替える意図はない。従って答えは明らかだ。

「それは、アウトってことですね」

「じゃあ、人探しをダシに客を勧誘し、見つけた記憶を売りつけるつもりだったら？」

「――セーフ？」

ジュンさんは「正解」と言う代わりに、にんまりと目尻《めじり》を下げた。

「要は、心の持ちようなのさ。余計な制約がありすぎると営業マンの機動力が失われてしまうから、『店』に連れ込んで取引を行わせる意図があれば大丈夫、ってことになってる。安心して。きみたちが変な企みをするような奴らじゃないってのは、わかってるからさ」

それが本心からの言葉なのか、牽制《けんせい》なのか、良平には判断がつかなかった。

「話を戻そう」

ジュンさんはタバコを灰皿にねじ込む。

「記憶の基礎を失うと人は異常をきたすってところまでは説明したね。これが、今回二人に任せたいお客さんに大いに関係がある」

ジュンさんは一枚の紙きれを取り出し、机の上に置いた。

「これが、彼女——あ、言ってなかったね。その客は女性なんだけど、とにかく彼女は『店』に憑《と》りつかれた常連だ」

紙切れには九桁《けた》の番号が並んでいた。顧客の識別番号であることは明らかだ。

「ただ、一つやばいことがある。何がやばいかって、彼女は自分の記憶を売って、その金で別の記憶を買うんだ」

咄嗟《とっさ》には何がやばいのかわからなかったが、健太はすぐに察したようだった。

「自分の記憶を売りすぎると、死んでしまうってことですか？」

ジュンさんは小さく頷《うなず》いてみせた。

「他人の記憶を手に入れたとしても、それは自分に根づいた記憶じゃない。ひたすら自分自身を切り売りして手に入れたものだ。行きつくところまで行くと、死んじまう。エレベーターで本人確認をするだろ？　あれには、もう一つ意味がある。これ以上記憶を失うと危険な客は、数字が赤色で示されるんだ。ある種の警告だな」

鏡に向かって立つ人間の頭上に表示される九桁の数字。いつだって自分のことを示す数字の煙は白——それはつまり、良平の記憶は「危険水準まで失われていない」ということを示していたのだ。記憶を売ったことがないのだから、当たり前の話と言えるだろう。

けれど、それが当たり前ではない人もいる。「店」に心を奪われ、自らの記憶を手放すことを厭《いと》わなくなると、その先には極めて危険な末路が待ち受けているのだ。

「『店』としても、さすがに客に死なれちゃ噂《うわさ》が立つから具合が悪いのさ」

一見無意味に思えた鏡の中の現象に、そのような意味があったとは思いもよらなかったが、そうと知った良平の胸は粟立《あわだ》っていた。

――記憶を奪われると最悪の場合、死ぬ。

「だから、エレベーターに乗せたら数字が何色になるか、そこだけ気をつけて欲しい。それ以外は今のきみたちならお手の物だよ」

5

ジュンさんが部屋を出て行ったのは昼前だった。

引き継いだ客のアポは午後五時なので、二人にはたんまりと時間が残されている。

「――怖気《おじけ》づいた？」

重苦しい話の後というのに、健太は至って涼しい顔をしていた。

怖気づいたとまではいかなかったが、不安の種が胸の奥で芽吹いたことには違いなかった。しかし、それを顔に出しては笑われるので、強がりを口にする。

「――いや、別に。『店』のことを誰かに言っちまわないように気をつけるのは今まで通りとしても、マズいのは、十月末までにあと二百万ちかく稼がないと記憶を消されて『店』から追放されちまうってことだ」

「同感だ。こんな面白い『店』の記憶を消されるなんて、とても耐えられない」

あらためて、事態の深刻さに唇を嚙む。残り三か月で百六十三万円を稼ぐには、およそ六百万円の案件を仕上げる必要があることになるが、手元にある材料は「ジュンさんから引き継いだ常連」が一件と「引き出せない大金を持つ老夫婦」が一件の二件だけ。しかも、頼みの綱である銀行窓口での応対も封じられたときている。

ぶんぶんと頭を振り、良平は嫌な考えを頭から振り払う。

「――とりあえず、まずは『ツヨシ』の記憶を見せてくれ」

暗澹《あんたん》たる思いは変わらなかったが、悩んでいても仕方がない。

「そうだな、そうしよう」

健太のあっけらかんとした軽い調子を見ていると、事態を深刻に受け止めるのがバカらしくなってくる。決して焦燥感や不安がなくなったわけではないが、彼の醸《かも》すお気楽な雰囲気のおかげで幾分気が楽になった。

すぐさま三階へと移り、部屋の一つに入った。水晶玉を挟む形で椅子に腰かけると、まず健太が瞼《まぶた》を閉じて玉に触れる。すぐに、玉の内部で白い煙が渦巻き始めた。

「よし、いいぞ」

合図に従い、自分も玉に手を添える。

その瞬間、二つの映像が目の前に浮かんできた。それはカフェでバイトに勤《いそ》しむ娘と、夏休みに虫捕りに興じる少年の記憶だった。


「――どうだ？」

水晶玉からゆっくり手を離すと、こちらを見やる健太の姿が浮かび上がってくる。

それは事前に聞いていた通りの内容で、健太の言う通り「ツヨシ」の実態に迫れそうな手がかりを見つけることはできなかった。カフェの記憶の中では、胡散《うさん》臭い見た目以外にこれといった情報はなかったし、虫捕り少年の記憶も「ツヨシがガキ大将である」こと以外に何ら価値のある情報をもたらさなかった。

「正直、手詰まりだな……」

すべてが八方塞《ふさ》がりだった。

目標の額を稼げないと「店」から放逐されてしまう――自らに引き寄せて考えたことはなかったが、「記憶の一部を失う」というのは実に恐ろしいことだった。自分が見てきたもの、感じたこと、その一切が消えてしまうのだから。そうなったとき「記憶が消えた後の自分」は「今の自分」と同じといえるのだろうか。

そんなことを一人で思い悩んでいると、健太がおもむろに口を開いた。

「――ところでさ、『スワンプマン』って知ってるか？」

聞き慣れない響きに、首を傾《かし》げる。

それは思考実験の一つだという。沼地を歩く一人の男に雷が落ち、彼は絶命する。けれども、偶然もう一つの雷が沼に落ち、それによって生じた化学反応で泥土《でいど》は死んだ男と同一・同質形状の生成物を生み出す。この新しい存在を「スワンプマン」と呼ぶのだそうだ。

「スワンプマンは、原子レベルでも死んだ男とすべて同じだ。当然、脳の状態も同じだから、死んだ男と同じ記憶と知識を有している。沼地に出現したスワンプマンはそのまま何事もなかったかのように帰宅し、翌朝には死んだ男の通っていた職場へと出勤するんだ。さて、ここで質問。スワンプマンと死んだ男は『同じ人間』なのだろうか、それとも『別の人間』なのだろうか」

理解に苦しむ話だったが、彼の言わんとするところはおぼろげながらわかった。

「――それの逆ってことか」

「そういうことだ。残り三か月で目標を達成しないと、言ってみれば俺たちはその逆になる。『スワンプマン』が元の男と同一かどうか議論の余地はあるが、その逆は明白だろう。俺たちが俺たちであるために、なんとしても稼ごうじゃないか」

そう言って笑う健太の顔は、自分たちの成功を微塵《みじん》も疑っていない。それは安心感と同時に、より一層の焦《あせ》りを良平にもたらした。

約束の五時になり、二人は地下駐車場へと降りる。既に黒のセダンが横づけされており、クマさんと女がその脇《わき》で立ち話をしていた。

「おう、来たか、お前ら」

クマさんが手を挙げて陽気に笑う。

「あら、いつもの彼じゃないのね」

しげしげと自分たちに視線を這《は》わせる女――歳《とし》は四十くらいだろうか。枝毛の多そうな乾いた髪や、やや小皺《こじわ》の目立つ肌の感じからすると、もっと上のようにも思える。

「期待の若手コンビだから、安心しな。それに、若い男のほうがいいだろ？」

クマさんが肘《ひじ》で小突くと、まんざらでもなさそうに女はほほ笑んだ。

「そうね、悪くないわ」

良平は女に愛想笑いを返し、健太の耳元で「さっさと終わらせよう」と囁《ささや》いた。

「それじゃあ、行きましょうか」

健太が女をエレベーターに促し、自分も後に続いて乗り込む。並んで立つと女の背丈は自分たちの胸のあたりまでしかなく、思いのほか小さかった。額にはシミが浮かび、首筋には青い血管が見える。お世辞にも健康的とは言いがたい。

「今日は、おばあちゃんとの思い出を売ろうと思うの」

エレベーターの壁に据えつけられた鏡の方を向きながら、女がぽつりと漏らした。鏡の中では白い煙が渦巻いている。

「で、目一杯不幸な人の記憶を買いたいわ。他人の不幸は蜜《みつ》の味って言うでしょ。できるかぎり、えげつないのがいいわ。『こんな記憶捨ててしまいたい！』と願ったどこぞの誰かのことを思うと、本当に愉快でたまらないのよ。そうするとね、いかに自分が恵まれた人生だったかを実感できるの」

ちん、といつもの音がしてエレベーターが停まる。鏡の中の数字もいつも通りの白だ。良平は忘れずに鏡の中の数字と、先ほどジュンさんからもらった紙切れの数字を突き合わせた。

「――なあ、真面目《まじめ》な話をしていいか」

仕事を終えた二人は、いつものごとく渋谷の居酒屋チェーンにいた。

一杯目のビールが運ばれてくると、健太が開口一番に言った。

「『店』の存在意義って、本当に営利だけなんだろうか」

「どうした急に？」

「あの女が買い取った記憶――虐待《ぎゃくたい》されてた女の子のやつ、あれを見て思ったんだ」

健太が言っているのは、先ほど終えたばかりの取引のことだ。女は「おばあちゃんとの思い出」を売り、それを元手に凄絶《せいぜつ》な虐待を受ける少女の記憶を購入した。父親の再婚相手に何かと難癖をつけられては殴られ、罵声《ばせい》を浴びせられる毎日。

有難迷惑なことに、女は小瓶に抽出された記憶を帰り際《ぎわ》に自分たちへふりかけたのだ。

――ほら、こんなに苦しんでるのよ！　自分の「生」の有難味がわからない？

それによって掻《か》き立てられた感情は、筆舌に尽くしがたかった。「苦しんでいる」などという安易な言葉では、とうてい片づけられない代物《しろもの》だったからだ。最終的な稼ぎは二人で十三万円。だが、胸に残ったのは不快感と虚《むな》しさだけだった。

健太はテーブルの一点を見つめたまま、静かに続ける。

「店主は言ったよな。自分の記憶を手放そうって奴はゴミだって。でもさ、あの記憶を引き取ってほしいと願った彼女は、はたしてゴミなんだろうか。トラウマのせいで前向きになれない人、心に傷を負った人――そういう人が金を払ってその記憶を失《な》くすことで新たな人生を踏み出せるんだとすれば、それはそれで意義があるんじゃないか？」

「同感だな」

店主は言った。金を払って苦悩から解放されようなんて思うのは甘えだと。与えられた苦しみを背負い、それでも生きていくのが人としての痛みなのだと。

果たしてそうなのだろうか。

健太の問いかけは、店主の言葉に真正面から異議を唱えるものだった。

「いいか、良平くん。店主の言うことは、ある種の理想論だ。確かにそういうものを乗り越えて、人は強くなるのかもわからん。でも、金で解決できるのならいくらでも金を払うって人がいても、それはそれでアリだと思う。お前も体感しただろ。さっきの女が購入した記憶——あんなことされて、それでも全《すべ》てを受け入れて生きていけなんて、あまりに酷だ」

「まったくだな。でも、いきなりどうしたんだ？」

「つまりだ、考え方を改める必要があると思う」

良平は、不思議と惹《ひ》きつけられていた。いつも自分とは違った見方を教えてくれる健太が、今回の取引を経て辿《たど》りついた新たな境地に、大いに興味があったからだ。

「どういうことだ？」

「稼ぐことを第一に考えるんじゃなく、『店』を利用して困ってる人の役に立てないかを一番に考えるんだ」

「銀行でもよく言われるよ、それは」

「これはこれで理想論のようだけど、俺はそこに答えがあるような気がしてならない」

健太は真剣な面持ちのまま、枝豆を口に放り込んだ。

「金を引き出せない資産家の老夫婦の話があったよな。銀行が最後にもたらしてくれた俺たちの『頼みの綱』——今のところ具体的な攻略法はないけど、『店』の機能をうまく使えば切り崩せるんじゃないかって思うんだ」

言うのは簡単だ。そう思ったが、口にはしなかった。

「ごめん、何か説教臭くなっちまったな」

健太は独り言のように呟《つぶや》くと、それっきり黙り込んでしまった。

やや肩透かしを食らった気がしたが、良平もそれ以上は何も言わなかった。


その夜、夢を見た。真っ白な空間の中、健太が少しずつ遠ざかっていく。

——なあ、どうして俺のことがわからないんだよ？

どれだけ呼びかけても、健太は首を傾げるばかり。

——俺のこと、忘れちまったのか？

それでも、健太は悲しそうにこちらを見やりながら、口をつぐんでいる。

——どうしたんだ！　俺たちは親友だったじゃないか！

やがて、健太は光の粒になると徐々に空間の中に溶けていく。手を伸ばして必死に摑《つか》もうとするが空を切るだけだった。

——思い出せ！　俺だよ！　俺は——。

誰だっけ。

突如として、自分が誰だかわからなくなる。それどころか、何故《なぜ》必死に目の前の男に呼びかけていたのかも思い出せない。自分とこの男の関係は何だったのか。どうしてこんなにも胸が苦しいのか。

――俺は、誰だ？

自分も光の粒になって消えかかっていた。

――嫌だ、忘れたくない！　消えたくない！　俺は、俺は――。

走馬灯のように様々なシーンがよぎった。教室で独りぼっちだった自分に話しかけてきた男、寝そべって曇天を見上げたある昼下がり、いつも時間を潰した喫茶店、記憶を取引できる「店」、夜の町を彷徨《さまよ》った日々。

――覚えていたい！　ひとつ残らず！

気付けば涙が頬を伝っていた。

押し寄せてくる過去の光景の数々。かけがえのない日々。そして――最後に現れたのは保科ひとみだった。

長い黒髪を風になびかせながら、こちらに手を振っている。その笑顔は触ったら壊れてしまいそうに脆《もろ》かった。

――どうして、きみが？

そう問いかけた瞬間、世界は暗転し、良平は布団《ふとん》を跳ね飛ばして身を起こした。全身にびっしょりと汗を掻き、心なしか動悸《どうき》がした。部屋の掛け時計は夜中の三時を指している。仕事もあるというのに、こんな時間に目覚めてしまうのは極めて不快なことだったが、幸いにも自分が自分であることを、良平はまだ覚えていた。

6

コンビニの駐車場に停めた営業車の中。運転席を倒し、横になった良平の手元のスマホからは、やや音質の悪い音楽が流れていた。ぺんぺん草も生えないような地区を自分に譲り「肥沃《ひよく》」な地盤を任されることになった先輩は、「営業マンとして大成するコツは、適度にサボることだ」と言い残していった。先人の知恵に従い、週明けから外回りを始めた良平は、何かにつけ営業車を停めては油を売っていた。やる気がないわけではなかったが、かと言って闘志も湧《わ》いてこない。成果が上がらなくても、馘《くび》になるわけじゃないのだから。そんなことより、目下の最大の懸案は「店」でいかに数字を残すかだった。けれども、簡単に策が浮かぶわけもない。結局、停めた車の中でネットサーフィンをしているうちに一日が終わるのだ。

その日は、無料動画投稿サイトで過去の「星名」のライブ映像を見つけた。『彦星のレクイエム』と題された曲で『スターダスト・ナイト』に並ぶ人気の曲だという。再生回数は優に五十万回を超えており、むしろ彼女のことを知らなかった自分たちがおかしいのではと思えてくるほどだ。

歌詞も相変わらず独特だった。『スターダスト・ナイト』でも同様だが、彼女の歌に表れる「君」は面白いことを言う。この「君」というのが探している「あの人」なのだろうか。そんなことを考えながら、今度は『非公式ファンページ』を開く。出没情報によると、昨日は横浜でライブをしていたようだ。その前の日は名古屋駅前。神出鬼没っぷりは健在だ。続いて、『ファン交流掲示板』を開く。と、何気なく書き込みを斜め読みする目が、ある一文に止まった。

『彦星のレクイエムでも出てきますが、星名さんのふるさとはどこなんでしょうかね？』

その他の書き込みを探すが、彼女の故郷に関する情報はただの一つも出ていない。深い意味があったわけではないが、手帳に「保科の故郷、どこ？」と書きつけた。

支店に戻ると、待っているのは帰店報告だ。その日一日の営業活動のあらましを支店長に報告し、今月の数字の見込みや材料について仔細《しさい》に伝えなければならない。一日の中で良平が最も憂鬱《ゆううつ》に思うのがこの時間だった。通常、帰店報告は課長クラスにするものだが、自分だけは「特別待遇」で支店長への報告が義務づけられていた。表向きは若手の教育的観点からと説明されていたが、実際はそうではない。

「二年目だからなんて言い訳は、聞かないからね」

予想以上の陰湿さだった。そこには、建前とは異なる「いたぶり」の意味が込められていたのだから。

「電話しても出ないなら他の手は試したの？　家の前まで行ってみた？　窓口でお客さん対応していたときはメモをとったりするほど熱心だったのに、どうしちゃったのかな」

「いや、それは――」

「これだから、最近の若い奴は信用ならないんだよ。目の届かないところでは手を抜くことしか考えないんだ。まあ、手を抜くだけならまだいいんだけどさ、銀行の評判を下げるような悪さだってしかねないから、油断も隙《すき》もあったもんじゃないね」

言い返すことなど、もちろんできない。腹の底で「今に見てろ」と思うだけだ。

「まだ二年目だから……なんて思ってるんだったら、大間違いだよ」

「はい」

「『はい』じゃなくてさ、返事はいいから結果を残さなきゃ」

「……………」

「わかったのか、わからないのか？　文句があるなら言っていいんだよ」

「……いえ」

「なら、わかったんだな？」

「……はい」

結局、返事させるんじゃねえか……と、これも思うだけ。

力なくお辞儀をして、支店長室を出る。背中に浴びせられたねちっこい視線を振り払うように、後ろ手で乱暴に扉を閉めた。それが失礼だとわかっていても、そういう小さな抵抗で溜飲《りゅういん》を下げるしかなかったのだ。


「——お前もサラリーマンっぽくなっちまったな」

定例の水曜日の打ち合わせ。この日の会合は五反田の沖縄料理屋だった。

乾杯するなり、仕事の愚痴をぶちまける良平——それは、今までに一度たりともないことだった。いつだって会話は「店」のことで始まり、「店」についてで終わったのだから。少なくとも「店」に関係なく、良平が本業に言及するのは初めてのことだった。

「——ごめん、もうこの話は終わりだ。『店』の話にしよう」

「そう言われると、辛《つら》いんだな」

健太は歯切れ悪く言うと、顔をしかめた。この前の土曜日にジュンさんの「常軌を逸した女」を扱って以降、取引の気配さえないとのこと。さすがに申し訳ないと思ったのか、健太は力なくうなだれるばかりだった。


「――そうだ、実はこんなものを作ってみたんだ」

しばしの沈黙の後、気まずさを取り繕うかのように健太が取り出したのは、お手製の名刺だった。『ライター　如月楓』とだけ書かれた、いたってシンプルなデザインだ。

「なにこれ？」

手渡された名刺を目の前に掲げ、しげしげと眺める。

「見ての通り、名刺だ」

「ライターなのか、お前って？」

「何とでも言い訳ができる肩書をチョイスしたつもりだ」

「それなら漫画家だって当てはまりそうだけど？」

「細かいことはいいんだよ」

曰《いわ》く、「探偵業」のために作ったのだそうだ。

「探偵をしていくうえで、今後誰かに接触する機会は増えていくと思うんだ。ただ、こちらの素性を正直に言う必要はない。ないんだけど、相手のことを根掘り葉掘り聞いても許される免罪符はいる。そこで登場するのがビジネスネームさ。俺はまだしも、良平くんが本名で活動するのはいろいろとマズい気がするしな」

健太の言うことには一理あった。とりわけ自分にとって実名を名乗るのは、危険きわまりないことと言える。そもそも目をつけられているし、副業は禁じられているのだから。しかも、副業の情報が支店長の耳に入らないなどと、言い切ることはできない。事実、そうした見立ての甘さが今の事態を招いたのだ。

「というわけで、ぜひ良平くんにも自分のビジネスネームを考えてもらいたい」

「え、普通の名前でいいよ」

「ダメだ。普通じゃあ埋もれちまう。できるだけ印象的で、派手なのを考えろ」

腕組みをすると、天井を仰ぐ。

「二階堂――二階堂昴《にかいどうすばる》なんてどうだ？」

特に理由はなかった。文字通り、ただなんとなく浮かんだ名前。

「いいじゃん。恥ずかしくて全身が痒《かゆ》くなるくらい、お洒落《しゃれ》で印象的で……」

「それ、褒めてるのか？」

健太はにやにや笑いながら、何度も頷いてみせた。

「いや、でもマジでいいと思うよ。楓と昴。『カインとアベル』みたいだ」

「なんだよそれ」

「旧約聖書に登場する兄弟のことさ。教養が足りないんじゃないの」

「そういう意味じゃねえよ。お前に足りないのは常識だな」

気付けば笑っている自分がいる——それが健太のおかげだと認めるのは、気恥ずかしくて悔しいのだが、疑いようのない事実だった。

——楓と昴か、確かに悪くないかもな。

ジョッキを傾けながら、良平はしばしの充足感に酔いしれた。


その日の会合は大いに酒が進み、わずか一時間のうちに二人はかなり深酒をしていた。例によって健太の顔はどす黒くなり、良平は良平で呂律《ろれつ》があやしくなっていた。

「——ところで、この前、営業中に星名の動画を見たんだ」

おもむろにスマホを取り出すと、動画サイトの再生履歴から『彦星のレクイエム』を引っ張り出し健太に聴かせる。

「ああ、この曲知ってるよ。彦星の帰りを待つ乙女心を歌ったもんだろ？」

「あ、そう言えば——」

思い出したように通勤鞄《かばん》から手帳を取り出し、『保科の故郷、どこ？』と書き込んだページを開く。それを健太に突きつけながらまくし立てた。

「歌詞にもあるだろ？　『年に一度、あなたがふるさとに帰って来るのを』って」

「ああ、あるな」

「保科の故郷って、どこなんだろうな」

その瞬間、健太の目つきが変わる。

「確かに、考えたこともなかったな」

「だろ？」

「それに、自分の故郷って重要な情報だけど、あんまり普段から意識しないよな」

「つまり『無自覚』の部分に該当するはずだ」

言いながら、虫捕り少年の記憶を反芻《はんすう》する。あれはいったいどこなのだろう。少なくとも、東京ではなさそうだ。根拠のない直感だったが、どこか地方のように思えた。

気分が高揚しているせいか、良平はいつも以上に饒舌《じょうぜつ》になる。

「どうしてもツヨシの素性だとか、目立つ部分にばかり目が行きがちだったけど、今一度原点に立ち返ろう。もっと基本的な情報を着実に集めるべきだ」

その考えを聞いた健太は、同意するように何度も頷いた。

「明日、もういっぺん『店』で虫捕り少年の記憶を見てみる。訛《なま》りがなかったか、どこかに町の名前を示す標識はなかったか、あらためて調べてみよう」

ようやく事態が進みそうに思えたが、この程度の歩みではすぐに期限を迎えてしまうのも間違いない。期限というのはむろん、十月末──一千万を稼がなければならない期日のことだ。酒の回った頭でも、問題の本質が解決していないことは理解できた。「探偵ごっこ」を続けるには稼ぐしかない。さもないと先日の「悪夢」が現実のものとなる。そうならないためにも、いま自分が頼ることのできる先——答えは、はっきりしていた。

翌日、良平は朝一番に支店を出ると、ある住所めがけて車を走らせた。

偶然にも「その場所」は、自分が任されることになった地区の端に位置していた。幹線道路を飛ばすこと二十分、脇道に入りしばらく行くと目的地が見えてきた。農地の真ん中にぽつんと現れたのは、外壁がすすけて黒ずんだ工場のような建屋と、それに併設された二階建ての住居だった。前に車を止めて表札を確認する。「石塚」と記されたそのすぐ上には「株式会社　石塚紙器工業」の名もある。

石塚由香里の夫、石塚巌《いわお》は株式会社石塚紙器工業の元社長だった。法人としても支店と取引があったため、履歴を遡《さかのぼ》ってみたところ、創業は五十年前、巌は二代目社長にあたることがわかった。大手和菓子メーカーを取引先とする、梱包《こんぽう》用の箱の製造を手掛ける下請け会社という位置づけだ。年商十億程度のいわゆる零細企業で、十年ほど前までは業績も安定していたが、徐々に下降線を辿り、二年前に廃業。だから元社長なのだ。

過去の担当者が記した折衝履歴によると、五年前の時点ですでに妻の由香里が廃業を考えていたこともわかった。その由香里は今や、夫のことさえわからなくなってしまっている。判明した事実を思うだけで、良平の胸にはやるせなさが押し寄せた。後継者のいない中小企業の末路は、あまりにも悲惨だ。

間もなく、石塚巌が自宅から姿を現した。廃業したはずなのに、グレーの作業着姿だった。巌はそのまま白い軽自動車に乗り込むと、幹線道路の方へと走り始めたので、すぐに後を追う。行き先はおそらく妻のもとだと予想がついた。「毎日見舞いに行っている」と支店の窓口で喚《わめ》いていたからだ。

巌の運転する車は、幹線道路からやや外れたところに佇《たたず》む、ある施設の駐車場に停車した。三階建てで清潔感のある白い外壁。屋上付近に施設名が掲げられている。

「老人ホーム　けやきの里」

すぐさまスマホで検索すると、認知症患者専用の施設であるとわかった。しばらく駐車場から施設をうかがった後、怪しまれないよう車を降りることにする。

外はうだるような暑さだった。駐車場脇の並木道からは蟬《せみ》の鳴き声がそこかしこに響き、アスファルトの地面からは陽炎《かげろう》が立ち上っている。一通り周囲を見て回った後、車に戻ると再びスマホを取り出し、施設の情報収集を続けた。

7

結局、いたずらに時は過ぎ、八月も二週目に入った。相変わらず成果の出ない良平は支店長からネチネチと毎日詰められ、ひたすら担当地区を回りに回った。ただ、その合間に「けやきの里」を見に行くのも忘れなかった。担当地区からやや外れてはいるが、文句を言われる筋合いはない。

そんなある日、一つの転機が訪れた。「けやきの里」に隣接した公園に、石塚夫妻の姿を見つけたのだ。接触するまたとない好機だった。車いすを押す巌が歩みを止め、噴水の周りに並ぶベンチの一つに腰をおろす。それを確認すると、良平は急いで車を降りた。ワイシャツの腕をまくり、いかにもサボっている営業マン風を醸しながらゆっくりと近づく。巌の服装は、この前と同じグレーの作業着だった。彼の前に停められた車いすには、妻と思《おぼ》しき老齢の女性が収まっている。

「暑いですね」

巌の隣に腰をおろすと、何食わぬ顔で話しかけた。

「ああ、暑いねえ」

この前窓口で喚いていたのが嘘《うそ》のように、巌の口調は穏やかだった。

「奥さんですか？」

車いすの方を見やりながら、そう言ってみる。

「なんだい、テツヤが帰って来たのかい？」

巌よりも先に、由香里が良平の声に反応する。

「母ちゃん違うよ、テツヤじゃない」

「テツヤ、あんたお父さんを困らせて……」

「だから母ちゃん、この人はテツヤじゃなくて――」

妻の由香里は、かなり弱って見えた。目は虚《うつ》ろで力がなく、風が吹いたら飛びそうなほど痩《や》せている。おまけに自分のことを、息子だろうか、『テツヤ』と勘違いしているではないか。「お父さんを困らせて」と言うのだから、息子に手を焼いたのかもしれない。とにかく、彼女の症状は、夫や息子がわからなくなるほどまで進行しているようだった。

ベンチを立つと、車いすの脇で屈《かが》む。

「はい、テツヤですよ」

そう言って、由香里にほほ笑みかける。彼女は安堵《あんど》したように一瞬顔を綻《ほころ》ばせたが、すぐに顔をしかめた。

「あなた、会社を継がないとか言わないで戻ってらっしゃい」

「うん、そうする」

話を合わせてあげる。視界の端で、困ったように巌が小さく笑うのが見えた。

「いい子ね。もうお父さんを困らせるんじゃないよ」

由香里はニコッと笑うと、急に興味がなくなったのか鼻歌を唄《うた》い始めた。

ゆっくりと立ち上がり、また巌の隣に腰をおろす。

「――ありがとな」

巌は良平の肩をぽんと叩いた。「テツヤってのは、うちの倅《せがれ》なんだ」

尋ねる前に、巌は自ら語り始める。

「一人息子でな、会社を継がせるつもりだったんだが、どうしても嫌だって言うんだ。そんで大喧嘩《おおげんか》して、以来音信不通。でもな、考えてみりゃ当たり前なんだ。仕事ばっかりで家庭を顧みなかった報いだよ」

「息子さんに継がせるって――社長さんだったんですか？」

既に調査済みではあったが、あえて尋ねる。

「ああ、小さな会社だけどいちおうな。昔はけっこう流行《はや》ったんだ」

「ご立派ですね」

「立派なもんか」

巌は地面の一点を見つめたまま、吐き捨てるように言った。

「母ちゃんはいつも言ってた。『あなたは仕事のことだけ考えて。家のことは私に任せなさい』ってな。そんで、俺に何かあったときのためにせっせと貯金もしてくれてたんだ。『あなたにもしものことがあったら、私が家族を守るわよ』って。それなのに、俺じゃなくて母ちゃんの方が先にこんなになっちまって――」

その目から大粒の涙がこぼれ落ちるが、巌はそれを拭《ぬぐ》おうともしなかった。

「すまんな、つまらない話を聞かせちまって」

「そんなことないですよ」

巌の肩にそっと手を添える。骨ばった身体《からだ》が見かけ以上に萎《しぼ》んでいるのは、きっとたくさんの想《おも》いを背負っているからだろう。

「お前さん、サラリーマンかい?」

「ええ、まあそんなようなもんです」

「大変だよなあ、サラリーマンってのは。上司からも客からも、いろいろ言われるんだろ。この前も銀行でつい怒鳴っちまったんだ。あいつらにはどうしようもないことだって、わかってはいるのに、悪いことしたよ」

「どうして怒鳴ったんですか?」

知っていることではあったが、これもあえて尋ねてみる。

「母ちゃん名義の定期預金は、母ちゃんの意思確認ができないと引き出せないんだと。でも、見ての通りこんなんだからそれは無理なんだよ。ただ、正直しんどいんだ。施設の費用だって決して安くないんだから」

この施設について調べたとき、一年間でかかる費用を見てびっくりした覚えがある。息子をあてにはできず、会社も畳んでいるとなると、金銭的には苦しいはずだ。窓口で声を荒らげる気持ちもわかる。

ここぞとばかりに、良平は踏み込んだ。

「お金はどうなさってるんですか？」

巌は取り出したティッシュで洟《はな》をかみながら答えた。

「俺だって、蓄えがなかったわけじゃない。それに、工場の機械だって売り払ったらそこそこの金にはなったんだ。でも――」

「でも？」

「そろそろ金が底をつく。売れるもんは何でも売る覚悟はあるが、それでもやっぱり家と土地は手放したくないんだ。そんな甘えたこと言ってられんけど、できればな。可能性は低いってわかってても、やっぱりもう一度母ちゃんとあの家で暮らしたいんだ」

おおむね予想通りだったが、まだ売れるものがありますよ、とここでは言わなかった。急ぎ過ぎるのは禁物――まずはじっくりと外堀を埋める必要がある。

そこで話題を変えてみた。

「その作業着は会社のですか？」

巌は一瞬、虚をつかれたように目をしばたたいたが、すぐに笑みを浮かべた。

「ああ、そうだ」

巌は自慢げに、グレーの作業着の胸の辺りを指さした。

「ほら、ここに社名が入ってるだろ。うちの会社の作業着だ。俺はいつだってこれを着てたからさ、この服を着てると時たま母ちゃんは俺を思い出すみたいなんだ」

納得がいった。言われてみれば、銀行で怒鳴り散らした日も同じ服装だったような気がしないでもない。

——と、そのとき。何かが由香里の手から滑り落ち、大きな音をたてる。見るとやや大きめの平たい石だった。

ベンチから立ち上がると、巌は大事そうにそれを拾い上げた。

「なんですか、それは？」

振り向いた巌は照れ臭そうに笑いながら、手のひらに載せた石を差し出してくる。

「ほら、見てごらん」

受け取って目の前に掲げてみる。ただの石と思っていたが、その表面には色鮮やかな鳥の絵が描かれていた。青い羽と尖《とが》った嘴《くちばし》が精悍《せいかん》だ。隅の方に「八月十日　ゴジュウカラ　蛇紋岩」と小さくある。

「小さい頃から、俺は鳥が大好きでな。暇さえあれば図鑑を眺めてたんだ。そんで、大人になっても時間ができたらひたすら鳥を見に行ってたんだよ」

「絵もお上手ですね」

石を返しながら素直に思ったことを口にすると、巌は遠くを見るように目を細めた。

「――ずっと絵描きになりたかったんだ。仕方なく家業を継いだものの、やっぱり絵を描くのは諦《あきら》めきれなくてな。そんなときに、友人から教わったのがこれだ。ストーンペインティングって言うらしい。旅先で見つけた鳥を、そこでたまたま拾った石に描くんだ。別に描くものは鳥でなくたっていいんだがね」

「石にも詳しいんですか?」

質問が的外れだったのか、巌は声を上げて笑った。

「まさか!　鳥は声を聴いただけでわかるが、石ころはさっぱりだ」

「でも、石の名前も書いてありませんでした?」

「これを教えてくれた友人は、もともと石に詳しくてな。いわゆる『石マニア』ってやつだ。どんな石でも見れば一発で名前がわかるんだと。世の中には変わった人間がいるもんだよな。でも、自分で調べるよりもわかる人間に訊《き》いた方が早い。これが蛇紋岩っていう石だってことも、その友人に訊いて初めてわかったんだ」

その瞬間、衝撃が全身を駆け抜ける。

――わかる人間に訊いたほうが早い。

それは、行き詰まった現状を打開しうる発見だった。

「このゴジュウカラはな、俺が初めて仕上げた『作品』なんだ。これを見せたとき、母ちゃんはやたらと嬉《うれ》しそうでさ。『絵も描ける社長なんて、素敵ね』って顔をくしゃくしゃにして笑ってくれたんだ。だから今、こうして握っててもらってるんだよ」

しかし、その言葉はほとんど良平の耳に届いていなかった。それほど、その「発見」は大きな可能性を秘めていたのだから。

「――突然話しかけてしまって、申し訳ありませんでした。この辺でよく営業サボってるんで、またお目にかかったらよろしくお願いします」

「ああ、こちらこそ。またサボりに来なさい」

一礼してベンチを立つと、逸《はや》る気持ちを抑えながら営業車へと戻り、運転席に座るや否やさっそく電話をかける。平日の日中は暇なのか、すぐに声が返ってきた。

「――なんだよ？　珍しいな」

電話の向こうの健太は怪訝《けげん》そうだった。仕事中に良平が電話をかけてきたことなど、いままで一度たりともなかったからだろう。

「漫画家さんにお仕事だ」

「おっと、こりゃまたどういう風の吹きまわしだ？」

「『世の中には変わった人間がいるもんだ』っていうのが今日の学びでな」

「学びをいちいち報告してくれるなんて、良平くんも変わった人間だな」

そんな茶々は無視して本題に入る。

「『石マニア』ってのが世の中にはいるよな？」

「会ったことはないけど、まあいるだろうな」

「それならきっと『祭りマニア』もいると思わないか？」

「――かもしれないけど、お前はさしあたり『回りくどく喋《しゃべ》るマニア』だな」

いちいち気に障るがやり返している場合ではないので、再び無視して核心に迫る。

「虫捕り少年が見た祭りの風景、あれを絵に描き起こせないか？」

すべてを察して健太が息を飲んだのが、電話越しにもわかった。それまでのふざけた態度が一変し、二人の間に緊張感が漂う。

「――なるほど、考えたな」

「そんで、ネットで訊いてみよう。『この絵の場所がわかる人はいませんか？』って」

いままで「店」のことを口外できないというルールに縛られ過ぎていたせいで、他人を頼るという発想に思い至らなかった。ましてや「『店』で見た記憶を他人と共有する」などとは、考えてみたこともなかった。

けれども、可能なのだ。記憶の中で見た風景を絵にすることができれば。写真にも撮れないし、録音もできない。けれど、描くことはできる。そして何より、健太は絵がうまい――厳の言葉は、一見バラバラに見える点と点を見事に繋《つな》いでくれたのだ。

「もう一度『店』で見てくる」

そこで電話は終わった。

満足げに頷くと、良平は運転席の背にもたれかかった。

翌日、外回りを終え支店に戻る道すがら、胸ポケットの中でスマホが震えた。

「仕事中にかけてくるなんて、とんでもない発見でもあったのか？」

路肩に車を停めると、良平はいつも通りの調子で電話に出た。

「──その通りだ」

その口ぶりにドキリとする。普段の健太なら、気の利《き》いた冗談の一つも言ってくるはずだからだ。

「どうした？」

「昨日、お前から言われてすぐに祭りの風景を描いてみたんだ」

「それで？」

「お前の言ってたようなマニアが集うサイトを見つけて、掲示板に載っけてみた。『これがどこだかわかる人はいませんか？』ってな」

あえて平静を装《よそお》うような口ぶりに、興奮が増していく。

「そしたら？」

「わかったのさ、あれがどこだか」

無意識のうちに拳《こぶし》を握りしめ、小さくガッツポーズをしていた。

「で、どこなんだ？」

「高知県星守《ほしもり》郡犀川《さいかわ》町。人口一万人弱の小さな町だ」

そう言われてもまるでピンと来なかった。ここまで得られた情報で、とんでもないと思えるものは何一つなかったからだ。

「──それの何がとんでもないんだ？」

「星守郡犀川町という新たなキーワードをもとに調べてみると、保科に関する記憶が一つ見つかった。夏祭りの日の夜に、保科と一緒に川沿いを歩く女の子の記憶だ」

「それがそんなにやばいのか？」

「いや、それはそんなにやばくない。本当にやばいのは、もう一つの方の記憶だ」

鼓動がだんだん速くなる。何がやばいのか見当もつかなかった。

「何がどうやばい？」

健太はもったいぶって間を取ると、おもむろにある名前を口にした。

「ツヨシの正体だ」

「ツヨシ？」

予想外の展開ではあるが、いささか拍子抜けだった。確かにツヨシも保科と同郷なのだから、彼女の故郷がわかればそれはツヨシの過去にも迫ることになる。ただ、彼の正体がわかったところで、それが「星名の謎《なぞ》」を解明するうえで「とんでもない発見」であるとは思えない。

「きっとお前は、ツヨシのことを知ってるよ」

「どうして？」

「どうしてかって？　何故なら、こんな苗字《みようじ》の奴《やつ》は滅多にいないからな」

「苗字？」

「ミゾロケツヨシ――あの一家五人焼死事件の唯一《ゆいいつ》の生き残りが、あいつだったんだ」

記憶其《そ》の五　ある不良少年

少年は取り囲まれていた。京都のとある裏路地で。

「お前さっき、俺らのこと笑ったろ」

「田舎もんって言うたがや？」

確かに少年は嘲笑《ちようしよう》した。垢抜《あかぬ》けない制服の着こなしや、標準語とは違う独特のイントネーション。生まれも育ちも東京の少年にとって、彼らは見下すべき存在だったのだ。

——見てみろよ、田舎もんが来てるぜ。かわいいなあ、田舎のワルは。

ほんの出来心。修学旅行先でよくある中学生同士の小競《こぜ》り合い。その程度の認識しか少年にはなかったのだが、どうやら甘かったようだ。

「一人で夜道を歩くのは危ないって覚えとき」

消灯後、少年は一人ホテルを抜け出し、コンビニまでタバコを買いに行くつもりだった。ところが、ホテルを出たとたん彼らに取り囲まれ、そのまま路地に連れ込まれてしまったのだ。

「ツヨシ、こいつ、どうする？」

一人がそう言うと、それまで沈黙を貫いていた大柄な生徒が、ゆっくりと少年の方に歩み寄ってきた。全身から放たれる殺気は、取り巻き連中の比ではない。この男こそが「田舎の愚連隊」を取り仕切るリーダーに違いなかった。

「大勢で取り囲んで悪かったのう。じゃけんど安心しろ、卑怯《ひきょう》な真似《まね》はせんき」

ドスの利《き》いた低い声。とても変声期を終えたばかりの中学生とは思えなかった。

じりじりと近寄ってくる男を前に、握りしめた拳の中に汗が滲《にじ》む。取り巻き連中相手なら一人でも戦える自信はあったが、ツヨシと呼ばれたこの男だけは別だ。まともにやったら、無事では帰れそうにない。直感がそう告げる。

「タイマンじゃ」

ツヨシがそう言うと、取り巻きがヒューっと口笛を吹いた。

左右に目を走らせる。逃げ道はない。大通りに出るには、こいつを倒して前に進むか、背を向けて一目散に走るか、二つに一つだ。

——戦おう。

そう決めた少年が拳を振り上げるより先に、強烈なキックが脇腹に叩《たた》きこまれる。思わず苦悶《くもん》の吐息が漏れ、夕食の焼き魚が喉《のど》にこみ上げそうになった。直後に顔面へと飛んでくるパンチ——頭の中に火花が散り、一瞬視界が真っ白になる。

「何だこいつ、雑魚《ざこ》じゃん！」

「ツヨシ、もっといたぶっちゃれ！」

よろめいた身体を立て直し、戦闘態勢を取る。踵《かかと》を浮かせてステップを踏み、顔の前で両拳を構えた。だてにいままで修羅場を潜《くぐ》り抜けてきたわけではない。

「腎臓ってどこにあるか知っちゅうが？」

出し抜けにツヨシが言った。

「知らねえな」

「そうか、じゃあ今日はそれを教えちゃる」

何が面白いのか、取り巻きが大歓声を上げる。

薄気味悪さを振り払うように少年はツヨシに殴り掛かるが、それをひらりとかわしたツヨシから、すかさず脇腹への蹴《け》りを見舞われる。

「ここやき」

激痛が走り、思わず膝《ひざ》をつく。「ほら、ここや」

もはやなす術《すべ》もなかった。小さく丸まって、ツヨシの猛攻を受けるほかない。いつしか口の中に血の味が広がり、胃酸が逆流してくるのがわかる。何発蹴りを入れられたかわからなくなった頃、少年は嘔吐《おうと》した。

「うわ、汚ねえ」

「ゲロ吐いてんじゃねえよ、バカ」

そんな声にお構いなしに、ツヨシは少年の髪を引っ摑《つか》む。

少年は無理やり立ち上がらされ、至近距離でツヨシと対峙《たいじ》させられた。間近で見る彼の瞳《ひとみ》は氷のようで、そこには引きずり込まれそうなほど深い闇《やみ》があった。

「俺たちは高知県の星守郡犀川町っちゅうところから来た。聞いたことあるがや?」

ただ睨《にら》み返すことしかできない少年。

「明日、もし小便に血が混じってたら、ぜひうちの病院へ来てくれ。『ミゾロケツヨシ』の友達だって受付で伝えたら、すぐに診察できるようにしておいちゃる」

ツヨシがそう言って笑うと、下《した》っ端《ぱ》たちが口々に囃《はや》し立てた。

「よっ、医者の息子!」

「親孝行!」

少年は悔しさに震え、唇を嚙《か》みしめるしかなかった。彼が執拗《しつよう》に腎臓の位置を攻めたのは、最後にこのセリフを言うためだったのだ。

「お前の言う通り、星守郡犀川町はクソがつくほどの田舎やき。でも、そんなド田舎まで診療に来るといい。御菩薩池泌尿器科《ひにょうき》は地元でも評判の病院や」

ツヨシはそう言い放つと、少年を路地に残し、仲間とともに夜の闇に消えていった。

第三章　スターダスト・ナイト

1

記憶を見終えた良平は、しばし腕組みの姿勢を崩さなかった。

定例の水曜日の会議。少々値の張る中華料理店の個室で、二人は向かい合っていた。厨房《ちゅうぼう》の騒がしさが遠くに聞こえる。

「――どうだ？」

神妙な面持ちの健太が尋ねてくる。

ミゾロケツヨシ――確かに男はそう言った。顔立ちも虫捕り少年の記憶に登場するツヨシの面影があるから、二人が追っていたツヨシに間違いないだろう。そして、高知県星守郡犀川町という地名――ドンピシャであの事件があった町だ。生き残った男は自分たちと同い年なので、このミゾロケツヨシがその当人であることは、もはや疑いようがなかった。一家の莫大《ばくだい》な資産を相続した、たった一人の生き残り。そのミゾロケツヨシの幼馴染《おさななじみ》である保科ひとみは、金に物を言わせた帝都一族の三女・柊木琉花に敗れ、歌手デビューの夢を絶たれた。けれどもそれから数年経《た》ったいま、全国を流浪《るろう》する歌姫として世に知られ始めている。「あの人」を探すべく全国を飛び回るが、その移動費の出所は不明——。

「ツヨシがバックについてる可能性はあるな」

そう言うと、健太は満足げに大きく頷《うなず》いてみせた。

「ああ、十分にあり得る話だ。だが、そうなってくると嫌な想像はさらに膨らむよな」

彼が考えていることは、自分と同じだろう。良平は一段と声を落とす。

「放火事件のことだな」

「大きな金の動きがあったとき、得したのは誰かを考えるのが鉄則——その意味で言えば、今回それに該当するのはツヨシだ。もしかしたら、保科もそこに含まれるのかもしれない。あくまで、パトロンがツヨシだったと仮定しての話だがな」

「まさか、二人が共謀して放火したって言いたいのか」

「わからない。でも可能性としてはあり得る」

瞬間、保科ひとみの姿が脳裏をよぎる。清純で透明——「殺人」はおそらく彼女から一番遠い場所にあるものの一つだろうが、真実というのは時に残酷だ。イメージにそぐわないなどという理由で、彼女を「被疑者」から除外するのは探偵のあるべき姿ではない。もっとも、その場合気になるのが例の発言だが。

「——保科がカフェでツヨシに『人殺し』って言ったのはなんだったんだろうな?」

「さすがワトソン昴くんだ。同じことを考えてたよ。保科がグルだとしたら、あんなことは言わないだろうからな」

「いずれにせよ、いよいよそれっぽくなってきたな」

「そう言うと思って作ってきたぞ、お前の分」

彼が取り出したのは「二階堂昴」の名が記された名刺の束だった。肩書は健太と同じく「ライター」となっていた。

「なあ、昴くん。もしかすると俺たちはいま、とてつもない闇《やみ》に踏み込もうとしてるのかもしれない。あの一家焼死事件と『星名の謎《なぞ》』がリンクする可能性に気付いているのは、おそらく世界で俺たちだけだ」

「店」に集積された記憶を頼りに、やっとこさ辿《たど》りついた一つの仮説。世間に公表されている情報だけでは、事件と星名の関連に目がいくことはないだろう。ただ、少しばかり探偵らしさが出てきたことを嬉《うれ》しく思う反面、話がそれほど単純でないことも理解していた。まず真っ先に立ちはだかるのが、動機という謎だ。

良平は「二階堂昴」の名刺を鞄《かばん》にしまい、一番の疑問を健太にぶつけた。

「ただ、自分がツヨシだったとして、一家全員を殺してまで資金援助しようと思うだろうか？　それだけじゃない。自分が保科だったとして、そこまでして夢を追いたいなんて思うだろうか？」

二人が共謀して事件を企てたという可能性がゼロとは言わないが、直感的にその線はあり得ない気がした。

「――思わないとは、限らないよ」

健太の眼は真剣そのものだった。

「想《おも》いの強さは時として、正常な判断を下すうえで邪魔になる。そうなったとき、人間の心の中にある倫理観は相対化されるんだ。本来なら釣り合うはずのない秤《はかり》の片方に、強すぎる想いという分銅が載せられちまうからな。その重さがある一定の量を超えると、とたんに倫理観は軽視される」

「まるで実体験みたいな言い方だな」

「そうでなけりゃ、親に金を出してもらってる身分で、新人賞を優先して二度も留年しない」

笑いを取るつもりで言ったのかもしれないが、良平は笑えなかった。

――それじゃあ、父親の死よりも自分が優先したものとは？

普通に考えれば、いくら大嫌いだったとはいえ、親の死に際して顔を出さないというのは非常識に違いない。現実問題、よじれた親子関係が存在するのは理解できるものの、それに当時の自分自身が当てはまるとは思えなかった。そもそも何故《なぜ》、自分は父親のことが嫌いだったのだろう。「お前は人とは違う」などというまやかしの言葉を口にして、『何者か』に自分はなれるんだ」と子供を錯覚させたせいだろうか。

「――で、巌くんの方はどうだ？」

その投げかけで、良平の意識は現実へと引き戻される。

「こっちもなんとかしないと、十月末になっちまうぞ」

他人事《ひとごと》のような口ぶりに一瞬むっとしたが、顔には出さなかった。

「売れるもんはすべて売る覚悟があるそうだ」

「飛んで火に入る夏の虫だな」

健太は事もなげに言ったが、正直内心は複雑だった。確かに妻の入所費用を捻出《ねんしゅつ》すべく、記憶の一つや二つ売らせればいいかとも思ったが、それでは問題の本質が解決しない。記憶を売り続けると、人はいつか死んでしまうからだ。石塚由香里が回復しない限り、費用はかかり続けることになる。そうなると、いずれ夫の巌に対してエレベーターの鏡が「警告」を発するであろうことは、火を見るよりも明らかだった。

「――巌に記憶を売らせるのは気が進まない」

「なんでだよ？」

「そんなことじゃ、彼らを助けられないから」

それを聞いた健太は、驚いたように目を丸くする。

「らしくないな。稼ぐためなら血も涙もないのが、昴くんのいいところだと思ってたのに」

「別に、稼ぎを諦《あきら》めたわけじゃない。ただ、巌に記憶を売らせる程度の取引じゃ、彼にとっても俺たちにとっても、その場しのぎでしかないってわかってるから」

巌の記憶がいくらで売れるかはわからないが、多く見積もってもせいぜい百万程度といったところだろう。それでは費用の足しにはならないし、二人のノルマにとっても焼け石に水――となると、やはりキモは四千万円の定期預金をいかに切り崩すかなのだ。

「――まあでも、ワトソン昴くんの言うことにはまったく同感だ」

健太は腕を組み、深く椅子《いす》にかけ直した。

「前にも言った通り、考え方を改めてみよう。目先の稼ぎを追うんじゃなくて、真の意味で巌に対して何ができるか。きっとそこに答えがある。遠回りなようだけど、俺はそう確信してる」

「ひとまず、明日『けやきの里』に行こうと思う。具体的な策があるわけじゃないけど、巌を『店』に誘導すべく、うまく話をしてみるよ」

「わかった。それなら俺は明日『店』に出向いて、今までの記憶をすべて洗い出してみるとしよう。ツヨシが事件の生き残りだっていう前提で見直すと、新たな発見があるかもしれないからな」

健太の言葉に、今度は明確な苛立《いらだ》ちを覚えた。

――それはいいんだけど、お前も客を探せよ。平日はずっと暇してんだろ？

すぐにその「憤《いきどお》り」は胸の奥に身を隠してしまったが、一瞬だけ、今まで抱いたことのない何かが燻《くすぶ》ったのは確かだった。きっと、余裕がなくなってきているのだろう。考えないようにしているつもりでも、着実に影は忍び寄ってきている。健太を失い、遂《つい》には自分のこともわからなくなる先日の「悪夢」――どれだけ必死に擦《こす》ろうとも、心の奥底にこびりついたあのときの恐怖は、決して剝《は》がれ落ちることはなかった。

良平は乱暴にビールジョッキを摑《つか》みあげると、ひと思いに空にする。


翌日、一番に支店を飛び出した良平は、一目散に「けやきの里」を目指した。まだ駐車場に巌の軽自動車はない。

隅に営業車を停めるとスマホを取り出し、検索エンジンを立ち上げる。

『認知症　症状』

現れたいくつものサイトをしらみつぶしに確認すると、どうやら認知症と一口に言っても、その症状は様々なようだった。時間や季節、今いる場所がわからなくなる見当識障害。徘徊《はいかい》、妄想、暴力、暴言、さらには失禁、弄便《ろうべん》。そして、実行機能障害に記憶障害——。

記憶障害について詳しく調べようと、画面をスワイプしていく。

この障害はいくつもの症状に分けられていたが、大雑把に言えば「つい先ほど食事をしたこと」を忘れてしまうような短期記憶障害と、「家族の名前や顔、昔のエピソード」など通常であれば忘れないであろうことが失われてしまう長期記憶障害の二つがあるようだった。

そこまで調べたところで、何故だか石塚由香里に自分の姿を重ねてしまう。

記憶を奪い取るのは、その人の人生を抹殺するに等しい。その人が感じてきたこと、考えてきたことは闇に葬《ほうむ》り去られ、出会っていたはずの人さえ、存在しなかったことになる。記憶を奪われた瞬間から、「その人」はもうその人ではないのだ。

脳裏に、先日の婦人がよぎる。彼女の消えた旦那《だんな》は、そもそも彼女の人生に出現しなかった人になった。由香里にとっての巌も、そうなろうとしている。そして、もしも自分から「店」にまつわるすべての記憶が抹消されたとしたら——。

「店」は、自分を特別な存在と信じるための拠《よ》り所となっている。「店」を奪われた瞬間から、自分はその他大勢の中に埋もれてしまう——そうわかっているからこそ、「店」にしがみついていたいと願う自分がいることは否定できない。

ところが、このとき胸に溢《あふ》れた「店」への執着は、それとは別次元のものだった。

より根源的で深遠な——「自分とは何か」という問いに結びついていたのだから。

そのとき、見慣れた軽自動車が駐車場に滑り込んできた。持っていたスマホをポケットに突っ込むと、すぐさま車を降りる。

「こんにちは」

そう声をかけると、車の裏に回りリアハッチを開けようとしていた巌は、はっとしたように振り返った。

「おお、久しぶりだな」

いつもと同じグレーの作業着。痩《や》せこけた姿も声色も変わらない。ただ、一か所だけ前回と違うところ——巌の右目の上には大きな白いガーゼが当てられていた。良平の胸を不穏な風が吹き抜けていく。

「どうしたんですか、それ——」

あえて軽い調子で尋ねる。

「ああ、これか」

巌はハッチを開けると大きな段ボール箱を引っ張り出し、両手で抱え上げた。随分と箱は重そうで、よろよろとよろめく巌に咄嗟《とっさ》に手を貸す。

「すまんな、ちょっと部屋まで運ぶのを手伝ってくれないか」

質問の答えは返ってきていないが、良平は頷くと、巌とともに施設の受付へと向かった。

「うちの会社で昔雇ってた若者だ。力仕事を手伝ってもらってる」

怪訝《けげん》そうな視線を向ける女性職員に、巌が機先を制する。何か言いたげな彼女――しかし、巌が「頼むよ、それくらい」と重ねて言うと、最後は諦めたように笑って頷いてくれた。

「面会のルールがいろいろとあって、煩《わずら》わしいったらありゃしないんだ。どこもかしこもルール、ルールでさ。生きづらい時代になったもんだよ」

エレベーターで三階に上がると、箱を抱えたまま並んだ部屋の一つに入る。部屋の奥には可動式の医療用ベッドが一つ――そこに石塚由香里が収まっていた。脇《わき》の棚の上には花が一輪飾られており、その隣には巌のストーンペインティングがいくつも並べられている。

「ほら、母ちゃん、今日はこんなの持ってきたよ」

床におろした段ボールの中から、アルバムやいくつもの小箱を取り出す巌。四角い箱、やや丸みを帯びた楕円《だえん》形の箱、富士山の形をしたものまであった。

「うちの会社で作ってた、和菓子の箱だよ」

巌は、そのうちの一つを差し出してきた。

「一つひとつに柄の描かれた紙を貼《は》りつけて、組み立てるのさ。そうすると、よく見るような菓子折りの箱になるんだ。でもな、種類によって組み立てる順序も違えば、貼りつける紙の形も違う。機械でできることもあれば、人手に頼るしかないものもある。なかなか手間がかかってるんだ」

手渡されたのは、提灯《ちょうちん》の形をした箱だった。一見するとなんということのないただの箱だが、これが仕上がるまでにどれだけの工程があるのか、まるで見当もつかない。

「毎日、何かしら母ちゃんに思い出の品を持ってくるようにしてるんだ」

それでも、棚の上に並べられた箱に由香里の眼が向けられることはなかった。

「——一昨日のことだ。俺たちが結婚した当時のアルバムを見せたんだが、突然叫び出してな。『何であんたがこれを持ってるの？　どこの誰！』って喚《わめ》いて、俺に向かってアルバムを投げつけたんだ。角が当たって、目の上が切れちまった」

巌は折りたたみ式のパイプ椅子を二つ、ベッドの脇に並べた。

「立ち話もなんだ。座りなよ」

巌に促されるままに腰をおろしたが、視線は手元の箱に釘《くぎ》づけだった。

これを作るために巌が捧《ささ》げてきた人生——その果てにあったのは、写真を見せられたとたんに暴れる妻の介護だった。意味がなかったとは言わない。小さな会社だったかもしれないが、人々の目を楽しませる和菓子の箱を作り続けてきた。それ自体は、誇れるほど立派なことだろう。

——それなのに、あんまりだ。

最も近くで夫を見てきたはずの妻の記憶から、夫の姿は薄れていっている。由香里にとって巌は「いなかった人」になろうとしている。ただ、それ以上に不幸なのは、それでも巌は彼女のことを覚えているという現実だ。互いの記憶のアンバランス——それが巌の苦悩の根源にある。

「そんなんで、俺は思わず怒鳴っちまったんだ。『俺のことがわかんねえのか！　どこの誰とはどういうことだ！　盗人《ぬすっと》とでも思ってやがるのか！』ってな」

巌の視線は、窓外に向けられていた。その目に何が映っているのか良平には知る由《よし》もなかったが、その先の青空と眩《まぶ》しいほどの日差しが、このときばかりはやたらと憎らしく思えた。

「そしたら母ちゃん、泣いちまったんだ。『怖い。怖い』って。それで、ハッとしたよ。きっと、母ちゃんは俺のことが怖かったんじゃない。何もかもわからなくなっていく自分のことが怖かったんだ。まるで、自分が自分じゃなくなるみたいで」

返す言葉がなかった。いかなる慰めも、空虚なものになってしまう。

「正直、死んじまったほうが楽だと何度も思ったよ」

ぎくりとして巌の方に向き直る。

「でもさ、逃げちゃダメだな。母ちゃんが俺を忘れても、俺は母ちゃんを覚えてないといけない。それが、それだけが、今の俺にできることだから」

その刹那《せつな》、店主の言葉が脳裏をよぎる。

――人は誰だって一つや二つ、墓まで持っていかねばならん苦悩を抱えるもんだ。

そのような苦悩から解き放たれようとする人間はクズだ、と店主は言った。その考え方の是非はさておき、少なくとも巌は立ち向かうことを選んだ。逃げずに、真正面から対峙《たいじ》する覚悟を決めた。

「――何か、飲み物でも買ってくるよ」

椅子を立った巌の瞳は潤《うる》んでいた。

咄嗟に自分も立ち上がろうとした良平の肩に手を置くと、彼は涙声で言った。

「運ぶのを手伝ってもらったお礼だよ。重かっただろ」

くしゃっと笑顔を浮かべた巌を前に、良平は一つの決意を固めた。


その日の夜、帰宅するなり真っ先に健太に電話をかけた。いつもなら数コールで出るはずなのに、何故かまったく出やしない。諦めてスマホをベッドに放り投げる。

――何よりも優先して、石塚夫妻を救おう。

そう説得するべくかけた電話だったが、その想いは宙ぶらりんになってしまった。

気付けば、時刻は十一時近くになっていた。シャワーを浴びて寝支度にかかろうかというう矢先に、ようやく健太から折り返しの着信が入った。

苛立ちながらスマホを手に取る。

「こんな遅くに――」

「おい、とんでもない展開になったぞ」

興奮気味の健太の声――おそらく「星名の謎」に絡《から》んで何らかの進展があったのだろう。だが、良平にとっての最優先事項は石塚夫妻だった。だからこそ、いささかぶっきらぼうに答える。

「へえ、どんな？」

「聞いて驚くなよ」

「だから、なんだよ？」

「保科と接触した」

そのとき、苛立っていたはずの心に好奇心の芽が顔を出す。

「マジかよ？」

「ああ、マジだ。土曜日に『店』で一部始終を見せる。楽しみにしててくれよな」

間がいいのか悪いのか。良平の心は揺れる。

——何よりも優先して、石塚夫妻を救おう。

そう言うつもりだったのは間違いなかった。

「——で、お前の用件はなんだ？」

興奮冷めやらぬ様子の健太に、苦笑しつつ良平は返した。

「いや、いい。土曜日に話すよ」

2

健太の手のひらが水晶玉に触れるのと同時に、自分も手を添える。

「いいか、一秒たりとも見逃すなよ」

「わかってるよ」

そう口にした瞬間、良平は既に健太の部屋にいた。

その日、健太は自室にこもって漫画を描いていた。卓上の時計に目をやる。時刻は夜の八時を過ぎたところだ。ペンを置き、伸びをする。何気なしにスマホを開くと、星名の非公式ファンページへ飛び、『最新出没情報はこちら』の文字をタップする。

★本日のライブは原宿駅前の模様！　みんな急げ！
カキコミにはギターを提げたライブ中の星名の画像が添付されており、既にいくつもの「いいね！」がつけられていた。

弾《はじ》かれたように家を飛び出し、タクシーを拾う。「原宿まで」と告げ、揺られること約二十分。駅前の一角にかなりの人だかりができていた。

「──ありがとうございました！」

人だかりから割れんばかりの拍手が起こる。ちょうどライブが終わったところだ。

大勢のファンが、ライブを終えたばかりの彼女の前で列をなしている。写真を撮ったり、サインを貰《もら》ったり。その列の最後尾に並ぶ。

待つこと十五分、ようやく順番が回ってくる。彼女の風貌《ふうぼう》は、前に渋谷で見かけたときと変わらない。白いニット帽に黒縁の伊達《だて》メガネ。艶《つや》やかな唇にはグロスが多めに塗られているが、化粧は薄く、夜の闇でもわかるほど端整な顔立ちをしている。健太のことをファンの一人だと思い込んでいる彼女は、今までと変わらぬ笑みを浮かべる。

「実は僕、こういうものなんです」

『ライター　如月楓』と記された名刺を差し出す。

ひとみは名刺を受け取ると怪訝そうに眉《まゆ》を寄せた。ハの字になった眉の下で、大きな瞳《ひとみ》が何度もしばたたかれる。

「雑誌の企画で、夢を追いかける若者の特集をしようと考えています。それでぜひ、星名さんのことも取材したいなあと」

それを聞いた彼女は困ったように笑うと、名刺を突き返してきた。

「光栄なお話ですが、遠慮しておきます」

歌っているときと同じく、よく通る澄んだ声。

「どうしてですか？」

「正直に言います。取材と称して女の子に近づく人って、いるじゃないですか。もちろん、全《すべ》てがそうとは思いませんが、その見分けが私にはつかないので」

彼女の言い分はもっともだが、そう簡単に引き下がるわけにはいかなかった。

「――それは、ミゾロケツヨシくんがそう言ってたんですか？」

ひとみは、ぎょっとしたように眼を剝《む》く。

「『シルビアプロダクションはやめておけ』っていう忠告と同じですか？」

じっとこちらを見つめたまま、彼女は唇を震わせた。

「どうして――そのことをご存じなんですか？」

「もっと言いましょうか。ツヨシくんを『人殺し』と呼んだのはどうしてですか？」

あり得ない、というように彼女は小さく首を横に振る。

「ごめんなさい。怖がらせるつもりはないんですが、あなたが考えている以上に僕はいろいろ知ってるんです。そのうえで、取材を申し込んでいます」

ひとみはサッと視線を周囲に走らせると、背伸びをして健太の耳元に口を寄せた。

「『遭多夢《おうたむ》』っていうカフェが、竹下通りから一本入ったところにあります。三十分後、そこで落ち合えますか？」


そこでいったん映像は途切れた。健太が水晶玉から手を離したからだ。

「どうだ。面白いだろ？」

「咄嗟によくあれだけ出まかせを言えるな。そこは感心したよ。お前の図々《ずうずう》しさも、たまには役に立つもんだな」

「毎日欠かさず、出没情報はチェックしてたんだ。そんで、遂にチャンスが巡ってきたってわけだが、ここまでで昴くんがどう思ったかを純粋に訊《き》いてみたいね」

最も印象的だったのは、ツヨシの名前が出た際の驚きよう——穿《うが》った見方をすれば「共犯者」の名前が出て動揺したと見えなくもない。さすがに「共犯」は言い過ぎだとしても、数ある知人の中からツヨシの名前が挙がった理由を、まず間違いなく彼女は察したはずだ。

「まだ何とも言えないけど、ライターを名乗る男がツヨシの名前を出してきたことの意味を、おそらく保科はわかってるんだろうな」

「ご名答だよ。それじゃあ、続きを見せよう。そのうえでもう一度、ワトソン昴くんのご意見を拝聴したい」

健太が再び水晶玉に手を添えたので、それに倣《なら》う。

次の瞬間、良平はカフェ『遭多夢』の席についていた。


カフェは実に凝った造りをしていた。ウッドを基調とした薄暗い店内にはレコードやら蓄音機やらアンティークな品々が並び、奥には本物の暖炉がしつらえてある。明かりはすべて間接照明で、柔らかな空気と穏やかな時間が漂っている。見上げると、天窓の向こうに夜空が見えた。都会の空でなければ、まさに星が降るような絶景を堪能《たんのう》することができたに違いない。

「『当店自慢の水出し珈琲《コーヒー》』がオススメですけど、それでいいですか？」

ひとみの問いに「はい」とだけ返すと、再び店内を見回す。

ひとみは硬い表情のまま言った。

「私の実家は田舎の小さな喫茶店なんですけど、このお店と雰囲気がすごく似てるんです。だから、なんていうか、来ると安心するんです」

「ご実家は喫茶店なんですか」

「そうなんです。そこは調べてないんですね」

ひとみは天窓を仰ぐ。「実家の喫茶店にも天窓があるんですけど、そこから満天の星空が見えるんです」

「星守郡犀川町ですね」

「はい。お店の名前は『星降りカフェ』です。安直ですよね」

「『星名』の『星』もそこから？」

「そうと言えばそうですし、違うと言えば違います」

店員がコーヒーを運んできたため、しばし会話が中断する。健太はブラックのまま口をつけたが、ひとみはガムシロップとミルクをたっぷり入れた。

「――さて、本題なんですが」

グラスを置くと、健太は切り出す。「星名さんを調べていくうちに、二つの大きな謎にぶち当たりました。ネットの非公式ファンページにも書かれてますが――」

同じようにグラスを置いたひとみが、警戒の眼差《まなざ》しを向けてくる。

「探している『あの人』というのは何者なのか、いや、失礼を承知で言えば、そもそもそんな人が実在するのかというのが、一つ目の謎です」

ひとみは真《ま》っ直《す》ぐ健太を見据えたまま、小さく頷いた。

「二つ目の謎は、どうやってライブの交通費を捻出しているのか、ということです。今日はたまたま原宿だったので会いに来ることができましたが、仙台やら高松やらでやられたら、こんな気軽には見に行けません」

健太はそこで笑ってみせたが、ひとみはじっと見つめ返してくるばかりだった。

「僕はまず、二つ目の謎に目をつけました。ライブの合間にバイトをしているとも思えないので、これも失礼ながら『パトロンがいるのでは？』と考えたりしました」

「それが、ツヨシだと？」

「可能性の一つです。ただ、面白いことに――いや、面白いと言うのは極めて不謹慎ですが、ツヨシくんはあの有名な、医者一家焼死事件の生き残りだということがわかりまして」

ひとみは何かを悟ったように小さく笑うと、挑戦するような視線を寄こす。

「遺産を手にしたツヨシがバックにいると？　いや、もっと言うなら私たちが共謀して放火したのではないか――そこまで考えているのでしょう？」

健太は素直に頷く。

「いちおう筋は通りますからね」

「それは、その通りですね」

ひとみはそこまで言うと、おもむろにメガネを外し、ニット帽を脱いだ。帽子の下で押さえつけられていたショートの髪が、ふわりと広がる。

――と、さらに思いがけない行動に彼女は出た。流れるような動きで髪を摑むと、引き剝がすように持ち上げる。とたんに、その下から長い黒髪が姿をみせたのだ。

「ウィッグを被《かぶ》ってるんです。家族には内緒で活動してるので。もしかしたらばれてるかもしれませんけどね」

彼女が二、三度頭を振ると、長い黒髪が揺れ、すぐに形は落ち着いた。目の前にいるのはテレビ番組の決勝戦のときと同じ、保科ひとみだった。

「『星名』ではなく、本来の私である『保科ひとみ』として如月さんと向き合いたいと思ったので」

「ありがとうございます」

「正直、よく調べているなと驚いてます。それに、なんとなく勘ですが、如月さんは本当に私のことを知りたいと思っているように感じます。出会ってたった数分ですが、なんとなく――」

「おっしゃる通りです」

「だから、真実を言いますね」

ひとみはそこで視線を外すと、天窓を振り仰いだ。

「『あの人』は実在します。私の幼馴染で、年に一度、お盆の時期だけ犀川町のおばあちゃんのもとに帰省してくる男の子でした。気弱で、地味で、運動も苦手で――まったく目立たないタイプでしたが、本当にいろんなことを教えてくれたんです。彼と話していると世界が全く違って見えるような、そんな驚きをいつももたらしてくれました」

「歌の中に出てくる『君』ってのは、その彼のことなんですね？」

「ええ。歌詞に出てくる話は、ほとんどが実際に彼の口から語られたものなんです。今でもついこの前のことのように思い出せます。『あの星の夜空は、きっと僕らのことを覚えていてくれる』って——素敵ですよね、ロマンがあって」

「彼が今どこにいるか、わからないんですか？」

ひとみは一瞬、迷ったように口をつぐみ、俯《うつむ》いた顔に暗い影がさした。

「——はい。というより、名前も思い出せません」

「名前も？」

「ずっと『あだ名』で呼んでいたんです」

「あだ名？　どんなですか？」

ひとみは俯いたまま、ばつが悪そうにはにかんだ。

「『ナイト』です」

「『ナイト』？」

素《す》っ頓狂《とんきよう》な声を上げると、顔を上げたひとみは不服そうに唇を尖《とが》らせた。

「笑わないでくださいよ、小学生時代の話なんですから」

「ごめんなさい。あまりにも予想外だったので」

「いいですよ、どうせいつかは、誰かに言うことになるだろうと思ってたんで」

「なんで『ナイト』なんですか？」

「それも今となっては覚えていません。とにかく『ナイト』は『ナイト』なんです」

ひとみはかすかにほほ笑むと、テーブルの端に視線を落とした。

「小学五年生の冬に『ナイト』のおばあちゃんが亡《な》くなりました。その葬儀の時に会ったのが最後です。以来、『ナイト』が犀川町を訪れることはありませんでした」

「連絡先は知らなかったんですか？」

「実は年に一度、お互いの誕生日に合わせて手紙をやり取りしてました。相手の誕生日に届くように。宛名《あてな》に『ナイト』と書いて送っていたことは今でも覚えています。ほら、住所が合っていれば手紙は届くじゃないですか……」

「ちょっと待ってください」と話を遮る。

「『ナイト』と文通してたんですか？」

「お互いが『夢』に向かって頑張っていることを報告し合うんです。私はオリジナルソングを録音したカセットテープと、彼が送ってくれた漫画への感想を送っていました。メールなんて持ってなかったですし」

「いま、漫画って言いました？」

「ええ。『ナイト』の夢は漫画家になることでした。それで、最後に会った日、約束したんです。『ナイト』が描いた漫画がいつかテレビアニメ化されたときには、私の歌をテーマソングにするってね」

「そのテーマソングというのが『スターダスト・ナイト』ですか？」

「彼が年に一回、私に送ってくれた漫画のタイトルと同じです。星屑《ほしくず》の夜の騎士――タイトルの『ナイト』は夜と騎士のダブルミーニングなんです。ベタだけど、なんかかっこいいでしょ」

　ひとみがちらりと腕時計をのぞく。

「この後もどこかへ？」

「はい、夜行バスで。だからそろそろ行きますね」

「では、最後に教えてください。漫画の『スターダスト・ナイト』がどんな物語だったのかについて」

「話すと長くなります」

「それじゃあ、結末だけでも」

「それが……わからないんです。完結する前に彼からの連絡が途絶えてしまったので。いや、そもそも、もとからおかしなことはあったんです」

「おかしなこと？」

「手紙の内容が、まったく噛《か》み合わなくなっていったんです。私が送った曲に対する感想もなければ、『この漫画を読んでくれていることを信じています』なんて一文がついていたこともありました。私は全部ちゃんと読んで、感想を送っていたのにです。そして、ある時ぱったり手紙は来なくなりました」

「だから探しているんですね」

「――まあ、そういうことになりますね」


大通りに出ると、ひとみは手を挙げてタクシーを止めた。

「それじゃあ、私はここで」

「気をつけてください」

「あ、よければこれ」

トランクにライブ用の機材が入った荷物一式を押し込んだひとみが差し出してきたのは、携帯電話の番号が書かれたメモだった。

「いいんですか、こんなの貰っちゃって？」

「『ナイト』の話を誰かにしたの、実は初めてだったんですが、なんかすごく懐《なつ》かしくなっちゃって――楽しかったです」

「いつか会えるといいですね、『ナイト』に」

乗り込もうとしていたひとみは、その言葉にぴたりと動きを止めた。

「――どうしました？」

喉元《のどもと》まで出かかった言葉を必死に飲み込もうとするかのように、彼女は押し黙る。

「どうしたんですか？」

もう一度訊くと、覚悟を決めたのか、おもむろに彼女は口を開いた。

「実は『ナイト』はもう、この世にいないらしいんです」

「どういうことですか？」

「――じゃあ、またいつかどこかで」

タクシーは、健太の問いを残して走り去った。

3

「――さて、以上だ」

健太が水晶玉から手を離すと、良平の意識も薄暗い部屋に引き戻される。「ここまでを踏まえて、再度昴くんの見解を伺いたい」

腕組みして椅子の背にもたれると、きっぱりと言い切ってみせる。

「デタラメだよ。まったく信じるに値しない」

具体的にどこがと訊かれると困るが、あまりに荒唐無稽《こうとうむけい》すぎる——それが率直な感想だった。

「なんでそう思う?」

「逆にお前は、これを本当の話だと思うのか?」

「咄嗟に考えたにしてはリアリティがあると思うけどね」

たしかに、健太の言うことも一理ある。特に「ナイト」の設定に関しては、細部まで練られている感があった。「噛み合わない文通」のエピソードだって、フィクションなのであれば蛇足に近い。

「リアリティがあるという点は認めるけど、やっぱり俺は懐疑的だね」

そう言って、ふんっと鼻を鳴らす。

「それに、漫画家になりたいってのはどこかの誰かみたいだ」

「言われると思ったよ」

健太は頭を掻《か》いて笑ったが、その表情は緊張していた。

「『スターダスト・ナイト』がどんな話なのか訊いたのは、設定をパクるためか?」

「バカ言うな、そこまで落ちぶれちゃいない」

おどける健太だが、やはり普段とは違う雰囲気を醸《かも》し出している。

「——それにしても、昴くんは現実的だねえ。俺は純粋に、あの話を信じてみたいと思ったけど」

「俺だって面白いと思ったさ。でも、どう考えたって無理がある。だいたいなんだよ、最後の『この世にはいないらしい』って——」

ひとみとコンタクトしたのは、なるほど大きな進展と言えるだろう。それは間違いないが、いまや事態はさらに混迷の度を深めている。情報が錯綜《さくそう》し、わからないことが次から次へと溢れてくるのだから。確かに、ひとみの語った話の真偽を調べてみるのは面白いかもしれないが、今の自分たちにその余裕があるかと言えば、答えは否《いな》だ。

そこで良平は、昨日固めた決意を健太にぶつけることにした。

「——ただ、いったん冷静になれよ。俺たちがまず解決すべきは『店』のノルマだ。残された時間はそう多くないんだし、こんな雲をも摑むような話にかかわってる場合じゃない」

「わかってるよ」

健太はそう言うが、上の空なのは明らかだった。

「いや、わかってない。この際だから言うけど、お前ももっと客を捕まえるために何かしたらどうだ。平日の昼間は暇なんだろ。町に出て、昔のようにナンパまがいの営業をしてみせろよ」

「ああ、それはそうだな。悪かった」

「『店』から追放されたら、『探偵ごっこ』を続けることもできないんだぞ」

「わかってるって」

「それなら、今度は俺から相談だ」

そう言って、石塚夫妻の状況や思うところについて詳細に話した。巌の趣味から、アルバムを投げつけられた一件まで。彼らを本気で助けたいが策がないことへの苛立ち、焦《あせ》り。記憶を失うことの恐怖、そして互いの持つ記憶の不釣り合いがもたらす不幸。一気に思いの丈をぶちまけた。これほどまでに自らの想《おも》いを彼にぶつけたのは、もしかするとこれが初めてだったかもしれない。それくらい必死だったのだ。

話を聞き終えた健太は、いつものように額に指を押し当て考えるポーズをとっていたが、その口から起死回生のアイデアが出てくることはなかった。

「――すまん。お前の想いは痛いほどわかったけど、すぐに策があるかと訊かれたら、ないってのが答えだ」

良平は大きく溜《た》め息を漏らすと、席を立った。

「だとしたら、ずっと『店』に籠《こも》っていても仕方ない。町に繰り出すぞ」

「――そうだな」

明らかに健太は気乗りしない様子だったが、お構いなしに良平は部屋を出た。

それからの数時間、二人は渋谷の町を彷徨《さまよ》い続けたが、結局獲物《えもの》を釣ることはできなかった。心にも身体《からだ》にも疲労が蓄積し、残ったのは徒労感と焦燥感だけ。

「腕が落ちたな」

スクランブル交差点を行き来する人々の群れに向かって、ぽつりと健太が呟《つぶや》く。傍から見たら、冴《さ》えないナンパ師二人組が佇《たたず》んでいるようにしか見えないだろう。

「ジュンさんは、どうやってあんなに客を見つけてくるんだろうな」

思わず恨み節を口にしてしまう。別に答えを期待していたわけではなかったのだが、健太はその理由を知っていた。

「ああ、それは簡単だよ。客の紹介なんだって。本人が言ってた。何でも国の中枢《ちゅうすう》にいるビップクラスの客が何人もいて、そういう連中は仲間も金があるからこういう『道楽』にはすぐ食いつくんだとさ」

伝手《つて》を頼ってどんどん成績を伸ばすのが一流営業マンとは、よく言われることだ。でも、自分たちの客の中にそのようなよい連鎖を生む客がいるかと言われたら、首を傾《かし》げざるを得ない。

「――あれ、待て。自分で言っておいてなんなんだが、そう考えると変じゃないか？」

健太が何かに気付き、宙を仰いだ。

「いや、石塚夫妻のこととも、保科のこととも全然関係ないんだけどさ、俺たちが

『店』に連れてこられた経緯を思い返してみろよ」

そう言われても、何が変なのかわからなかった。

健太は自問するように顎《あご》に手をやる。

「それだけ上客がいるジュンさんは、何故《なぜ》俺らを『店』に連れて行こうとしたんだ？」

「――そりゃ、酒に溺《おぼ》れるお前が金になると踏んだからだろ」

「『金になる』って言ったな。それがミソだ。いいか、『店』の営業マンは『売り』案件以外、すべての価格設定を任されてる。が、あのときジュンさんが俺の記憶を引き取るのに提示した金額は一万円。さて、良平くん。国家の中枢にいるような連中相手に営業しているジュンさんにとって、一万円の取引は『金になる』と言えるだろうか？」

正論過ぎて、返す言葉がなかった。

「いまの俺たちからしたって、一万円の取引なんて『金にならない』って思わないか？」

「思うだろうな」

「だろ？　だから何だってわけじゃないんだけど」

話の落としどころを失った様子の健太は、照れ笑いを浮かべる。

「要するに、俺たちはもう、よくも悪くも成長しちまったんだ。小口案件を積み上げるのも大事だが、ノルマ達成には大口を一発仕留める方がいいに決まってる」

「つまり？」

「石塚夫妻だ。次の月曜、俺も会いに行くよ」

その提案は、鬱屈《うっくつ》した想いを軽く吹き飛ばすだけの威力があった。

「悪くないな」

「決まりだ」


ほどなくして「店」に戻った二人は、あらためて水晶玉を挟んで座る。

「さて、なんとか良平くんを『店』に戻すことに成功した今、あらためて『星名の謎《なぞ》』に関して話をしてもいいかな?」

うまく言いくるめられた感がありすぎて思わず笑ってしまったが、健太を伴って石塚夫妻に会いに行くのは面白いアイデアだった。そこでどんな化学反応が生じるかは未知数だが、事態が進展しそうな匂《にお》いはする。そう思うと、いったん石塚夫妻から離れて「星名の謎」に迫るのも悪くない。

「いいだろう」

「よし、それじゃあまずは現状を整理しよう」

健太はズボンのポケットから、折りたたまれた一枚の紙を取り出した。

「保科と接触した日の夜にまとめたんだ」

紙には「保科」「ツヨシ」「ナイト」の名があり、それぞれの名前の脇には当人にまつわるキーワードが羅列してあった。たとえば「ツヨシ」なら「放火事件」「保科を好き」「筋金入りのワル」といった調子だ。

「この物語の登場人物は三人──保科にツヨシ、そして『ナイト』。まず、保科とツヨシについてだが、二人は同郷でツヨシは彼女のことが好きだった。その後、時を経てツヨシは柊木琉花に敗れた保科に会いに行くが、その場で『人殺し』と罵倒《ばとう》される。一方で、保科と『ナイト』──この二人も幼馴染《おさななじみ》だが、保科とツヨシの関係性とは大きく異なる。年に一度、犀川町を訪れる『ナイト』と彼女は夢を語り合い、彼が犀川町に姿を見せなくなっても、年に一往復の文通を続けていた。ところが、やりとりには微妙な齟《そ》齬《ご》が生じ始め、やがて音信不通となる。そんな『ナイト』は今やこの世にいないらしいときている」

「めちゃくちゃだな」

それぞれの情報が何らかの意味を帯びてくるなどとは、とうてい思えない。それくらい、あまりにも風呂敷《ふろしき》が広がりすぎている。

「そう、めちゃくちゃなんだ。特にこの『ナイト』とかいうやつの出現のせいで、事態は収拾がつかなくなってる」

耳を傾けつつ、「保科」から伸びる二つの線に注目する。一方は「ツヨシ」に繋《つな》がり、もう一方は「ナイト」へと続いているが、図はまだ三角形をなしていない。

「確かにワトソン昴くんの言う通り、『ナイト』なんていうやつは存在しないと決め込むのは簡単だ。でも、仮に保科の言うことが事実なら、年に一度とはいえ、毎年のように『ナイト』は犀川町を訪れていたんだ。ツヨシが彼の存在を知っていても、おかしくないと思わないか？」

胸ポケットからちびた鉛筆を取り出すと、健太は図上の二つの名前を線で繋いでみせた。

「だから、次はミゾロケツヨシに接触しようと思う」

そう言い出すのだろうと予想はついたが、それでも口を挟まずにはいられなかった。

「――気をつけろよ」

どう見ても、ツヨシは堅気の人間ではない。不用意に接触すると痛い目に遭うであろうことは、火を見るより明らかだ。

そんな親心に、健太は「信じられない」というように目を剝《む》いた。

「何言ってんだ。当然、昴くんも同行してくれるもんだと思ってたんだけど」

「は？」

「俺が石塚巌くんに会いに行くのに、昴くんはツヨシに会いに来てくれないの？」

そういうことか、と苦笑する。はいはい。乗り掛かった舟だ、いまさら降りることなどできるはずもなかった。

「――嫌な時代になったもんだね」

スマホをいじりながら、誰にともなく健太がぼやく。

「ネット掲示板には個人情報が溢《あふ》れてる。特に、世間を騒がせちまったら最後。その証拠に、医者一家放火殺人事件について書かれた掲示板にはミゾロケツヨシの情報がいっぱいだ。ほら」

差し出された画面には、関連情報が詰まっていた。

御菩薩池剛志というのがツヨシの本名だった。地元の工業高校を二年の時に中退し、その後上京。今は中堅芸能プロダクション「ヒルマ芸能」のスカウトマンをしているとのこと。流れで「ヒルマ芸能」についても調べてみるが、こちらも評判がいいとは言えなかった。「清純派アイドルとしてデビューできる」というスカウトマンの説明と異なり、AV女優として出演を強要されたり、マネージャーによるパワハラ、セクハラによって訴訟になったりという噂《うわさ》が絶えないようだ。

「『シルビアプロダクション』と、やってることはどっこいだな」

独りごちながら、芸能事務所の所在地を確認する。住所は港区赤坂となっていた。

「――よし、事務所の前で張ろう」

健太がおもむろに席を立ったのは、それからすぐのことだった。

「は？　もう行くのか？　会える保証ないだろ」

「ああ、思い立ったら即行動だ。でもその前に、ユズさんにあるお願いをしに行く。備えあれば憂《うれ》いなしだから。ビルの下で待っててくれ」

ユズさんというのは「店」の業務に従事してかれこれ二十年になる、店主の右腕的存在だ。そんな彼女に彼が何を依頼しに行くのかわからないが、反対する理由もない。

出発の支度を整え、言われた通りビルの下で待つこと十分余。何食わぬを顔して、健太が現れる。

「何してたんだ？」

「いいから。まずいことになったら、俺に任せてくれ」


タクシーを降りると、二人は並んで小さなビルを見上げた。

ただの小汚い雑居ビル——大通りからやや奥まったところに佇むそのビルは、お世辞にも立派とは言えなかった。

「なんだか、辛気臭いところだな」

言いながら、しげしげと良平は辺りを見回す。狭い道の両側に似たようなビルが建ち並ぶせいか、かなりの閉塞《へいそく》感がある。頭上の電線の向こうには、大都会の狭い空。腕時計を見ると夕方の五時だった。

「おい、見ろあれ」

健太が指さす先には、こちらに向かって走ってくる一台のタクシーがあった。

二人がビルの入り口脇《わき》に身を寄せると、はたしてタクシーは目の前で停車した。後部ドアが開き、大柄な男が姿を見せる。黒のテーラードジャケットを羽織った男は、間違いなく二人が追い求めている人物に違いなかった。

「運がいいな」

健太が小声で囁《ささや》いてきたが、聞かれてはまずいと思い、無視を決め込む。

御菩薩池剛志は二人に訝《いぶか》しげな目を向けただけで、ビルの中に入って行った。

「行くぞ」

健太は良平の袖口《そでぐち》を摑《つか》むと、剛志について建物の中に向かおうとした。

「おい、待てよ、正気か？」

「じゃあなんだ？　指咥《くわ》えてここで待ってるだけでいいのか？」

「そうじゃないけど――」

「うるせえぞ、お前ら！」

突如として響くドスの利《き》いた低い声。エレベーターを待つ剛志が、怒気をはらんだ目を向けていた。

「ここに何の用だ」

「あ、実は僕、フリーのライターをやってまして」

待ってましたとばかりに名刺を取り出すと、健太はつかつかとエレベーターホールに向かって一人進んでいった。ひるんで咄嗟《とっさ》に身を隠していた良平は、内心舌を巻く。

「ライター？」

剛志は名刺を受け取ると、じろじろと健太を品定めするようにねめ回した。

「いま『夢を追う若者』の特集を考えてましてですね――」

「如月楓だと？　てめえ、人をおちょくってんのか！」

ちん、と音がしてエレベーターの扉が開いた。

剛志は名刺を破り捨て、鼻息荒くエレベーターへと歩を進める。破れた名刺が、はらはらとエレベーターホールの床に舞い落ちた。

「なんだか知らねえが、俺が冷静なうちにとっとと消えな」

「保科ひとみさんは何で、あなたのことを『人殺し』と言ったんですか？」

閉まりかけていた扉が、ゆっくりとまた開いていく。

「――いま、なんつった？」

エレベーターの中から健太を睨《にら》みつける剛志の表情には、明らかに動揺の色がみられた。

「ですから、どうして保科ひとみさんはあなたを人殺し呼ばわりするのかと、そう訊いたんです」

エレベーターを降りた剛志が、ずいと健太に詰め寄る。

「なんでそれを知ってる？　お前は何者だ？」

「まずは質問に答えてください」

「調子に乗るなよ」

剛志は健太の胸倉を摑み、そのまま壁に押しつけた。

「純粋に知りたいんです。どうしてあなたがそんなこと言われるのか。確かに小さい頃から悪ガキだったみたいですが、人殺しはさすがに人聞きが悪すぎますから」

「これが最後だ。目的を言え」

良平が助けを呼ぼうとしたそのとき、パンツのポケットから小瓶を取り出した健太が、剛志に向けてそれを噴きかけた。

直後、その手が健太の胸から離れる。

「な、なんだ――」

立ち尽くす剛志に、健太が気丈に言い放った。

「特別な方にしか紹介できない『店』で働いております。興味がおありでしたら、先ほどの名刺の裏面にある番号までお電話ください」

4

明くる日の日曜日。良平は夏祭りの準備に追われていた。

地域貢献の一環として、近隣の神社で催されるお祭りの準備を手伝うのが、代々受け継がれてきた支店の「しきたり」なのだそうだ。普段であれば胸の内で悪態をつくところだが、資材を運ぶ良平の意識は別のところにあった。

昨夜、健太の携帯に見知らぬ番号から着信があった。むろん、御菩薩池剛志からだ。

――護身用に持っててよかったよ。

健太が万が一に備えて持っていたのは「虫捕り少年の記憶」だった。出向く前、彼は記憶の持ち出しを申請するためにユズさんのところへ行ったのだ。持ち出す記憶を実際に審査するのは店主だが、申請手続きは彼女を介して行われるのだという。

噴きかけた結果、二つの大きな成果があった。一つは危険を回避できたこと、もう一つは剛志の興味を引きだしたことだ。

剛志とは日曜日の夜の七時に、西麻布で会うことになった。しかし、夏祭りの手伝いがある良平がそこに同席することは叶《かな》わなかった。

――残念だけど仕方ない。そのときの様子は月曜に見せてやるよ。

月曜日は、石塚巌のもとを二人で訪れることになっている。おそらくそのとき、健太は自らの記憶を小瓶に抽出して持ってくるのだろう。

額に浮かぶ汗を拭《ぬぐ》いながら、続いて「放火事件」について思いを馳《は》せる。

やはり、ひとみと剛志がグルというのは、少々行き過ぎた考えだろう。仮に剛志が放火殺人による遺産相続を思いついたとして、それを聞かされた彼女が首を縦に振るとは思えない。完全に直感だが、水晶玉越しに対面したひとみは、やはり「殺人」に与《くみ》するようには見えなかったからだ。あくまで犯行は剛志の単独、ひとみは資金援助の申し出を受け入れただけ。その方が共犯説よりは現実味があるように思えた。

――言っておくけど、私はあなたのことをまだ許してないから。この人殺し。

それでは、この発言は？　以前から引っかかっていたが、どう考えてもこの罵《のの》り言葉は普通ではない。「殺してやる」なら言わば「未来形」だが、このときのひとみの発言はどう見ても「過去形」だ。つまり剛志は、この時点ですでに何らかの「殺人」を犯していたということなのか。

そう思い至ったとき、どこかから「神輿《みこし》を運ぶから手伝って」と叫ぶ声がした。現実に引き戻された良平は「やります」と手を挙げ、声の方を振り返った。

月曜日。

「けやきの里」の駐車場に「わナンバー」の軽が入ってきたのを確認すると、良平は営業車を降りた。

「よう、絶賛サボり中の営業マンこと良平くん」

レンタカーから降りてきた健太は、堅苦しいスーツ姿だった。自分と同じ会社の営業マンという設定なので、いつものアロハ姿ではおかしいのだが、見慣れないせいかあまりに違和感がありすぎる。

そのまま、隣接する公園へ。噴水前のベンチが空いていたので、並んで腰をおろす。

「――さて、良平くんの話だと巌くんが姿を見せるのはいつも昼頃ってことなんで、『剛志の件』を先に済ませてしまっていいか？」

そのために、十一時に落ち合うことにしたのだ。

「予備知識なしだ。まずはまっさらな気持ちでこれを見てくれ」

健太は小瓶を取り出すと、良平に噴きかけた。周りの景色が歪《ゆが》み始め、次の瞬間、良平は薄暗いバーの個室にいた。

「――込み入った話をするのは、いつもこの店なんだ」

約束の時間から五分遅れで、西麻布のバーに御菩薩池剛志は姿を現した。部屋を仕切る厚手のカーテンをくぐり、剛志は健太の向かいに腰をおろす。

「こっちの仕事の都合で申し訳ないが、割ける時間は一時間だ」

「いいでしょう。では、さっそく教えてください」

先に注文していた生ビールに口をつけ、健太は舌を湿らせる。

「まず、御菩薩池さんにお聞きしたいのは例の事件についてです」

剛志はセロハンテープで止められた名刺を取り出し、目の前に掲げた。

「『ライター　如月楓』──お前はかなりの無礼者で、しかも無神経なやつだな」

口ではそう言っているものの、極めて愉快そうだ。

「時間がないとおっしゃっていたので」

「ああ、いいだろう。何から知りたい？」

「事件の概要です。知っている範囲でけっこうですので」

剛志は革張りのソファに深く座り直すと、静かに口を開いた。

「事件が起きたのは、四年前の十二月三十日。時刻は、たぶん夜中の二時から三時の間《ま》で目撃者は皆無。出火場所は、報道にもあるように正面玄関だ。延焼の仕方からも、ほぼ間違いないらしい。灯油などが撒かれていた形跡はないようだが、放火の可能性が極めて高いってとこまでは知ってるな？」

「はい、知っています」

「──じゃあ、以上だ」

「え？」

「残念ながら、これ以上のことは知らないし、興味もない」

「興味もない？」

「俺は家族の中で鼻つまみ者——いないも同然だったんだ。だからこの事件は、俺にとっては『無関係なやつらが勝手に死んで、幸運にも手元にたくさんの金が舞い込んできた』ってだけの話さ」

　その発言の是非はおくとしよう。健太はさらに切り込む。

「そのお金は、どうしたんですか？」

「は？　どうしたっていうのは？」

「訊《き》き方を変えます。そのお金は、保科ひとみさんに流れてるんじゃないですか？」

「——そういうことか」

　剛志は虚をつかれたように眼を丸くすると、くくくっと声を立てて笑い始めた。

「何がですか？」

「お前は保科に会ったのか？」

「ええ、短時間ですが話は伺いました」

「活動資金の出処について、何か言ってたか？」

「いいえ、そのことは訊けないまま時間が来てしまいました」

「つまり、こういうことだろ。夢を追う若者だかなんだかの特集で保科のことを調べてるうちに、お前は俺とあいつの繋がりを知った。あいつが日本中を飛び回りながら活動する資金の出処として考えられるのは、大金を相続した俺しかいない。そういうことだな？」

素直に頷《うなず》く。

「残念だが、見当外れもいいところだ」

剛志はタバコを取り出すと、ライターで火をつけた。

「俺が最後にあいつに会ったのは、四年前。原宿のカフェが最後だ」

「あなたが『シルビアプロダクションはやめるように』と忠告し、同時に『人殺し』と罵られたあの日ですね？」

「詳しいな。もしかしてその『人殺し』発言のせいで、俺を放火犯だと疑ってるのか？　だとしたらいい迷惑だ」

「『人殺し』発言は気になりますが、今のところ事件と結びつけて考えてはいません」

「それならどうでもいいんだが、一つ情報を付け加えると、カフェであいつに会ったのは事件が起きる前だ。あいつを見かけたテレビ番組は生放送だったんだが、確か放送がクリスマスの一週間くらい前だったと記憶している。時系列は間違いない。で、放送後に妙な噂を耳にしたもんだから、すぐに会いに行ったのさ」

「その噂というのが、柊木琉花による審査員の買収ですね？」

「まあ、噂というより事実だ。茶の間から見えないところでは日常茶飯事ではあるんだが、古くからの友人が『汚い業界の思惑』に巻き込まれたと思うと、黙ってられなくてな」

古くからの友人――正確には想いを寄せていた相手なのだろうが、触れはしない。へたに脇道に逸《そ》れると、「ナイト」に辿《たど》り着く前に時間切れになってしまうからだ。

「会いに行ったとは？」

「大学の前で待ち構えてたのさ。今の時代、情報を引っ張るのは簡単だ。すぐにあいつが表参道にある私大に通っていることがわかった」

「じゃあ、原宿のカフェで会ったのは、本当に何年かぶりだったんですね？」

「ああ、そうだ。いつぶりだか覚えてねえくらい、久しぶりさ。それなのに終始不貞腐《ふてくさ》れて、挙句『人殺し』呼ばわりだぜ。ひどいもんだろ。何が言いたいかっていうと、俺が『人殺し』呼ばわりされたのは事件の前で、放火の件とは無関係ってことだ」

「じゃあ、保科さんの『人殺し』っていうのは、どういう意味なんですか？」

当然の疑問だった。彼の言っていることが事実であれば、「人殺し」発言は「放火事件」とは異なる脈絡で発せられたものということになる。

「――昔の話だよ」

剛志は灰皿に吸いかけのタバコをねじ込むと、新たに一本取り出した。

「昔、あいつの婆《ばあ》ちゃんがやってた古本屋から、一冊の漫画本をパクったことがある」

「保科さんのお婆さまは、古本屋をやられてたんですか？」

「あいつの家は代々商売人だ。両親は喫茶店をやってるしな」

ひとみの祖母が営んでいた古本屋から、剛志が万引きした漫画――再び彼らの過去にまつわるエピソードに顔を出したキーワード。聞くに、「ナイト」も漫画家を志していたようだが、これはただの偶然なのだろうか。

「とにかく、俺は一冊の漫画本を万引きした。なんでだっけな。理由は覚えてない。でも、それはあいつにとって大切な漫画だったんだ。俺は、それを知ったうえでパクった。そしたら、あいつは婆ちゃんを責めたんだ。『なくなるはずがない、ちゃんと探せ』ってな。実際に聞いたわけじゃねえが、おそらくそんな類《たぐ》いのことを言ったんだろう」

またしても、話が奇妙な方向に転がり始める。ひとみが剛志を「人殺し」呼ばわりすることと、この話がどう繋がるのか。

「そんで、あいつの婆ちゃんは漫画を探すために無理して母屋《おもや》の二階にあがり、そこで心筋梗塞《しんきんこうそく》を起こして倒れたんだ」

剛志は大きな溜め息をついた。

「そのまま、あいつの婆ちゃんは亡くなった。二階にあがったことが心筋梗塞を引き起こした直接の原因かと訊かれたら、そんなのはわからん。別にそうしなくても、なっていたかもしれない。でも、俺が漫画を盗まなきゃあいつの婆ちゃんは二階に行かなかったわけだし、二階にいたせいで発見が遅れたってのは事実だ」

神妙に頷いてみせる健太——これをもって剛志が「人殺し」呼ばわりされるのは酷に思えたが、ひとみの気持ちもわからなくはない。

「自分で言うのもあれだが、俺は昔からかなりの悪さをしてきた。正直、警察にパクられててもおかしくないことだって山ほどある。が、一度だって自分が悪いことをしたなんて思ったことはない。ただ、今になってみると、このときのことだけは胸が痛むんだ——」

ぷかっと煙を吐き出すと、剛志は天井を見上げた。その瞳《ひとみ》に映っているのは、きっと幼き日の「小さな後悔」なのだろう。

「——こんなところだ。今度は俺の質問に答えろ」

剛志の瞳が一転して粘つく。

「なんでしょう?」

「昨日、俺にしてみせたあれは何だ?　新手のヤクか?」

あれというのは、言うまでもなく噴きかけた「虫捕り少年の記憶」のことだろう。確かに、記憶を取引できるなどと思い至るはずはないから、何らかの薬物によって幻影を見たと考えるのが普通だ。

「そんなところです」

「だとしたら、そのヤクはただものじゃねえな。なんせ他人の記憶が見えるんだ、ありゃ面白い。他にどんな効果がある？」

「やり方によっては、逆に記憶を完璧《かんぺき》に抹消することもできます。たとえば、忘れられないトラウマを消し去るとか」

「生憎《あいにく》だが、俺には消し去りたい過去なんて一つもない」

「本当に一つもありませんか？」

そのとき何かを思い出したのか、彼は小さく笑ってみせた。

「――いや、あると言えばあるな」

「どんな記憶ですか？」

「小学五年のときの夏祭りだ。あれはさんざんな日だった」

「夏祭り？」

「俺はあの日、あいつのせいで大切にしていたサイン入りの野球ボールを失って、増水する川で溺死《できし》しかけたんだ。漫画を盗んだ『罰《ばち》』が当たったのかもな」

「それは同じ年の出来事なんですか？」

「いや、はっきりとは覚えてないが、俺が漫画をパクったのはたぶんその一年前の夏だな」

「――なるほど、そうですか」

「それにしても……あいつは誰だったんだろうな」

そこで映像は途切れ、良平の意識は公園のベンチへと帰ってくる。

隣に目をやると、こちらをじっと見つめる健太の顔があった。

5

「――さて、どうだ?」

投げかけられ、今しがた目にした「健太の記憶」を反芻《はんすう》してみる。信じられないほどの情報量だったので今一度整理する時間がほしかったが、一つだけどうにも見逃せない発言があった。

「最後に剛志が言ってた『あいつは誰だったんだろう』って、どういう意味だ?」

「俺も同じことを思ったよ。でも、あの後その話に持っていこうとしても、剛志は『新しいヤクを買わせろ』の一点張りでさ」

「なるほどね――」

　これまで「保科ひとみにまつわる記憶」として見てきたのは四つ。虫捕り少年、引きこもりの青年、カフェの店員の女の子、そして京都での不良少年――だが、剛志が健太に語った話と、その中のどれかが繋がるようには思えなかった。

「――きっと、良平くんがいま考えてることは俺と同じだろうから、続けていいか？」

　健太が探るような視線を寄越す。

「実は、お前が知らない記憶がまだある。覚えてないか？　絵に起こした祭りの風景から、星守郡犀川町を特定したときのこと。俺はお前に言ったんだ。『本当にやばいのはもう一つの方の記憶だ』って」

「そういえば言われたかもしれないな、そんなことを」

「あのときはミゾロケツヨシの正体を明らかにした『不良少年の記憶』にばかり目が行ってたから、同時に見つけた女の子の記憶のことはまったく意識してなかった」

「それが、重要なのか？」

「この剛志の話にドンピシャだ。本当はその記憶も持ち出したかったんだがな」

「店」から持ち出せる記憶は、一つと決まっている。今回は「健太と剛志の会合」の記憶を持ち出したので、「女の子の記憶」とやらは持ち出せなかったのだ。仕方のないことだが、興味は当然そちらに向く。

「――で、それはどんな中身なんだ」

「女の子が川沿いを保科と歩いてるんだ。すると前方の橋の上に、向かい合う二つの人影を見つける。大きい影と小さい影の二つをな。そして、大きな影は橋から川へと転落し、濁流に消えてしまう」

「転落？　どうして？」

「小さい方が腕を振ったとたん、川へ落っこちたんだ。まるで、操り人形のようにね」

にわかには信じがたい話だった。彼の言うことが事実だとしたら、その小さい方とやらは、指一本触れずに人間を川に突き落としたということになる。

「昨日、剛志と会った後、すぐに『店』に帰ってその記憶を抽出してみた。最初に見つけたときは水晶玉越しだったから記憶の主の感情はわからなかったけど、昨日、改めて抽出してみて納得がいったよ」

「何が？」

「大きい人影は剛志に間違いない。記憶の主の少女も、そこは確信している」

「じゃあ、小さい方は？」

「それが、わからないんだ」

その意味ありげな笑みから、すぐに良平は彼の言いたいことを理解した。

「――それが『ナイト』だって、まさかそう思ってるんじゃないだろうな」

「おいおい、むしろそれ以外に誰があり得るってんだ」

「勘弁してくれ！」

思わず嘆息してしまう。その声に驚いたのか、近くの木から一斉にスズメが飛び立った。

「バカげてるよ。いいか、保科の話が事実なら『ナイト』は地味で気弱な少年だったんだろ？ 運動だってできなかったらしいじゃないか。そんなやつが、地元のガキ大将に立ち向かうか？」

「でも、記憶はそうだったぞ」

「記憶違いってこともある。本当は取っ組み合いでもして、そんで剛志が川に落ちたんだ」

「それなら剛志は、『あいつは誰だったんだ』なんて言わないだろ」

「同級生じゃない奴《やつ》だったのさ。夏祭りだから、中学生とかだって来てるはずだし」

健太はそれ以上言い返してこなかったが、納得がいっていないであろうことはその表情から明らかだった。

――だけど、あまりにもバカげてる。

だからこそ、良平は改めて力説した。

「絶対に、俺たちは間違った方向に進んでる。保科と剛志の二人が放火事件の黒幕かどうか、それに絞って調べた方がよっぽど有意義だ。虫捕り少年の記憶を見ただろ。剛志は父親のことが嫌いだったんだ。つまり、奴には放火をするいちおうの動機がある。あとはその証拠を掴むだけだよ」

「まあ、お前の言うこともわかるぜ」

健太は空を振り仰ぎながらポツリと言った。

「でもさ、単純に気にならないか。『ナイト』が何者なのか」

「ああ、もちろん気にはなる。あくまで『ナイト』が実在するならの話だけどな」

話は平行線を辿るばかりだったが、頑固な健太が考えを曲げるはずはない。確実に剛志と「ナイト」を結ぶ細い糸を見出《みいだ》しているはずだ。どれだけ細かろうとも、彼はそれを掴んで決して離さないだろう。だが、今回ばかりは良平も譲る気はなかった。

――あまりにも荒唐無稽《こうとうむけい》すぎる。

それが常識的な人間の、正常な感覚であるはずだったから。

そのとき、一台の白い軽自動車がいつものように駐車場に入ってくる。

「来た、巌だ！」

まだ何か言いたげな様子の健太だったが、良平はお構いなしにベンチを立った。

今日もまたハッチから何やら取り出していた巌は、良平の姿に気付くと「おう」と小さく手を挙げた。額に貼《は》られていた白いガーゼは絆創膏《ばんそうこう》になっている。

「今日は一人じゃないんだな」

「会社の同期です。『一緒にサボろう』と言って抜け出してきました」

それに合わせて、健太がぺこりと頭を下げる。

「如月楓と言います」

「如月さんか、よろしくな」

巌はそこで、ハッとしたように良平へ顔を向けた。

「そういや、お前さんの名前をまだ聞いてなかったな」

言われてみれば確かに、互いに自己紹介したことはなかった。一瞬だけ巌を騙《だま》すことに抵抗を覚えたが、「二階堂昴です」と答えて笑ってみせる。

「おいおい、なんだか二人して芸能人みたいな名前だな」

巌は小さな段ボール箱を取り出すと小脇に抱えた。

「持ちましょうか？」

良平が手を差し出すと、巌は首を振った。

「いやいや、まだまだ俺は大丈夫だ」

目尻を下げる巌だが、どこかその表情にはやるせなさが滲《にじ》んでいるようだった。

妻の由香里の部屋は、いくぶん装《よそお》いを異にしているように見えた。棚に並ぶストーンペインティングの数が増え、にぎやかになっている。それらの鳥たちに紛れて、一枚の家族写真が飾られてもいる。作業着姿の巌と前掛けをした由香里――どちらも三十代くらいだろうか。二人に挟まれるように立つはにかんだ少年は、きっとテツヤだろう。前回部屋を訪れた際にはなかったものだ。

「どうだ、若いだろ」

二人の視線が写真へと向けられていることに、巌が気付く。

「ええ、それに面影がありますね」

健太が写真にぐっと顔を近づける。

「そりゃそうだ、三十年近く昔の俺なんだから」

「いえいえ、息子さんの話です。よく顔が似てらっしゃるので」

「バカ息子だよ」

「僕たち二人も、きっと親からそう思われてます」

「――確かに、仕事をサボって見知らぬ爺《じい》さんのもとで油を売っているのは、褒められた話ではないな」

段ボールを床に置き、中身を取り出す巌の口調は愉快そうだった。

「それ、ストーンペインティングですか」

健太の問いかけに、巌の手が止まる。

「知ってるのか」

「ええ、いちおう絵は得意なので」

事前に巌の趣味は伝えてあったので、健太がストーンペインティングを知っているのは当たり前の話ながら、肝心なのは「絵」というキーワードで健太と巌が繋がること——そこで生じる化学反応が突破口になると信じての作戦だった。

「絵が得意なのか？」

「何か描いてみましょうか」

そう言うと、健太はシャツの胸ポケットからメモ帳とちびた鉛筆を取り出した。

「そうですね——」

部屋の中を見回す健太。「決めた」

すぐにメモ用紙の上を走り出す鉛筆——彼の引く線の一本一本には意味がある。どの線が欠けても絵は命を宿さないし、逆に一つとして余計な線もないのだろう。描き始めてからものの五分も経《た》たないうちに、健太はメモ用紙をちぎると巌に差し出してみせた。

良平も巌の後ろに回り、覗《のぞ》き込む。

「——こりゃあ、大したもんだ」

そこにあったのは、こちらに向かってほほ笑む石塚由香里の姿だった。いまベッドで身を起こしている彼女の氷のような表情が、健太の手にかかって優しい笑みを浮かべたものへと生まれ変わっているではないか。

「プロになろうと思ったことはないのかい？」

巌はパイプ椅子《いす》を三つ並べると、その一つに腰をおろした。「座りなさい」と目が促しているので、二人はそそくさと巌に倣《なら》った。

「実は漫画家になりたいと思ってます」

「仕事をしながら、夢を追ってるのか？」

「夢で飯は食えませんので」

「夢ってのは、得てしてそういうもんだ」

「恥ずかしい話ですが、漫画家になりたいあまり、大学も二回留年しています」

「そうかい。そりゃあ、確かに『バカ息子』だ」

握りしめたメモ用紙へ視線を落とす巌の目に、うっすらと涙が滲んでいた。

「愛すべき『バカ息子』だよ。なあ、母ちゃん」

「——ただ、迷いが全くないと言ったら嘘《うそ》になります。このままでいいのかって、不安になることもあります。でも、諦《あきら》めたくないんです。諦めてしまったら、これまで夢を見てきた自分に合わせる顔がないような気がして……」

健太はじっと床を睨みつけていた。膝《ひざ》の上の拳《こぶし》はぎゅっと結ばれ、力がこもり過ぎているせいか、白っぽくすらなっている。

「——俺も昔、絵描きになりたくてな」

巌はメモ用紙から顔を上げると、棚に並んだ「作品たち」に顔を向けた。

「お前さんの言う通り、夢じゃあ飯が食えなかった。結局、親父《おやじ》の仕事を継いで、零細企業の社長風情《ふぜい》に納まっちまった。でもな——」

巌の言葉にはたしかな力強さがあった。それはきっと、彼の胸にぶれることのない確たる信念があるからだろう。

「夢を一生追いかける覚悟を決めることと同じくらい、誰かのために夢を捨てるという決断だって尊いと、俺は思うんだ」

神妙に聞き入る健太が、その言葉の意味を咀嚼《そしやく》するように小さく一つ頷いた。

「人生は選択の連続だ。俺は『自分の夢』よりも『母ちゃんを苦労させない』ことを選んだ。そのことに、これっぽっちも後悔はない。まだまだ若いお前さんにしたら、自己弁護してるように聞こえるかもしれんが、間違いなく俺の本心だ」

巌は溢れる涙を拭おうともしない。

「だから、肩肘《かたひじ》張る必要はない。夢が自分を縛る『枷《かせ》』になってきたと感じたら、潔《いさぎよ》く諦めたらいいんだ。誰かのために夢を捨てるというその『誰か』には、当然自分も含まれてるのさ。それくらい気楽でいた方がいい」

巌は取り出したティッシュで洟をかむと、小さく笑ってみせた。

しばしの沈黙の後、巌がぽつりと言った。

「――そろそろ、本当にせっぱ詰まってきてな」

部屋のところどころに向けられていた良平の意識は、一瞬にして集中を取り戻す。

「いろいろ調べたんだ。なんでも成年後見制度とやらを使えば、俺でも母ちゃんの預金を下ろすことはできるようなんだが、いかんせんよくわからないし、そんな時間もなくてな――」

巌の言う通り、成年後見制度を利用すれば認知症などで判断能力が不十分と認められた本人に代わり、他人が預貯金を管理することはできる。ただ、手続きは家庭裁判所への申し立てに始まり、銀行への届け出など多くの手順を踏まなければならず、また家族が後見人に選任される可能性はそう高くはない。いずれにしても、この状況で巌が取れる選択肢として、現実的といえないのは事実だ。

「家からもっと遠ければ、いくらか安い施設もありそうなんだが、どうしても『安かろう悪かろう』って思っちまってな。それに、俺も毎日顔を出したい。そうすると、ここが一番近くて助かるんだ。わがままだよ、俺の。だけど『母ちゃんを苦労させない』って決めた以上、俺が納得いく形でやりたいんだ」

唇を引き結んだまま、健太が意味ありげな目配せをしてくる。その意味を察して、良平は頷き返す。残念ながら、起死回生の策は浮かんでいなかった。それはきっと彼も同じだろう。でも、袋小路に追いやられている巌を前に、自分たちができることは一つしかない。たとえその場しのぎであろうと、自分たちならある程度のまとまった金を用立ててあげることができる。「店」のことを言うなら今しかなかった。

「――実は、僕たちは裏の仕事を持っています。表向きにはサラリーマンと言ってみたり、場合によってはライターと名乗ってみたりしますが、それはある種の隠れ蓑《みの》でして」

良平は静かに口火を切った。

「信じてもらえないかもしれませんが、『記憶を取引できる店』で働いています。なので、何らかの記憶を売っていただければ、ある程度のお金は用意できるかと」

我ながら胡散《うさん》臭すぎるが、これ以外に言いようがなかった。むしろ変に取り繕うよりも、素直に言った方が信じてもらえそうな気もした。

「正直、お話しすべきか迷いました。何故《なぜ》なら、石塚さんの大切な記憶を奪うことになるからです。でも、何とか力になりたくて――。無理にとは言いません。ただ、ほんの少しでも信じていただけるのであれば、いつでも言ってください」

スーツの内ポケットから「二階堂昴」の名刺を取り出し、巌に差し出す。

「――考えさせてくれ」

名刺を受け取ると、巌はポツリと言った。半信半疑ではあるものの、少なくとも端《はな》から「バカげた話」と決めつけているわけでもなさそうだった。

「あまりサボりすぎるとあれなので」

席を立って一礼すると、健太もそれに続き、頭を下げた。

巌は二人を一瞥《いちべつ》もせず、良平の名刺を気難しげに睨むばかりだった。


その日の夜九時過ぎ。良平は、仕事を終えて独身寮へと帰ってきた。郵便受けから夕刊を取り出し、下駄箱に革靴を突っ込むと、そそくさと自室へ向かう。食堂に行けば同期の何人かが夕食をとっているだろうが、変に話しかけられるのも面倒なので、晩飯は外で食べてくることにしている。ドアを開け、自室の床に夕刊を放り出す。疲れていなければ目を通すところだが、おそらく今日はそのままゴミ箱に直行だろう。

――と、そのとき、あることに気付いた。ネクタイを緩める手を止める。

折りたたまれた夕刊の中から、薄手の茶封筒が顔を覗かせていたのだ。手に取り、明かりへかざしてみる。何か紙が入っているようだ。どこにも差出人の名前がないのが奇妙だった。力任せに封を切ると、中身を取り出す。それは、折りたたまれた一枚の便箋《びんせん》だった。不審に思いながらそれを広げた良平の眼に飛び込んできたのは、想像もしていない内容の「警告」だった。

『コレ以上、保科ニ関ワルナ』

6

「どういうことなんだ!」

支店長は怒鳴り散らすと、デスクの上にある書類の束を良平めがけて投げつけた。

「八月のこの数字、ふざけてるのか!」

床に散らばった書類の山の真ん中に立つ良平に、返す言葉はない。

「朝早くから支店を出て行くのはいいとして、どこかで昼寝でもしてるのか」

真《ま》っ直《す》ぐに支店長を見据えたまま、「すみません」と小さく言った。背中にひしひしと視線を感じる。きっと他の行員たちが、憐《あわれ》みの視線を送っているのだろう。

「まず、きみからは熱意が感じられないんだ。死に物狂いで稼いでやろうっていう気概がね!」

八月から外回りをするようになって、約一か月——良平があげた実績は、皆無と言ってよかった。新規で顧客を獲得したわけでもなければ、既存顧客から新たに保険を成約したわけでもない。担当者に課されるノルマの各項目には、軒並み数字のゼロが並んでいる。

「窓口にいた頃の方が、少しはやる気があったのにな。メモに、忘れないよう書きつけるくらいだ」

そのとき、突如として背後から女性の声が割り込んできた。ややハスキーな感じからして、おそらく課長代理だろう。

「――支店長、すいません。ＡＴＭコーナーでお客さまがお困りのようで」

「それは、きみたちで対応したらどうなんだ」

「いえ、それが、外国人のお客さまで――」

良平が大学時代に世界一周したことは、支店では有名だった。採用面接でその話をしたため人事調書に内容が残されていて、それを読んだ支店長が配属初日に支店の全員に言ったからだ。

――彼は、大学時代に世界一周を成し遂げた逸材だ。

――外国人のお客さま対応は、すべて彼に任せておけば大丈夫だ。

当時は「余計なこと言いやがって」と思ったものだが、そのときの一言が巡り巡って自分を救ってくれそうだった。今日にいたるまでそうした機会はなかったが、このタイミングでそれが訪れるとは、まさに不幸中の幸いと言えよう。

「わかった。ほら、行って来い」

支店長は苦々しげに吐き捨てると、しかめっ面《つら》のままデスクのパソコンに向かった。

一礼して支店長の前を離れ、課長代理と並んでATMコーナーへと歩き出す。

「大変ね」

課長代理は、やや茶色がかった長い髪をいつも後ろで束ねている。ハキハキとした物言いは時としてキツく聞こえるが、誰よりも気配りのできる人で人望は厚かった。

「ある程度なら私も英語はわかるんだけどね」

代理は肩をすくめると、「じゃ、後は任せたよ」と良平の背をポンと押した。

そのまま、ATMの前で困惑げの外国人客のもとへ向かう。

けれども、頭の中ではまったく別のことを考えていた。

――良平くんにも届いたのか。

昨晩、謎《なぞ》の警告文を受け取った良平は、すぐさま健太に電話をした。すると驚くべきことに、同じものが健太にも届いていたことが発覚したのだ。

――保科の過去を、俺たちが嗅《か》ぎまわっていると知ってる人間。

――そして、彼女について詮索《せんさく》されたら困る人間からだ。

答えは明らかだった。御菩薩池剛志――この状況で二人に警告する必要がある人間は、彼以外にない。出処不明の資金で活動する星名と、その幼馴染《おさななじみ》で図らずも大金を手にした剛志、そしてその繋《つな》がりを知るライター二人組の出現。放火の犯人が剛志であるならば、すべて説明がつく。そう告げると、珍しく健太はおおむね同意した。

——確かに、ワトソン昴くんの言うことは正しい。でも、一つ気になることがある。

黙って続きを促す。

——どうして、良平くんのもとにも届いたんだろうな？

そう言われても、すぐには何がおかしいのかわからなかった。

——いいか、俺たちが「二人組」であることを知ってるのは誰だ。

剛志だけ。それ以外にない。

そう即答すると、電話の向こうで健太は小さく笑った。

——じゃあ訊こう。お前のことを、剛志ははっきり認識してるだろうか。

すぐさま「ヒルマ芸能」の前で待ち伏せした日のことを思い返す。彼の疑問はもっともだった。あの日、剛志とやり合ったのは健太だけ——自分はと言えば、ほとんど物陰で息を殺していただけで、名刺すら渡していないのだから。

——それに、気をつけた方がいい。

電話越しの健太の声は、いつになく真剣だった。

——仮に剛志が良平くんの存在を記憶していたとしても、おかしいんだよ。

——どうして剛志は、良平くんが銀行員だって知ってるんだ。

その指摘に、視界がぐらりと揺れる。

警告文が独身寮のポストに届いたということは、「保科の過去を探っているのは銀行員の『岸良平』である」と調べがついているということだ。

――支店長にばれてみろ、今度こそ怒鳴られるだけじゃ済まないぞ。

スマホを握りしめたまま、凍りつくしかなかった。

――送り主が誰にせよ、大したもんだ。正直、侮《あなど》ったら痛い目に遭う。

電話が切れた後も、良平はしばらくその場を動くことができなかった。

「えーと、その、だから――」

身振り手振りを交えて必死にコミュニケーションを取ろうとするが、なかなかうまくいかない。意識は別のところにあるとはいえ、曲がりなりにも世界一周を成し遂げたのだ。当時だって特に英語が得意だったわけではないが、それでもジェスチャーを交えたらもっとうまく意思疎通《そつう》ができたはず。そんな数十分の悪戦苦闘の末、ようやく事態は収まった。外国人客が行きたかったのは銀行ではなく、郵便局だったようだ。今更ながら、過去の自分と今の自分の落差にがっかりさせられた。

八月が終わり、いよいよ九月。日中の日差しは心なしか丸みを帯び、明らかに空が茜《あかね》色に染まる時刻は早くなってきている。迫りくる秋の足音は、十月末に迫る「店」のノルマ達成期限を否応《いやおう》なしに意識させるが、考えなければならないことは他にもあった。支店長にこっぴどく詰められたこともあり、本業にも励まなければならなくなったからだ。結果が出なくても馘《くび》にはならないだろうが、そうは言っても良平にもプライドがある。何をしても人よりもできたはずの自分が、「大した客がいない」という言い訳にすがって結果が出せないでいるのは、純粋に悔しかった。

「銀行の仕事に対しても熱意を持つようになったのは、友として喜ばしいよ」

定例の水曜日の会議。五反田駅近くの焼肉屋がこの日の会合場所だった。

「——ありがとよ」

トングでハラミを引っくり返しながら、棒読みで礼を言う。

「巌くんから着信もなしか」

焦《こ》げたハラミを頬張りながら健太がぼやく。

「一週間待って何の音沙汰《おとさた》もなければ、もう一度顔を出してみるよ」

トングを健太に渡すと、冷奴《ひややっこ》に醤油《しょうゆ》を垂らす。選手交代を察した彼は、タン塩を焼き始めた。

「——ところで、実は昨日の夜、また保科ひとみに会ったんだ」

「なんだって！」唐突なカミングアウトに、思わず大きな声を出してしまう。

「聞いてねえぞ」

「そりゃそうだ、言ってないからな」と健太は事もなげに言う。

「昨日は下北沢でライブだったんだ。だから、意を決して電話をしてみた」

「そしたら、会ってくれたのか？」

「ああ、前と同じカフェでな」

必要以上にトングで肉を引っくり返すばかりの健太は、こちらを見向きもしない。

「――進展は？」

「大アリだ、びっくりするほどな。だけど、抽出してくるのを忘れた。だから申し訳ないが土曜まで我慢してくれ」

おかしいと直感的に思った。

それだけの進展がありながら、あれほど「星名の謎」にご執心だった彼が、記憶の抽出をしそびれるはずがない。というより、昨日の時点で「会いに行く」ないし「再度接触した」という事実すら伝えてこないのも、不自然だろう。警告文の件もあって、今まで以上にお互い注意をする必要があるのに、それなのに、自分に一報も入れず単独行動をするのはあまりに不用心としか言いようがないし、そんな当たり前のことを彼が理解していないはずもないのだから。

「いや、巌くんの件で大した解決策を出せなかった俺が、また『星名の謎』に気を取られていたら良平くんが怒ると思ってな」

「だとしたら、昨日会ったことだって黙っておくべきだろ」

「――そうだな」

「警告が届いたばかりだぞ。あまりにも危険すぎる」

「おっしゃる通りだ」

「それじゃあ、警告したのが剛志だという確証は得られたのか？」

胸の奥に渦巻く様々な疑念をぐっと押し殺し、平静を装って尋ねる。

「――いや、違う。星名の活動資金は剛志から出てるんじゃない」

「だとしたら、いったい誰が？」

「わからないけど、でもとにかく、あの放火事件は『星名の謎』とは無関係だ」

「――そこまで断言できるんなら、土曜日が楽しみだな」

煮え切らないものの、良平はグイッとジョッキの生ビールを飲み干した。


あっという間に土曜日となる。

「それじゃあお待ちかね、第二回面談の記録をお見せしよう」

健太が水晶玉に手を載せたのを確認し、良平も同じように手を重ねて眼を閉じた。瞼《まぶた》の裏にはすぐに、前回と同じ原宿のカフェ『遭多夢』の店内が現れる。

「──電話、ありがとうございました」

正面に座るひとみは、気恥ずかしそうに俯《うつむ》いた。

「いえいえ、下北沢でライブをしてるっていう情報を得たので」

二人の前にはそれぞれ「当店自慢の水出し珈琲《コーヒー》」が置かれている。今回はそれに加えて、生クリームが山盛りのパンケーキが一皿あった。

「東京でライブをしたら如月さんが連絡くれるかなって、ちょっと期待してたんです。前回『ナイト』のことをお話ししましたよね。あれ、すごく楽しかったんです。懐《なつ》かしくて、同時に恋しくて……でも、如月さんのおっしゃる『私の活動費の謎』について、何もお答えしていなかったことも気にかかっていました。だから、東京でライブをしたら連絡をくれるんじゃないかって、そう期待してたんです」

「期待に応《こた》えられる男でよかったです」

ひとみはナイフとフォークでパンケーキを切り分けながら、おかしそうに笑った。

「また、いろいろ訊《き》いてください。何でもお答えしますよ」

「それじゃあまず、漫画の『スターダスト・ナイト』のストーリーについて教えてください」

予想外だったのか、ひとみは一瞬手を止めたが、すぐに笑みを湛《たた》えながら頷《うなず》く。

「ええ、いいですよ」

ひとみは、二つの取り皿に丁寧にパンケーキを取り分けると一方を健太に寄越し、自分のパンケーキにはたっぷりとメープルシロップをかけた。

「時は銀河歴二千年、『銀河連合』が宇宙を統治し、連合直属の騎士団『スターダスト・ナイト』が平和を守る穏やかな時代。銀河の端の忘れられた小さな惑星で一人の少年が星空を見上げていました。彼の名は『リオ』――銀河中の子供たちが『スターダスト・ナイト』への入団を夢見るなか、彼だけは違いました」

ストーリーを語る彼女は、歌っているときと同じくらい楽しそうで優雅だった。

「『リオ』は天文学者になることを夢見ていました。無限に広がる宇宙に、いつも思いを馳《は》せていたのです。そんな彼を、友人たちは笑いものにしました。『意気地なしの弱虫』と嘲《あざけ》りました。けれど、彼にはただ一人だけ友達がいました。毎年、その星で言う夏の時期にどこからともなく現れる謎の少女『シーナ』です」

そこで言葉を切ると、意味ありげにひとみは笑った。

「――保科さんと『ナイト』みたいですね。微妙に設定は違いますが」

ひとみは「そうでしょ」というように頷いてみせた。

「星を見るのが大好きな『リオ』は、なんと宇宙船の廃品を集めて自作の望遠鏡を作り上げてしまいます。その望遠鏡というのがとんでもない優れもので、覗くとその先の星で営まれる人々の生活が見えてしまうくらい――それくらい高性能でした」

パンケーキにフォークを突き刺すと、ひとみは大きな口を開けてかぶりつく。ごめんなさい、大好物なので、と彼女は照れ笑いを浮かべ、ナプキンで口元を拭《ぬぐ》った。

「『リオ』と『シーナ』は毎年、その望遠鏡でいろいろな星を見ました。どの星も平和で、覗いている二人の方まで幸せな気持ちになってしまうほどでしたが、あるとき『リオ』は深宇宙から放たれる謎の信号を受信します」

「――ほう、面白くなってきましたね」

「彼は信号を解読し、メッセージの内容を知りました。そこにはこうあったのです。『星空は改竄《かいざん》されている』――意味を図りかねた彼は『シーナ』に尋ねました。『どういうことかな？』って。すると、彼女の表情は一変します。『誰にもそれを言ってはダメよ』と」

ひとみの説明が熱を帯びる。

「その日の夜、謎の宇宙艦隊が攻めてきました。破壊される町、殺される人々。『シーナ』とともに『リオ』は逃げましたが、いよいよ敵に追い詰められてしまいます。『このままじゃ殺される。せめて戦う武器があればいいのに』――彼がそう夜空に祈ると、不思議なことが起こりました。星々の間に一筋の光が走り、剣の形をした星座が現れたのです。そして夜空から彼のもとに、星座に描かれたのとまったく同じ剣が落ちてきます」

ひとみは目に見えない剣を握りしめるかのように、両手を構えてみせた。ヒーロードラマに憧《あこが》れる小学生のごとく、その姿は活《い》き活《い》きとしていた。

「『リオ』は剣を手に戦いますが、遂《つい》に『シーナ』は捕えられてしまいます。そして彼女を捕えた敵は、そのまま去っていきました。敵の狙《ねら》いは『シーナ』だったのです」

構えを解いたひとみの表情に、どこか物憂《ものう》げな影がよぎる。

「その敵は『銀河連合』が探している七つの『始まりの石』を狙う、通称『ダークマターズ』だということがわかりました。『始まりの石』とは何なのか？　何故『ダークマターズ』は『シーナ』を狙ったのか？　そもそも彼女は何者だったのか？　そして、深宇宙より発せられていた『星空は改竄されている』というメッセージの意味は？　謎が謎を呼ぶ中で、『リオ』は一つの決意をします。『ダークマターズ』を打倒し、奪われた『シーナ』を取り戻すために十年の時を経て『スターダスト・ナイト』の下部組織へ入隊する。これが『スターダスト・ナイト』の第一話です」

7

「――よく練られてはいるな」

とても小学生が考えたとは思えないプロットに、良平は素直に驚いていた。

「作者は死んでるんだ、パクって応募したらどうだ?」

そんな茶々を、健太は軽く無視する。

「このまま見せ続けてもいいんだが、長くなるから割愛しよう。このあと『スターダスト・ナイト』に入隊した主人公『リオ』は、宇宙を旅する中で徐々に謎の一つひとつに迫っていくことになるんだが、その過程で、実はこの宇宙には『メテオ・クルセイダース』と呼ばれる集団がいることを知る。彼らは『銀河連合』の転覆を目指す反乱軍なんだが、これが実に面白い。『星空は改竄されている』っていうメッセージがあっただろ。実は、主人公たちが望遠鏡で見ていた『星々の平和』はまやかしだったんだ。かつて残虐《ざんぎゃく》の限りを尽くして宇宙を制圧した『銀河連合』が、自分たちの過去を隠蔽《いんぺい》するためのな」

「どういうことだ?」

「『あの星の夜空は、きっと僕らのことを覚えていてくれる』ってことさ」

星空というのはいわば、「過去」であり宇宙の「記憶」だ。たとえば、地球から見た月は、厳密にいえばその瞬間の月ではない。そこには月の光が地球に届くまでの時間的なずれがある。遠い星であればあるほどそのずれは大きくなり、だからこそ、あの星から覗いた地球には、まだ人類が生まれていない可能性だってあるのだ。そのタイムラグにより「知られてはいけない自分たちの過去」が暴《あば》かれてしまうことを阻《はば》もうという「銀河連合」の設定は説得力があり、同時に目のつけ所に驚かされる。

「『始まりの石』ってのは？」

「星名の謎」の本筋とは全く関係がないはずなのに、思わず『スターダスト・ナイト』の中身について突っ込んでしまう——そんな自分がおかしくもあったが、尋ねずにはいられなかった。

「『始まりの石』によってビッグバンは引き起こされ、宇宙は誕生した。その際、絶大な力を持っていた『始まりの石』は七つに砕け散り、宇宙のどこかへ消えた——『銀河連合』はそれを手にし、無敵の力で圧政を敷こうと考えていたんだ。『スターダスト・ナイト』は表向きは銀河の治安維持部隊だが、彼らが組織された本当の理由は二つ。宇宙のフロンティアを開拓することと、そこで『石』を持つ異文明と接触した際、啓蒙《けいもう》の名のもとに彼らを征服すること。それを阻止し、真の歴史を明らかにすべく戦う集団が『メテオ・クルセイダース』であるという構図だ」

なるほど、と良平は再び水晶玉に手を伸ばす。

「たいそう面白そうな話だってことはわかった。先を見せてくれ」

「本当に面白いのはここからだぜ」

健太が言い終わらないうちに、良平は再びひとみの正面に座っていた。

「——ずいぶん長くなっちゃいましたが、これが漫画『スターダスト・ナイト』の全容です。でも、『リオ』が『メテオ・クルセイダース』とともに『銀河連合総本部』に乗り込んでいって、いよいよ『スターダスト・ナイト』の最高幹部たちと最終決戦を迎えるというところで、物語は止まっています。『シーナ』の正体も『ダークマターズ』が彼女を狙った理由も、何より物語の結末そのものもわからずじまいです」

「手紙のやり取りが途絶えてしまったからですね？」

「はい」

ひとみはグラスを取ると、静かに口をつけた。

「それでは『ナイト』との馴れ初《そ》めについて、もう少し詳しく伺ってもいいですか？」

「もちろんです」

思い出したように、ひとみはパンケーキを一切れ口に入れた。

「出会いは、小学一年生のとき。彼は、道端で剛志たちに虐《いじ》められていました。小さな田舎の町ですし、知らない顔がいたら目立つんです。剛志たちは同い年くらいの気弱そうな見知らぬ男の子を見つけ、黙っていられなかったんでしょう。そして——」

ひとみはそこで、これ以上ないほど顔をしかめた。

「剛志は、手に持っていた太い木の棒で『ナイト』の頭を思いっきり叩《たた》いたんです」

「それはひどい……」

「『ナイト』は血を流していました。私は『先生に言いつけてやる！』って叫んで彼らを追い払い、私の祖母の家に『ナイト』を連れていきました。実家のカフェの方でもよかったんですが、そこからは祖母の家の方が近かったので」

「それが初めての出会いですか？」

「はい。そして、おそらくこのとき『ナイト』を祖母の家の方に連れていったことが重要だったんです。祖母の手で応急処置をしてもらった後、彼は珍しそうに漫画が並んだ店内の棚を見ていました。あ、言い忘れていましたが、私の祖母は古本屋をやっていまして」

「まさか『ナイト』が漫画家を志したきっかけというのは……」

「いえ、もちろんこれだけが理由ではないですよ。でも、そこで『ナイト』は人生で初めて漫画というものの魅力を知ったんです。何でもお父さんが厳しい人で、活字の本以外は読んだことがなかったそうで――それからです、彼が祖母の古本屋に入り浸るようになったのは」

「入り浸るようになった？」

「毎年、犀川町にいる間は、ほとんど私と一緒に祖母のお店にいました。本当にいろんな漫画を二人で読みましたし、『来年の夏まで』という約束で何十冊も漫画を貸したこともあります。特に彼のお気に入りだったのが、当時はもう絶版となっていた宇宙を題材にした冒険漫画でした。タイトルは覚えていませんが、きっと『スターダスト・ナイト』はその漫画に着想を得たんだと思います。ただ――」

ひとみの表情がにわかに曇る。

「小学四年生のときです。『ナイト』が大好きだったその漫画の最終巻――前日まで店の棚にあったはずのその巻だけが、なくなっていました」

「漫画がなくなった？」

その理由は知っていたが、大袈裟《おおげさ》に眉《まゆ》をひそめる。

「私は祖母を責め立ててました。『こんなに寂れたお店なんだから、誰かが買いに来たわけない！　だからなくなるはずがない！　探してよ』ってね。私に言われて母屋《おもや》の二階にあがった祖母は、そこで心筋梗塞《しんきんこうそく》を起こして倒れました」

ひとみは一度、唇をきつく結んだ。

「後に、剛志がやったことだとわかりました。毎日、私が祖母のお店で『ナイト』とその漫画を読んでいると知ったので、いじわるのために最終巻を盗んだんです。だけど、そのせいで私は祖母を責め、祖母は帰らぬ人となりました。結局、祖母には謝れず、それがいまだに心残りなんです――」

健太は黙って一口、コーヒーを含んだ。

「――それは、なんと言ったらいいのか……」

「私が剛志を『人殺し』と言ったのは、それが理由です」

ひとみは洋服の袖《そで》で目元を拭うと、「ごめんなさい」と小さく付け加えた。

「そう言いたくなる気持ちは、十分にわかります」

せめてもの慰めのつもりだったが、ひとみは「いえ」と首を横に振った。

「私が子供なんです。私のことを思って、剛志は『シルビアプロダクション』はやめるようにと忠告してくれていたのに、それでも私は彼を許すことができなかった。小さい頃の話をいつまでも引きずって、心無い言葉を投げつけてしまったんです」

「それは――」

言いかけた健太に、ひとみは懇願するような目を向ける。

「だから、私が剛志と手を組むことはあり得ないんです。結託して放火するなんていうのはもとより、仮に大金を手にした剛志が協力を申し出ても、私は絶対に『うん』とは言いません。それだけは断言できます」

訴えかける視線に耐え切れず、逃げるように俯いて腕時計を確認する。

「――時間は大丈夫ですか？」

時刻は、夜の十時十五分を回ったところだった。

「ええ、そうですね。もうそろそろ行きます」

「それじゃあ、最後に一つ。時間がないので率直に訊きますが、どうか許してください。前回訊きそびれた、もう一つの謎についてです。『剛志と手を組むことは絶対にありえない』という星名さんの活動資金は、どこから出てるんですか？」

「――信じてもらえないと思います」

「いえ、信じます」

ひとみは一度洟をすると、覚悟を決めたかのように背筋をしゃんと伸ばして座り直した。

「――じゃあ、言います」

ごくりと生唾《なまつば》を飲み込み、彼女の口から語られる「真相」に耳を澄ます。

「大学四年生のとき、私がテレビ番組に出演したのはご存じですか？」

「はい。決勝で柊木琉花に惜しくも敗れてしまいますが、実は彼女の勝利が買収によるものである、というところまで調べはついています」

「それなら話は早いですね」

ひとみは目を細めると、当時のことを語り始めた。

「私が柊木琉花に敗れ、まさにこのお店で剛志から裏工作の事実を聞かされた数か月後のこと。確か、季節は春先でした。一人の老紳士が、私のもとを訪ねてきたんです」

「老紳士？」

訝《いぶか》るように繰り返す。

「その老紳士は、アタッシュケースを差し出しながら、こう言ったんです。『あなたの夢を叶《かな》えるために使って欲しい』って。恐る恐る蓋《ふた》を開けた私は、自分の目を疑いました」

「何が入ってたんですか？」

「現金二千万円です」

「まさか！」

思わず素《す》っ頓狂《とんきょう》な声を上げる。

「もちろん、そのまま突き返しました。『受け取れません』ってね。驚きましたし、なにより気味が悪かったので。でも、そうしたらその方が言ったんです」

「なんて？」

「『このお金は、あなたのことを思い続けたある人が、自らの命と引き換えに用意したものです。使わないのはご自由ですが、今は受け取ってください』って。柊木琉花の資金力に負けた私には、その大金が魅力的に映りました。少なくとも、これからはライブハウスを借りるためにバイトに明け暮れる必要も、ギターを新調するかどうかで迷う必要もなくなるんだって、そう思ってしまったんです」

一切の澱《よど》みなく、ひとみは語り続ける。

「その老紳士は最後に言いました。『助けてあげられるのはこれが最初で最後です。主人公が、主人公だからという理由で助かるのは物語の中で一度きりと決まっているので──』って」

「なんですか、それ?」

「『ナイト』の言葉です。祖母の家で数多くの漫画を読み耽《ふけ》ってきた彼は、いくつか漫画に対する自分なりの哲学を持つようになりました。その一つがこれです。『主人公だからという理由で都合よく助かる漫画が多すぎる。主人公が、主人公だからという理由で助かっていいのは一作品の中で一度だけだ』って、よく言ってました」

「『ナイト』は本当におもしろいですね」

「だから確信しました。お金の送り主は『ナイト』だって。でも、そうするとどうしても引っかかるのが、老紳士の言葉です。『自らの命と引き換えに』って、言葉通りに受け取れば、彼はもうこの世にいないことになりますから」

「だから、前回会ったとき『もうこの世にはいないらしい』と言ったんですね」

ひとみは背もたれに身を委《ゆだ》ねると、天窓を見上げた。

「でも、信じられなくて。だから、こうやって日本中を飛び回っていたら、いつかばったり会えるんじゃないか、噂《うわさ》を聞きつけた彼が会いに来てくれるんじゃないかって思うんです──『シーナ』を求めて宇宙を旅する『リオ』と同じです」

「つまり、『ナイト』が遺《のこ》したそのお金で日本中を旅していると」

「これが『流浪《るろう》の歌姫・星名』の謎の全容です」

8

「小学生でも、いくらかマシな嘘《うそ》をつくと思うぜ」

水晶玉から手のひらを離すや否《いや》や、良平は真っ先に言い放つ。

——どう考えたってバカげてる。

ほんのわずかな常識さえ兼ね備えていれば誰だって同じ感想を抱くはずだが、健太の表情を見るに、彼がそう思っていないのは明らかだった。

「じゃあ訊くが、昴くん。こんな嘘でごまかせるなんて、はたしてまともな大人が思うだろうか」

「だとしたら、保科ひとみはまともじゃねえんだよ」

「夢がないなあ」

つまらない奴《やつ》だ、とでも言いたげに健太は鼻を鳴らす。

ただ、今回ばかりは自分に分があると良平は確信していた。

「じゃあ逆に訊くけど、その場合、誰が俺たちに警告する必要がある？」

彼女のことを信じたいと思う健太の気持ちが、理解できないわけではない。というのも、彼女の語る話が本当であるほうが、「放火殺人事件説」よりも何倍も面白いのは確かだからだ。だが、そう考えるとどうしても説明がつかないのが、二人のもとに届いた怪文書だった。二人がひとみの過去を探っていると知っている人間は剛志しかいないはずなのだ。もし剛志がこの件について無関係であるなら、まるで差出人の見当がつかないではないか。

沈黙を貫く健太に、良平は畳みかける。

「『これ以上、保科に関わっちゃいけない』のは何故だ？　『現金二千万円受け取ったのに保科ひとみは贈与税を納めてない』って、俺たちが指摘しかねないからか？」

「――それは笑えるな」

「だとしたら、答えは一つしかないだろ。『剛志が保科のために家族を皆殺しにした』っていう事実が白日の下に晒《さら》されると、歌手としての星名のイメージに計り知れないほど傷がつくからだ。たとえ保科が共犯でなかったとしても、家族を殺して大金を手にした男の援助を受けて活動してるなんて、どう考えたって褒められた話じゃない」

ランタンの灯りだけが頼りだが、健太が額に指を押し当てているのが見える。

ただ、彼がどれだけ考えを巡らせようとも、自分の説が覆《くつがえ》されるとは思えなかった。それくらい、ひとみが口にした話はリアリティに欠けている。

「――わかったよ。昴くんの言うことが全面的に正しいと認めたうえで、あえて一つだけ頭の体操をしてもらってもいいか」

健太が挑戦的な視線を向けてくる。

「彼女の話が事実だと示す方法があるだろうか？」

その問いはつまるところ「ナイト」が実在し、「ナイト」がひとみに二千万円を贈ったと立証できるかという点に収斂《しゅうれん》する。それこそが二人の追いかける「星名の謎」の答えであり核心だ。

たとえば、剛志とひとみが揃って口にした「剛志による万引き事件」はどうか。確かに「ナイト」を巡るエピソードであり、当事者である二人が語る内容に齟齬《そご》はなかったが、これは事前に入念な打ち合わせがなされていれば当たり前だ。それに、厳密に言えばこの話を「ナイト」にまつわる思い出として記憶していたのはひとみだけであり、剛志は「ナイト」の存在を示すなにがしかを語ったわけではない。そういう意味では、このエピソードから「ナイト」の実在を証明するのは難しいだろう。では、ナイトが二千万を贈ったと示せるか――こちらはさらに困難だろう。そもそもその老紳士が実在することを証明するのだって難しいのに、ましてや、その先にいる「ナイト」の存在を証明するなど雲を摑《つか》むような話だ。それなのに、健太は意味ありげな微笑を浮かべているときた。

薄気味悪さを覚えつつ、きっぱりと言い切る。

「──いや、示すことは不可能だ」

「本当にそうかな？」

彼の表情には余裕すら浮かんでいるが、どう考えても立証は不可能だ。

──何故《なぜ》なら「ナイト」は、ひとみの記憶の中にしかいないのだから。

そのとき、全身に鳥肌が立った。

ある意味「ナイト」は実在すると言える。むしろ、いるとしたらそこしかないのだ。

「お前、まさか──」

「そのまさかだ。保科ひとみの記憶を覗《のぞ》くことができれば、真実か否かわかる」

予想通りの言葉に、思わず声を張り上げてしまう。

「バカ言うな！　忘れたのか？　営利目的以外で『店』のことを口にしたら記憶を消されて、最悪、死ぬんだぞ！」

「ああ、だからちゃんと策を考えてるさ」

「ふざけんな、危険すぎる。そこまでしてお前が保科にこだわる理由は、何なんだ」

「そう興奮すんなって。無茶な真似《まね》はしないから。いくらなんでも、そこまでリスクを取るつもりはない」

「いや、今のお前ならやりかねない。これこそまさに、恐れていた事態じゃないか！

消えていった営業マンたちのことを忘れたのか」

「実はな、ずっと考えてたんだが――」

健太が何かを言いかけたとき、ズボンのポケットでスマホが震えだす。

「ちょっと待ってくれ」

画面に目をやると、表示されていたのは知らない番号だった。

「もしもし――」

良平の耳に届いたのは、聞き慣れたしわがれ声だった。

「ようやく決心がついた。『店』とやらに連れていってくれ」


次の土曜日の午前中に、石塚巌は「店」へ来ることになった。

――お前さんたちに騙《だま》されるようなら、いずれにしろおしまいだよ。

電話口の巌の声は、憔悴《しょうすい》しきっていた。にっちもさっちもいかず、藁《わら》にも縋《すが》る思いで電話をかけてきたのだろう。

「――それじゃあ、来週の土曜日にお迎えにあがります。失礼します」

「一歩前進だな」

電話が切れるのを待ち構えていたかのように、健太がすぐさま口を開く。

「ただ、巌くんに、果たして売れるような記憶はあるんだろうか？」

それに関しては、うーんと唸《うな》って腕を組むしかなかった。和菓子の箱を製造する中小企業の社長としての人生──それ自体は価値のあるものだが、「売値」がつくかどうかは微妙なところだ。巌の記憶は高値での「転売」を見込めるような代物《しろもの》なのだろうか。もしそうでなければ、店主の査定額は高が知れている。

「──まあ、とにかく、来週の土曜日は空けておいてくれ」

良平がそう口にしたとたん、今度は健太のスマホが着信を告げた。

「騒がしい日だな」

そう言っていそいそとスマホを取り出した彼の瞳《ひとみ》が、大きく見開かれる。

「誰からだ?」

問いには答えず、健太はすぐに話し始めた。

「どうしました? また東京でライブをしてくださるんですか?」

ライブという文言に、ハッとする。保科ひとみだ。それにしても、向こうからわざわざ電話をかけてくるとは。

「──え、どういうことですか?」

健太の眉間《みけん》に皺《しわ》が寄る。何かよくない話なのだろうか。

「──わかりました。大丈夫です。予定はありますが、なんとか話をつけます。ですから、そのときにその紙も持ってきてください。心配しないで。その……頼りないかもしれませんが、絶対――絶対に僕が保科さんを守りますから」

そのとき、一つの確信を得た。根拠はわからない。彼の口ぶりかもしれないし、声のトーンかもしれない。或《ある》いは第六感的な何かが健太の生体リズムの変化を察したのかもわからない。ただ、その確信をもって振り返ると、彼の行動のすべてに説明がつくのだ。

健太は、保科ひとみに恋してる。

だから、彼はこの前の会議に「二回目の面談の記憶」を抽出してこなかったのだ。彼女と会ったことを事前に伝えたら、記憶を持ってくるよう言われることは目に見えている。だから何も伝えないまま会いに行き、事後報告にしたのだ。小瓶に抽出された記憶は元の持ち主の感情――「ひとみへの恋心」を見る者に伝えてしまうから。

「――保科にも『警告文』が届いたらしい」

電話を切った健太は、大きな溜《た》め息をついた。

恐るべき事態であることに違いはなかったが、それと同じくらい、健太の身を案じる自分がいた。惚《ほ》れた女の過去にまつわる謎《なぞ》を解くために「店」を利用する――彼がしようとしているのは、つまるところそういうことになる。

「下北沢でのライブ後に貰《もら》ったファンレターの中に『妙なライターに関わるな』っていう趣旨の手紙が混じっていたって、ついさっきわかったらしい」

早口にまくし立てる健太――普段なら「早口」など気にも留めないはずなのに、もはやそれは恋心を覆《おお》い隠すための小細工にしか見えなかった。

——本当に、健太は「店」の掟《おきて》を破らずにいられるのだろうか。

——何かの拍子に「店」のことを、彼女に漏らしてしまうのではないか。

そんな疑念が渦巻く。

「それで、怖くなって電話をかけてきたんだ」

「——で、お前が保科ひとみを守るって？」

健太は照れ臭そうに頭を搔《か》くと、小さく咳《せき》払いをした。

「来週の土曜日、東京に来る。届いた手紙を見て欲しいんだってさ」

バツが悪そうに視線を外す彼の素振りから、次の展開が予想できた。

「土曜日の午前中だ。すまん！　そっちに行ってもいいか？」

——やっぱり。

予定はありますが、なんとか話をつけます、と言っていたのは、要するに「口うるさいワトソンを納得させる」という意味なのだろう。タッチの差ではあるが、石塚巌が来店すると先に決まっていたのだ。それなのに、彼は迷わずひとみを選んだ。それについて、相棒が何も言わないはずがない。そう思ったからこそ「なんとか話をつける」と口にしたのだろう。

だが、そのとき良平の胸にあったのは怒りよりも不安だった。

――「店」のことを言わずにいられるのか？　禁忌を犯さないでいられるのか？

結局、翌週の土曜日は別行動を取ることになったが、二人の間には言葉にならない溝が生じていた。

9

水曜日の定例会議は中止となった。

銀行の支店では、当日の勘定が一円でも合わなければ全業務を止めてでも調べることになるのだが、その日、良平の支店では一万二千円近くの勘定相違が発生した。出金しているはずの額と、出金伝票の合計が合わなかったのだ。結局、夜の八時までかかって、出金伝票が一枚、シュレッダーにかけられていたと判明した。

――まあ、それならしょうがない。

会議に出られそうにない旨《むね》を電話で伝えると健太はそう言ったが、その声はどこか安《あん》堵《ど》しているようにも聞こえた。

結局、その週は健太と一度も話す機会がなかった。

ただ、だからといって「星名の謎」について考えなかったわけではない。彼の恋情はさておき、ひとみのもとにも警告文が届いたという事実は、実に謎が深かったからだ。

第一に、目的が不明だ。剛志が自分たち二人に警告文を送る理由は、「放火殺人の犯人が剛志である」という前提に立てば、説明は簡単だ。剛志と星名の繋《つな》がりが世間に公表されては困る――最もシンプルで、理解しやすい理由といえるだろう。

だが、ひとみにも同じような文書が届く理由は？　無理やり理屈をつけるならば、ひとみと剛志による「自作自演」ということになるだろうか。

けれども、この説明にはかなりの無理がある。何故なら、もしひとみと剛志がグルなのであれば、彼女は健太と二度も会うという危険を冒すはずがないのだ。一度目は、健太が原宿でのライブに突然押し掛けたのだから防ぎようはない。でも、二回目は違う。健太からの電話に出た彼女が、自ら会うことを望んだのだから。

第二に、ひとみに届いた「ライターに関わるな」という言葉の不可解さ――別に、文言がおかしいわけではない。問題はいまこの瞬間、二人がライターを名乗って活動していると知っている人間が、剛志とひとみ以外この世にいるだろうか、ということだった。

そんなことをぼんやりと考えながら過ごしているうちに、あっという間に土曜日が訪れた。

レンタカーを飛ばし、恵比寿《えびす》駅を目指す。巌を拾う場所として良平が指定したのだ。本来ならもっと「店」から離れた駅が好ましかったが、巌を一刻も早く「店」へ連れて行きたい気持ちが勝ったかたちだった。

「お待たせしました」

駅前に車を止めると、ベンチに腰をおろしていた老人がおもむろに手を挙げた。

「おう」

よろよろと腰を上げた巌を、車から降りて迎える。

「――正直、連絡をいただけないかと思ってました」

「電話でも言ったが、お前さんたちに騙されるようなら、もうおしまいだよ」

そう言って笑う巌を、後部座席に導く。

「心苦しいのですが、『店』につくまでこれをしてもらえますか」

アイマスクを手渡す。

「『場所を知られてはいけない』という決まりがあるんです」

巌はちょこんと席に着くと、躊躇《ためら》うことなくそれをつけた。

「ああ、いいとも。そうしないと上司からドヤされるんだろ」

「そうなんです」

「サラリーマンってのは大変だ」

脳裏に一瞬だけ店主の気難しげな顔がよぎる。果たして、店主は巌の記憶に幾らの値をつけるだろうか。

「すぐに着きますので、安心してください」

そのままサイドブレーキを降ろすと、ゆっくりとアクセルを踏んだ。

部屋に入るなり、興味深そうに巌はしげしげと辺りを見回した。

「まずは座りましょう」

ランタンの灯りの下、うっすらと浮かび上がる木製の机と椅子《いす》、そして水晶玉。

向かい合って席に着く。いよいよ石塚巌との取引が始まろうとしていた。

「『店』については、先ほど車内でお伝えしたとおりです」

巌は神妙に頷いた。

「本日の取引ですが、お金を用立てるという目的からして『売り』以外の選択肢はないでしょう」

「ああ、それで構わない」

「それではまず、売りたい記憶を思い浮かべ水晶玉に触れてください。すぐに記憶は抜き取られ、査定が始まります。ものの十分もしないうちに、値段が書かれた紙が部屋に届きますので、その値段でよろしければ取引成立です。『売却した記憶』は失われ、提示された金額から手数料報酬を除いた分がお手元に入ることになります」

巌が再度頷いたのを確認し、いつも通り「一見コース」の説明に移る。

「『店』には『一見コース』というものがあります。『売り』または『引き取り』を希望されるお客さまにご案内するものなのですが、一晩寝るとこの『店』にまつわる記憶がすべて消えてしまう、というオプションをつけることができるのです」

「なんでそんなものがあるんだ？」

「『記憶を失った記憶すらなくしたい』と願う人がいるからです。たとえば、嫌な記憶を引き払った人は、『店』のことを忘れてしまえば『新しい自分』に生まれ変われます」

「なるほどな」

「『売り』でも同じです。せっかくお金を手にしても『このお金に見合うだけの記憶を自分は失った』ということを覚えていたら、結局、自分が売り払った記憶に囚《とら》われてしまい、結果として不幸になることは十分に予想されますから」

「俺は……そのことは覚えていたい」

巌が「一見コース」を選ばないであろうことはわかっていた。彼の性格上、真っ向勝負を挑むはず——つまり「朝起きたら得体のしれない大金を手にしている」より、「目の前の金が『由香里のために自らの記憶を売り払って手に入れたものである』とわかったうえで生きていく」方を選ぶはずだ。それに、「一見コース」を選ばれてはこちらとしても都合が悪い。再び巌が金に困った場合、「店」に勧誘する手順をまた一から踏まねばならないからだ。「店」が何たるかを覚えておいてもらった方が、再来店の可能性がある客には好都合なのだ。

「――もしも、どうしても売り払った記憶を元に戻したい場合は『買戻し』をすることができます。ただし、査定額の二倍を払うことが条件です。もっとも、ご希望の記憶が既に他のお客さまに購入されていなければの話ですが……」

「えげつないな」

言う通り「店」のシステムは実にえげつない。「一見コース」を選ばない限り、客は「店」のことをこれから先ずっと覚えているだろうが、先の長い人生で、失ってしまった記憶を取り戻したいと願う人は一定数いるはずだ。

一方で「店」の営業マンには、記憶の「転売」に関して、極めて大きなインセンティブが働く仕組みになっている。結果として「売り」に出された記憶は、時を経ずして買われてしまうことが多いのだ。他人のものとなった記憶は当然取り返すことができず、そのような場合に取り得る手段は「記憶を売ったことを後悔している記憶」を「一見コース」を利用して「引き取り」してもらうことだけだった。また、運よく売れ残っていたとしても、その記憶の「買戻し」には相応の金が必要になる。どちらに転んでも当人にとっては不幸なことに変わりはない。

「――何か質問はございますか？」

「一点いいか？」

巌は難しそうに顔をしかめながら、頭上のランタンを見上げた。

「『買戻した記憶』はどうなるんだ?」

言っている意味がわからなかったので、思わず訊き返す。

「どうなるというのは?」

「それは、自分の記憶として返って来るのかってことだ。言ってただろ。『買い』の場合、記憶は小瓶に入った状態で貰えるって。でも、そんなふうにして返してもらっても困るんだ。自分の頭にちゃんと戻せるのか?」

思わず言葉に詰まってしまった。

実のところ、今まで「買戻し」を希望した客に出会ったことはなく、そのときどのような手続きが踏まれるのか考えたことはなかったからだ。

ただ、巌の言うこともわかる。「買戻し」をした記憶が小瓶に入った状態で返って来るのであれば、それは厳密には原状回復とは言えない。確かに記憶は手元に戻ってはいるが、もとあった姿ではなくなっているのだから。一度でも自らの記憶を売り払う決断をした人間は、二度と元の自分に戻ることができないのだろうか。

急に沈黙した良平を前に、巌は頭を掻きながら笑ってみせた。

「いや、困らせるつもりはない。気になっただけだ、忘れてくれて構わない」

「――わかりました。では、本番といきましょう。『売る』記憶は決まってますか?」

「ああ、仕事の記憶だ。俺の人生と言ってもいい」

その瞬間、胸に例の不安がよぎる。

——仕事の記憶に値がつくだろうか？

とはいえ、試してみないとわからない。理由はさておき、店主が「これは売れる」と踏めば高値がつく可能性はあるのだ。

「わかりました。では売りたい記憶を思い浮かべて、水晶玉に触れてください」

「こうか？」

巌は机の上の水晶玉に両方の手のひらを載せた。

「合ってますよ」

良平はそこで高らかに宣言する。

「では、始めます！」

部屋をノックする音がして、ユズさんが姿を現した。いつもと同じ、化粧で塗り固めた年齢不詳の顔。その顔に笑みを浮かべながら、巌へ査定額の書かれた紙を差し出す。

「——なんだと」

巌は、憤慨した様子でユズさんを睨《にら》みつける。

「こんなに安いのか？　ふざけるな！」

「ええ、ごめんなさい、これが限界とのことです」

「俺の人生をこんな安物だっていうのか」

「いえ、そういうつもりでは――」

「もう一度やり直せ！」

堪《たま》らず席を立つと、二人の間に割って入る。このままでは、巌がユズさんに摑みかかりかねない。

「見ろよ、七十万だと！　俺の人生が、たった七十万だって言われたんだ！」

巌がこちらに突きつけてきた紙には、確かにそう書かれていた。そこから自分の報酬を差し引くと、彼の手元に入るのは五十六万円。少額と言うつもりはないが、生涯を捧《ささ》げた仕事の記憶につけられた値であり、妻のために入用な金であることを思うと、雀《すずめ》の涙ほどと言えるだろう。

困惑顔のユズさんが、申し訳なさそうに肩をすくめる。

「――そう言われましても、誰がこの『記憶』を欲しがるでしょうか。ただ、日々仕事に明け暮れているだけの内容ですよ。七十万の値がついたのは、むしろ驚きです」

巌は顔を真っ赤にしてユズさんを睨みつけていたが、残念ながら彼女の言うことはもっともだった。それに、「ただ仕事をしているだけの記憶」を七十万以上で転売する自信があるかと訊かれたら、「ある」とは言えないだろう。

「俺の人生を切り売りしても、母ちゃんは助けようがないってことか……」

巌はぐったりと椅子にへたり込む。

「結局、俺の人生ってなんだったんだろうな」

その姿を前に、固く拳《こぶし》を握りしめる。

――あなたの人生は、本当に仕事だけでしたか？

毎日のように「けやきの里」に足を運び、思い出の品を持ってくる巌。並べられたストーンペインティングや家族の写真。様々な光景が浮かんでくる。明るい未来が露ほども見えない状況で、彼は歯を食いしばって妻のためにできる限りのことをやってきた。もっといいやり方があったのかもしれないが、それでも彼は彼なりに、全力を尽くしてきたのだ。それがわかっているからこそ、覚悟を決めて言うしかなかった。

――あなたの人生は、仕事だけじゃない。

それに手をつけるのだけはできれば避けたかったが、背に腹はかえられない。巌にはまだ、売れる記憶がある。

「――実際、いくら必要なのですか？」

「百五十万――それだけあれば、乗り切れそうなんだ」

「乗り切れる？」

「ああ」

「乗り切れる」という言葉の意味はわからなかったが、とにもかくにも仕事の記憶を売るだけでは目指す金額には及ばない。

「──奥さまについての記憶は売りたくないですか?」

喉《のど》の奥から辛うじて言葉を絞り出す。

「すべてである必要はありません。たとえば初めて出会った日の記憶──それだけでもきっと仕事の記憶よりは高値がつくはずです」

巌は射るような鋭い視線を向けてきたが、怯《ひる》まず続ける。

「人を愛する記憶は高値がつくはずですから」

口がうまいこと、とでも言いたげにユズさんがにんまりするのを視界の端で捉《とら》える。しかし、これは間違いなく本心だった。気取ったつもりもなければ、取り繕った想《おも》いでもない。巌が妻の由香里を想う気持ち──それに値がつかないはずがない。

「──自分の言っていることの意味がわかってるのか。母ちゃんのために、俺から母ちゃんの記憶を奪うってことだぞ」

「でも、他に手がありません。記憶の中に生きる奥さまも大切ですが、それに囚われて現実に目の前にいる奥さまを助けられないとしたら、本末転倒です。僕だって本当は、こんなこと言いたくありません。でも、おっしゃいましたよね。誰かのために『夢』を捨てる決断は尊いって。それと同じです。もう手を伸ばしても届かない『過去の記憶』を大切な人のために捨てる決断も、同じくらい尊いはずではありませんか」

しばしの沈黙の末、遂に巌は小さく頷《うなず》いた。

「――お前さんが言うなら、やってみるか」

巌が再び水晶玉に手を伸ばす。

「売るのは『母ちゃんと初めて出会った日の記憶』だ」

部屋にやって来たユズさんの表情を見て、良平は自分の予想が正しかったことを確信した。提示された金額に、巌は遂《つい》に首を縦に振る。

「これなら、大丈夫だ」

その手に握られた紙には「二百万円」と記されていた。自分への報酬としてそこから四十万が引かれ、巌は百六十万円を手にすることになる。本当は全額を巌に渡したいところだったが、自分自身も「自らの記憶が奪われるか否か」の瀬戸際《せとぎわ》にいる。心を鬼にしてでも、ここは報酬を受けるしかなかった。この四十万に前回――と言っても、既に一か月近く前の話だが、常軌を逸した女との取引で稼いだ十三万を加えると、ノルマ達成まで残り百十万円。まだまだ達成にはほど遠いが、目標額に近づいてきてはいる。

「――ありがとうよ」

取引を終えた巌を、良平は自宅まで送ることにした。そこまでする義理は本来ないのだが、そうでもしなければ気が済まなかったのだ。

車を降りると、すぐさま巌は頭を下げた。

「実は、テツヤの力を借りられそうなんだ」

「そうなんですか、よかったですね」

煮え切らない返事しかできなかった。

巌は困ったように笑うと、良平の肩にぽんと手を置いた。

「きちんとお前さんは営業をしたんだ、報酬を得るのは当然だよ」

「でも――」

「もう大丈夫。というのも、テツヤから久しぶりに連絡が来て、どうもいい方向に向かいそうなんだ。そのためには百五十万ほど必要でな。だから、もう大丈夫なんだよ」

もう大丈夫、と繰り返す巌の言葉は、空元気のようには聞こえなかった。

「――それに、俺にはまだ『母ちゃんの思い出』がいくつも残ってる。お前さんの言う通り、目の前の母ちゃんを助けるためなら、そのうち一つくらい、お安い御用さ」

「そう言ってもらえると、少し安心しました」

巌とがっちり握手を交わす。

「また、遊びにおいでよ」

その手のひらは相変わらず乾いて骨ばっていたが、確かな力強さがあった。

「店」へと戻った良平はすぐさま、四階のユズさんの部屋へと向かった。

——困ったことがあったらユズさんを頼るといい。

巌との取引を自分に一任するにあたって、健太が最後に残していった言葉だった。店主の籠《こも》る部屋の隣。そこに、ユズさんがいるのだという。

ノックをすると、軽やかな返事が返ってきた。

「はいよ」

「入っておいで」

扉を開け、様子をうかがいつつ足を踏み入れる。

「あら、珍しい。どうしたの？」

部屋の中は、想像とはまるで異なっていた。煌々《こうこう》と眩《まぶ》しい灯りの下、大きな観葉植物がそこかしこに並べられ、さながら熱帯のような雰囲気とでも言えようか。部屋の両端には太い柱があり、間にハンモックが張られている。そこで揺られながら本を読んでいたユズさんは、良平に向けて満面の笑みを浮かべた。

「——あの、訊《き》きたいことがあって」

ユズさんは、部屋の隅を目顔で示す。そこには、真鍮《しんちゅう》の取手がついた引き出しのある木製の机と、小さな椅子があった。指示通り、おずおずと腰をおろすことにする。

「それで、訊きたいことって？」

ハンモックに座り直したユズさんが、ゆらりゆらりと揺れる。

「さっきお客さんに訊かれて、困ったことがありました」

そうして、巌に聞かれたことをそのまま伝える。一度売り払った記憶を「買戻す」時、その記憶はどのように返ってくるのか。

ユズさんはくすくす笑ったかと思うと、急に声のトーンを落とした。

「いい質問ね。いいわ、答えましょう。『買戻された記憶』は小瓶に抽出して返されるわけじゃないの」

「じゃあ、どうするんですか？」

「『店』でできることは、何も記憶を頭から引っ張り出すことだけじゃない。逆のことだって、できるのよ。つまり、引っ張り出した記憶を、もう一度頭に植えつけるの」

10

「植えつける、というのは」

良平は思わず訊き返した。

「言葉のままよ、もう一度脳みその中に戻すの」

「そんなこと、できるんですか？」

「ええ、取り出すことができるんだから、当然逆だってできるわ」

ユズさんはハンモックから床に下り、こちらへ歩いてくる。と、おもむろに真鍮の取手を引き、中から空っぽの小瓶を取り出した。

「取り出した記憶には一つ、大きな弱点があるんだけど、わかるかしら」

ユズさんは、指に挟んだ小瓶を振ってみせる。その意味を、良平はすぐに解した。

「──見過ぎると、空っぽになってしまうということですか？」

「その通り。でも、頭の中に植えつけてやれば、覚えている限りなくなることはない」

すぐに、「引きこもりの青年」の記憶を何度も見返したときのことを思い出す。星名の素性を暴《あば》くべく噴霧を繰り返しているうちに、みるみる瓶の中身は減っていった。小瓶に抽出された記憶は、感情まで含めて鮮烈なイメージを見る者に残す半面、見られる回数には限りがあるのだ。

空の小瓶を引き出しに戻すと、ユズさんが続ける。

「もともと自分の物であった記憶を元に戻すのは簡単なのよ。でもね──」

そこで彼女は、隣の部屋を気にするかのように一段と声を落とす。

「勘のいいあなたなら気付くかしら？　植えつけられる記憶は、自分由来の物に限らないの」

背筋がうすら寒くなる。彼女の言うことが事実だとしたら、それはまさに人の道に反する行為に思えたからだ。

「つまり、『他人の記憶を植えつけることもできる』ってことですよね？」

「そうよ」

「――そんなこと、本当にできるんですか？」

「理屈の上では、ね。でも極めて難しいの。わかる？」

思わず首を傾《かし》げる。

「それじゃあ、ヒントをあげる。他人の記憶を植えつけると何が起こると思う？　答えはシンプルよ。『無自覚』領域に潜む他人のそれまでの人生と、植えつけられた人間のこれまでの人生との間に齟齬が生じ、結果として拒絶反応が起こるの」

「どういうことですか？」

「たとえば『泳げる人間の記憶』を『泳げない人間』に移植したら、どうなると思う？」

「――溺《おぼ》れてしまう？」

「当たり前よね。実際の体験じゃないものを脳に刻んだんだから」

ユズさんはそう言うと、自らの側頭部を指さしてみせた。

「――でもね、実はかつて『店』では『記憶移植』も行っていたのよ」

「そうなんですか？」

「いま言ったような『記憶の合併症』が頻発して、たくさんの人が最終的に錯乱し、命を落とした。『記憶移植』は儲《もう》かるんだけど、さすがに死人まで出すと『店』の評判に傷がつくでしょ。だから今はもう、『買戻し』以外で記憶を植えつけることはしてない」

「――最後に『記憶移植』をしていたのは？」

「確か、三年半くらい前ね」

「『記憶移植』をした人は、全員おかしくなってしまったんですか？」

　自分たちが勧め始める直前まで行われていた「記憶移植」――「店」で行うことができる「第四の取引」。それは興味を抱くには十分過ぎるほど、怪しさに満ちていた。

「私が言ったって、店主には内緒よ」

　ごくりと唾《つば》を飲み込み、頷いてみせる。

「ただ一人いたのよ。『天才』が」

「天才？」

「ええ、文字通りの天才――すぐに店主は見抜いたわ。もちろん後天的な要素もあったはずだけど、彼は生まれながらにして『作家』だったのよ」

「『作家』というのは？」

「人生とは物語。すなわち、記憶の移植において大切なのは『辻褄《つじつま》合わせ』なの。ある本に、別の本から拝借してきた一章を挿入するとするわね。当然、そのままじゃおかしなことになる。だから、追加する章に修正を加えるか、または加えられる方の本の構成を変える必要がある。彼は、その辻褄合わせにかけては天才的だったの。まるで魔法のようだったわ――『無自覚の齟齬』が引き起こす可能性のある摩擦を、事前にすべてわかっていた」

「その天才は今、何を？」

無邪気ね、とでも言いたげにユズさんは肩を小刻みに震わせて笑い始めた。

「――自殺したの」

「え？」

素《す》っ頓狂《とんきょう》な声を上げたのが自分でもわかった。

「聞こえなかった？　自殺したのよ」

「何で――」

その問いには答えず、ユズさんは観葉植物の鉢まで歩いていくと、その一つに挿してある活力剤のアンプルを引っこ抜いた。

「彼の『作品』は完璧《かんぺき》だった。その後の追跡調査でも、『作品』は何ら異常をきたすことなく日常生活を続けている。まさに神業よ」

話は終わりだとでも言うように、彼女は空になったアンプルを握りつぶす。

「訊きたいことはそれだけ？」

再びハンモックに腰をおろすと、ユズさんは足の裏で床を蹴《け》った。そろそろ追い出されそうな気配だが、せっかくなのでもう一つだけ訊いてみることにする。

「――ユズさんは、どうして『店』で働き始めたんですか？」

しかし、彼女は黙ってハンモックを揺らし続けるばかり。

「詮索《せんさく》するつもりはありません。ただ、純粋に気になるんです。ユズさんだけじゃなく、ジュンさんやクマさんみたいに何年も『店』にいついている人たちが、何故『店』に辿《たど》り着いたのか――」

しばしの間、彼女は口を閉ざしたままだった。

踏み込んだことを訊きすぎた、と後悔しかけた瞬間だった。

「――店主の父親はね、店主がまだ幼い頃に家族を捨てて出て行ったの」

唐突にユズさんは語り始めた。

「でもね、店主のお母さんは、父親への文句を一度だって店主に言わなかった。強い女性よね、偉いと思うわ。だけど、女手一つで育てるために無理をした結果、身体《からだ》を壊して早くして亡《な》くなった」

彼女を乗せたハンモックは、静かに揺れ続ける。

「しばらくして、店主は父親のもとを訪ねた。お母さんが亡くなったという事実を皮肉たっぷりにぶつけてやるためにね。だけど、そこで待ち受けていたのは思いも寄らない仕打ちだった。信じられないことに、父親は店主のことを覚えてなかったの。『お前は誰だ？』ってあしらわれ、店主は絶望した。自分たちを捨てた男のことを、自分は片時も忘れたことはなかった。ずっと背負って生きてきた。それなのに、当人は子供の顔を忘れていた——それからよ、店主が『大切な何かを忘れてしまうこと』を嫌悪《けんお》するようになったのは」

——人は誰だって一つや二つ、墓まで持っていかねばならん苦悩を抱えるもんだ。

あの言葉の裏に隠されていた店主の過去。あれほどまでに記憶を手放す人間を蔑《さげす》み、忌《い》み嫌う理由。

「——例えば、ジュン。彼が格闘家だったって話は知ってる？」

「いえ、初耳です」

「彼はもともと、記憶の『引き取り』を希望して『店』に来た。彼が忘れたいと願ったのは『対戦相手を殴り殺した記憶』——もちろん故意ではないわ。ただ、打ち所が悪かったの。ジュンにノックアウトされた相手は、その後一度も目を覚ますことなく帰らぬ人となった」

言葉を失って、呆然《ぼうぜん》とするしかなかった。いつも面倒見がよく、笑顔を絶やさないジュンさん——彼もまた壮絶な過去を背負っていたのだ。

「彼はその試合以来、リングに立てなくなった。だから、その『トラウマ』を引き払ってしまおうと思ったの。でもね——」

ユズさんは両足を床につけ、揺れるハンモックを止めた。

「最後に頭をよぎったのは、相手の家族のことだった。残された妻と幼い赤ん坊——彼らはこれからも失った家族のことを背負って生きていくのに、自分だけ忘れて前に進むことなんてできない。だからこそ、彼はここで働くことに決めた。今でも毎月、稼ぎの大部分は相手の家族に送ってるそうよ」

ユズさんは悲しそうに笑ってみせた。

「『店』に長くいつく人間には、『店』にいなきゃならない理由がある。たぶん、皆に共通するのは『忘れてはならない過去を背負っている』ということかしら」

「『忘れてはならない過去』——」

「クマさんもそうよ。彼は、息子をトラックで轢《ひ》き殺した犯人を捕まえるため、『店』にその瞬間の記憶が売りに出されるのを待っているの」

またしても絶句するしかなかった。

——犯人が放火した瞬間の記憶でも売りに来たら、買手はたくさんつくだろうになあ。

週刊誌に「医者一家焼死事件」の記事が載ったとき、クマさんは言った。そのときの自分は、その記憶が金になるかどうかということしか考えていなかった。けれど、あの言葉の裏には別の想いがあったのだ。「轢き逃げの記憶」を犯人が売りに来ること——それがどれだけ耐え難いことであっても、犯人に迫るべく「自らの息子を轢く瞬間」を垣間見る《かいまみ》覚悟が、彼にはあるのだ。

「店主は一見、冷徹で血が通っていないように見えるでしょ。でも『背負う覚悟』を決めた人間には優しいの。確かに『店』の存在意義は営利目的にある。でもね、決してそれだけじゃない。その矛盾に気付くことができたら、きっと新たな世界が開けるわ」

瞬間、ズボンのポケットでスマホが震えだした。きっと、健太からだろう。ひとみとの楽しい「探偵ごっこ」——それが終わった報告に違いない。

しかし、良平は電話に出なかった。いや、出られなかったというのが正しい。

——『店』に長くいつく人間には、この『店』にいなきゃならない理由がある。果たして自分たちには、彼らが背負っているような何かがあるだろうか。人とは違う特別な自分でありたい、などという小さな自己顕示欲は、この「店」にいつく理由になるだろうか。

「——あ、そういえば、質問に答えてなかったわね」

思い出したようにユズさんは笑った。

「私は、ただ『店』に居座ってるの。で、店主も私を追い出しそびれた。ただそれだけのこと。じゃあなんで居座ってるかっていうと、恋人を忘れられないからなの。クズみたいなやつだったけど、それでも私が唯一《ゆいいつ》、本気で愛した男。いまどこにいるのか、なにをしているのか、まったくわからない。会いたいとも思わないわ。でもね、願いが一つ叶《かな》うなら、誰かの記憶の中で生きる彼を、もう一度見てみたい。遠くから一回だけ、覗《のぞ》いてみたいの。その記憶の主が彼を愛していても、憎んでいても、いずれにしろ私はきっと嬉《うれ》しくて、たぶん同時に悲しいんだろうけどね」

彼女が言い終わると同時に、諦《あきら》めたようにポケットのスマホは沈黙してしまった。

しばらくして健太が「店」にやってきたので、三階の一室で向かい合って座る。

「――すまなかった、巌くんの方は首尾よくいったか？　こっちもけっこうな収穫があったぞ。いまから、また第三回面談の記録をお見せしよう」

健太はそう言って水晶玉に手をかざしてみせたが、良平は身じろぎ一つしなかった。

「――おい、どうしたんだよ」

彼は怪訝《けげん》そうに眉《まゆ》をひそめた。「まさか、まだ怒ってるのか？」

――「店」を舐《な》めるな。

自分が彼に対してそう思うのは、お門違いではあった。何故なら、自分自身も多かれ少なかれ「店」を甘く見ていたからだ。誰も知らない「裏稼業《かぎょう》」――それに従事する自分は「特別」なんだという、小さな驕《おご》り。この「店」が、ちっぽけな自尊心を満たすための道具だったことは、否定しようがない。けれども、この場所に集う「何かを背負った人々」を前にすると、そんな自分がどうしようもなく恥ずかしく思えたのだ。

――「忘れてはならない過去」も「何かを背負う覚悟」も自分にはない。

唯一の居場所だと思っていた「店」すら遠い存在である気がして、いても立ってもいられなかった。その苛立《いらだ》ちは、ひとみに現《うつつ》を抜かす目の前の男に向けるほかなかったのだ。

「――お前、保科のことが好きなんだろ？」

健太の眼が驚いたように見開かれる。

「え、なんでだよ」

「とぼけるな。だから、いつも水晶玉経由でしか俺に見せないんだろ？」

健太は面食らったように絶句すると、視線を外した。

「俺たちには『店』しかないんだ、そのことをわかってるのか？」

一度堰《せき》を切って溢《あふ》れだした想いは、もはや止めようがなかった。

「――そんなことないだろ」

「いや、そうだ。この際だからはっきり言うぞ。俺たちから『店』を取ったら、何が残る？　ただのしがないサラリーマンと、夢追いのフリーターじゃないか！」

「なあ、落ち着けよ」

「俺たちには『店』しかないんだ！　漫画家になる夢を追うのは勝手だが、現実も見ろ！『店』を追い出されたら、俺たちには何も残らないんだ！　それどころか、別人として生きていくことになるんだぞ。そんなの耐えられない！『店』も、お前も、何も失いたくない！　だから、存在するかもわからない『ナイト』を探してる暇なんかないんだ！」

「俺の夢を、お前にとやかく言われる筋合いはない」

「いや、ある。俺とお前は運命共同体なんだぞ！　二人で一千万稼ぐんだろ？　それなのに、夢やら女やらにお前が惑わされてると、俺が困るんだ！　だいたい、どういうつもりだ！　保科に接触できたのにお前が質問するのは、『スターダスト・ナイト』のストーリーばっかりじゃないか！　彼女から好かれたいからか？　それとも、丸パクリするつもりか？　いずれにしてもな、お前は心を奪われてるんだ！　いい加減、目を覚ませって！」

「でも――」

「『ナイト』なんかいやしないんだ！　あんな訳のわからない話を信じたいのは、お前が保科を好きだからだ！　全部、お前のエゴなんだよ。そんな理由で『店』を利用してるなんて、ジュンさんやクマさんに合わせる顔がない！」

そのままの勢いで、今しがたの衝撃を健太にぶちまける。店主があれほどまでに忘れ去ることを嫌う理由、ジュンさんが営業マンとなった経緯、そしてクマさんの笑顔の裏にある覚悟。

「惚《ほ》れた女が語る支離滅裂な話を解き明かすために、『店』を利用する？　ふざけんな！」

自分がどっちを向いているのか、もはやわからなかった。ただ一つ明らかなのは、健太が自分と違う方向を向いているということだけ。

——俺たちは、どうしたらいい。

そうして行き場を失った激情は、健太に向かうしかなかったのだ。

やがて、その健太が静かに口を開いた。

「——一つ、謝らなきゃならないことがある」

ふん、と鼻を鳴らすと、良平は乱暴に椅子にもたれた。

「一つで済むのか？」

「確かに、俺は保科ひとみに恋をした。認めるよ」

思いつめたように水晶玉を見つめる彼の唇は、心なしか震えていた。

「でもな、俺がここまで彼女にこだわる理由は、実はそれだけじゃないんだ」

問題の核心に触れようというのか、健太は慎重に言葉を選んでいるようだった。

「俺が『探偵を始めよう』と言ったのには、理由がある。『店』を出し抜いてやろうって言ったが、あれは本当の理由じゃないんだ」

「じゃあ、その本当の理由とやらを言ってみろ」

健太は水晶玉へと注いでいた視線を、真《ま》っ直《す》ぐこちらに向ける。

「かつて唯一、俺が新人賞で佳作を取った作品があるって言ったよな」

「ああ、それがどうした」

「――同じなんだ」

「は？」

「タイトルもストーリーも」

意味がまったくわからなかった。

「何の話をしてるんだ？」

「駅前で初めて星名の歌を聴いたとき、信じられなかった。何故なら、かつて佳作を取った俺の作品のタイトルもまた、『スターダスト・ナイト』だったからだ」

記憶其《そ》の六　ある漫画家志望の男

健太がカフェ『遭多夢』に着くと、既に保科ひとみは席についていた。いつものニット帽とは違い、野球帽風のキャップを目深《まぶか》に被《かぶ》っている。オフの日だからウィッグを被っていないのか、キャップの後ろからは長い黒髪が垂れていた。いつもと出で立《いでた》ちが違っても、それがひとみだとはすぐにわかる。

腰をおろすと、店員がすぐさまオーダーを取りに来た。いつも通り、「当店自慢の水出し珈琲《コーヒー》」を二つ注文する。

「ごめんなさい、急に呼び出してしまいまして」

「いえいえ、保科さんのためならいつでも飛んできますよ」

脳裏に一瞬、良平の顔がよぎる。自分が石塚巌のアポを蹴《け》って保科ひとみを選んだことに、きっと彼は腹を立てているはずだ。それがわかっていながら、「いつでも飛んできますよ」などと言ってしまう自分に、我ながら苦笑する。

「さっそくですが、これなんです」

周囲を警戒するように見渡した後、折りたたまれた便箋《びんせん》を取り出すと、彼女はこちらに向けて広げて見せた。それは、二人のもとに送られてきた警告文と酷似していた。

『コレ以上、ライターニ何モ話スナ』

体裁まで同じなので、自分たちのもとへ届いたのと送り主は同じだろう。そうなると疑問は一つ。こんなことをする必要がある人物は誰か、だ。

「これを渡してきた人のことを覚えてますか？」

大した答えが返ってこないことはわかっていた。

事実、ひとみは肩をすくめてみせるばかり。

「ごめんなさい、まったくわかりません。ファンの人の顔は一人ひとりちゃんと見てますが、これの送り主が誰かまではさすがに——」

良平は「送り主は剛志に違いない」と言う。そして、それが最も筋が通る説明であることは、自分も理解しているつもりだ。けれども、それなら何故《なぜ》ひとみにこんなものを送りつける必要があるのか。もちろん、剛志とグルで、「彼とは無関係」と示すためのひとみの狂言という可能性はある。

——だが、そうじゃない。

健太は確信していた。

——「真相」は違うところにある。

この世界で唯一《ゆいいつ》、自分だけが知る「不可解な事実」が、その根拠だった。

「保科さんは、僕と会ったことを誰かに言いましたか?」

ひとみはすぐさま、首を振った。

「いえ、誰にも言ってません。だから、怖いんです」

自分が彼女に接触したことを知る人間は、良平を除くと剛志だけ。となると、やはり送り主は御菩薩池剛志以外にない。もちろん「誰かに見られていた」という可能性はゼロではないが、そうだとしたらなぜ「目撃者」は自分たちがライターと名乗っていることを知っているのか、という次なる疑問にぶつかってしまう。

「正直、今日如月さんに会いに来るのも迷いました。ほら、今ってストーカーとか、変な事件多いじゃないですか。でも、一人でいるより一緒にいた方が安心な気がして」

俯《うつむ》くひとみを前に、頬が紅潮し、心臓が大きく脈打つのを感じる。こんなシリアスな場面だというのに、別の意味で昂《たかぶ》ってしまう。

――一緒にいた方が安心な気がして。

ひとみの言葉が、頭の中でこだまする。

彼女に対し好意を抱いたのは、二度目に会ったときだった。

――連絡くれるかなって、ちょっと期待してたんです。

その言葉を聞いたとき、自分が恋をしていると確信した。胸の奥がほんのり熱くなり、息苦しくなる。見た目がタイプだったのは間違いないが、一番の魅力は気取らず飾るこ

とのない、素直な物言いや振る舞いだろう。いままでろくに恋愛をしたことなどなかっ
たが、これがいわゆる「恋」と呼ばれる類《たぐ》いの感情だとはわかった。そうでなければ、即決で石塚巌より優先したりはしないはずだから。

「――ただ、如月さんと落ち合えて一安心しました」

ひとみはコーヒーに口をつけると、ほっとしたように笑った。

「だけど、しばらく活動は休止しようと思ってます」

思いがけない言葉だったが、ひとみは至極落ち着いていた。

「気味が悪いんで。だから、ほとぼりが冷めるまで公《おおやけ》の場に出るのはやめようと思ったんです。幸いにも、大学時代の友人が練馬《ねりま》の方で一人暮らしをしているので、しばらく居候《いそうろう》させてもらいます。だから、心配しないでください」

「なんか、ごめんなさい。僕たちが関わってしまったばっかりに――」

ぴたりと動きを止めたひとみが、何やら小首を傾《かし》げてくる。

「僕たち？」

一瞬、何に彼女が反応したのかわからなかったが、よくよく考えてみれば、彼女に二人で行動していると告げたことはないと気付く。そして、これは重要なポイントだった。仮に剛志とひとみが「グル」で、周囲を嗅《か》ぎ回っているライターは二人組、と剛志から聞かされていたとする。ならばこの瞬間、「僕たち」という発言にこうした反応を見せ

るだろうか。二人組と事前に知っていたら、あっさりと聞き流してしまうのではないか。

「ええ、実は僕たちはチームでこの謎《なぞ》を追ってるんです」

咄嗟《とっさ》に「二人で」と言うのを止《や》めておく。

個人的には「ひとみ・剛志共犯説」はあり得ないと思っているが、そちらの方が説明をつけやすいのも事実。だとしたら、「その筋もあり得る」ことを可能性から除外すべきではないし、もしも「共犯」なら、この情報によって彼らを混乱に陥《おとしい》れられる可能性がある。「存在しないチームメンバー」を炙《あぶ》り出そうと躍起になるかもしれないからだ。

ところがひとみは、興味をそそられたふうもなく、当たり障《さわ》りない返事を寄越しただけだった。

「そうだったんですね」

「ええ、でも『スターダスト・ナイト』に入れ込んでるのは、個人的な興味からなんです」

ひとみは大きな瞳《ひとみ》をしばたたくと、いくぶん身を乗り出してきた。

「前から気になってたんですが、どうして如月さんは、あんなに『スターダスト・ナイト』の内容に興味があるんですか？」

どきりとして、ひとみから目を逸《そ》らす。

――新人賞で入賞した自分の漫画と、偶然にも同じタイトルだったので。

こう告げたら、彼女はどんな顔をするだろうか。

渋谷の駅前で初めて彼女の楽曲を耳にしたとき、にわかには信じられなかった。偶然にも「自称」最高傑作と同じタイトルだったその歌は、歌詞や曲調が醸《かも》す世界観までそこはかとなく自身の作品に似ていたからだ。

ただそれ以上に問題なのは、ひとみから聞いた物語のあらすじ——「ダークマターズ」に「シーナ」を奪われた「リオ」が、「スターダスト・ナイト」の下部組織に入隊するところまで、なにもかもすべてが同じということだろう。これはもはや、不可解を通り越して異常事態と言っていい。

「——実は自分も漫画家志望なんですよ」

それだけ言って、コーヒーに手を伸ばす。

「そうなんですか」ひとみは目を見開くと、にんまりした。

「いいですね、賞に応募したりは？」

「ええ、まあいちおう。かつて一度だけ佳作を取ったことがあります」

「え、すごい！　読ませてくださいよ、それ」

「残念ながら、もう手元にはないんです」

ひとみは目を細め、懐《なつ》かしそうに天窓を見上げた。

「実は『ナイト』から連絡が途絶えた後、一度だけ彼がまだ夢を諦《あきら》めていないってことを知る機会がありました」

　胸が大きく波打つ。

「『週刊少年ピース』の新人賞に『スターダスト・ナイト』が選ばれていたんです。全部で二十ページくらいの読み切りで、『リオ』が入隊を決意するところまでが描かれていました。残念ながら大賞ではなかったんですが、私は本当に嬉しくて――『ナイト』は着実に夢に近づいているから、自分も頑張らなくちゃって思いました」

　掲載された雑誌の名前まで一致しているのだから、これはもはや偶然などではない。間違いなく、ひとみの言う『スターダスト・ナイト』と自分の描いた『スターダスト・ナイト』は同じものだ。では、どうしたらこんなことが起こるのか。

「――だから、番組の決勝まで残れたとき、心の底から嬉しかったんです」

　考えられる可能性――それは、とてつもなく恐ろしいことだった。

「決勝では『スターダスト・ナイト』を歌うつもりでした。もし『ナイト』がテレビを観《み》てくれていたら、『私もここまで来たよ』って示せると思ったからです。だけど、リハーサルを終えてから、突然プロデューサーから楽曲の変更を指示されました」

　再びコーヒーを口に含み、ひとみの話に集中する。

「楽曲の変更？　どうして突然？」

「これは、あくまで想像です。でも、剛志が言っていたような『裏工作』の事実があったのだとしたら、そこには局側の何らかの意図があったんだと思います」

そういうことか。得心がいく。

「つまり、保科さんに『スターダスト・ナイト』を歌われたら、視聴者の誰もが『柊木琉花の勝利は出来レースだ』と疑うだろうと、そういうことですね」

ひとみは嬉しそうに頷《うなず》いた。

「手前味噌《みそ》ですが、『スターダスト・ナイト』はどんな曲にも負けないと思ってます。だからこそ、リハーサルの時点で手を打たれてしまったんでしょう。結局、決勝で歌ったのは『流星の帰り道』という、比較的似ている別の曲です」

「そうだとしても、やっぱり僕は、あの結果はおかしいと思っています」

お世辞でも慰めでもなかった。土壇場《どたんば》で別の曲を歌うことになった彼女は、それでもなお、何倍も柊木琉花より優れていた。それは誰の目にも明らかだろう。

「──ただ、こんなこと言うとあれですが、実は優勝できなかったことは、今となってはそれほど悔しいと思わないんです。もちろん、当時は夜な夜な泣きましたけど」

「え、そうなんですか?」

「はい。むしろ、何より心残りなのは『スターダスト・ナイト』を歌えなかったことなんです。なぜって、もしも『ナイト』がテレビを観ていたとしたら、私が『スターダスト・ナイト』を歌うと信じていたはずだからです。だって、私たちは約束したんですから」

そう言ってひとみは、遠くを見るような目をした。その先には、きっと過ぎ去りし日の光景が見えているのだろう。

「私たちはあの日、確かに約束したんですから――」

そう繰り返す彼女を、健太は黙って見守るしかなかった。

第四章 反撃の一手

1

しばらく事態が飲み込めなかった。かつて健太が『週刊少年ピース』の新人賞に応募し、入賞を果たした「自称」最高傑作——そのタイトルは、奇《く》しくもひとみと「ナイト」の想《おも》いが交錯する作品と同じ『スターダスト・ナイト』だったというのだから。

「今まで、言わなくて悪かった」

健太は、自らの記憶が詰まった小瓶を気味悪そうにつまみ上げる。

「ただ、これだけはわかってくれ。確かに、俺は保科に恋をした。そこは認めるよ。でも、彼女の謎《なぞ》に迫ろうと言ったのは恋心が理由じゃない。このあまりにも異常な現実を、どうにかして解き明かしたかったんだ」

しかも、同じなのはタイトルだけではない。登場人物の名前から話の筋まで、あらゆる点が酷似しているのだ。これを「偶然の一致」で片づけるのはさすがに無理がある。

「――俺も言い過ぎたよ、すまん」

謝罪の言葉を口にするのが精一杯だった。この現状を説明する手段が、まったくと言っていいほど見当たらなかったからだ。

「どう思う?」

健太のうかがうような目にも、嘆息を漏らすほかない。

「まったくわからない。でも……」

――「ナイト」は間違いなく実在する。

この期《ご》に及んで「ナイト」が空想上の人物と言い張るのは、さすがに不可能だろう。

だとしたら、疑問はただ一つ――「ナイト」はどこの何者なのか。

「――俺が考えていることを言っていいか」

恐ろしいほど静かな口調で、健太は訥々《とつとつ》と語り始めた。

「この状況を説明するための唯一《ゆいいつ》の方法がある」

「というと?」

「俺の記憶から保科ひとみが抜け落ちている、という可能性はないか」

「どういうことだ?」

「かつて、俺は『一見コース』で『店』を利用したんじゃないかってことだ。そうして彼女に関する記憶を売り、別人として生きていくことにした。俺と『ナイト』の作品が偶然一致したんじゃない。俺自身が『ナイト』なんだ」

想像の域をはるかに超える新説──それは、一見すると筋が通る説得力のあるものだった。しかし、冷静に考えると明らかにおかしな点がある。

「だとしたら、保科はお前に会ったときに気付くんじゃないか？　それだけじゃない。お前は小さい頃、毎年のように高知に行ってたのか？」

「──いや、両親の実家はともに東北だ」

ひとみにまつわる記憶を売り払い、健太の記憶から彼女が欠落したというのはあり得ない話ではないが、彼女のことを記憶に焼きつけるまでの彼の人生そのものが変えられるわけではない。そうであるなら彼は、幼少期に毎年のように星守郡犀川町へ行っていなければおかしいのだ。ところが、彼の親戚《しんせき》は皆、東北にいるという。この時点で「健太＝ナイト説」は破綻《はたん》しているのだ。

「だろ？　既に入り口からして矛盾してるんだ」

「確かにそうだな。それに、俺のばあちゃんは二人とも健在だしな」

煮え切らない様子の健太だったが、反論の言葉は返ってこなかった。

良平にも、この奇妙な現実の裏にあるからくりには見当がつかなかったが、だからこそ次に取るべき行動は決まっている。

「ところで、愛《いと》しの保科は今夜何してるんだ？」

スマホを取り出し時刻を確認する。もう夜の八時を回っていた。

「どうして？」

「俺も保科ひとみに会ってみたい」

だがこれに対し、健太は珍しく逡巡《しゅんじゅん》しているようだった。

「いや、でも、さっき会ったばっかりだぜ」

「いつからそんなまともな感覚を持つようになったんだよ」

これまでは彼の報告など話半分に聞いていればよかったが、もはやそうはいかない。謎が深まるばかりの状況で、次に自分がなすべきこと——それは、「自らの耳でひとみの語る物語を聞くこと」以外にはないように思えた。警告を無視してでも、この事態に何らかの納得がいく説明をつけたかったからだ。幸いにも神出鬼没の「流浪《るろう》の歌姫」が活動を休止したいま、彼女は二人の手の届くところにいる。となると、これを逃すわけにはいかない。

しばらく躊躇《ちゆうちよ》していた健太だが、最後はしぶしぶといった様子で折れた。

「——わかったよ。だが、俺からも提案がある。お前は変装をした方がいい。ワトソン昴くんは幸運なことに、まだ保科ひとみと接触していないんだからな。その『利《い》』を活かそうじゃないか。保科の過去を嗅《か》ぎまわる『第三の男』を登場させるんだ」

それは、極めて真っ当な提案だった。健太が咄嗟《とっさ》にひとみに言った「チームで」という一言――うまくいけばこれが真実だと信じさせ、彼らを混乱させることができるかもしれない。

「それはいいアイデアだ。さっそく道具を仕入れに行こう」

そう勇んで席から立ち上がろうとしたとき、ある「企《たくら》み」が脳裏をよぎる。その思いつきは、この奇妙な現状に「決定的な事実」を突きつける可能性を秘めていた。

浮かしかけていた腰をおろす。

「――いや、でもちょっと待った。一緒に買出しに行かない方がいいかもな。二人して変装用具を買い漁《あさ》っているところを、もし『犯人』に見られたら台無しだ」

「確かに。やるなら徹底して昴くんには『第三の男』になってもらう必要があるしな」

そうして結局、健太が一人で買出しに行くことになった。きっと、こちらの「企み」に露ほども気付いていないだろう。

健太が部屋を後にしてすぐ、良平は四階のユズさんのもとへ向かった。

「はいはい、どちらさん？」

ノックをすると、中からユズさんの甘ったるい声がした。

「入っていらっしゃい」

ユズさんは、観葉植物に水やりをしているところだった。

「あら、今日二度目の訪問？　さては私に恋したな」

からかうように笑う彼女に、表情も変えず歩み寄る。

「どうしたの、急ぎの用？」

「はい、取り急ぎ欲しいものがあります」

「何かしら」

「『店』の取引履歴みたいなものってありますか？」

「──あるけど、どうして？」

怪訝《けげん》そうに小首をかしげるユズさんに、しれっと嘘《うそ》をつく。

「今まで自分たちが扱ってきたお客さんたちの、取引頻度を調べたいんです。というのも、本人は忘れているだけで実は過去に何回も『一見コース』を利用している人がいたとしたら、再度その人にアタックするのはビジネスチャンスに繋がる気がして」

「いい目のつけ所ね」

言いながらユズさんは、部屋の隅の机に向かう。「どれだけ遡《さかのぼ》って欲しいの？」

「十年ほど」

「そんなに？」

引き出しからユズさんが取り出したのは、今はもう滅多に見かけないワープロによく似た機械だった。それに何やら二、三本のコードをつなぐと、側面についているボタンを押す。すぐさまワープロもどきは稼働《かどう》音を響かせながら、紙を吐き出し始めた。

「かなり時間がかかるわよ、覚悟なさい」

「後で取りに来てもいいですか？」

「ええ、いつでもどうぞ」


その足で良平は、一階のエレベーターホールで健太の帰りを待つことにする。

二十分ほどで姿を現した健太の両手には、とてつもない量の袋が下げられており、透けて見えるその一つには「ちょんまげ頭」が入っていた。

「大荷物を予想してたのか？　気が利《き》くねえ」

「本来の目的を履き違えたアホが、ちょんまげのカツラを買ってくる気がしてな」

「さすがにこれはジョークだぜ」

「ジョークじゃないなら縁を切る」

いつも通り軽口を叩《たた》きあいながらも、エレベーターに乗り込んだ瞬間から全神経を集中させる。外から入る際に経なければならないセキュリティチェック――必ず行われる本人確認。

「――お前に何が似合うか考えてたら、いろいろ試してみたくなってな」

「試すまでもないものが、けっこうありそうだけどな」

いつものように、鏡に向かって立つ。何百、何千回と繰り返してきた動作。すぐに白煙が二人を取り巻くように渦を巻き、やがて九桁《けた》の数字になる。健太の頭上に並んだ数字を、良平は記憶に焼きつけるのを忘れなかった。

結局、良平の変装はニット帽を深く被《かぶ》りメガネをかけるという、極めて無難なものに落ち着いた。言うまでもなく、ちょんまげは不採用だ。

ひとみとの待ち合わせ場所は、新宿駅東口交番の脇《わき》になった。約束の九時半より十分ほど早く現地に着いた二人は、特に言葉を交わすわけでもなく、せわしなく行き交う人々をぼんやりと眺めていた。

「――初めて星名を見たのは、渋谷だったよな」

耳を澄まさないと聞こえないくらいの小声で、健太がつぶやいた。

「ああ、そうだったな」

「思えば、そこからすべては始まったんだ」

旦那《だんな》に蒸発された婦人の大口案件を仕上げた二人は、帰り道に駅前で星名のライブに遭遇した。そこで『スターダスト・ナイト』を聴いていなければ、きっとこんな奇妙な謎に巻き込まれはしなかっただろう。

「幾億と輝く星の中から、俺たちはあの日『星名』を見つけた。これってすごい奇跡じゃないか？」

「――かもしれないな」

相槌を打ちながら何の気なしに見上げた空は曇っていて、一つとして星など見えやしなかった。

2

「お待たせしました」

約束の時刻ちょうどに、ひとみは現れた。目深《まぶか》に被ったキャップと大きなマスク、下ろした長い黒髪は健太の記憶の通りだったが、デニムパンツにパーカーというラフな服装は「星名」のイメージに似つかわしくないものだった。

良平のことをしげしげと見やるひとみに、健太が説明する。

「また呼び出してしまってすいません。こいつはビジネスメイトの――」

「二階堂昴です」

言ってすぐに、自分が大きなミスを犯したことに気付いた。横目でうかがうと、健太が「ばーか」と目顔で告げてくる。これでは、何のために変装したのかわからない。如月楓、二階堂昴に次ぐ第三の男という設定のはずだったのだから。けれども、言ってしまったものは仕方がない。帽子を取って挨拶《あいさつ》しようとしたが、思い直してそのまま小さくお辞儀するだけにした。

「——保科ひとみです」

ちょこんと頭を下げた彼女の視線は、しばらく良平を捉《とら》えて離さなかった。変装を見抜かれたのでは、とヒヤヒヤするほどに。

「さて、どこかに場所を移しましょう」

そう言って、健太が先頭に立って歩き出す。ひとみは駆け足で彼の横に並び、自分は二人の後ろに控えることにする。間近で見るひとみは、ガラス細工のように美しかった。これだけラフな服装でも、街を行き交う人々とは違うオーラがある。ほとんど女性経験のない健太の隣にそうした女性がいるのは何とも不釣合いで、同時にどこかほほ笑ましかった。

「——はぐれんなよ」

健太が振り向いて声をかけてくる。

黙って手を上げると、前を行く二人の背を追った。


やって来たのは、和食の創作料理が売りの個室居酒屋だった。天井から吊《つ》るされた和風の照明と、どこかから流れてくる昭和の歌謡曲が醸《かも》す雰囲気が、温かい空間をつくっている。四人掛けのテーブルに健太とひとみが並んで腰掛け、自分はその向かいに陣取った。

「保科さんは何を飲まれますか？」

メニューを広げて、ひとみの前に差し出す。ところが彼女は、身じろぎ一つしないで瞼《まぶた》を閉じているではないか。思わず健太と顔を見合わせるが、彼も意味が分からないというふうに首をひねるばかり。

「――あ、すいません」

ひとみは目を開けると、キャップを脱ぎマスクを外す。

「この曲、すごく好きなんです」

曲名まではわからなかったが、テレビの年末特番では確実に懐《なつ》メロとしてランキング上位に食い込む歌だった。

「私の実家が喫茶店をやってるって言いましたよね？」

うかがうようにひとみが視線を送ってくるので、聞いてますよ、と頷く。

「『星降りカフェ』という名前ですが、夜は居酒屋みたいになるんです。近所の年配の人たちが集まって、わいわいしながら一杯やる感じです」

「いいお店ですね」

そう言いながら、健太がテーブルの隅に積まれている小皿を配る。

「ある時、店内のラジオが『昭和の名曲ベストテン』を流し始めたことがあって。そうしたら、それまでざわついていた店内が静まり返って、誰もがその歌に耳を傾けだしたんです」

ひとみはその光景へ思いを馳《は》せるように、天井を見上げた。

「そのとき思いました。『歌って、すごいな』って。同じ時代を生きる人たちが、一斉に耳を傾けるだけの力があるんですから。歌手になりたいと思ったきっかけです」

店員が注文を取りにやって来る。

良平と健太は生ビール、ひとみはアイスティーを頼んだ。

「喉《のど》によくないのでお酒は飲まないようにしてますが、ご飯はけっこう食べますよ」

その瞬間、『遭多夢』で特大のパンケーキを頬張るひとみの姿を思い出す。整った顔立ちとは裏腹の気取らない姿は、どこか庶民的で、飾らない魅力があった。

しばし、たわいのない会話が続いた。ライターとしての仕事の中身や大学時代の二人の出会い——これらについて、健太は虚実とり混ぜながら矛盾なく説明してみせた。不思議だったのは、ひとみがやたらと自分の過去を知りたがったことだ。確かに、世界一周の話は誰が聞いても楽しいだろうと自負していたが、少年時代のことまで訊《き》いてきたときには戸惑わずにいられなかった。

——世界一周するような人って、やっぱり小さい頃から特別だったのかなって。

彼女は、照れ隠しのようにそう言った。「いえいえ、過去の栄光です。先日も外国人の対応にかなり手こずりましたし」と謙遜《けんそん》してはみたものの、出会ったばかりなのにこれほど興味を持たれるとは、やや意外な気がした。それに、ひとみが自分に興味津々《しんしん》であることを快く思っていないであろう男がすぐ近くにいるのだ。それはそれで居心地が悪かったこともあり、頃合いを見計らって自分から切り出すことにした。

「――そろそろ、本題に入ってもよろしいですか」

「あ、ごめんなさい。面白い話だったんで、つい夢中になってしまいました」

ひとみは箸《はし》を置くと一口、アイスティーを含んだ。

「まずはこんな時間にわざわざお越しいただき、ありがとうございます。先ほど、如月から事情を訊きました。『ライターに関わるな』と警告されているのに、こうして話をしに来てくださるなんて、重ねがさね恐縮です。本当に申し訳ありません」

その堅苦しい前置きに、ひとみはおかしそうに笑った。

「僕たちは『夢見る若者特集』として、いろいろな新進のクリエイターやミュージシャンを取材してきました。その中の一人が『流浪の歌姫』こと星名さんです」

彼女の一挙手一投足を注視する。都合の悪そうな表情をしないか、話を逸《そ》らそうとしないか。

「調べていくなかで、保科さんと御菩薩池剛志さんの繋《つな》がりに辿《たど》り着いた僕たちは、一つの仮説を立てました」

「事件は私たちが企てたのではないか、ということですね？」

「はい。今でも僕は、それが最有力の説だと思っています」

それを聞いた健太が、驚いたように目を丸くする。打ち合わせでは、こんなことを言う手はずになっていなかったからだろう。

「もちろん、共犯であるというつもりはありません。けれども、大金を手にした剛志さんが援助している、というのが現状では最も納得がいく解釈なのも事実です。僕たちにも警告文が届いたことは、ご存じですか？」

ひとみはあんぐりと口を開けると、助けを求めるように健太を見やる。

「――そうなんですか？」

「いや、その――」

すがるように見るひとみに、健太は何かを言いかけたが、良平はその隙《すき》を与えなかった。

「ええ、そうなんです。それが届いた時点で、僕たちが保科さんの過去を調べていることを知っていたのは、保科さんと剛志さんだけでした。論理的に考えれば、送ったのはお二人のどちらかということになります」

すかさずひとみが反論する。

「じゃあ、私のもとにも届いたのはどうしてですか？」

「自作自演です。悪者は剛志さん一人であることを示すためのね」

心外だとでも言わんばかりに彼女の目に軽蔑《けいべつ》の色が混じるが、怯《ひる》まない。

「よくできてますよ、誰が脚本を書いているのか知りませんが。『ナイト』のことだって、こんなに設定を練り込む必要はないと思えるくらい、細部までよく考えられてますからね」

「『ナイト』は実在します」

憤慨した様子のひとみ。

「だから、教えて欲しいんです。『ナイト』について余すことなく。これだけ疑っている僕が、『ナイト』は実在すると確信できるように」

しばしテーブルの一点を睨《にら》みつけていた彼女は、意を決したように顔を上げた。

「――いいですよ。どこから話しましょうか」

「まず、出会いについてもう一度教えてください。剛志さんたちに虐《いじ》められていた『ナイト』を、保科さんが助けたと聞きましたが」

「そうです。額から血を流す『ナイト』を、祖母の家に連れて行きました」

「そこで『ナイト』は漫画に出会った？」

「今でも、あのときの『ナイト』の輝くような瞳《ひとみ》は忘れられません。『すごい、こんなに漫画が並んでる』って、嬉《うれ》しそうに何度も言うんですから。そのとき私は、全然関係ないことを思いましたけど」

「どんなことですか?」

「『東京から来たって、かっこいい』って。思っただけじゃなくて、実際に言いました。そしたら、『ナイト』は照れながら何度も訊いてきました。『え、かっこいい?』ってね。そのときまで彼は、誰からもそんなこと言われたことがなかったらしいんです」

「ナイト」が冴《さ》えない少年だったというのは、既に聞かされていたことだ。おとなしくて、目立たなくて、鈍臭い——そんな彼が、出会ったばかりの少女からかけられた「かっこいい」の一言。きっと、世界が引っくり返るほどの衝撃があったに違いない。

「『ナイト』は、地元の小学校ではただの一人も友達がいなかったそうです。いつだって教室の隅で読書をしているだけで、そうして毎日が過ぎていく。『きっと、自分がいなくなっても誰も気付かないんだ』って——」

「まあ、影の薄い奴《やつ》ってのは、クラスに一人や二人はいますよね」

「『誰の記憶にも残っていない人間は死んでいるのと同じだ』って、これも彼の言葉です。逆に言えば『誰かに覚えていてもらえる限り、人は生きている』んです」

——百億年後のあの星で愛を紡《つむ》ぐ人々が、この歌を、光を、見つけてくれるから。

ふと脳裏をかすめる『スターダスト・ナイト』の歌詞の一節。何故《なぜ》このタイミングで思い出したのか、よくわからなかった。けれども、「ナイト」の哲学と『スターダスト・ナイト』の歌詞に込められた想いは、極めて近いものであるようにも思えた。

「どうして『ナイト』は漫画家を志したんですか？」

その質問に対し、はにかむようにひとみは笑ってみせる。

「――それは、私が漫画好きだったからです」

初耳の情報だった。

「『ナイト』は、保科さんのことが好きだったんですね？」

「自分で言うのも変な話ですが、もう時効ですよね」

瞬間、健太が意味ありげな視線を送ってくる。「健太＝ナイト説」を決定づける情報ではないが、健太と自分の間に妙な緊張感が芽生えたのは確かだった。十年以上の時を超えて、健太は再び恋をしたということだろうか。一度は記憶から消し去ったはずの保科ひとみに。

「小学四年生のときのことです。当時、『週刊少年ピース』で人気急上昇中の漫画がありました。『終末のライラ』ってご存じですよね。あまりに面白くて、私は言ったんです。『いまこの瞬間、地球上で話の続きを知っているのは作者だけなんだよね。何を考えてるんだろうなあ』って。すると、『ナイト』はやたらとその言葉を気に入りました。その証拠に、最後の日に彼はこう言ったんです。『きみが先を知りたくてたまらなくなるような、そんな漫画を自分も書いてみせるんだ』って」

——いまこの瞬間、地球上で自分だけがこの物語の続きを知っている。それってすごいことだと思わない？

出会ったばかりの頃、健太が語ってみせた「漫画家になりたい」理由と同じだ。これも、偶然なのだろうか。たまたま「ナイト」と健太が似た考えを持っていたという、ただそれだけのことで片づけられる話なのだろうか。

そのとき、黙って話を聞いていた健太が口を開いた。

「——保科さんは『ナイト』のことをどう思ってたんですか。いや、純粋な疑問です。保科さんは『ナイト』のことが好きだったんですか？」

今度は、良平が口をつぐむ番だった。

「好き——というのとは違います。私が彼に惹《ひ》かれていたのは、異性としてではありません。うまく言葉にできませんが、でも、間違いなく言えるのは『ナイト』は私にとって忘れられない人であり、同時にヒーローだということです」

「ヒーロー？」

「はい。いまだに真実はわかりません。でも、私は信じて止《や》まないんです」

「何を？」

「剛志を川に突き落としたのは『ナイト』です」

そのまま、彼女はその年の夏祭りのことを仔細《しさい》に語った。祭りの会場で大量の虫をぶちまけられたこと、「おにぎり山」を目指して歩いていると橋の上に二つの人影を見つけたこと、小さい方の影が剛志と思《おぼ》しき影を、指一本触れずに川に突き落としたこと。健太から聞かされた「夏祭りの夜の女の子の記憶」――それと、寸分たがわず中身は一致していた。

「あの夏祭りの前の年に、私の祖母が亡《な》くなったことは知ってますよね？　剛志が漫画を盗み、私がそのことで祖母を責めた。ことの顛末《てんまつ》を知った『ナイト』は怒りに打ち震えましたが、残念ながらそれを知ったときはもう時間がなかったんです。だから、東京に帰る日の夕方に彼は言いました。『来年の夏、絶対に剛志をぶっ飛ばす』ってね」

「そして、実際にぶっ飛ばした？」

「翌年の夏に『ナイト』はやって来るなり、計画を口にしました。『剛志にとって、最も大切なものを奪うんだ』って」

目立たない地味な少年が、年に一度だけ別の自分になれる時間。それは「普段の彼」を知る者が誰もいない「別世界」だからかもしれないし、もしかしたら想いを寄せる少女を前に見せる、最大瞬間風速的な煌《きら》めきなのかもしれない。

「剛志の実家は門限が厳しくて、五時を過ぎると否応《いやおう》なしに玄関の鍵《かぎ》をかけられて締め出される決まりになっていました。けれど、剛志は二階の自室の窓の鍵を常に開けていて、物置の屋根伝いにいつでも出入りできるようにしてたんです。剛志はそうやって、夜な夜な外に遊びに出ていました。私たちは、それを逆に利用することにしたんです」

剛志が遊びに行っている隙をついて、あろうことか「ナイト」はその窓から剛志の部屋に潜入したという。その間、ひとみは見張りをしていたが、間の悪いことに「ナイト」が戻ってくる前に剛志が帰ってきてしまう。

「私は、必死で剛志を食い止めました。気を逸らすため、彼を怒らせるようなことを叫び続けたんです。おそらく、人生で最も悪口を言ったのはあのときでしょうね。思いつく限りの罵詈雑言《ばりぞうごん》をぶつけてやりましたから。そうしていると、視界の端で剛志の部屋の窓から『ナイト』が脱出するのが見えたんです」

やっとのことで剛志の部屋から生還した「ナイト」の手に握られていたのは、サイン入りの野球ボールだったという。

「剛志は、プロ野球選手になりたがっていました。私は全然野球に詳しくないのでわかりませんが、どうやら当時すごく人気のあった選手の、本物のサインボールだったみたいです」

――俺はあの日、大切にしていたサイン入りの野球ボールを失って、増水する川で溺《でき》死《し》しかけたんだ。

あのバーで剛志が語った話と完全に一致していた。

「――剛志さんも同じことを言ってました」

健太が言うと、ひとみは驚いたように目を丸くする。

「剛志に会ったんですか？」

「はい。そのとき、彼も言ってたんです。『小学五年の夏休みに大切な野球ボールを失《な》くして、おまけに川に落ちて溺死しかけた』って」

ひとみは箸袋を手に取ると、綺麗《きれい》に折りたたみ始めた。

「町で無敵だった剛志が、唯一完敗したのがあの日の夜でした。どうやって『ナイト』が、彼を川に落としたのかはわかりません。でも、確信しています。あれは『ナイト』が、私のおばあちゃんの仇《かたき》を討ったんだって」

ひとみの言うことは筋が通っているし、彼女がそう信じたい気持ちもわかる。

でも。

「――気弱でおとなしい『ナイト』が剛志に立ち向かえますかね？」

以前、健太にぶつけたのと同じ問いをひとみに投げかける。どうしても解《げ》せなかったのがこの点だからだ。イメージの中の「ナイト」は、とうてい剛志に戦いを挑むようなタマじゃない。だからこそ、思わず口を挟まずにはいられなかった。いくら普段とは違う自分になれるとはいえ、「超能力」が使えるようになるわけない。

「確かに『ナイト』は気弱で、おとなしくて、冴えない少年でした。でも、それはあくまで普段の『ナイト』なんです。犀川町に来ているとき、彼は間違いなく、私にとって同級生の誰よりも魅力的なヒーローでした」

敵に追い詰められた主人公「リオ」は、「シーナ」を守るために星座から剣を託された。それと同じく、愛する者のために「ナイト」はどこかから剛志に立ち向かう勇気を得たのだろうか。不思議な「気の力」で、体格が倍ほども違う相手を指一本触れずに橋から落とせるようになったのだろうか。

「『ナイト』は約束を守ったんです。約束通り、剛志をぶちのめしたんです。だから、最後に交わした約束も忘れているはずがないんです」

その約束とはむろん、『スターダスト・ナイト』にまつわるものだろう。けれども、そのときの約束は果たされぬまま。それどころか、「ナイト」はもうこの世にいないときている。

話を聞き終えても、良平は黙ってグラスの水に口をつけることしかできなかった。

その後も「ナイト＝健太説」に関わる決定的な情報は得られなかった。

何かあったときのために自分も彼女と連絡先を交換し、日付が変わる前に会はお開きとなった。

大通りに出ると、タクシーを停めるべく健太が手を挙げるが、なかなか拾えない。

そこで、最後にもう一つ疑問をぶつけることにした。

「保科さんの話を聞いて、確かに『ナイト』はいるんじゃないかって、そう思わされました。これは、嘘偽りなく本心です」

通りの先を見つめていたひとみが、つとこちらを振り返る。

「でも、そうだとしたら保科さんはこれでいいんですか？」

もしかしたら喧嘩《けんか》になるかもしれないし、彼女は泣き出してしまうかもしれない。そうなりそうな予感はあったが、どうしても最後に確かめたかったのだ。

ようやくタクシーが停まってドアが開いても、ひとみは乗り込む素振りをみせない。

「うまく言葉にできませんが、保科さんがしていることって『ナイトの死』を都合よく利用しているだけなんじゃないですか？」

「お前、なんてこと言い出すんだよ！」

健太に詰め寄られるが、構わず続ける。

「これが本当に、保科さんと『ナイト』が思い描いた未来だったんですか？」

タクシーのクラクションがプッと鳴った。早く乗れ、と促す。

「美談のようになってますが、これで本当によかったんですか？」

唇を嚙《か》みしめていたひとみは、最後に絞り出すように呟《つぶや》いた。

「──何も知らないくせに」

彼女は、そのまま振り向きもせずタクシーに乗り込む。慌《あわ》てて健太が財布から一万円札を取り出すが、ひとみを乗せたタクシーはすぐに走り去ってしまった。

良平は急いでタクシーを拾うと、ひとり健太をおいて「店」へととんぼ返りした。

——お前、どういうつもりだ！

彼が怒るのも無理はないが、どうしても黙っていられなかったのだ。

大金を遺《のこ》すことで、彼女が夢に向かって再び走り出せるよう応援する。確かに「ナイト」が望んだことかもしれない。けれども、本当にこれでよかったのだろうか。どうして「ナイト」は約束を反故《ほご》にし、このような道を選んだのだろうか。

ひとみの話を聞いているうちに、あらためて確信したのは事実だ。

——「ナイト」は実在する。

もはや疑いようがない。「ナイト」がひとみに大金を遺したかはさておき、間違いなく彼は実在する。だとすると、まさしく先ほどひとみにぶつけた疑問が湧《わ》いてくるのだった。

——これで本当によかったのだろうか？

ぼんやりとそんなことを考えているうちに、タクシーは「店」のすぐそばに停車した。

さすがにもう、依頼した作業は終わっているだろう。逸《はや》る気持ちを抑えながら、四階の一室を目指す。

ノックをすると、「どうぞ」といくぶん眠たげなユズさんの声がした。やって来たのが良平とわかると、彼女は不貞腐《ふてくさ》れたように大きな紙袋を二つ差し出してきた。

「──ほれ、お望みの『取引履歴』だよ。もう二度と同じ注文はしないでね」

何度も頭を下げて受け取ると、すぐに独身寮を目指す。

帰るなり、脇目も振らずにパソコンを立ち上げ、ブックスキャナーを起動させた。そのまま流れるように、紙袋から十年分の取引履歴を引っ張り出す。日付の横に並ぶ九桁の数字。気が遠くなるほどの膨大な量。朝までやっても終わるかどうか。道すがら購入したエナジードリンクの缶を片手に、良平は黙々と作業に取り掛かる。

既に日も昇りきった朝の七時半。ようやくすべての取引履歴を取り込み終えたところで、眠気で機能停止寸前だった脳みそが突如として覚醒《かくせい》する。

いよいよ「真実」に迫るのだ。

手始めに、自分の「個体識別番号」を入力し検索する。画面中央に表示された緑色のバーが、どんどんと右に伸びていく。取り込まれたデータの中から、同じ文字列を探しているのだ。すぐに緑のバーは消え、結果が表示される。

『該当　0件』

過去十年の取引履歴の中に、自分の番号と同じものはないということだ。予想はしていたものの、どこか安堵《あんど》している自分がいるのも事実だった。健太と「ナイト」の奇妙な符合が判明してから、ずっと頭の隅にあった微《かす》かな不安。もしかしたら、自分もかつて「店」で何らかの取引をしていながら、「一見コース」で忘れているだけではないか。それはもしかしたら、健太だけでなく、誰の身にも起き得ることなのではないか——けれども、どうやら杞憂《きゆう》だったようだ。

すぐに気を取り直す。重要なのは次だ。エレベーターで確認した健太の番号を入力し、エンターキーを叩く——。

表示された結果に、良平はしばらく動けなかった。

手元のスマホに健太からのメッセージが届く。

『起きてるか？　いつも通り、店集合でいいよな？』

だが、視線はパソコンの画面に釘《くぎ》づけだった。

『該当　1件』

今からおよそ三年半前の春。

そのとき健太は、「店」で何らかの取引を行っていたのだ。

3

「来週の土日、犀川町に行かないか？」

健太がスマホをいじりながら、出し抜けに言った。

「普段しないようなことをすると、思わぬ突破口が開けることもあるわけだし」

「店」の休憩室で落ち合った二人は、昨夜の出来事について意見をぶつけ合った。その結果わかったのは、二人の考えがようやく一致したということ――それはむろん、「ナイト」は実在する、という点においてだ。

「――ただ、さすがに『物語の続きを知っているのは世界で作者だけ論』を言われたときは、心臓が止まるかと思ったな」

健太はおどけてみせたが、まったく笑う気になれなかった。何故なら、自分だけが知ってしまったからだ。彼がかつて「店」で取引をしていたという事実を。頭ではわかっていたつもりだったが、いざ証拠を突きつけられると薄気味悪くて仕方がなかった。目の前で笑う健太は、「ある時点の健太」とは全くの別人なのだ。自分の知らない――それどころか、彼自身も知らない健太が、かつてこの世のどこかにいたのだ。

「犀川町に行って、たとえば『保科には幼少期のトラウマがある』とか、小さい頃の友達から聞きだせれば、こっちのものなんだけどな」

そんな良平の胸中など知る由《よし》もない健太が、しゃべりつづける。

「どうして？」

「鈍ったねえ、良平くんも。『過去にトラウマがある人』こそ『店』の客にピッタリじゃないか。そういう意味じゃ、保科にとって昨夜の良平くんの振る舞いはトラウマものだったろうけどな」

確かに過去のトラウマを「引き取り」で払拭《ふっしょく》しないか、と誘うのは営業の基本中の基本だが、それだけでは片づけられない特殊な事情がこの件にはある。

「――俺は反対だ」

「どうして？」

「お前の目的は『記憶の移転を伴わせること』じゃなく、『保科の記憶を覗《のぞ》くこと』だからだ。『番人』がこれをどう判断するか、俺たちにはわからないだろ？」

自分たちの記憶を見張る「番人」――営利目的以外で「店」の存在を人に告げてはならないという絶対の掟《おきて》。ジュンさん曰《いわ》く「記憶を移転させる意図」があれば大丈夫とのことだが、この件はあまりにも「それ以外の意図」がありすぎる。それを「番人」が是とするか否とするか判断がつかない。となると、あくまで「慎重を期すべき」と主張するしかなかったのだが、健太の反論は思いがけないものだった。

「――その点なんだが、既に実証済みだ」

「どういうことだ？」

「他の意図があっても、『番人』は認めてくれるってことだ」

予想外の言い分だった。それが事実だとしたら、確かにこの手法によって保科ひとみを「店」におびき寄せることは不可能ではない。けれども、いったいどのタイミングでそれを実証したと言うのか。

「剛志に『虫捕り少年』の記憶をぶっかけたことがあったろ。あのとき、俺は『店』の存在を剛志に告げたよな。だけど、一番に意図してたのは『店』で取引させることじゃない。もちろん、客として取り込める可能性は考えていたけど、一番に狙《ねら》ってたのは『興味を持ってもらい、サシで話をする場を設けること』だった」

「つまり？」

「つまり『記憶を移転させる意図』がありさえすれば、それが一番の目的でなくてもいいんだ。ジュンさんも言ってたろ。営業マンの機動力を奪わないように、『番人』の判定は意外と柔軟だって」

剛志に記憶を振りかけたとき、健太が「客として『店』に連れて行くこと」を一番に考えていたとは思えない。あの状況で彼が考えていたのは、間違いなく「剛志の興味を引き、保科ひとみについての情報を仕入れること」だったはずだ。そう考えると、あながち言っていることは間違っていないように思えた。この理屈でいけば、確かに保科ひとみに「店」のことを告げてもいいことになる。

「どうだ、反論の余地はあるか？」

「――いや、もっともだ」

もっともだが、あまりにも危険な橋を渡っていたことに驚きを隠せなかった。結果的に「番人」が彼の記憶を奪わなかったからよかったものの、もし「アウト」の判定が下っていたら、その時点で「健太はもう健太ではなくなっていた」のだ。

「では、現状を整理しよう」

健太は指を三本突き立てる。

「俺たちがいま考えるべきは三つ。一つがまず『店』のノルマ。次が『放火事件』について。ようやく、良平くんも『ナイト』の実在を認めてくれたものと理解しているが、だからといって『保科と剛志の共謀』という線が消えたとするのは性急すぎる」

思いのほか彼が、きちんと現状を見極めていることに安心する。

「――そして、最後。『ナイトは誰なのか』ということだ」

再び、今朝の出来事を思い返す。画面に示された『該当　1件』の文字――三年半前に、健太は「店」で取引を行っている。三年半前というと、二人が教室で出逢《であ》う直前の春休みだ。その時期に、彼の身にいったい何が――。

言うべきか悩んだ末、結局は黙っていることにした。

「──どうした?」

ハッと我に返り、覗き込んでくる健太の視線を真正面から受け止める。

「ずいぶん浮かない顔してたぞ?」

黙って首を振りながら、平静を装《よそお》う。

「なんでもない。それよりも、来週の犀川町行きの計画を練ろう」

「保科ひとみの故郷巡りツアー」開催を決め、ひとまず街に繰り出すべく二人が部屋を出たときだった。ちん、と音がしてエレベーターの扉が開く。現れたのはジュンさんと、客と思われる壮年の男だった。

「やあ、元気か」

ジュンさんが気さくに手を挙げるのに合わせ、二人でぺこりと頭を下げる。

瞬間、良平は横目で男を確認した。キリッと太い眉《まゆ》に聡明《そうめい》そうな瞳。がっちりとした体軀は、何かスポーツでもしているのだろうか。チノパンに無地の白シャツというシンプルな装いだったが、そこはかとなく威風堂々として見えた。

「それじゃあ、また──」

ジュンさんは、男とともに奥の一室に姿を消す。

エレベーターに乗り込むと、健太が自問するかのように呟いた。

「――今の誰だっけ。何か見覚えがあるぜ」

そう言われても、良平にはまるでピンと来なかった。

4

また一週間が始まる。

営業車で走り回り、支店に戻れば支店長に怒鳴られる。少しずつ話を聞いてくれるお客さんは増えてきたが、成果と呼べるようなものはまだなかった。

――だったら、ひたすら動き回るしかない。

「店」の数字や「星名の謎《なぞ》」など、頭を悩ませることは山積みだからこそ、立ち止まっている場合ではなかった。自然と支店にいる時間は減り、外訪へ出っぱなしになる。そうしているうちに、日中の支店で起きていることが耳に入らなくなるのは、ある意味当然の話だった。

事件のことを知ったのは、週も終わろうという金曜日の朝だった。

「――でも、昨日警察が来たときは驚いたわね」

スタッフ職の女性二人が、後方事務をしながら雑談するのが不意に聞こえてきた。外訪用の鞄《かばん》に荷物を詰めながら、耳をそば立てる。

「ねー、うちのＡＴＭから振り込んだんでしょ」

「そうそう、嫌よね、こんな近くで事件があると」

どうやら、昨日の日中、警察官が支店にやって来たようだった。それは「振り込め詐《さ》欺《ぎ》」の捜査で、実際振り込みが行われたのがこの支店のＡＴＭだったらしい。支店長や課長は、最近不審な出来事がなかったかなど簡単な事情聴取を受けたのだという。

「気の毒よね。百五十万円も盗《と》られちゃって」

「でも、十年以上も前に失踪《しっそう》した息子からいきなり電話が来るなんて、普通おかしいと思うんじゃないの？」

手から滑り落ちる営業用のファイル――ドサッという大きな音に、行員の何人かが振り返る。だが、良平は床に散らばった書類を拾おうともせず、ただ凍りついていた。

「いつまでボサっと突っ立ってんだ」

背中に投げつけられた支店長の嫌味も、まったく耳に届かない。

――まさか、そんなはず……。

だが、金額と状況はこれ以上なく一致している。失踪した息子からの突然の連絡。百五十万円という被害額。全身の毛穴が開き、脂汗《あぶらあせ》が噴き出してくる。書類を乱雑にかき集め机の上に放り出すと、一目散に駆け出した。

営業車に乗り込み、スマホを取り出す。着信履歴を遡《さかのぼ》り、目的の番号を見つけるとリダイヤルする。永遠とも思えるような時間が過ぎ、ようやく電話が通じた。

「――はい」

あまりに生気の失われた平板な声。

「もしもし、僕です、二階堂です」

「ああ、きみか」

「あの――」

「おしまいだよ」

スマホを握りしめた手が、小刻みに震えはじめる。予想はおそらく的中していた。

「どうしたんですか？」

巌の声は憔悴《しょうすい》しきっていた。先日の「売り」によって「なんとか目処《めど》がついた」と嬉しそうにしていたのが嘘《うそ》のようだ。

「――おしまいなんだ」

「どうしたんですか！　言ってください！」

「詐欺だったんだ」

途端に、頭の中が真っ白になる。

「テツヤじゃなかったんだ。テツヤじゃ――」

――実は、テツヤの力を借りられそうなんだ。

あの日の夕方、そう言って笑顔を見せた巌の姿が浮かんでくる。

次の瞬間、良平はアクセルを目いっぱい踏み込んでいた。


石塚巌の自宅に急行すると、躊躇《ちゆうちよ》することなく門扉《もんぴ》を押し開ける。つかつかと母屋《おもや》に向かって歩を進め、玄関のベルを鳴らすが、家の中でむなしく呼び鈴が鳴っているのが聞こえるばかり。何度押してみても返事がないので、大声で呼びかける。

「石塚さん、僕です！　二階堂です！」

叫びながら、たまらず玄関扉のノブに手を伸ばす。鍵はかかっていない。

「巌さん！」

扉を開け、再び叫ぶ。

「――上がりなさい」

奥の部屋から、消え入りそうな声がした。靴を乱暴に脱ぎ捨てると、急いで上がり込む。悔しさと怒りで、はらわたが煮えくり返りそうだった。

廊下の奥にある一室の襖《ふすま》を開ける。四畳半の和室の真ん中で、巌はこちらに背を向けて正座の姿勢を取っていた。その背中は、前よりも一層小さく見えた。奥の窓から差し込む日の光が、畳の床に巌の影をかたどる。心なしか影は揺らめいていた。

「石塚さん？」

正面に回り込むと、同じく正座の姿勢をとる。

「――会社の金を、経理と結託して株につぎ込んじまったって言うんだ」

巌は、膝《ひざ》の上に置いた両拳《こぶし》を握りしめていた。

「百五十万用意できないと、刑事告訴される。だから親父《おやじ》、助けてくれって、そう言うんだ」

言葉を失って、石のように固まるしかなかった。

「十年以上前に啖呵《たんか》切って出て行ってから、一度も電話すら寄越さないバカが、何をいまさら『助けてくれ』だ……普通なら、そう思うところだよな。でも、きっと俺は安堵しちまったんだ。これからはテツヤを頼ることができる――心のどこかで、そう思っちまったんだよ」

畳に手をつき、頭を下げる。

「――僕のせいです。僕がもっと問い質《ただ》せばよかったんです」

「何を言ってる。悪いのはバカな俺だよ」

「違うんです、僕のせいなんだ――」

一瞬ではあったが、確かに疑問を持ったのだ。「百五十万円あれば乗り切れる」という言葉の端に、微かな違和感を覚えたはずだったのだ。

だが結局、それをやり過ごした。聞かなかったことにした。取引を急いだからだろうか。これ以上の不幸が巌に及ぶわけがないと、高を括《くく》ってしまったのだろうか。今となっては、理由などどうでもいい。巌が犠牲となった現実は、決して変えられないのだから。

「母ちゃんの記憶を失って、その結果得た金も奪われて……」

溢《あふ》れる涙を止められず、視線の先の畳が歪《ゆが》み始める。

仕事の記憶に大した値がつかなかった時点で、中止していればよかったのだ。「奥さんを愛する記憶には値がつくはず」なんて、余計なこと言わなければよかったのだ。

「ごめんなさい」

そう言って、畳に額をこすりつける。

「何でお前さんが謝るんだ？」

「『記憶を売らないか』なんて僕が言ったせいです」

「それは違う。売ることを決めたのは、あくまで俺なんだ。それに、いざとなれば『買戻し』だってできないわけじゃないんだろ」

もちろん、理屈上は不可能ではない。けれど、現実問題としてはあり得ない話だった。なぜって、「買戻し」のためには査定額の二倍が必要になるのだから。巌の場合で言えば四百万——そんな大金が捻出《ねんしゅつ》できるくらいなら、そもそもこんなことにはなっていない。

畳に頭をこすりつけたまま、ユズさんから受けた説明をそっくりそのまま繰り返す。巌がどんな顔をして聞いているのか、怖くて確かめる勇気はなかった。

「——そうか。じゃあ、もう無理なんだな」

頭の上から静かな声がする。

「きみが知ったら、たぶん自分を責めるだろうと思ったから、黙ってるつもりだったんだがな」

それでも、いつまでも畳に頭をつけたまま、その場を動くことができなかった。

5

犀川町の最寄《もよ》り駅である「星野」に二人が降り立ったのは、土曜日の昼過ぎだった。飛行機と在来線を乗り継ぐこと約四時間。駅にはいちおう形ばかりの有人改札はあったが、ホームの端の柵《さく》を乗り越えれば無賃乗車も不可能ではないだろう。

「——なんもねえな」

一丁前にサングラスをかけた健太が、きょろきょろと周囲を見やる。早起きと移動の疲れに加え、車中で巌が詐欺の犠牲となった話を聞かされたからか、いつもと比べてだいぶ彼のテンションは低い。

駅前には小さなロータリーがあり、その先に何軒かの店が並んでいた。しかし、昼間だというのに恐ろしいほど人の姿が見えない。絵に描いたような、寂れていく中山間地域の小さな町と言える。

「なんもないこの町が、保科ひとみの故郷か」

良平がひとみの名を口にした途端、健太の表情が曇る。ここ一週間、連絡が取れなくなっているのだから、当然と言えば当然だ。

──お前がケンカ売るから、俺まで嫌われたんだ。

そのせいで、折に触れてこうぼやかれ続けることになったわけだが。

二人は、ロータリーに一台だけ停まっていたタクシーに乗り込んだ。

「『星降りカフェ』まで」

健太が言い終わる前に、初老の運転手は「はいよ」と車を発進させた。

窓の外を流れるのどかな田舎の風景──虫捕り少年の記憶を見ていたせいか、いくぶん懐《なつ》かしさすら覚えた。

「──あんたたち、どこから？」

信号待ちの合間に、運転手が尋ねてくる。

「東京からです」

健太が答えると、運転手はルームミラー越しに驚きの表情を見せた。

「東京? なんでまたこんな田舎に」

「『取材』です」

その一言に、運転手は敏感に反応する。

「取材……あれか、『隊長』一家の?」


ここまで来る道中、健太は事件の詳細を話してくれた。

——取材する前に、しっかりと知識を持っておくのは当たり前だからな。

事件で亡くなったのは御菩薩池公徳、妻の恭子、公徳の父にあたる公蔵《こうぞう》、同じく公徳の母しづ子、そして娘であり剛志の妹にあたる瑠璃子《るりこ》の計五人。剛志を除く一家全員が死亡するという、文字通りの大惨事だった。

出火したのは四年前——正確には、三年九か月前の十二月三十日。時刻はおよそ夜中の二時から三時の間であり、目撃者は皆無。二階の寝室で寝ていた彼らが気付いたときには既に火が回り、脱出もかなわず全員が焼死。灯油などが撒《ま》かれた形跡はないが、他に出火する原因も見当たらず、放火である可能性が極めて高い、というのが警察の公式見解だった。

——では放火するとしたら、誰なのか？

飛行機の座席に着くなり、健太は新聞や雑誌記事のスクラップを取り出した。いつの間にこんなものをまとめていたのだろうと驚く。

——それを考えるには、まずは彼らがどういう一家だったのかを知る必要がある。

御菩薩池家は代々医者の家系だった。焼失した医院は、もともと公蔵が開業した小さな診療所を公徳が増築し、自宅を併設したもので、リフォームを契機に一家はそこへ移り住んだとのこと。それが事件の五年前。もとより評判だった「御菩薩池泌尿器科《ひにょうき》クリニック」は、この改装リニューアルでさらなる飛躍を遂げた。

家族と折り合いが悪かった剛志に代わって、妹の瑠璃子は家業を継ぐべく日夜勉強に勤《いそ》しみ、学業のみならずスポーツや課外活動にも精を出す、典型的な優等生だった。妻の恭子が気立てのよい夫人として評判だったのは、いつかの週刊誌に書かれていた通りだが、別の記事によると、過去に九州の某私立女子大学のミスキャンパスに輝いたこともあるという。

——ただ、やっぱりこの一家で一番のキモは剛志の親父だな。

御菩薩池公徳は「隊長」と呼ばれ、町中から慕われていた。縮小傾向にあった夏祭りの再興など地域活動に熱心だった彼は、自ら「犀川町盛り上げ隊」なる組織を作り、衰退する町の活性化に努めたのだとか。それゆえ、「隊長」と呼ばれていたのだ。

そんな華麗なる一家の、唯一《ゆいいつ》の「汚点」――御菩薩池剛志は幼いころから家族と衝突を繰り返し、高校二年のときに地元の工業高校を中退。家を飛び出して東京に行ったまま、音信不通となった。その彼が今回の事件のただ一人の生き残りというのだから、世間が好奇の目を向けるのも頷《うなず》ける。

ではここで問題。彼らを殺害する理由があるのは誰だろう。

――正直、剛志以外にまったく思い浮かばない。だからこそ、現地の生の声が必要なんだ。

「――あんな恐ろしい事件がこんな町で起こるなんて、想像せんかったが」

信号が青に変わり、タクシーは再び走り出す。

「『隊長』のことを恨んでいるような人はいませんでしたか？」

健太の問いに、運転手はルームミラーに向かって唾《つば》を飛ばす。

「一人たりともおらん。強いて言えば倅《せがれ》の剛志くらいじゃろが、いくら家族が嫌いっちゅうても、こんなバカげたことするはずなかろうが。いずれにせよな、俺は悔しゅうてたまらん。どこぞの二世議員じゃなく、『隊長』こそが政治家になるべき人物ながさ」

そうこうしているうちに、目当ての「星降りカフェ」に到着した。支払いを済ませ降車した二人に、運転手は諭すように言った。

「――取材もけっこうやが、あんまりほじくり返さんでくれ。まだ、町民の傷は癒《い》えとらん」

「星降りカフェ」は、丸太造りの洒落《しゃれ》たロッジだった。三角屋根からは煙突が生え、ひとみの言う通り、大きな天窓がしつらえられている。山々が遠くに連なる風景と相まって、この場所だけどこか西洋の雰囲気が漂っているようだ。扉にはかわいらしい字体で「営業中」と書かれた木の札が掛けられていた。

「いらっしゃいませ」

店内に足を踏み入れると、奥の厨房《ちゅうぼう》から頭にバンダナを巻いた男が現れる。

「お好きな席にどうぞ」

席数は、全部で三十くらいだろうか。決して広いとは言えないが、他に客の姿は見当たらない。二人は、比較的大きめの四人掛けの丸テーブルを選ぶことにする。

「――お父さんかな?」

席に着くなり、健太が厨房の方を見やる。バンダナ姿の男は比較的若く見えたが、他に店員もいないところを見ると、おそらく店長なのだろう。そうだとすれば、健太の言う通り、ひとみの父である可能性が高い。

「似てるっちゃ似てるな、特に目が」

再びこちらに歩いてくるバンダナ男に注目しつつ、良平は口をつぐむ。

「――この辺で見ない顔だね。旅行か何かかい？」

男が水の入ったグラスを二つ、テーブルに置く。前掛けをしたその胸には星の形をしたネームプレートがつけられていて、「店長　ほしなりょうじ」と書かれていた。

「旅行というよりは『取材』ですかね」

健太がさらりと言ってのけると、店長は興味深そうに顎《あご》に手をやった。

「取材？」

「『御菩薩池泌尿器科クリニック』の件です」

店長は眉間《みけん》に皺《しわ》を寄せ、不審そうに自分たちを見やった。

「きみたち、何者だい？」

待ってました、というように健太が名刺を取り出したので、良平もそれに続く。店長は二枚の名刺を受け取ると、交互に見やりながら書かれている名前を読み上げた。

「如月楓さんに二階堂昴さん――」

そのまま、二人の間に割って入る形で腰をおろす。

「ご覧の通り、今日は閑古鳥状態ですので、お役に立てることがあればお答えしますよ。いろいろと、この件では私も思うところがあるので――」

健太はおもむろに事件のスクラップノートを取り出すと、店長へ広げて見せた。

いた。

「先ほど、タクシーの運転手さんに『あまりほじくり返すな』と釘を刺されました。でも、教えていただけるのであればぜひお聞かせください。御菩薩池一家のことを――」

店長はノートを手にパラパラと数ページめくったが、すぐに閉じてテーブルの上に置いた。

「公徳と私は、小さい頃からずっと一緒でね。昔からあいつはみんなのリーダーで、だから『隊長』なんて呼ばれ始めたのも、私からすれば当たり前の話でした」

注文をしていないことなどまったく気にするふうもなく、店長は語り始めた。

「私は、大学進学と同時に東京に行きました。この退屈な田舎町から、早く抜け出したかったんです。どこを歩いても、何をしても筒抜けの狭い町に、嫌気がさしてましたから。でも、あいつは地元に残った。『この町が好きじゃけ、東京に行こうとは思わん』ってね。戻ってきた私を、あいつはよくからかいましたよ。『標準語は似合わんけ、無理するな』って――」

言われるまで気づかなかったが、確かに店長は標準語だ。だからひとみも標準語なのだろうか、などと勝手な想像を巡らせるが、肝心なのはそこではない。記事にもあった通り、御菩薩池公徳は故郷である犀川町のことが大好きだったという。だからこそ地域活性化にも積極的で、「犀川町盛り上げ隊」などという組織まで立ち上げたのだろう。だとしたら、そこから言えることは一つ。

「あいつのこと、さらには御菩薩池家のことを恨んでいる人間は、この町にいない。それだけは断言できます」

店長はスクラップノートを指さすと、きっぱり言い切った。

「それだけじゃない。剛志くんだって、こんなひどいことをするはずがない。娘の同級生でね、そりゃかなりの悪ガキだったけど、いくらなんでもこんなこと――」

店長の口から出た「娘」という言葉を、健太は聞き逃さなかった。

「お嬢さんと剛志さんは同級生だったんですか？」

店長は目を見開くと、質問を反芻《はんすう》するように何度か瞬《まばた》きした。

「ええ、そうです。ちょうど、歳《とし》はきみたちくらいだよ。ひとみ――ああ、娘はひとみって言うんですが、剛志くんにはいろいろ手を焼かされたのは事実です。でも――」

「でも？」

「彼は、根っからの悪人じゃない。だって事件の何日か前に、突然うちに電話を寄越したんですから。『ひとみの目を覚まさせてやってくれ』って」

話が、核心にゆっくりと近づいている。

その気配を察した良平は、健太に代わって尋ねることにした。

「――どういうことですか？」

「『悪徳芸能事務所からオファーを受けている。でも、自分が言っても聞かないから、お父さんから言ってやってください』ってね。あのときの真剣な口調――理屈じゃないよ。あれだけ誰かのために必死になれる彼が、家族を皆殺しになんてするはずがない」

初めて知る話だったが、そこまでして剛志がひとみを説得したかった理由は何となくわかる気がした。幼き日の「後悔」と、もしかすると「罪滅ぼし」――。

「で、店長はお嬢さんに連絡したんですか？」

店長は苦笑するとバンダナを取り、やや白髪の混じった前髪を掻《か》き上げた。

「――ひとみの夢は歌手になることでね。東京の大学に行きたいって言い出した時も、本当は別の目的があることに私は勘付いていました」

店長の眉間にうっすらと皺が寄る。

「本音を言えば、もっと堅実に生きて欲しかった。のんびりとした田舎町ですが働き口はあるし、東京に出て行って摑《つか》めるかもわからない夢を追うなんて、親からしたらたまらなく心配ですから。でも、気付いていないふりをしようと決めたんです。かつて東京に憧《あこが》れてこの町を飛び出し、最後は夢破れて帰ってきた私のように、いつかひとみも自分で気付くだろうと思ったので」

「素晴らしいお父さんですね」

「素晴らしくないんです」

店長は首を振った。その表情には、若干のやるせなさが滲《にじ》んでいる。

「連絡を受けた私は、ひとみに電話しました。そこで言い合いになり、思わず言ってしまったんです。『悪徳事務所からしか声がかからないんなら、諦《あきら》めてさっさと帰って来い』って。ひとみは泣きながら、最後に言いました。『私は約束したんだ。何も知らないくせに』って。以来、連絡は取っていません」

剛志曰く、カフェ『遭多夢』でひとみを説得しようとしたのが、事件の前とのこと。そこで彼女を説得できなかった彼は、すぐにひとみの父に連絡を入れた。事件が起きたのはその後、十二月三十日の夜中二時頃。ひとみと店長のやり取りが正確にいつなのかは不明だが、父親をもってしてもひとみを説得することができなかったことを、剛志が何らかのきっかけで知ったとする。そして、最後の手段として放火殺人を計画——すなわち、悪徳事務所に所属させることなく彼女を世に送り出すために、多額の財産を相続しようと思い立ったと仮定してみる。あり得ない話ではないが、時間的にはかなりの無理があるように思えてしまう。

そんな否定的な考えを後押しするかのように、店長は力強く言い切ってみせた。

「確かに、どこぞの週刊誌が面白おかしく書いているように、剛志くんには当日のアリバイがないらしい。家族との冷え切った関係という、いちおうの動機もある。でも、私は断言できる。剛志くんは絶対にそんなことはしないってね」

続いて店長は、改めて剛志の父、公徳について話し始めた。

「――私の母が心筋梗塞《しんきんこうそく》で倒れた時、あいつはひどく胸を傷めました。母が、健康自慢で有名だったからかもしれません。『これだけ近くにいながら、俺たちはその兆候に気付くことができなかった』って、ひどく悔しがっていました」

むろん、ここでいう店長の母とは、古本屋を営んでいたひとみの祖母のことだろう。

「それからです、あいつが『未病改善』に興味を持ち始めたのは。現代医療は、保険診療の枠内でしか患者を救えない。けれど、これから必要なのは病気になる前に食い止めることであって、そのためにはもっと医療が地域に密着しないといけないのではないか。そう考えたあいつは、クリニックのリニューアルとともに、もともと住んでいた自宅をアパートに建て替え、そこにナースを住まわせることにしたんです」

報道によると、それが事件の五年前。転居の理由まではどの記事にも載っていなかったが、生の情報に触れると、物事の背後にある様々なものが見えてくるようだった。

「ナースを町に住まわせ、コミュニティの一員とする。そうすると『誰々さんは最近、調子が悪いらしい』といったようなことまで知れるようになる。それこそまさに『未病改善』のための第一歩だと、あいつは考えたんです。立派ですよ、本当に」

けれども事件によって、そうした活動は潰《つい》えてしまう。地域のために奮闘していた「隊長」の死は、大きな喪失感を町にもたらしたのだった。

間もなく常連と思《おぼ》しき老夫婦が来店し、店長はそちらの応対にかかりきりになってしまった。

申し訳程度に紅茶を一杯ずつ飲んだ二人は、店を出る前に最後の質問をする。

「店長は『ナイト』という人物をご存じですか？」

レジを打つ店長は、ぽかんとして首をひねった。

「なんですか、それは？」

「十年以上前、お盆休みにこの町にやって来る男の子がいたはずなんですが、そいつの『あだ名』なんです」

「はあ……それがどうかしたんですか？」

「誰かいませんでしたか？　お盆になると、男の子を連れてこの町に帰ってくる人が」

「まあ、何人かはいましたけど」

店長は釣銭とレシートを握りしめたまま、怪訝《けげん》そうに二人の顔を交互に見る。

「それが事件と何か関係あるんですか？」

二人は「忘れてください」とだけ言って、店を後にした。

「――やっぱり、よくよく考えてみるとおかしいよな」

スマホの地図アプリに視線を落としながら、健太がぽつりとつぶやく。二人はこの後、町内をぐるりと一周する予定だった。

「何が？」

「そもそもの話、これは『殺害』まで狙ってたものなんだろうか？」

健太の真意を図りかね、続きを促す。

「――確かに、逃げそびれた一家全員が焼死するという悲劇が起こった。だけど、果たして犯人はそこまで狙っていたんだろうか。つまり、たかだか玄関に火を放ったくらいで『全員を殺せる』と考えるのは、やや見立てが甘いと思わないか？」

思わず唸《うな》ってしまった。

これまでずっと「殺人事件」という前提でいたが、言われてみると、そこには疑問を差し挟む余地が多分にある。言い方は悪いが、全員を殺すつもりならもっと他にもやりようはあるだろう。

「つまり言いたいのは、莫大《ばくだい》な財産を一人で相続した者がたまたまいたために、この事件は先入観をもたれてるんじゃないかってことだ。『犯人は生き残った息子』という方向にどうしても行き着いてしまうから」

タクシーの運転手にひとみの父――たった二人しか話を聞いていないが、こうも「剛志であるわけがない」と断言されると、さすがに疑問を持たざるを得ない。おまけに、健太の言うことも説得力がある。一家皆殺しを計画していたとすれば、やり方はかなりお粗末と言えるだろう。

——だとしたら、誰が、何のために？


その後も二人はナビアプリに従って、今は更地となっている「御菩薩池泌尿器科クリニック」の跡地、剛志が転落した沈下橋、祭り会場の神社を巡る。その間に何度か町民と話す機会はあったが、いずれも有益な情報を得るには至らなかった。

日没を迎え、行く当てを失った二人は再び「星降りカフェ」へと向かうことにする。夜に改めて行ってみたいというのは、二人の共通の想《おも》いだったからだ。ひとみの言っていた通り、夜は大衆居酒屋のようで、昼間の閑散ぶりが嘘のように賑《にぎ》わっていた。店長は「また来たのか」と笑うと、二人を天窓の真下の席に案内した。

「——保科の言う通りだ」

着席するや、健太が天窓を振り仰ぐ。同じように見上げた良平は、思わず息を飲んだ。そこからは文字通り、降り注ぐがごとき満天の星空が見えたからだ。夜空を切り取る一枚のキャンバスには、何十億年、何百億年の旅を終えた星々の光が描かれている。

「——なあ、良平くん。こんな話を聞いたことがあるか？」

声の方に目を向けると、頬杖《ほおづえ》をついて穏やかな笑みを浮かべる健太の姿があった。

「どんな？」

「宇宙の構造と脳の神経細胞が、極めて酷似しているって話だ」

「いや、初めて聞いた」

「そうか、じゃあ説明しよう」

神経細胞の顕微鏡写真と物理学者たちの主張する宇宙の構造は、ほぼ相似形であるのだそうだ。かたや極小の世界、かたや及びもつかない広大な世界という圧倒的にスケールが異なる世界の、偶然なる一致。なるほど、健太が気に入りそうな話だった。

「――宇宙を舞台に『シーナ』を探す『リオ』と、記憶を巡って『ナイト』を探す俺たち。まさに、俺たちは実写版『スターダスト・ナイト』と言っていい。そうなるとさしあたり、剛志が『ダークマターズ』と言ったところか」

健太はそこで、思いついたようにスマホを取り出す。

「なあ、イヤホン持ってるか？」

言われるがままに手渡すと、何やら操作をした後、健太はその片方を差し出してきた。

「カップルみたいで気色悪いけど、我慢してくれよな」

要領を得ないまま、右耳にそれを挿し込む。「流すぞ」

すぐさま、軽快ながら物悲しいイントロが流れ始める。一本のアコースティックギターによるとは思えないほど豊かな旋律。夜空に散る星屑《ほしくず》と、その向こうに広がる宇宙の深淵《しんえん》――良平の精神は、たちまち重力から解き放たれる。

たとえば、百億年後のあの星から地球を覗《のぞ》けば、ひとみの傍らにいる「ナイト」を見つけられるのだろうか。それしか、彼の正体を知る方法はないのだろうか。

曲が終わるまで、二人は黙って星降る夜空を見上げ続けた。

6

明くる日、犀川町唯一の宿泊施設である駅前のビジネスホテルを出た二人は、再び町を彷徨《さまよ》い、手当たり次第に出会った人々へ話しかけた。とにかく数を当たれば、何かしらの手がかりが得られるはず。そう信じてひたすら歩き回ったのだ。

しかし、いっこうに謎が解けそうな気配はなかった。ある老人は「よそ者が野次馬根性で首を突っ込むんじゃない」と憤慨した様子で唾を飛ばしたかと思えば、自分たちと同世代くらいの女性は「どうして瑠璃子があんな目に遭わなくちゃならなかったの？」と泣き出してしまう始末。わかったことといえば、「事件はすべての町民にとって何らかの意味合いを持っている」という当たり前の事実だけ。

ついに音を上げた二人は、予定より早く切り上げることにした。

「――くそ、さすがにこれはこたえるな」

駅前のロータリーで悪態をつく健太の隣で、良平にも焦燥感がひしひしと押し寄せていた。ひとみの故郷へ行けば何かがわかると、根拠もなく信じていたからだ。しかし、蓋《ふた》を開けてみればこの様《ざま》ときた。

「これが漫画なら『虫捕り少年』と偶然出会って、話を聞けたりするんだろうけどな」

健太は自嘲《じちょう》気味に笑ってみせたが、その口調にいつもの元気はなかった。

そうこうするうちに、一時間に一本しか来ない列車がホームに入ってくる。重たい身体《からだ》を半ば引きずるように乗り込むと、発車時刻を待つ。単線なので、列車交換があるのだ。ボックスシートの窓際《まどぎわ》で向かい合って座る。二日間歩き通しだった身体に、疲労が滲む。おそらく出発と同時に、あっという間に眠りに落ちることだろう。

——寝過ごさないように気をつけないと。

まどろみの底に沈みかけながら、スマホのアラームを設定しようとしたときだった。

「——ん？」

健太が窓の外に目をやる。「おい、あれ見ろ！」

しかし彼が指さした瞬間、下り列車が入線して来て二人の視界を遮ってしまう。

「ちくしょう、間が悪いな」

言うなり健太は荷物をつかむと、列車から飛び降りる。

「おい、もうすぐ出るぞ！」

それでも、健太はまったく聞く耳を持たない。舌打ちしたいのを堪《こら》えつつ、後を追いかける。怪訝そうな面持ちの駅員に切符を返し、駅前のロータリーに躍り出た。

「なんだよ、なにがあったんだよ？」

小さなタバコ屋の前で立ち止まった健太に、ようやく追いつく。

「——見ろよ」

健太が指さしていたのは、店舗の外壁に貼《は》られていた一枚のポスターだった。

「どこかで見たことがあると思った。それがいま、やっと繋《つな》がったよ」

自分も、その顔にはどことなく見覚えがあった。太い眉《まゆ》に、聡明《そうめい》そうな瞳《ひとみ》、笑った口元からのぞく真っ白な歯——。

「この前、ジュンさんと『店』にいたのは間違いなくこいつだ。衆議院議員、唐澤敏郎《からさわとしろう》。通称『コロン王子』」

背後で何やら気配がする。振り返ると、乗る予定だった上り列車が老体に鞭《むち》打つかのように車輪を軋《きし》ませながらゆっくりと動き始めていた。

かあ、とカラスが一声啼《な》いた。

「——電車、一時間に一本だぞ」

皮肉交じりに、そう言うほかなかった。確かにこの町でこの顔に出くわすとは、思ってもみないことだ。発見と言えば発見と言えようが、だからどうしたというのだ。こんなことでもう一時間待ちぼうけを食うなんて、アホらしくてやっていられない。

「昴くん、覚えておくといい。名探偵は、あらゆる情報を平等に尊重するんだ」

「『もうすぐ出る』という俺の声は、尊重されなかったぞ」

「『一時間待てばまた来る』という事実を尊重したのさ」

いたずらっぽい笑みを浮かべ、健太はこともなげに言った。


駅のベンチで次発を待つこと一時間、各駅停車を乗り継ぎ揺られること二時間、高知空港から羽田空港まで一時間余——徒労感に苛《さいな》まれてほとんど口を開かなかった良平をよそに、健太は額に指を押し当て思索に耽《ふけ》っていた。

「——俺はこれから『店』に行こうと思うんだが、一緒に来るか？」

そうして空港ロビーに着くなり、健太がおもむろに言い出した。

「なんで？」

「詳しくは途中で話す」

「まあ、いいけど」

よしきた、と健太が先に立ってタクシー乗り場に向かう。

「——で、どういう風の吹きまわしだ？」

二人を乗せたタクシーが走り出すと、開口一番に尋ねる。

「ずっと考えてたんだ。俺が『ナイト』であるかどうかについて」

ドキリとして、窓の外に視線を移す。

画面に浮かぶ『該当　1件』の文字。あの時の衝撃が蘇《よみがえ》る。

「それで?」

背後に流れていく、工場地帯のオレンジの光——その無機質な明かりは、そこはかとなく不安を煽《あお》ってくる。

「実は、別の可能性もあるんじゃないかと思ってる」

クラクションを鳴らされた運転手が、舌打ちした。ゆるりと車線変更し、徐々にタクシーは速度を落とす。

「俺に、『ナイト』の記憶が植えつけられている可能性はないか?」

赤信号でタクシーが停まった。走っている間は気にならなかったエンジンの音が、突如として意識されるようになる。

——まったく考えてもみなかった。

「店」ではかつて「記憶移植」が行われていたのだから、彼の脳味噌《みそ》に「ナイト」の記憶が植えつけられている可能性だって、なくはない。それはそうなのだが、さすがに驚きを禁じ得なかった。なぜって、彼は「店」がかつて行っていた「記憶移植」のことを知らないはずだから。いずれ言うつもりではあったものの、告げたところで混乱を招くだけと思い、黙っていたのだ。しかし、彼は論理的に「記憶移植の可能性」を導き出してみせた。

「――白状するよ。実は俺、知ってたんだ」

そのまま、ユズさんから聞いた話を余すところなく健太に告げる。「店」で「記憶移植」ができること、「移植」が引き起こす「合併症」のこと、三年半前を最後に取引が行われていないこと、ただ一人だけ「天才」がいたこと、そして、その「天才」は自殺してしまったこと。洗いざらい言うつもりだったが、悩んだ末に「取引履歴」の件は話さないことにした。

聞いている間、健太は額に指を押し当てたまま、身じろぎ一つせず瞼《まぶた》を閉じていた。

「――いずれにせよ、俺もユズさんに話を聞いてみるしかない」

健太がそう言った時、良平のスマホが震えた。画面に目をやり、表示されていた名前に思わず息を飲む。

『メッセージが一件あります　保科ひとみ』

健太が物思いに耽っているのを横目に、急いでメッセージを開く。

『居候《いそうろう》している友人の家にこれが届きました。助けてください』

添付されていた画像ファイルを開く。現れたのは、新宿駅東口の前に並んで立つひとみ、健太、良平の姿を捉《とら》えた写真、そして漢字とカタカナのお馴染《なじ》みの警告文だった。

『警告シタハズダ　モウ、容赦ハシナイ』

7

——やっぱり疲れたから、今日は帰って寝るわ。

そう嘘《うそ》をついてタクシーを降りると、続いてやって来たもう一台に良平は飛び乗った。

「半蔵門《はんぞうもん》まで」

ひとみは友達の家を出て、半蔵門にある女性専用ホテルのバーに避難しているところだとのこと。友人のもとを離れるのは怖かったが、巻き添えにするわけにもいかず、飛び出したのだという。

急いで彼女へ電話をかける。

「——もしもし」

すぐに通じるが、彼女の声には恐怖の色が滲んでいた。

「タクシーに乗りました。あと二十分ほどで着きます」

警告を無視してひとみに接触を続けたせいで、彼女を危険に晒《さら》してしまったのだ。とにかく何とかしなければという思いはあったが、同時に引っかかりも覚えた。

——どうしてひとみは、健太ではなく自分に連絡を寄越したのか？

彼女の自分に対する印象は最悪だろう。半ば喧嘩《けんか》別れのようになり、それ以降、連絡も取れなくなっていたのだ。それが何故《なぜ》？　確かに、脅迫文は見逃せない。見逃せないどころか、極めて深刻な事態と言えるだろう。しかし、今までの経緯を考えれば、このようなときにひとみがすがるのは健太であるべきだ。そんなことを思いながら、彼女の言葉に耳を澄ます。

「ホテルの一階のバーが朝まで開いています。そこまでなら男性も入れますので——」

新宿駅前で三人が落ち合ったことを知っている人間は、自分と健太、ひとみ以外にはいないはずだ。彼女と剛志が通じていて、事前に知られていたという可能性は依然として残るが、まったく別のシナリオもあるのではないかという気がしてきた。

——俺たち、尾行されてるぞ。

大学生の頃、例の喫茶店で健太が口にした言葉が不意に蘇り、思わず振り返る。後続の車はかなり遠い。だとしたら、尾行がついているのはひとみの方だろう。友人の家まで突き止められたのだから、おそらくそうに違いない。だからこそ、接触した現場をカメラに収めることができたのだ。

「——僕が着くまで、絶対に外へ出ないでください。電話も繋いだままにしましょう」

最初に警告文が届いたのは、健太が剛志と接触してすぐのこと。だからこそ送り主は剛志だと思ったし、状況やタイミングからいっても他に疑いようがなかった。だが、ほぼ時を同じくしてひとみのもとにも「コレ以上、ライターニ何モ話スナ」という警告文が届く。もしこれが本当に彼女に対する警告だとしたら、この時点で送り主は「ライターを名乗る二人組が星名の過去を詮索《せんさく》している」ことを知っており、「既に彼女と健太が何度か接触している」ことも認識していたことになる。そうでなければ「コレ以上」という言葉を使うはずがないからだ。これらの状況からすると、ひとみに尾行がつき始めたのは「健太が剛志に接触して以降」あたりか。では何故、そのタイミングで「黒幕」は実力行使に出たのだろう。

「――少し、自分のことを話してもいいですか？　誰かとしゃべってると安心できるので」

電話から聞こえてきたひとみのか弱い声に、良平の意識は引き戻される。

「え、はい、どうぞ」

「この一週間、いろんなことを考えてきました。本当にいろんなことを。そして、気付いたんです。二階堂さんがこの前、別れ際におっしゃっていたとおりだって。今のままでは、私は胸を張って人前には立てないんです」

「――どういうことですか？」

「私がお二人に語ったことに、嘘は一切ありません。活動資金は剛志の援助によるものではなく、老紳士に託されたものなんです。神に誓って本当です。でも、これだって本来はよくないことなんです。頭ではわかっています。わかってはいるのに、私は――」

堰《せき》を切ったように溢《あふ》れだした彼女の想いは、もはやとどまるところを知らなかった。自分にできることといえば、黙ってその言葉を受け止め、彼女の胸に押し寄せる激情が収まるのを待つことだけだ。

「『あの人を探すため』に全国を巡る費用が、『この世にはいないあの人が遺《のこ》したもの』だなんて矛盾してます。それはわかってるんです。だけど、番組の決勝で不正があったと知ってしまった私は、目の前に差し出された大金に目が眩《くら》んでしまいました」

震える声から察するに、どうやら泣いているようだった。

「――だから、無理やり自分を納得させたんです。この大金を遺してくれた『ナイト』のためにも、もう一度頑張らないといけない。あと少しのところで私の手から零《こぼ》れ落ちていった夢をもう一度摑むため、そのためにこのお金を使っても、きっと彼は笑ってくれるって」

ひとみは洟《はな》をすすると、「ごめんなさい」と小さく付け加えた。

夢を叶《かな》えるべく、大学進学を機に東京に行くことを決めた彼女――当時は怖いもの知らずで、漠然とした自信はあったという。しかし、「夢は見るだけならタダ」だが、本気で目指すとなると話は変わってくる。彼女が直面したのも、まさに「現実」という壁だった。

「機材を揃《そろ》えるにも、ライブハウスでライブをするにもまとまったお金が必要で、朝から晩までバイトに明け暮れました。でも、無理しすぎてついに身体を壊してしまい、以後は路上ライブを中心に活動することにしたんです」

そこでいったん言葉を切ると、彼女は自嘲気味に笑った。

「だけど、路上のライブをやっても立ち止まって聴いてくれる人なんて、ほとんどいません。ファンがつくなんて夢のまた夢——正直に言えば、何度も諦めようと思いました。才能がなかったんだって、そうやってどこかで自分を納得させようとしたんです」

そんな時、最後の望みをかけて応募した「スター発掘オーディション番組」で見事に予選を通過し、彼女は本戦への出場権を獲得した。それはまさに、千載一遇のチャンスだった。何度も諦めかけた夢に、あと少し手を伸ばせば届く距離まで近づいた瞬間。だが、結果は——。

「——努力は、すべて報われるわけじゃない。どれだけ強く願っても、叶わないことはある。そう気付かされたとき、『ナイト』の言葉が蘇りました」

「『ナイト』の言葉？」

「『星名』の由来もその言葉にあります。『無限に溢れる星の中で、名前をつけてもらえるような特別な星になる』——だけど、最後の最後で私は、特別な存在にはなれなかった」

そんな絶望の中で目の前に差し出されたのが、この世から消えてしまったとされる「ナイト」が遺した大金だった。

「夢を叶えるためには、なりふり構ってはいられない。この世は綺麗《きれい》ごとだけでは乗り切れないんだということを、私は身をもって知りました。だから、決めたんです。巡ってきたこのチャンスを逃してはいけない。『ナイト』が遺してくれた得体のしれない大金を使ってでも、私は戦うんだって」

彼女はそこで思いついた。世界中の出来事がSNSによって瞬時に共有される時代だからこそ、「神出鬼没の歌姫」という奇抜な存在は、遅かれ早かれ人々の目に留まるはずだ、と。それはまさしく、「シーナ」を探して宇宙を飛び回る「リオ」から着想を得たものだった。

いまや「星名」は、そこらの歌手よりも人気があるし、雑誌の取材やテレビ出演のオファーが来たのも、一度や二度ではないという。けれども、彼女はそのすべてを断ってきた。

「――怖かったんです。また業界の闇《やみ》に飲み込まれるんじゃないか、というのもそうですが、何よりも恐ろしかったのは、卑怯《ひきょう》な自分と向き合わなければならなくなることでした。後ろ暗いことが一つもないなら、何を言われても私は胸を張って立っていられます。でも、そうじゃない。私は、真偽も分からない『ナイトの死』を利用している卑怯者なんです」

「いや、そんなこと――」

「だから、お二人に『ナイト』のことを調べ上げて欲しいんです」

　良平の言葉は、決意を伴ったひとみの声にすぐさま掻き消される。本気であることは声音からも明らかだった。

「『あの人を探すために』なんて言いながら、本気で『ナイト』を探そうとしたことはありませんでした。答えがわかってしまうのが怖かったんです。それよりも、生きているか死んでいるかもわからないままにして、幼いときの幻影を追いかけ続けるほうが居心地がよかったので――」

　そのとき、これこそが「ナイト」の狙《ねら》いだったのではないかという気がした。突然現れた謎《なぞ》の老紳士、アタッシュケースに入っていた大金、そして幼馴染の死。そのどれもがにわかには信じがたい話だが、だからこそ、ひとみはそれを自分のために使うと決断できたのかもしれない。もし「ナイト」が突然ひとみの前に現れ、「きみのために貯《た》めたんだ」といって二千万円を差し出しても、彼女は受け取らなかったはずだ。

　タクシーを降りると、スマホを耳にあてがったまま、目の前に立つ小洒落たホテルの一階を見やる。窓際のカウンター席に、ひとみの姿があった。キャップを目深《まぶか》に被《かぶ》り、長い黒髪を後ろに垂らしたお馴染みのスタイルだ。

「──着きました」

電話を切った良平は通りの左右に目を走らせると、足早にバーへと向かった。

壁際に並んだ数々のボトル、店内中央に置かれた大きな水槽、磨き込まれたカウンターテーブル。ひとみの隣に腰をおろすと、思わず溜《た》め息を漏らす。

「お洒落なバーですね」

「二階堂さんは、こういうところにはあまり来ないんですか?」

ひとみは水の入ったグラスを手に取ると、小首を傾《かし》げた。

「ええ、あまり。如月と行くのは五反田の居酒屋ばかりですし」

ひとみはキャップのつばを摑んで持ち上げると、何やらまじまじと見つめてくる。

「──変装してないとそういう顔なんですね」

くすっと笑うひとみを前に、「しまった」と唇を嚙《か》む。新宿で会った時は伊達《だて》メガネにニット帽だったが、今回は違う。ドタバタ騒ぎの中で、自分が素顔を隠していたことを完全に失念していた。

「突然連絡したら、二階堂さんの素顔が見られるかなと思って」

ひとみは辛うじて笑顔と呼べるような表情を浮かべると、じっと瞳を覗き込んできた。

泣いた後だからか、両の目は充血していた。だが、それ以上に気になったのは、その瞳が悲しげに見えたことだった。自分の到着に安堵《あんど》はしているはずだが、どうしてそんな目をするのだろうか。

「――変装してるって、気付いてたんですか？」

「ええ、だって不自然ですもん。度の入ってないメガネに、夏なのにニット帽なんて。自分がそうしていたんでよくわかります」

ひとみはそこで、思い出したように鞄《かばん》を手に取った。てっきり写真と警告文が出てくるものと思っていたので、現れた物品に完全に意表をつかれる。それは、小学生が落書きなどに使う自由帳だった。

「なんですかこれ？」

「『スターダスト・ナイト』の第一話です」

ぎょっとして、ページを繰る。鉛筆書きだからか、ところどころこすれて黒ずみ、文字が判然としない箇所もあったが、それは正真正銘『スターダスト・ナイト』の第一話だった。絵の幼さからいって、おそらく小学生の頃に書かれたもの――すなわち『週刊少年ピース』で佳作入賞を果たしたものの原典に当たるのが、これなのだろう。

「――どうして、これを？」

「『ナイト』を調べるためのヒントになるかなって思ったんです」

平静を装《よそお》いつつ、彼女は明らかにこちらの反応を注視していた。

「絵はあまり上手ではないですね」

「まあ、小学生ですし。入賞した時はもう少しマシになっていましたが」

——もう少しマシになっていた。

その言葉に違和感を覚える。健太の絵は、誰もが「うまい」と口を揃えるはずだ。

「入賞したのって、いつ頃の話ですか？」

「うろ覚えですが、私が大学一年生のときだったと思います」

比較的最近の話だ。絵のスキルが上達したと考えられなくもないが、素人目《しろうとめ》にも健太の画力とは隔たりがあるように思えてしまう。

「——でも、ちゃんと残しておいてあるんですね」

「当たり前じゃないですか。約束したんですから、捨てるなんてあり得ませんし、むしろ、挫《くじ》けそうになるたびに見返すんです。星空の下でこれを渡してきた『ナイト』のことを思い出しながら」

「星空の下で？」

「ええ、小学五年の冬なのでもう十五年も前です。彼のおばあちゃんが亡《な》くなり、葬儀のために犀川町にやって来た『ナイト』は、最後の夜にこれを私に託しました。もう、自分は犀川町に来ることはないかもしれない。だけど、約束だよ。『スターダスト・ナイト』がアニメ化されたら、その主題歌を歌うのはきみだよ、って——」

昨日、「星降りカフェ」の天窓から見えた満天の星空を思い出す。

「――素敵なシチュエーションですね」

「以降、毎年一往復の文通で物語は進んでいきました。送られてくる自由帳の量はとてつもなかったんですが、私は毎年、配達されるのを今か今かと待っていました。何よりも嬉《うれ》しい誕生日プレゼントだったからです。途中で自由帳ではなく漫画の原稿用紙に変わったりしたのも、すごく嬉しかったのを覚えてます。着実に『ナイト』が夢に向かっている証ですから」

「だけど、その手紙の内容が途中から嚙み合わなくなり、突如連絡は途絶えた」

確認の意味も込めて、あえて言葉にする。

「最後に手紙が来たのは、高校二年か三年生くらいのときだったと思います。少なくとも、大学生になってからは来ていません。だから『週刊少年ピース』で入賞しているのを見つけたとき、心から喜んだのを覚えています。信じて毎週買ってたんですから」

「ナイト」について語るとき、彼女はいつだって楽しそうだ。その無邪気な姿を見ていると、どうにも胸が苦しくなる。

自由帳を閉じると、大きな溜め息をついた。

「――正直、羨《うらや》ましいです。どうして皆、それほど真《ま》っ直《す》ぐに夢を追えるのか――」

先ほど電話口でひとみが胸の内を吐露したように、今度は自分が溜め込んできた鬱屈《うっくつ》を吐き出す番だった。いつしか夢を見なくなった自分、夢を諦めていない者たちを侮蔑《ぶべつ》することで、心の平安を保っているつもりだった自分、その一方で、彼らを羨んでいる自分——彼女には、すべてを話してもいいだろうという気になった。友人というには遠いが、他人よりは近しい存在。誰かに言いたかったのに、誰にも言えなかった本当の想いをぶつけるのにふさわしい距離感。

話を聞き終えたひとみは、独り言のように呟《つぶや》いた。

「——『ナイト』と二階堂さんは、光と影ですね」

光と影。その言葉の真意を図りかねているうちに、今度こそひとみは、鞄から問題の写真と警告文を取り出してカウンターの上に並べた。

「すみません、本題はこれです」

まず、写真を手に取る。どこからどうみても、先週土曜日の自分たちに間違いなかった。表情まで鮮明に写っているところを見ると、望遠レンズでも使わない限り、撮影者は至近距離にいたことになる。ただ、わかるのはそれだけで、何ら手がかりになりそうな情報は読み取れなかった。警告文も見るが、こちらもまったく同様だ。

さしあたって、尾行がついている可能性を告げることにした。さすがに、この状況で黙っているわけにはいかないだろう。

聞き終えたひとみは、膝《ひざ》の上で両拳《こぶし》を握り締めた。

「――尾行がついているのは間違いありません。友達の家はマンションなんですが、その前に何日も同じ車が止まっていましたから。黒のセダンです」

ひとみは、カウンターの一点を凝視したまま身体を強張《こわば》らせた。

「たまに、降りてきた男がこちらを見上げていることもありました」

嫌な予感がして、ゆっくりと店内を見回す。思いのほか話し込んでしまって、周りに気を配っていなかった。幸いにも客はまばらで、二人掛けのテーブル席にカップルと思しき二人が座っているだけ。その他には店の者しかいない。

「身を寄せてから、すぐにおかしいと気付きました。相手は、ばれることを承知でやってるとしか思えません。だから、堪《たま》らず逃げたんです。これがポストに届いたということは、居場所を特定されたということでしょ。さすがに、友達まで危険に晒すことはできません。でも、いざ一人になると怖くて。だから……」

そのまま、バーの前の通りに目を転じる。右手は、街灯に照らされた街路樹が連なっているだけ。続いて左手だが、同じく宵闇の中に浮かび上がる街路樹の列――と、五十メートルほど先の路肩に黒っぽいセダンが停まっていることに気付く。いつからだろう。

「保科さん――」

あれを見てください、と指さす前に運転席から人影が現れる。すらりとした痩身《そうしん》。おそらく男だ。パーカーのフードをすっぽりと被り、夜だというのにサングラスをかけている。そしてその右手には――。

「逃げよう！」

ひとみの手を引っ摑《つか》み、弾《はじ》かれたように席を立つ。戸惑う彼女をよそに五千円札をレジに置き、一目散にビルから飛び出す。振り向くと、こちらに向かって男が走り始めるのが見えた。

折よく、反対車線にタクシーがやって来る。ひとみの手を引いたまま道路に飛び出し、その前に躍り出た。

「バカヤロー！」

運転手の罵声《ばせい》を無視し、乱暴に後部ドアを開ける。

「すぐに出してください！」

「は？　行き先はどちら？」

「いいから、とにかく出して！」

運転手の舌打ちとともにすぐタクシーは走り出したが、運悪く赤信号に捕まってしまった。

「どうしたんですか？」

ひとみは事態を飲み込めていない様子だったが、逐一説明している余裕はない。なかなか青にならない信号に苛立《いらだ》ちながら、堪《たま》らず振り返る。停車していたセダンは向きを変え、二人を乗せたタクシーに迫ってきていた。このまま追ってくるつもりなのだろう。

「――どうしたんですか?」

怯《おび》えた表情のひとみが、再び尋ねてくる。

信号が青になる。

「運転手さん、しばらく走り続けてください」

そのとき、不意に思いついたことがあった。危険すぎる賭《か》け。けれども同時に、現状を打開するかもしれない一手。すぐに健太へ電話をかける。


タクシーは赤坂の路地に停車した。背後には黒のセダンがいる。

支払いを済ませ、降りようとする良平の袖口《そでぐち》をひとみが掴む。

「――やっぱり、怖いです」

先ほど車内で策を告げたとき、ひとみの顔は恐怖で引き攣《つ》っていた。

――大丈夫ですよ。

根拠などなかったが、そう言うしかなかった。

その瞬間は納得したようにみえた彼女だったが、いざ車を降りようとして足がすくんでしまったのだろう。正体不明の追っ手に無防備で姿を晒すのだから、当たり前だ。自分自身も、「怖気《おじけ》づいてなどいない」と言ったら嘘になるが、ある意味ではまたとないチャンスだった。もう、腹を括《くく》るしかない。

「ここで、決着をつけるんです」

手を握ると、尻込《しりご》みする彼女とともに路上に降り立った。

黒のセダンは、二人に容赦なくヘッドライトの光を浴びせかけてくる。

タクシーが走り去ると、黒ずくめの男が車から降りてきた。

「やだ――」

ひとみは良平の腕にしがみつき、ぴったりと身体を寄せる。

男の右手には、刃渡り二十センチはあろうかという包丁が握られていた。一突きでもされたらおしまいだ。

「合図をしたら、全速力で走るんです。絶対に振り返ってはダメですよ」

そう言ったが、ひとみはがたがたと震えるばかりで、聞こえているのか定かではなかった。

じりじりと男が迫る。後ずさりしながら、ちらりと右手のビルを確かめる。前にここに来たときも、自分は恐れをなしていたっけ。でも、この状況と比べたら、あのときの恐怖など屁《へ》でもなかった。

そのとき、良平のスマホが着信音を響かせる。準備が整った合図だ。

「いまだ、走って！」

叫ぶと同時に、ひとみの手を取り駆け出す。背後で男も走り出す気配があったが、突如として路地に響き渡る怒声に、その気配は掻《か》き消されてしまった。

「おらあああ！」

隣を走るひとみが、背後を振り返る。

「振り返ったらダメだって――」

「剛志！」

金切り声とともに彼女は手を離し、立ち止まった。

「止まるな！」

どうにかその腕を捕えようとするが、あろうことか彼女は、もと来た道を引き返し始めてしまう。

「危ないぞ！」

「ヒルマ芸能」のビルの前では、二つの影が取っ組み合っていた。男と戦っているのは剛志だ。奇襲を食らった男の手に包丁はなかったが、剛志のパンチをひらりとかわした男は、その横腹に強烈なキックを見舞った。ひとみの悲鳴が上がる。

すぐに剛志は体勢を立て直し、顔の前で拳を構える。しばし睨《にら》みあう両者――再び、剛志が仕掛ける。軽いジャブに続いて繰り出す、強烈な右フック。だが、それすらも男は軽くかわしてみせる。その身のこなしは、とても素人とは思えなかった。

——剛志でも勝てないのか？

固唾《かたず》を飲んで見守っていると、落ちていた包丁をひとみが拾うのが見えた。

「もうやめて！」

戦う男たちのすぐ脇《わき》で、ひとみが叫んだ。包丁を構えた彼女に気を取られ、一瞬だけ男に隙《すき》が生じる。剛志はそこを見逃さなかった。

強烈な一撃が男の顔面にぶち込まれ、サングラスが吹っ飛ぶ。片膝ついて崩れ落ちた男と包丁を構えるひとみが、向かい合って対峙《たいじ》する。すかさず剛志が追い討ちをかけようとするも、男は身を翻《ひるがえ》すと黒塗りの車へと退散した。

「てめえ、待ちやがれ！」

剛志の声を残し、車は猛スピードでバックするとそのまま姿を消した。

まるで、すべてが幻だったかのようだ。そこには、いまだ殺気立つ剛志、包丁を握りしめたまま呆然《ぼうぜん》と立ち尽くすひとみ、そして、万事が作戦通りに運び安堵する良平の三人だけが残された。

8

時計の針は、夜中の二時を回っていた。

「――門限破りは人事部に報告されるんだっけ？」

フローリングの床に胡坐《あぐら》をかきながら、健太が缶チューハイを一口飲む。

「死ぬかどうかの瀬戸際だったんだぞ。そんなこと気にしてる場合じゃない」

「そうだよな、すまん」

良平もつられて缶ビールに口をつける。

五畳程度の縦長のリビングに形ばかりのキッチン。風呂《ふろ》とトイレが別なのはポイントが高かったが、いかんせん築年数が経《た》っているため、水回りは綺麗とは言い難い。大学を卒業してから健太が住んでいるアパートは、リビングの奥に五畳ほどの洋室がある点を除けば、極めてありきたりな造りだった。

――創作活動は閉鎖空間の方がはかどるんだ。

彼が漫画を描く場所は、決まってその奥の洋室だった。執筆用のデスクとシングルベッドがあるだけという、無駄なものを削《そ》ぎ落とした感のあるその部屋の雰囲気が、良平は嫌いではなかった。が、いまやその仕事部屋の扉はぴたりと閉ざされている。

「それにしても、いろんなことが起こる週末だ」

健太が物憂《ものう》げな視線を扉の方に向ける。

タクシーから健太に電話をかけた良平は、剛志にもこの事態を伝えるよう依頼した。

その意図を理解した健太が剛志へ連絡すると、幸いにもまだ事務所にいることがわかったため、タクシーの行き先は赤坂の路地へと決まったのだった。

その後、剛志に良平の電話番号が伝えられ、奇襲の準備が整ったら連絡が入る手筈《てはず》となった。首尾よくいったようにみえたが、唯一《ゆいいつ》の誤算は、追跡者の方が剛志よりも強かったことだ。

「まあ、これで黒幕が剛志じゃないことがわかったな」

健太は一息にチューハイを飲み干すと、ぐしゃっと缶を潰《つぶ》して立ち上がった。

今夜の一連の出来事で分かったことは二つ。一つは、追っ手が剛志ではなかったということ。もう一つは、ひとみを守るために剛志が戦ったということ。もしも怪文書の張本人なら、自分を仕留める絶好のチャンスだったはずだ。けれども彼はこちらには目もくれず、ひとみのために刃物を持った相手に立ち向かった。

――あいつは何なんだ？

そう問う剛志の顔は、真剣そのものだった。

――ファンの一人かと思います。助けていただいてありがとうございました。

礼を言って立ち去ろうとする良平に、剛志はひとみとの関係を問うてきた。しかし、横からひとみが「友人」とだけ答えると、それ以上詮索してはこなかった。最後に「また何かあれば連絡してくれ」と言って、事務所へ戻っていったのが印象的だった。

その後、彼女と共に健太の家へ転がり込んだ。解決の目処《めど》が立つまでは一人にできない——そう話すと、ひとみはさしたる躊躇《ためら》いもみせず応じてくれた。包丁を手にした男に追われた後なのだから、一人になりたいと思う方がおかしいだろう。

——だけど、警察にも行きましょう。

そうひとみは言ったし、至極真っ当な考えだったが、それには逡巡《しゅんじゅん》せざるを得なかった。事のあらましを、「店」の話を出さずに説明できる自信がなかったからだ。

——たぶん、まともに取り合ってもらえませんよ。

——そんなわけないですよ、刃物だってあるんですから。

——とにかく、僕を信じてください。必ず解決してみせます。

無理やり説き伏せた感は否《いな》めなかったが、そのひとみは既にシャワーを浴び、いつもは健太の作業場兼寝室となっている奥の部屋で寝息を立てている。内側から施錠《せじょう》できるものの、鍵《かぎ》さえあれば外からだって開けられる。ただその鍵も、「誠意の証明だ」と言って健太はひとみに渡してみせたので、もはや誰も部屋に立ち入る術《すべ》はなかった。

冷蔵庫から二本目のチューハイを取り出してきた健太が、どでかいパイナップルの形をしたクッションの上に腰をおろした。

「——いよいよ、のっぴきならない事態になってきたな。これまでと違って、明らかに『敵』は危害を加える意図を持ち始めたんだ。普通の感性を持った人間なら、今すぐ警察に駆《か》け込むべきだって思うだろう」

「ああ、わかってるよ。でも――」

「警察の事情聴取を、『店』に触れることなく乗り切ることなどできない」

健太が先回りする。

「そうしたら『番人』に記憶を消されて、あの世行き。まあ、刃物で刺されて死ぬよりは痛くなさそうだけど」

さすがに不謹慎な発言と気付いたのか、健太はわざとらしく咳《せき》払いをするとクッションの上に座りなおした。

「いずれにせよ、良平くんの咄嗟《とっさ》の機転で『敵』が剛志じゃないとわかったわけだが、そうなるといよいよ謎は深まるばかり。だって、いったい誰がこんなことをする必要がある？　それだけじゃない。そいつは何故、俺たちが保科の過去を探っているとわかったんだ？」

そう言われても、皆目見当がつかなかった。

だからこそ、とりあえず話題を変えることにした。敵の正体に迫るよりも、今この瞬間優先すべきことがあるからだ。

「ところで、保科の件だがすぐに場所を移すべきだと思う。『敵』は真っ先に、ここが怪しいと気付くはずだからな」

「わかってる。明日すぐに、ウィークリーマンションでも探してみるよ。セキュリティがしっかりしてるところをな」

健太はそう言って、ひとみの眠る部屋に目を向けた。

「でも、なんで保科はお前に連絡したんだろう」

「きっと、深い意味なんてないさ。あんな状況だったんだぜ。とにかくどっちかに連絡できればよかったんだろう」

言ってはみたものの、そんなはずないのは明らかだ。事実、健太も鼻で笑うばかり。

「やっぱり、女の子はイケメンの方がいいんだろうかね」

そんなことないだろ、と言いかけたが、もうこの話題は切り上げたほうがよさそうだ。

「――ところで、『店』では収穫があったのか？」

「ああ、それを話そうと思ってたんだよ」

健太はにやりと意味深な笑みを浮かべたが、怒濤《どとう》の二日間のせいか、その表情には疲労の色があった。

「謎の一つが解けたよ」

「謎？」

「ああ、たぶんワトソン昴くんの頭からは完全に抜け落ちているだろう謎さ」

「何だよ？」

「エレベーターで辿《たど》りつくことのできない『二階』の謎さ」

「『二階』って――」

「かつて『記憶移植』が行われていたのが『二階』だったんだ」

初めて「店」に行った日に、健太がジュンさんにぶつけた疑問。

――どうして二階はボタンじゃないんだ？

すっかり忘れていたが、閉ざされた二階の意味をあれ以来、示されたことはなかった。

「ただ、面白いのはここからだ。あの日、ジュンさんが言った言葉を覚えてるか？」

「『それは今のきみたちには関係のないことだよ』ってやつだろ」

「その通り。実は『今のきみたちには』って部分に重要な意味が隠されてたんだ」

「つまり？」

「店主の言う『次のステップ』というのは、『記憶移植』のことだ。俺たちがもしも目標の数字を達成したら、『店』は『記憶移植』を復活させようと考えてるんだよ」

無邪気に瞳《ひとみ》を輝かせる健太には申し訳ないが、懐疑的にならざるを得なかった。

「――俺たちにできるか？」

「それを見定めるために課されたノルマなのさ。確かに『記憶移植』はとんでもなく難しいだろう。だけど、三年間でノルマを稼ぐこともできないのであれば、それに取り組むチャンスすら与えてもらえないんだ」

「ふーん……」

煮え切らない良平をよそに、健太は続ける。

「他にも、いろいろ面白いことを聞けたぜ。『デジャヴ』ってあるだろ？」

「ああ、言葉としては知ってるよ」

「いまだこの現象には科学的な説明がついてないが、これが起こる理由の一つが『記憶移植』なんだとさ。記憶を引き払った側の人間はもちろん、受け入れた側にも起こるんだそうだ。要は、移植された記憶の『無自覚』に潜む何かが、ひょんなことから不意に顔を覗《のぞ》かせることがあるらしい」

「そう言えば、『デジャヴ』というわけじゃないんだけど――」

言いながら、自由帳を健太に差し出す。ひとみが部屋に籠《こも》る前に受け取ったものだった。

「これを見て何か思うところがあるかどうか、教えてくれ」

漫画『スターダスト・ナイト』の原典。果たしてそれは、自称作者の目にいかに映るのだろうか。眉根《まゆね》を寄せてページを繰る健太は、すぐに大きな嘆息とともに自由帳を閉じた。

「――『デジャヴ』は起きてないが、言えることは一つ。これは絶対に俺の絵じゃない」

やはり、直感は間違っていなかった。

「『ナイト』が保科に渡したものなんだそうだ」

「コマ割りや絵のタッチがまるで別物だ」

「俺もそう思ったよ。だから、お前がタクシーで言ってたことは、まず間違いないと思う」

むろんそれは、「ナイト」の記憶が健太に植えつけられているという説のことだ。「取引履歴」に健太の個体識別番号が出現したのは、これが理由だろう。自由帳を見せたら「デジャヴ」が起こるとまでは思っていなかったが、目の前の漫画が自分の筆によるものかどうかは、本人が一番よくわかるはずだ。

健太は自由帳をそっと床に置くと、こんなことを言い出す。

「――ところで、ワトソン昴くんは俺に何か隠していることがないか?」

意表をつかれ、思わず言葉に窮してしまった。

「ユズさんから聞いたんだ。この前、良平くんが大量の『取引履歴』を持って帰ったってね」

「それは――」

「すぐに意味がわかったよ。良平くんがそれをもとに、何を企《たくら》んでいたのか」

健太は腕組みをしながら、挑むように口の端を上げた。

「別に、怒っているわけじゃない。でも、何も言ってこなかったところを見ると、おそらくとんでもない事実を見つけてしまったんだろ。そう、きっとそこには俺の番号が現れたんだ」

何もかも図星だったので、すべてを白状することにした。たった一件、取引履歴には健太と同一の番号があったこと。取引は三年半前の春、自分たちが出会う直前の春休みに行われていたこと。

話を聞き終えた健太は、満足そうに頷《うなず》いてみせた。

「――三年半前の春、それが知れただけでも大した収穫だよ」

「どういうことだ？」

「気付いてしまったのさ。俺の周りで、奇妙な時期の一致があるってことにな」

9

健太は裏が白いチラシを引っ張り出すと、手元のちびた鉛筆で直線を描きはじめた。

「俺たちに欠けていたのは『時間軸』という視点だ」

彼は直線の真ん中あたりに点を打つと、「三年半前の春」と書き加えた。

「ここが俺の取引日。それじゃあ、一つずつこの図に情報を加えていこうじゃないか」

健太はその黒丸をぐりぐりと塗りつぶし、さらに大きくする。

「『店』で行われた最後の『記憶移植』――これも三年半前。奇《く》しくも同時期に俺は取引をしていたわけだが、履歴からでは何の取引をしたのかまではわからない」

彼の言う通り、取引履歴は日時と九桁《けた》の数字がわかるのみで、その内容や取引額など具体的な中身については何ら示されていない。つまり、現時点で判明しているのは「健太は『店』で取引をした」――ただそれだけだ。

「論理的に考えられる可能性は二つ――俺から『ナイト』であった時の記憶が抜け落ちているか、または俺に『ナイト』の記憶が移植されたかのいずれかだ。だが、個人的には後者が濃厚だと思ってる。生い立ちから絵のタッチに至るまで、何から何まで違うんだから、これはおそらく間違いないだろうが、そうなると一つの仮説が立てられる。もしかすると、ユズさんが言うところの『天才』が手掛けた最後の案件が俺だったんじゃないか？」

時期から言って、その可能性は十分にあるだろう。その後、天才が自殺してしまったため「移植」は行われなくなったのだ。

「さて、ここで思い出して欲しい。保科のもとに謎の老紳士が訪れたのはいつだ？」

予想外の質問だったが、辛うじて答えを絞り出すことができた。

「――確か、季節としては春先って言ってたな」

「その通り。ただ、重要なのは『剛志に裏工作の事実を知らされてから数か月後の春先』ってことだ。さて、ワトソン昴くんに質問。この春先は、いまから何年前の春先だろう？」

番組の放送後、ひとみと剛志がカフェで再会を果たす。そこで説得を試みた剛志だったが結局うまくいかず、彼はひとみの父に連絡した。その直後に起きたのが、例の放火事件だ。『医者一家焼死事件から四年——黒い噂《うわさ》と惨劇の全真相』という雑誌の見出しが蘇《よみがえ》る。つまり、次の年末で事件から四年が経過することになる。ということは——。

「三年半前？」

「そのとおり。そうすると、実に面白い絵が描けるんだ。それこそが俺の気付いた『奇妙な時期の一致』さ」

「——つまり？」

「自殺した天才って、『ナイト』のことだったんじゃないかってことだ」

「バカな——」

「筋書きはこうだ。『店』で『記憶移植』を手掛けていた彼は、俺に自らの記憶の一部を移植した後、自殺——老人の正体は依然として不明だが、それまでの稼ぎを保科ひとみに遺《のこ》した。どうだ、すべてが一本の線で繋《つな》がるだろ」

一見すると荒唐無稽《こうとうむけい》に思えたその説は、よくよく考えると実に理に適《かな》っていた。その天才と「ナイト」の「今はこの世にいない」という共通点もさることながら、そこにはもう一つの共通する特徴——「物語を紡《つむ》ぐ才能」があったからだ。『スターダスト・ナイト』を小学生ながら思いついた「ナイト」の発想力や物語の構成力は、類《たぐ》い稀《まれ》なものと言えるだろう。「移植」における最大のネック——本来、辻褄《つじつま》の合っていない記憶同士を整合させるにあたり、その発想力や構成力が活かされた可能性は十分にあり得る。

「しかし」と健太は続ける。

「『ナイト』の記憶を宿した俺が、星名のライブで『スターダスト・ナイト』を偶然耳にしたため、本来なら闇に葬《ほうむ》られていたはずの真相に、再び光が当てられてしまった。きっと『ナイト』にとって、これだけが誤算だったはずだ」

誤算——それなら「ナイト」は何故、健太に記憶を託したのだろうか。そんなことをしなければ、人知れずこの世から消えることができたはずなのに、どうして自らの痕跡《こんせき》を完全に抹消しなかったのだろう。

「——いちおう筋は通ってるな」

「だがな、良平くん。実は、話はこれで終わらないんだよ」

健太がポケットから取り出したのは、記憶の小瓶だった。

「これが何か教える前に、もう少し推理を進めよう。というのもだな、三年半前に『ナイト』が保科に大金を遺《い》したことには、理由があったんじゃないかって思うんだ」

「つまり？」

「大金を相続した幼馴染《おさななじみ》の出現さ。もし世間が星名の活動費の出処を疑問に思っても、世間の注目はまずそっちにいくはずだろ」

　健太は缶チューハイを一息に飲み干すと、早口にまくし立てた。

「放火事件は『ナイト』に隠れ蓑《みの》として利用されただけ――そういう目で、もう一度考え直してみた。覚えてるか、タクシーの運ちゃんの言葉。どこぞの二世議員じゃなく、『隊長』が政治家になるべきだったっていう、あれだ。どうにも気になったから調べてみたんだ」

　思い返すと、確かに「星降りカフェ」への車中でそんなことを言われた気がしてくる。

「これをまず見てくれ」

　彼が差し出してきたスマホの画面には、唐澤敏郎の略歴が示されていた。

　唐澤家は政界きっての名門一族だった。父である唐澤大志郎《たいしろう》は大臣経験もあり、親類にもいわゆる「大物」と称される代議士が並んでいる。

「唐澤敏郎は見た目こそよいものの、『世襲議員』だの『中身のないパフォーマー』だのとレッテルを貼《は》られ、初めての選挙戦では圧倒的に劣勢だった」

　そこには、苦戦を強いられた選挙の際のエピソードが詳細に載っていた。家柄や見てくれによらず、順調な滑り出しではなかったようだ。

「──でも、パフォーマーが勝つのが日本の選挙だろ?」

「その通り。その一つが、演説前に『コロンをつける』というパフォーマンスだ。その行為には批判もあるが、彼の演説は実に活き活きとしていた。衰退していく高知県各地の現状や、その土地の美しい景色を圧倒的なリアリティで語る彼に、少しずつ選挙民の心は動かされていく。やがて選挙戦の終盤、同じ選挙区のライバルのスキャンダルが週刊誌にすっぱ抜かれた時点で、支持率は逆転。見事、初当選を果たしたというワケだ」

週刊誌によって暴《あば》かれたのは、下馬評で当確と言われていた現職女性議員の不倫スキャンダルだった。情報の出処は不明だが、唐澤陣営からのリークがあったとまことしやかに囁《ささや》かれているという。

「唐澤敏郎は、商工会議所や医師会などの団体と繋がりが深い。これは父の大志郎の支持母体をそのまま引き継いだからなんだが、当然『御用聞き』という批判もある」

赤ら顔の健太は、ここでニヤリと笑ってみせた。

「肝心なのは、唐澤には『絶対に選挙で負けるわけにはいかない』という圧倒的な重圧があったということだ。『御用聞き』と言われようが何だろうが、勝つためには彼らの力を借りなければならなかった。俺ら凡人にはピンとこないが、大臣経験のある政治家を父に持つというのは、そういうことなんだろう」

「何が肝心なのか、まったく見えてこないぞ」

健太は「甘いね」とでも言うように、首を振ってみせた。

「国会議員となった今では、見事に彼は順風満帆だ。彼の周りにいる有望議員が次々とスキャンダル——主に不倫などによって失脚してるからだよ。また、達者なしゃべりも健在で、日頃から衰退する地方都市の再生を訴え、『よくぞそこまで足を運ぶ時間があるな』と誰もが舌を巻いている。結果、史上最年少で大臣政務官に抜擢《ばってき》され、『コロン王子』として持て囃《はや》されるようになった。正統派路線ではないが、唐澤一族の名に恥じないスター街道まっしぐらってとこさ」

「繰り返す、何が肝心なのか全く見えてこないんですけど」

「おいおい、勘が鈍りすぎてるんじゃないか？」

健太は大袈裟《おおげさ》に両手を広げる。

「誰も知らないはずの過去を暴いたり、行ったことのない土地の風景を目《ま》の当たりにする方法があるじゃないか」

思わず息を呑み、それを察した健太が一段と声を落とす。

「つまるところ、疑問はただ一つ——『コロン王子』と言うが、果たして噴きかけているのは香水なんだろうか」

記憶の小瓶は、傍目には普通の香水と何ら区別がつかない。もし唐澤敏郎が演説前にふりかけているのが記憶の小瓶だとしたら、しゃべりに込められたリアリティにも説明がつくではないか。

「——かなり面白い推理だとは思うけど、世間がコロンだと思っているあれが実は『店』で買った記憶だったとして、それが何だって言うんだ？」

「予感がするんだ」

「予感？」

「ああ。根拠はない。直感的なものだ」

ここでようやく、健太は先ほど取り出した記憶の小瓶をつまみ上げる。「いくぞ？」

降りかかった瞬間、夜の首都高を駆ける自動車の運転席に良平は座っていた。

「——医師会はなんて言ってるんだ？」

後部座席から低い声がする。

「『何とかしてくれないか』としか——」

「ふざけんな！　そんな曖昧《あいまい》な報告で俺が納得すると思ってんのか！」

雨が降っていた。フロントガラスに叩《たた》きつける大粒の雨を、ワイパーが必死に弾き飛ばす。

「すいません、真意を確認します」

「いつだって『確認します』だ。この、もうひと手間が余計なんだよ。うかうかしてたらすぐに足をすくわれるのが、この世界なんだ！」

いつもの罵声――慣れているつもりだったが、さすがに車の中ではこたえる。パワハラにたえかねて辞めた秘書は数多いと聞くが、この惨状が世に出ることはない。なぜって、酷使されているうちに、誰しも心身が壊れてしまうからだ。

だとしたら、自分はそうなる前にこの状況をどこかに残しておかなければ――。

「次、同じことを言わせてみろ！　ぶっ殺すからな」

雷鳴が轟《とどろ》き、ミラーに鬼の形相がほんの一瞬だけ浮かび上がる。

のし上がるためには手段を選ばない――それがこの男の本性だ。今回だって、何をしでかすかしれたものじゃない。それだけの危うさが、この男にはある。けれども、世間は知らない。それをいいことに、悪魔の所業はどんどんエスカレートしていく。でも、何かが起きてからでは手遅れなのだ。

「もっと飛ばせねえのか！」

言われてすぐにアクセルを踏み込む。

誰か、この記憶を見つけてくれ。私の名前は蜷川雅治《にながわまさはる》。議員秘書だ。頼む、誰でもいい、誰かこの記憶を――。

映像はぼやけ、良平は健太の部屋へと帰ってくる。額には脂汗《あぶらあせ》が浮き、激しく動悸《どうき》がした。それほど、記憶の持ち主だった蜷川雅治は追い詰められていたのだろう。

　良平が落ち着くのを待っていた健太は、やがて沈痛な面持ちで切り出した。

「唐澤敏郎が『店』の常連であり、『店』に蓄積された情報から政敵なんかのスキャンダルの種を探しているのだとしたら、逆に自分についての不都合な記憶が売りに出されてやしないかって調べてるはずだ」

「──まあ、俺でもそうすると思うな」

「予想通り『唐澤敏郎』の名前や顔、出身地などで調べても、記憶は一片たりとも見つからなかった」

　健太がこういう物言いをするとき、だいたい戦果があることを知っている。

　予想通り、「でもな」と健太はスマホを差し出してきた。

「盲点だったよ。記憶に焼きつけられるのは何も映像だけじゃない」

　画面には、動画再生マークが表示されていた。恐る恐るタップすると、すぐに街頭演説の映像が流れ始める。選挙カーの上で拳を振り上げ、熱弁を振るう唐澤の姿がそこにはあった。

『──じゃあ、お聞きしますよ？　家庭の平和も守れないふしだらな議員が日本を変えられると、みなさんそう思うんですか？　私は言いたい。ふざけんな！』

　──ふざけんな！　そんな曖昧な報告で俺が納得すると思ってんのか！

先ほど見たばかりの議員秘書の記憶がフラッシュバックする。

健太はここでようやく、いつもの不敵な笑みを浮かべた。

「――さすがに『声』までは調べなかったんだろうな」

時と場合によって、自らを責め立てる「声」が最も鮮烈に頭から離れなくなるということは十分にあり得る。そして、蜷川の精神を蝕《むしば》むことになった罵声と、政敵の不祥事を責め立てる唐澤敏郎の声は、明らかに同一だった。さすがの唐澤も、「自分の声」が刻まれた記憶が売りに出されていたとは思いもよらなかったのだろう。健太、そして蜷川の発想の方が一枚上手だったということだ。

再びスマホの画面をいじった健太が、数行程度の新聞記事を示す。

「蜷川雅治は精神を病み、約三年九か月前の大晦日《おおみそか》に自殺している。既に唐澤敏郎の秘書を辞めていて、記事もこの通り、『元議員秘書　投身自殺』という非常に小さなものだけどな」

「――三年九か月前の大晦日？」

「ああ、そうだ。これが何の日か、さすがにわかるよな？」

訊《き》くまでもなかった。「御菩薩池泌尿器科《ひにょうき》クリニック」に火が放たれた翌日だ。

「世に唐澤敏郎の真の姿を告発することなく、蜷川雅治は自ら命を絶った。だが、彼が唯一遺したもの――『店』に託したこの記憶こそが、謎《なぞ》を解く鍵かもしれない」

偶然の一致とは思えなかった。奇しくも御菩薩池一家五人が焼死した翌日、彼らの選挙区で選出された議員の元秘書が自殺をしていたのだから。

「確かに、かなりきな臭いな——」

そのとき、奥の部屋でガタッと物音がした。即座に口をつぐみ、扉の方を見やる。それは、ひとみが寝ている部屋からだった。

しばらく息を潜めていると、やがて健太が呟《つぶや》いた。

「——寝返りでもうったんだろ」

そこで、掛け時計に目をやる。時刻は深夜の三時前だ。

「良平くんもおねむの様子だし、俺たちも寝るか」

健太は立ち上がると、クローゼットの中から敷布団《ぶとん》を取り出し始めた。

「俺はクッションを枕《まくら》に寝るから、良平くんは布団を使ってくれ」

遅刻しないためには始発で寮に帰る必要があるので、せいぜい二時間程度だが、仮眠を取れるのはありがたい。

「——なあ、最後に教えてくれ」

布団を敷き終え、パイナップルのクッションに頭を載せた健太が、いつになく真剣な眼差《まなざ》しを向けてくる。

「追っ手が剛志の可能性もあったのに、なんであんな危険を犯したんだ?」

「どういうこと？」

「タクシーを降りて姿を晒《さら》す必要なんて、なかったんじゃないかってことだ。あんなリスクを冒さなくても、相手が剛志かどうかはわかったんじゃないか？」

さすがだった。やはり、この男はちょっとした違和感に対する嗅覚《きゅうかく》が並外れている。タクシーの中で描いたシナリオ——その真意を知ったら彼が激怒するであろうことはわかっていたが、真正面から聞かれてしまった以上、正直に言わざるを得ない。

「いつか、お前が言ってただろ。『保科にトラウマがあればこっちのものだ』って——」

瞬間、健太の表情が怒りに歪《ゆが》む。しかし、ここまで口にしておいて引き返せるはずもなかった。

「刃物を持った男に追われるなんて、間違いなく『トラウマ』ものだ」

「てめえ、自分の言ってることがわかってんのか！」

身を起こした健太は、殴り掛からんばかりの剣幕で胸倉を摑《つか》んでくる。

「わざと保科にトラウマを植えつけようとしたって言うのか？」

「『トラウマがあればこっちのものだ』って言ったのはお前だろ」

「『あれば儲《もう》けもの』ってのと『ないから植えつける』ってのは、まったく別の話だ！」

鼻で笑いながら、その手を振り払う。

「あれだけ保科の頭の中を覗きたがってたのは、お前じゃないか！」

「こんなやり方、お前は人の道に外れてる。外道だよ、外道！」

もはや売り言葉に買い言葉だ。

「なら、外道ついでにもう一つ俺の作戦を教えてやろう。保科は現金二千万を手に入れたんだ。『トラウマ』を引き払うには、それなりの金を用意できる」

「呆《あき》れたな――」

健太の瞳に軽蔑《けいべつ》の色が浮かぶ。「見損なったよ。お前は最低だ」

「ああ、最低かもな。でも、俺は自分の記憶を失いたくない。絶対にな。死んでも一千万稼ぎたい。そのためには、手段なんて選んでられない。それに――」

次の一言が彼の興味を惹《ひ》くには十分過ぎることを、良平は知っていた。どれだけ頭に血が上っていても、必ず健太は食いつくはずだ。

「それに、なんだよ？」

「運がいいことに、保科は追っ手の顔を見てる。サングラスを吹っ飛ばされた『敵』と真正面で向かい合ったんだ。この記憶を引き払わせれば、俺たちはその正体にも迫ることができる」

第五章　ナイトの誤算

1

健太との「冷戦」が始まってから一週間。暦はまもなく十月――タイムリミットが迫っている。けれども、二人の稼ぎは石塚巌の取引以降、びた一文増えていない。そのせいで、良平はいよいよ焦《あせ》りを隠せなくなっていた。赤信号で営業車を停めたとき、最寄《もよ》りの駅のホームに降り立ったとき、部屋の電気を落とし眠りにつこうとするとき。日常のふとした一瞬を狙《ねら》ってあの「悪夢」が容赦なく襲い掛かってくる。明朝、起きたら別人になっているのではないか。つい前日まで記憶が失われることに怯《おび》えていたのに、目を覚ました時にはそのことすら忘れて、何食わぬ顔で出勤するのではないか。

――『スワンプマン』が元の男と同一かどうか議論の余地はあるが、その逆は明白だと俺は思う。

言う通り、「逆は明白」だ。そんな自分は自分ではない。「外道」と罵《ののし》られはしたが、もはやなりふり構ってなどいられなかったし、だからこそ「店」に連れて行くべく、何度もひとみに連絡を取ろうと試みた。けれども、なぜかまったく繋《つな》がらなくなってしまっている。おそらくウィークリーマンションに宿を移しているはずだが、健太と関係が途絶えてしまった今、その行き先を知る術《すべ》はなかった。

忽然《こつぜん》と姿を消した星名に、ファンサイトは大荒れだった。様々な憶測が飛び交い、掲示板では連日のように活発な議論が繰り広げられてもいた。単なる体調不良だとする者もいれば、男と駆け落ちしたと言い張る輩《やから》もいたが、さすがにただの一人も「これには謎《なぞ》のライター二人組が関係している」と言い出す者はなかった。

営業の合間に、石塚巌のもとを訪れるのも忘れなかった。詐欺《さぎ》事件以降、日に日に憔《しょう》悴《すい》していく姿は見るに堪えなかったが、責任の一端を感じているからこそ、可能な限り顔を出すようにした。「償い」というのも変な話だが、それしかできることが思い付かなかったからだ。

「――もう一度、『店』に連れて行ってくれないか？」

巌がそう言い出したのは、十月初めのある日だった。

「金を工面する方法がないんだ」

その申し出を受けたとき、遂《つい》に健太に電話しようと決めた。どうすべきか、一人では答えが出せなかったからだ。

「――どうしたんだ？」

電話の向こうの声はぶっきらぼうだった。真夜中の大喧嘩《おおげんか》から既に時は過ぎていたが、まだ彼は良平のことを許せないようだ。

取り急ぎ、巌からの申し出を伝えた。出だしこそ臨戦態勢だったものの、巌が困っていると知ると、いくぶん健太の口調は和らいだ。

「――ひとまず『店』に連れて来ることには反対しない。でも、巌くんに記憶を売らせるかは、その場で慎重に相談しようじゃないか」

それから数日後、巌との約束の土曜日を迎えた。健太の運転するレンタカーで巌を拾い、「店」へと向かう。道すがら、二人は一言も口をきかなかったが、巌は特段不審には思っていないようだった。

到着すると、すぐに巌を伴ってエレベーターに乗り込む。良平の視線は自然と「1」と「3」の間の鍵穴《かぎあな》に向けられた。かつて「記憶移植」が行われていたビルの二階――ここで「ナイト」は「記憶移植」をしていたのだろうか。彼が手掛けた「作品」の一つが健太だったのだろうか。どうして彼は、最終的に自殺したのだろうか。

「おい、まずいぞ――」

健太にシャツの裾《すそ》を引かれ、我に返る。

「何が？」

「見てみろよ」

健太が鏡を指さす。

あろうことか巌を示す九桁の数字は、禍々《まがまが》しい赤色に彩《いろど》られていた。

「――まずいっていうのは、どういうことだ？」

部屋に入り、着席するなり巌が口を開いた。

健太と目配せし合う。その目は「お前が説明しろ」と言っていた。

「実は……これ以上、巌さんは記憶を売ることができません」

そのまま、鏡の数字が「赤」になったことの意味を説明する。これ以上、記憶を失うと危険な状態であること。そのような状態でさらに記憶を失うと廃人になり、最悪の場合は死に至るということ。ただの一度しか記憶を売却していない巌が「危険水準」と判断されるとは思いも寄らなかったが、一方で、仕事一筋の人生を送ってきた巌にとって、彼を彼たらしめる記憶の土台というのは、意外と脆《もろ》いものなのかもしれない。

聞き終えた巌は、納得がいかないというようにかぶりを振った。

「でも、俺が売りたいと言ってるんだ！　きみらに止める権利はないだろ」

「できません」

そう言うほかなかった。

「どうしてだ！　もう他に手がないんだ！　金が必要なんだよ！」

暗がりに浮かぶ巌の表情には、鬼気迫るものがあった。目は落ち窪《くぼ》み、瘦《や》せこけた首筋には血管が浮いている。

「記憶を売らせてくれ！」

「ダメです」

「ふざけるな！　理由を言え！」

「僕たちは、巌さんに死んでもらいたくないんです！」

「俺はもう死んでも構わない！」

巌は机に両の拳《こぶし》を叩《たた》きつけると、そのまま突っ伏してむせび泣き始めた。

——正直、死んじまったほうが楽だと何度も思ったよ。

——でもさ、逃げちゃダメだな。

——母ちゃんが俺を忘れても、俺は母ちゃんを覚えてないといけない。

——それが、それだけが、今の俺にできることだから。

次々に浮かんでくるかつての巌の言葉——弱々しくも、笑顔を浮かべながら彼がこう言ってみせたのは、そう遠い過去のことではない。だからこそ、いま目の前でさめざめと泣く老人が同一人物とは、とても思えなかった。ただでさえ先の見えない妻の介護に加え、一度は息子をあてにできると信じて裏切られたのだ。むしろ、壊れずにいる方が不思議なくらいかもしれない。

二人はただただ、巌が落ち着きを取り戻すまで静かに見守り続けるしかなかった。

「――情けない姿を見せて、すまなかったな」

しばらくすると、巌は平静を取り戻した。以前よりも薄くなった白髪は乱れ、目は真っ赤に充血していたが、少なくとも錯乱しそうには見えなかった。

「いよいよあそこで面倒見てもらうのは、金銭的に無理になった。今月いっぱいで退所しないといけない」

訥々《とつとつ》と語り始める巌――その口ぶりには、彼らしからぬ諦《あきら》めが滲《にじ》んでいる。

「他の施設に移れないか探してみたんだが、近くて安い所はどこも一杯でな。いよいよどうしようもなくなっちまった」

弱々しく笑ってみせる巌に、もはやかける言葉は見つからなかった。

「けやきの里」を出たら、妻の由香里はどうなるのだろう。施設の万全なケアがなくなったら、彼女の身の回りの世話を巌一人でこなさなければならなくなるのだ。それが可能であるとは、とうてい思えなかった。追い詰められた老夫婦に待ち受けている未来、それは――。

「残酷な話だよな。俺にはたっぷりと母ちゃんの記憶があるのに、母ちゃんはもう俺のことを覚えてないんだ。せめて俺の記憶の一部でも母ちゃんと共有できたら、きっと何かが変わるんだろうになあ――」

　そう巌がぼやいたときだった。

「それだ！」

　何やら確信めいた面持ちの健太が、椅子《いす》から跳ねるように立ちあがった。訳がわからない良平を尻目《しりめ》に、健太は巌の肩に力強く手をかける。

「もう一度、取引しましょう」

「取引って言ったって、俺はこれ以上、記憶を売れないんだろ？」

　健太はふふっと笑うと水晶玉を引き寄せ、目を瞑《つぶ》り表面に手を合わせた。

「巌さん、あなたが先日売った記憶は、これで間違いないですね？」

　ぽかんとしている巌に、ひとまずは同じく手を添えるよう指示する。健太が何を考えているのかまるで見当がつかないが、流れに乗るしかない。

　巌が恐る恐る水晶玉に手を載せると、渦巻く白い煙が手のひらに集中する。

「――ああ、間違いない」

「それでは、巌さん。この記憶を買ってください」

「なに言ってる、四百万するんだろ」

　健太の意図するところが、まるでわからなかった。この状況で巌にそんなことができないのは、わかりきったことだ。

「違います。『買戻し』ではありません。小瓶に抽出して『買う』んです」

巌が怪訝《けげん》そうに首を傾げる。

「──どういうことだ？」

「脳みそに植え直す必要なんてないんです。今回大切なのは、小瓶に抽出することだから」

いまだに事態を飲み込めないが、どうやらはったりではなさそうだ。

「──なあ、良平くん。笑っちまうよな」

こちらを振り返った健太の表情は、自信に満ちていた。

「『店』のルールに潜む盲点だよ。俺たちはまんまと『店』の手のひらで踊らされてたってわけだ。でも、稼ぐことを第一に考えなきゃ、答えは極めてシンプルだったのさ」

健太はすうっと一つ深呼吸すると、巌に取引条件を提示した。

「巌さん、この記憶を百円で買いませんか？」

「何だって？」

巌が素《す》っ頓狂《とんきよう》な声を上げる。

「ですから、いまお見せした記憶を百円で買わないかと訊《き》いたんです」

そのとき、いくつもの場面がフラッシュバックする。

――値段はジュンさんが決めていいんですか？

――鋭いね、その通りだけど、どうしてそんなことを訊くのかな？

――容赦なく搾《しぼ》り取れ。同情を差し挟む必要はない。とことん稼ぐんだ。

――実際にいくら稼ぐかは問題じゃない。

――確かに「店」の存在意義は営利目的にある。でもね、決してそれだけじゃない。

――その矛盾に気付くことができたら、きっと新たな世界が開けるわ。

全身が震えだすのを、良平は感じていた。

目標を立てられ、稼ぐことを強いられるなかで見落としていたのだ。これほどまでに大きなルールの穴があることを。「店」の営業マンは、「買い」案件における価格設定を一任されている。それは何も、値段を吊《つ》り上げる方向だけではない。当然、値段を下げることだってできるのだ。では、安値にするのが問題かと言えば、そんなことはない。何故《なぜ》なら「実際にいくら稼ぐかは問題ではない」からだ。必要なのは「記憶の移転を伴わせる意図」だけ。つまり、二百万円で「店」が仕入れた記憶を百円で客に売ることは、営業マンにとって何の利益にもならないだけで、ルール上禁止されているわけではないことになる。

「どうですか？　買いますか？」

健太がいたずらっぽい笑みを浮かべると、巌は慌《あわ》てて、ズボンのポケットからくたびれた小銭入れを引っ張り出した。

「これでいいのか？」

巌が差し出した百円玉を、健太はうやうやしく受け取る。

「よっしゃ、ここから三割が俺たちの稼ぎだ。帰りに駄菓子屋でも寄ろう！」

あまりの衝撃に硬直するほかなかったが、健太の思惑はこれだけではなかった。

「おい、何をぼさっとしてんだ」

ハッと我に返る。

「小瓶に抽出したら、ただちに出発するぞ。向かうはもちろん、『けやきの里』だ！」

レンタカーは一路、「けやきの里」を目指す。助手席の健太はその道々、作戦の全貌《ぜんぼう》を語ってみせた。曰《いわ》く、ヒントは巌の発言にあったのだという。

「『記憶の一部でも母ちゃんと共有できたら』って言いましたよね？　認知症が引き起こす不幸の一つが記憶の不釣り合いによるものだとしたら、均《なら》してやればいいんだ」

施設に着くなり、三人は一目散に由香里の病室へと飛び込んだ。

「いきますよ？」

健太の手にする小瓶から、「初めて出会った日の記憶」が由香里に噴きかけられる。

すると——。

「──お父さん？」

由香里の両目は、しっかりと焦点を結んでいた。

巌はしばしぽかんと口を開けていたが、やがてかすれ声を絞り出す。

「──母ちゃん？」

「どうしたの、そんな顔して。私の顔に何かついてる？」

由香里はベッドから身を起こすと、手すりを掴《つか》む巌の両手に自らの両手を重ねる。途端に巌の両目から涙が溢《あふ》れ、そんな巌を由香里はただただ愛《いと》おしげにいつまでも見守っていた。

「──会いたかった、会いたかった……」

「何言ってんのよ、ずっとここにいるじゃない──」

しばしの「再会」の後、効力が消えるとともに彼女から表情が失われていく。結ばれていた焦点は緩み、笑みが消失する。彼女が彼女でいられるのは、一瞬だった。

「もう一度、どうぞ」

健太は巌に小瓶を渡し、今度は巌が噴きつける。

すると、由香里に再び表情が戻ってくる──。

しばらく二人だけにしてあげようと、健太とともに部屋を出た。

エレベーターホールの革張りの長椅子に、二人して腰をおろす。

「——恐れ入ったよ」

それは心の底からの賛辞だったが、健太はわざとらしく驚いた表情をしてみせた。

「おいおい、まさかこれで満足してるんじゃないだろうな」

健太がこの笑顔を浮かべているとき、たいてい事態はとんでもなくスリリングな方向に転がりはじめることを知っている。

「これ以上、何を企《たくら》んでるんだよ」

「忘れたのか。悪徳銀行員こと良平くんがそもそも何故、石塚夫妻に目をつけたのか」

すぐにあの日の光景が蘇《よみがえ》る。

銀行の窓口で「金を引き出させろ」と怒鳴っていた巌と、それをなだめる課長。

——妻はもう俺のことだって誰だかわからねえんだぞ。

——解約の意思なんて知ったことか！

その瞬間、すべてに合点がいった。

「まさか——」

「そのまさかだよ」

健太は一段と声を落とす。

「石塚由香里は記憶を噴霧されてからの数十秒間だけ、自分を取り戻す。解約の意思確認ができるとしたら、その一瞬しかない」

2

週が明け、月曜日を迎える。朝礼担当の一年目行員の掛け声に合わせて、シャッターが上がっていく。朝九時、銀行が開店する時間だ。朝イチは、行員全員が起立してお客さまを出迎えるのが銀行のルールだった。

「いらっしゃいませ！」

皆が一斉に、お客さまに向かって腰を折る。

「開店します！」

良平はお辞儀もそこそこに、一番乗りでカウンターにやって来た老人の姿を確認する。いつもと同じ、グレーの作業着を身に纏《まと》った石塚巌の姿がそこにはあった。ひとまず着席して、パソコンの画面に向かう。視線は顧客リストに向けられていたが、カウンターでのやり取りに耳を澄ます。自分が銀行員であることは巌に伝えていなかったが、いざとなれば飛び出していく覚悟はあった。

「奥さまの定期預金の解約ですか——少々お待ちください」

窓口に出ていた五年目の女性行員が、困惑げに課長のもとへ向かう。しばしの相談の末、今度は課長が窓口へと出ていく。

「——お客さま、失礼ですが、奥さまはどちらに？」

「いまは『けやきの里』っちゅうホームに入所してる」

いくつかのやり取りの後、課長が窓口に据えられている電話の受話器を手にした。

ここまではすべて想定内だった。「けやきの里」の事務所には、事情を仔細《しさい》に伝えてある。そして、銀行から電話があった際は、内線で由香里の部屋へと転送されることになっていた。部屋には健太が待機し、内線が鳴るとともに由香里に記憶を噴きつけるのだ。彼女が自分を取り戻している一瞬を利用し、解約の意思表示をする。仮に確認が完了する前に効力が切れたとしても、再び噴きかければ問題はない。

「もしもし、石塚由香里さまですか？」

課長の電話が、由香里と通じたようだ。瞬間、良平の手にじんわりと汗が滲む。最大の山場である「本人の意思確認」が始まろうとしていた。

「本人の意思確認」はおおむね二段階ある。一つが、電話口の相手が口座の名義人本人であるかの確認。これは主に名前や生年月日、自宅の住所を確認するのが一般的だったが、稀《まれ》に生まれ年の干支《えと》を訊くこともあった。名前や生年月日は他人でも容易に調べることはできるが、干支はなりすました他人では咄嗟《とっさ》に答えられないからだ。どれだけ意味があるかはさておき、形式的にはこれらの質問にすべて答えることができれば「本人確認」は完了したものと見なされる。

続いて「出金の意思確認」だが、こちらは「本人確認」さえできればほぼフリーパスなので、肝心なのは前者だった。

「――失礼ですが、由香里さまの生まれ年の干支は何でしょうか？」

課長は、受話器に向かってゆっくりと言った。あまり好ましい展開ではない。若干の違和感を覚えたから、課長はこの質問をぶつけたのだろう。おそらく、回答のタイミングと記憶の効力が消えかけた瞬間が重なってしまったのだ。再度記憶を振りかければ問題はないはずだが、効力が切れるタイミングと会話の流れがうまく合致するかは、完全に運次第だった。

課長は困ったように席を立つと、良平の背後の支店長席へ向かう。

「支店長、すみません。ご相談が――」

小さく舌打ちする。課長が支店長のもとへ向かったということは、課長権限で決裁できる事態を超えているということだ。

「――というお客さまなんですが、やや不審な点がございました。生年月日がすっと出てこなくて……でも、もう一度伺うと即答されたんです。その口調の変わり様が、いささか不自然だったもので……」

「なるほど」

「それだけじゃありません。私の記憶が正しければ、あのお客さまは以前にも窓口で奥さまの定期預金を引き出そうとしていたんです。そのとき、確か奥さまはもう旦那《だんな》さまのことを識別できない状態だとおっしゃっていました」

「それが、ここにきて意思疎通《そつう》ができる状態になっている？」

「そうなんです——」

明らかに雲行きは怪しくなっていた。最後は支店長次第だが、その対応は厳しくならざるを得ないだろう。特に、自らの経歴に傷がつくことを人一倍嫌う支店長だ。不正出金を疑ったら、簡単には首を縦に振らないはず。ましてや、良平の支店には他の支店とは異なる事情があるのだから。

「つい最近、うちのＡＴＭで振り込め詐欺があったばかりだしな」

「はい——」

まさにその被害者が、いま目の前のカウンターに座っている老人だとは支店長も課長も夢にも思わないだろうが、これこそがこの支店にまつわる特別な事情だった。振り込め詐欺があって、普段以上に注意する必要があるのに、日を置かずして不正出金を見逃したとなれば責任問題だ。

「その四千万円を運用商品に回すわけでもないんだろ」

「ええ、ただ普通預金に移すだけです」

「店の数字にもならないわけか。ただのリスクでしかないな」

デスクの上で思わず拳を握りしめる。不正出金を防ぐというのは、信用第一の銀行にとって責務なのだが、あろうことか、支店長が気にしたのは店の数字になるか否《いな》か——言い換えれば「自身の出世」だったのだ。

その支店長が窓口に向かう。

「お客さま、すみません。もう一度、奥さまとお話しさせていただけますか」

「ああ、構わんが……」

支店長は二言三言、受話器に向けて言葉を発すると、大袈裟《おおげさ》に溜《た》め息をついてみせた。

「申し訳ございません。今回、ご出金いただくことはできません」

「何だと」

思わず席から立ち上がる。他の行員たちも窓口から漂ってくる不穏な気配を察したのか、それとなく耳をそばだてているのがわかった。

「電話の向こうにいらっしゃるのが、奥さまであるという確認が取れません」

「バカ言うな！　母ちゃんは全部ちゃんと答えただろ？」

「一部『おや？』と思うご返答がございました。お客さまの大切なご預金をお守りするのが銀行の使命でして――」

「ふざけるな！　それなら規則で決まってる杓子《しやくし》定規な質問じゃなく、なんでも好きなことを訊いてみろ！　母ちゃんじゃなきゃ知らないことはいくらでもある！」

「そうおっしゃられましても、私たちはそれを判断するだけの材料を持ち合わせておりませんので……」

「それなら、結婚記念日でもなんでも訊いてみたらどうだ？」

「お客さまがおっしゃる質問をしたとしても、ご本人確認とはなりません。大変失礼な言い様で恐縮ですが、事前に幾らでも打ち合わせができますので……」

支店長は形ばかり頭を下げる。

「誰かうちの行員の中に、お二人にしかわからないようなことを知っている者がいたりすれば、まったく話は違うのですが――」

きっと、支店長は「そんな担当者」などいるはずがないと高を括《くく》っていたのだろう。

良平の足は自然と窓口へ向かっていた。不思議と躊躇《ためら》いはなかった。後で何を言われるか知れたものではなかったが、石塚夫妻を救うには、まさに今こそ自分の出番だと思ったのだ。

「――それなら支店長、石の質問をしてみてください」

巌の目が自分の姿を捕え、驚きに見開かれる。

「きみは関係ないだろ」

支店長が鬼の形相で唾《つば》を飛ばす。

「いえ、石塚さまは私が担当するお客さまなので」

その言葉には様々な意味が含まれていたが、少なくとも巌の自宅は自分の担当地区内にあるから、まったくの嘘《うそ》ではない。

「もう一度言います。『最初の石』に描かれていたものが何か、訊いてみてください」

「何のことだ？」

「何のことだかわかりませんよね？　でも、ご夫妻ならわかるはずです」

支店長の顔は怒りに歪《ゆが》み、頭から湯気を立てそうな気配だった。

「お客さまご自身がおっしゃる質問では、確認にならないのですよね。ですから、担当である私から提案させていただきました」

支店長が突如として牙《きば》を剝《む》く。

「何の成果もあげられないくせに、また俺の手を煩《わずら》わせようって魂胆か」

「何の成果もあげられなかったので、初めてお客さまの役に立ちたいんです。私は、ご夫妻にしかわからないであろうことを知っています。行員の中にそれを知っている人間がいれば話は別だと、支店長ご自身がおっしゃったじゃありませんか」

巌の前に置かれていた定期預金の出金伝票を裏返し、指さした。

「石塚さん、ここに答えを書いておいてください」

口をあんぐり開け、呆然《ぼうぜん》としながらやり取りを眺めていた巌だったが、指示に従ってすぐにボールペンを走らせ始めた。

「それでは支店長、訊いてみてください。『最初の石』に何が描かれていたかを」

できる限りの声を張り上げたのは、受話器の向こう側にいるはずの健太へのメッセージだった。

――最後にもう一問だけ、質問がいくぞ。

この問いに由香里が答えられるかは、もはや賭《か》けだった。仮に記憶を取り戻しても、石に描かれていたものを覚えていなければ終わりなのだから。

支店長は苦々しげに再び電話に向かう。

「――すみません、もう一つだけお伺いしてもよろしいでしょうか？　『最初の石』には何が描かれておりましたか？」

今や支店中の視線が、巌のいる窓口に向けられていた。一度は結論を出した支店長に、二年目のひよっこ行員がたてついてみせたのだ。それは、日々代わりばえのしない支店業務に変化と興奮をもたらすものだったことだろう。

支店長は受話器を耳から離すと、静かに由香里の答えを口にした。

「『八月十日　ゴジュウカラ　蛇紋岩』とおっしゃっている」

すぐさま視線を送ると、巌が伝票の裏面を支店長へ向ける。そこに書かれていた文言は、由香里の答えと一言一句同じだった。

――このゴジュウカラはな、俺が初めて仕上げた「作品」なんだ。

――これを見せたとき、母ちゃんはやたらと嬉《うれ》しそうでさ。

――「絵も描ける社長なんて、素敵ね」って顔をくしゃくしゃにして笑ってくれたんだ。だから今、こうして握っててもらってるんだよ。

瞬間、涙が溢れてくる。業務中――しかも行員やお客さまの目もあるなかだったが、もはや押しとどめることはできなかった。何がこれほどまで心を突き動かしたのか、定かではない。由香里がきちんと覚えていたことか、彼らの役に立てたことへの安堵《あんど》か、それらすべてをひっくるめてか。いずれにせよ、間違いのないことが一つある。

自分たちは、「店」の機能を用いて石塚夫妻を救ったのだ。

3

「――にしても、嫌な事件が多いねえ」

クマさんがタバコをふかしながら、週刊誌を差し出してきた。

土曜日の昼下がり。休憩室で健太の到着を待っていた良平は、見開きページの上にでかでかと書かれた記事の見出しに目を止める。『政界のサラブレッドを歪めた真っ黒な関係』——そこには今をときめく現職議員の、政治献金を巡る不祥事が詳しく記されていた。

唐澤敏郎が逮捕されたのは、つい先日のことだ。容疑は政治資金規正法の虚偽記載。飛ぶ鳥を落とす勢いだった「コロン王子」のスキャンダルとはいえ、献金を巡る事件自体は珍しくはない。それなのに、ワイドショーや週刊誌がこぞってこの件を取り上げるのには理由があった。『警察は唐澤容疑者の余罪についても追及している』——記事によると、警察当局はかねてから「別の事件の重要参考人」として唐澤をマークしていたのだという。余罪というのは、もちろん「医者一家焼死事件」のことだ。今からおよそ三年九か月前。翌年の春にも衆議院が解散すると噂《うわさ》されていた当時、御菩薩池公徳の出馬が噂されていた。そして、そうとなれば軍配があがるのは公徳だというのが、大方の予想でもあった。目の上のたんこぶ、排除すべき存在。だが、唐澤は放火事件への関与について、現在も否認し続けている。

「——本当ですね」

クマさんに週刊誌を返す。

「でも、本当にこいつがやったのかね」

真相はわからない。きっと、これから警察がすべてを明らかにするだろう。だが、良平は唐澤が犯人だと確信していた。その「鍵」は、石塚巌が何とはなしに呟《つぶや》いた一言にあった。


――きみたちは、いったい何者なんだ？

石塚由香里の定期預金を、めでたく普通預金に移した日の夜。巌のもとを訪れた自分たちに彼は尋ねた。そして、二人はここで遂にすべての真実を告げることにした。表向き良平は銀行員、健太は漫画家志望のフリーターだということ。「店」で働き始めた経緯、そして石塚夫妻に目をつけた本当の理由。

――きっかけは何であれ、きみたちのおかげで救われたんだ。

金銭的な余裕ができたので、由香里は「けやきの里」で引き続き世話になれることになった。

――「店」の数字のために、俺にできることはないか？　きみたちのためなら、俺は何でもする覚悟がある。

そこで健太は一つの「提案」をした。

――実は、僕たちは「店」に集まった記憶を頼りに探偵もしてます。

そのまま彼は「星名の謎」を掻《か》いつまんで説明してみせる。初めはその意図がわからなかったが、説明を終えた健太が最後に口にした一言で、すべてに合点がいった。

——人探しなら得意なんです。僕らでテツヤさんを見つけ出してみせます。

巌から抽出した「由香里と出会った日の記憶」は、いずれ底を突く。だから、テツヤを見つけ出し、両親にまつわる記憶を抽出しようというのだ。これ以上記憶を売ることができない巌に代わり、テツヤの記憶で由香里の「失われた記憶」を埋めようという作戦だった。

——それができたら、テツヤさんの記憶の「売り」につけられた額の「二割引き」の価格で、それを買い取ってください。

そうすれば、巌たちは一円も出すことなく記憶を手にすることができるし、自分たちも相応の報酬が見込める。それは、両者にとって実に魅力的な取引だった。巌は「お安い御用だ。むしろもっと払ってもいい」と言ったが、健太は頑として聞き入れなかった。

銀行の顧客情報と「店」に集う記憶をもとに、いとも簡単に二人はテツヤの居場所を割り出した。本名は石塚徹也、現在三十六歳。結婚して、子供が一人いた。勤務先が大手の和菓子メーカーだとわかったとき、思わずほほ笑んでしまったのは言うまでもないだろう。すぐさま健太がアプローチし、ついに巌と徹也は、およそ十数年ぶりに再会を果たすことになった。それが先週の土曜日のことだ。

「店」で落ち合った巌と徹也は、最初こそ他人行儀だったものの、すぐさま打ち解けた雰囲気になった。特に、徹也が水晶玉を経て孫の顔を見せたとき、巌は今まで二人が見たこともないほど顔をくしゃくしゃにしたのだった。

徹也は、記憶の売却および再購入を快諾した。彼が選んだ記憶は家族で箱根旅行に行ったときのもの――たった一度だけ、当時小学生だった彼がせがんで実現したのだといいう。

「売り」の査定額は二百五十万円。まずはその二割にあたる五十万が、二人の報酬となった。再購入額は、二百五十万円の八割なので二百万円。二人には再度報酬として六十万が加わる。よって、一度の取引で百十万円の稼ぎ。まるで計ったかのように、この一連の取引で二人はノルマである一千万円を達成することになった。

――きみたちには感謝のしようがないよ。

別れ際《ぎわ》に巌は、握手を求めてきた。

――これからは、徹也の力も借りられる。

今度こそ、その言葉は本物だった。巌の隣に立つ徹也が深々と頭を下げる。

――願わくは、母ちゃんがこうなる前に何とかしたかったがな。

そう呟いた瞬間、巌は思い出したように手を叩いた。

――そうそう、この前、お前さんがしてくれたあの話、興味深いよ。

首を傾《かし》げる二人に、巌は弱々しく笑ってみせた。

――火事で亡《な》くなった御菩薩池公徳さんの「未病改善」の話さ。これがあったら、母ちゃんを救えたのかな、なんて意味のない空想をしてしまってな。

先日、健太が「星名の謎」について語ったとき、確かに御菩薩池一家焼死事件を説明するにあたって、公徳が取り組んでいた「未病改善」についても軽く触れていたのを覚えている。自分たちにとってそれは、謎の「根幹」に付随する「枝葉」でしかなかったが、妻の病気の進行を見落とした巌にとっては思うところがあったのだろう。

——まあでも、これが実現したら医師会辺りが黙ってなさそうだけどな。

最後に巌がおまけのように付け加えたこの一言に、ピンときたのが健太だった。

——医師会からの圧力が動機だ、間違いない。

帰りの車内で、健太は自説を語った。従来であれば症状が重くなるまで見過ごされてきた「患者予備軍」を、「患者」になる前に食い止めること。それは、裏を返せば医療機関の診療報酬が減少することを意味している。御菩薩池公徳の掲げた「未病改善」は、そのときはまだ高知県の小さな町での取り組みに過ぎなかったが、これがいずれ県全体に波及することを医師会の一部は恐れたのではないか。

——医師会はなんて言ってるんだ？

だから夜の首都高で、唐澤は秘書の蜷川に詰め寄っていたのではないだろうか。

「——それじゃあ、俺はちょっくらジュンさんの客を送りにいってくるわ」

クマさんは、「どっこいしょ」という掛け声とともに席を立った。

それから数分もしないうちに、健太が休憩室にやって来た。良平の真正面に腰掛けた彼は、テーブルの端に放られた週刊誌を手にする。

「唐澤の件でどこも持ち切りだな」

「あくまで政治資金規正法違反容疑だけどな」

健太は「まあな」と肩をすくめると、神妙な面持ちを浮かべた。

「さて、晴れて『店』のノルマも達成し、『放火事件』も唐澤が限りなくクロに近いということを突き止めたわけだ。これらは手放しで喜ぶべき話ではあるが、一方でよりわからなくなったこともあるぜ」

それが「星名の謎」であることは、言うまでもない。今わかっていることと言えば、健太の記憶の一部に「ナイト」の記憶が植えつけられているということだけ。

この状況で頼ることができるとしたら、ひとみ以外には考えられない。だからこそ、恐る恐るひとみの居場所を訊いてみることにした。

健太が椅子に深く座り直す。

「実は、どこにいるか俺も知らないんだ」

「え？　だって、お前が次の隠れ家を探してやったんじゃないのか？」

「そのつもりだったよ。でも、お前と言い合いをしたあの日、起きたら机の上に置き手紙があったんだ」

そこには一言だけ「答えがわかった気がします」とあり、ひとみがいたはずの部屋はもぬけの殻になっていたのだという。

「どういう意味だ？」

「わからない」

健太は溜め息をつくと、思い切り顔をしかめる。

「俺はまだ、保科にトラウマを植えつけようとしたあの行為は許してないぜ。『店』に引っ張り込む口実づくりをしただけじゃなく、金まで巻き上げようってんだ」

その口調から、良平は確信する。健太も、もはや打つ手がないことを実感しているのだと。その予想が的中していたことは、続く言葉からも明らかだった。

「――ただ、少なくともノルマを達成した俺たちに、彼女から金をむしり取る必要はなくなった。だとしたら、話は別だ。お前が与えた『トラウマ』を取り去るべく、保科を『店』に連れてこようじゃないか。そして、追っ手が誰なのかまず確かめよう」

あの夜、激昂《げきこう》する健太に投げかけた一言――「ひとみが追っ手の顔を見ている」という事実が、彼の好奇心のアンテナに引っかからないはずがない。少なくとも「敵」の正体を知れば、膠着《こうちゃく》状態の現状に風穴の一つくらいは開けられるだろう。

「よし、そうと決まればまずは保科を――」

そこまで言ったとき、ジュンさんが休憩室にやって来た。瞬時に口をつぐみ、何事もなかったかのように扉の方を振り返る。

「やあやあ、まずは二人ともおめでとう！」

ジュンさんは二人にそれぞれ握手を求めると、ドカッと椅子に腰をおろした。

「きみたちならやると思ってたけど、最後の案件はお見事だね……『店』のことを真の意味で熟知していなければ、あんなアクロバチックな取引はやってのけられないよ。何と言っても、きみたちのおかげで『店』自体は赤字なんだからな！」

どこを探したって「仕入れ値」よりも安い額で、望んで商品を売る営業マンはいないだろうが、ルールから逸脱していない以上、とやかく言われる筋合いもない。結果としてノルマを達成してみせた二人はこの日、ジュンさんから「次のステップ」について簡単なレクチャーを受けることになっていた。

「――さて、店主が言った通り、いよいよきみたちは次のステップに進むことになる」

そのままジュンさんは、「店」の二階でかつて行われていた「記憶移植」について説明してくれた。既にユズさんから聞いて知っていたが、二人はまるで初めて耳にしたかのように頷《うなず》いてみせる。ただ一つ引っかかったのは、ジュンさんの説明から、自殺した「天才」の話が脱け落ちていたことだけだ。

「――質問は特にないかな？」

肯定を示す沈黙が流れる。「それじゃあ、まず『二階』を見せてあげよう」

休憩室を出ると、三人でエレベーターに乗り込む。ジュンさんは上着のポケットから小さな鍵《かぎ》を取り出すと、「1」と「3」のボタンの間にある鍵穴に突っ込み、一捻《ひね》りした。ギギギとエレベーターの軋《きし》むような音がし、やがてゆっくりと上昇し始める。ちん、といつもの音が響き、静かに扉が開く。

「さあ、行こう」

ジュンさんの後について、二階に足を踏み入れる。リノリウムの床は他のフロアと変わらなかったが、部屋は突き当たりの一室だけ。

「ここが『施術室《せじゅつ》』だ」

部屋の装《よそお》いは、相変わらずだった。木製の机と、それを取り囲むように並べられた椅子。机の上には水晶玉が置かれていて、真上にはランタンが吊るされている。

ただ、いつもの取引部屋とは明らかに異なる点もあった。まず目につくのが、中央に置かれたベッドだ。枕《まくら》と思《おぼ》しいものが置かれているが、そこからは透明なチューブがイソギンチャクのように生えていた。すぐ脇《わき》には、なにやらいびつな機械らしきものが置かれ、枕もどきに生えていたのと同じ透明なチューブが何本も伸びている。そのうちの何本かは、机の上の水晶玉に接続されていた。よく見ると、その装置には顕微鏡の接眼レンズのようなものまでついている。

「なんとも薄気味悪い装置だろ？」

ジュンさんが、おもむろにベッドに横になる。ジュンさんの頭が枕もどきに載せられたとたん、まるで意思を持っているかのように、いっせいにチューブが彼の頭にまとわりついた。それは、さながら獲物《えもの》に群がるピラニアのようだった。思わず後ずさりする自分たちを尻目に、ジュンさんは平然としていた。

「このチューブを通じて、記憶が植えつけられるんだ。そこから見える光景は気持ちのいいものではないだろうけど、寝心地は案外悪くないよ」

ジュンさんはベッドから身を起こすと、続いて謎《なぞ》の装置を指さす。

「これが『記憶加工機』と呼ばれる代物《しろもの》さ。そこにレンズがあるだろ。それで記憶を覗《のぞ》きながら、適宜手を加えるんだ。もちろん、これでいじれるのは水晶玉に入っている記憶だけじゃない。ベッドに寝ている人間の記憶の方をいじることも可能なんだ」

この装置を使って、「ナイト」の記憶が健太に植えつけられたのだろうか。横目で健太を盗み見るが、暗がりでは彼がどんな表情を浮かべているかわからなかった。

「まずは、簡単なところからやっていこう。ちょうどいいお客さんを見つけたら、二人に連絡を入れるよ。一歩ずつ、焦《あせ》らず始めようじゃないか」

4

ジュンさんからのレクチャーを受け終えた二人が「店」を出ると、健太のスマホが着信音を響かせた。画面を見やる彼の目が見開かれる。

「誰からだ？」

答えずに、健太はすぐさま電話に出た。

「ご無沙汰《ぶさた》しております、保科さん」

ひとみが何と言っているかはさすがにわからなかったが、ことがうまく運んでいそうな様子だった。

「――それでは、すぐにお迎えに上がります。新橋駅でお待ちください」

しかし、通話を終えた健太の表情は、なぜだか浮かなかった。

「どうした、そんな顔して。保科が『店』に来るんだろ」

健太は額に指を押し当てると、天を仰いだ。

「ああ。だけど、どうにも解《げ》せないんだ」

「何が？」

「彼女、俺が『店』について口にする前に、自分から『あの日の夜の出来事を忘れたい』と言い出したんだ。これって偶然か?」

だからとんとん拍子に話が進んだのか、と納得がいったものの、なるほど、健太の言うことが事実だとしたら奇妙ではある。まるで、こちらの思惑を知っているかのようではないか。

「——まあでも、いずれにせよ大チャンスじゃないか」

軽い調子でそう言ってみたが、隣の健太はしばらく押し黙ったまま、十月の空を見上げていた。


「まずは座りましょうか」

促されると、ひとみは唇を引き結んだまま、静かに椅子《いす》に腰をおろした。その視線は、ずっと机の上の水晶玉に向けられている。駅で拾ってから「店」に到着するまで、彼女はただの一言も言葉を発していない。

「『店』のシステムは、先ほどお電話でお伝えした通りです」

健太が言うと、ひとみはこくりと頷き返した。

「保科さんが今回『引き取り』を希望されるのは、先日、謎の男に追われた夜の記憶でよろしいですか?」

もう一度、ひとみは頷く。その視線は、凍りついたかのように水晶玉に向けられたままだ。思いつめたように唇を引き結ぶ姿は、これまでの彼女のイメージとはほど遠く、いささか不気味ですらあった。

「それでは、あの日の夜のことを思い出して、この水晶玉に手を触れてください」

いよいよ「敵」と対峙《たいじ》する瞬間がやって来る。自分たちの動きをいち早く察知し、ひとみとの接触を執拗《しつよう》に断とうとしてきた「黒幕」の正体——その素顔に迫るときが訪れたのだ。

ところが、ひとみはいっこうに水晶玉に手を伸ばそうとしない。思わず健太と顔を見合わせるが、彼も首を傾げるばかり。

「本当に……記憶を取引できるんですね——」

ひとみがポツリと漏らした。

「電話するまでは半信半疑でしたが、いま確信しました」

——電話するまでは半信半疑でしたが、いま確信しました。

そのひと言に、強烈な違和感を覚える。

つまり彼女は、健太が「店」について告げる前から感づいていたのだ。「記憶を取引できる可能性」に。

「——『電話するまでは』って言いました？」

ひとみは、そんな健太の質問を無視して水晶玉に手を伸ばした。

「ごめんなさい、独り言です。それじゃあ、始めてください」

彼女が忽然《こつぜん》と姿を消してから、約二週間――「答えがわかった気がします」という置き手紙は、「記憶を取引できる可能性」に思い至ったということなのだろうか。そんな良平の疑問をよそに、取引は進む。

「――それでは、その記憶を思い浮かべてください」

ひとみと健太の手のひらが、それぞれ水晶玉に載せられる。中では白煙が渦巻き、その渦は健太の手のひらへと向かう。

「なるほど、これは恐ろしいですね……」

今まさに、健太は「あの日の夜の出来事」を彼女の目線で追体験しているはずだ。赤坂の路上でタクシーを降り、刃物を手にした「敵」と対峙する。剛志が奇襲を仕掛け、戦いの最中「敵」のサングラスが吹っ飛ぶ。幸運なことに、膝《ひざ》から崩れ落ちた「敵」の素顔をひとみは目撃する。水晶玉越しなので彼女の感情まではわからないだろうが、追っ手の正体に迫るためにはこれだけでも十分だ。

そのとき健太が、弾《はじ》き飛ばされたように水晶玉から手を離し、身をのけ反らせた。

「嘘だ――」

そう呟く彼の顔からは、血の気が失《う》せていた。

「どうしたんだ？　正体がわかったのか？」

しかしいくら尋ねても、彼は頭を抱えてうわごとのように「嘘だ」と繰り返すばかり。たまらず自分も水晶玉に手を載せる。

「保科さん、もう一度お願いします」

頷いたひとみが手を添えると、次の瞬間、良平は赤坂の路地に立っていた。

「もうやめて！」

戦う男たちの脇で、ひとみは声を張り上げた。

ふと、道に包丁が落ちているのを見つける。すぐさま拾い上げて、男たちに向け構えた。隙《すき》が生じた男の顔面に剛志が強烈なパンチを見舞うと、サングラスが吹っ飛ぶ。片膝ついて崩れ落ちた男の顔が、目の前で露《あら》わになる。

その男の顔を、良平はよく知っていた。

「嘘だろ——」

水晶玉から手を引きつつ、健太と同じ言葉を繰り返すことしかできない。

「嘘だ、どういうことだ——」

助けを求めるように健太を見やると、彼は沈痛な面持ちで口を開いた。

「——ジュンさんだ。間違いない」

——だが、何故《なぜ》？

その疑問だけを胸に、しばらく呆然とするしかなかった。

健太が力なく呟く。

「知り合いどころの騒ぎじゃありませんね——」

重苦しい沈黙を破ったのはひとみだった。

「知り合いだったんですか？」

「この『店』の人間——僕たち二人を一番気にかけてくれていた兄貴分のような人です」

そんな人が、あろうことか刃物を構えて襲い掛かってきたのだ。ひとみの記憶を見る限り、それはジュンさん以外の何者でもなかった。そうなると、怪文書の送り主もジュンさんということになるだろう。

「どうりで剛志でも勝てなかったわけだ。だって、ジュンさんは元プロの格闘家だろ」

やや平静を取り戻した健太が、自嘲《じちよう》気味に笑ってみせる。

「でも、なんでジュンさんが？」

言ってみたところで答えが浮かぶはずもないが、言わずにはいられなかった。信じられなかったし、信じたくなかった。どうすればこのあまりにも異常な現実に説明がつけられるのか、まったくわからない。

「――いや、ワトソン昴くん。これで、俺はある確信を持ったよ」

健太はひとみに一瞥《いちべつ》をくれると、静かに自らの考えを口にした。

「ジュンさんは、俺たちが『ナイト』の正体に辿《たど》り着くのを食い止めようとしたんだ。いや、さらに言えばジュンさんは『店』の差し金なんじゃないかという気さえする。俺たちが『ナイト』の正体を暴《あば》いてしまうと、『店』にとって都合が悪いのさ」

腑《ふ》に落ちない様子で黙っていたひとみが、「ナイト」という言葉に反応する。

「――どういうことですか？」

健太は彼女の方に向きなおると、小さく頭を下げた。

「保科さん、今まで黙っていて申し訳ありませんでした。実を言うと、自分はとんでもない事実を隠していたんです」

そのまま健太は、ひとみに『スターダスト・ナイト』にまつわる異常な現実を話して聞かせた。作品のタイトルとあらすじ、そして入賞した少年漫画誌の名前――偶然の一致では片づけられない数多《あまた》の事象。この状況に唯一《ゆいいつ》説明をつけられる、「記憶移植」と自殺した「天才」。聞いている間、ひとみはじっと身を硬くしていた。

「――ということなんです。追っ手の正体がジュンさんとわかった今、もはや『店』と『ナイト』が無関係なはずはないと思います」

彼の言うことはもっともだったが、依然として疑問山積だった。

「でも、どうして俺たちが『ナイト』の正体を探ってるってわかったんだろう？」

健太はふふっと小さく笑うと、「盲点だったよ」と呟いた。

「盲点？」

「ああ、完全なる盲点だ。そして俺が『ジュンさん単独犯説』ではなく、本当の黒幕は『店』だと考える理由もそこにある」

「どういうことだ？」

「『店』には、俺たちが『流浪《るろう》の歌姫・星名』の過去を暴こうとしていること、その際に『ライター』を騙《かた》っていること、すべてが筒抜けだったんだ」

「どうして？」

「記憶の小瓶の持ち出しには、店主の承認が必要だろ？」

思わず「あっ！」と声をあげる。まさにそれは「完全なる盲点」だった。

健太の言う通り、記憶の小瓶を持ち出すには「店主の審査を受け、承認を得る」というのが「店」のルール――つまり、これまで健太が持ち出してきた記憶について店主はそのすべての中身を確認しており、当然、その記憶の内容を見れば二人が「星名」の過去を暴こうとしていることは知れたことになるではないか。

「――迂闊《うかつ》だったよ。窓口がユズさんだから、すべてを店主がチェックしているという意識が薄れちまってたんだ。俺が持ち出した記憶を覚えてるか。引きこもりの青年に、京都の中学生、そして西麻布のバーで剛志と会った時の記憶――他にもいくつかあるけど、特に剛志との記憶を見れば、俺たちが何を企てているか一目瞭然《いちもくりようぜん》だ」

最初の警告文が二人に届いたのは、健太が剛志に接触した後――正確に言えば、「健太が剛志と接触した時の記憶を持ち出した直後」だった。

「となると、どうして『店』は『ナイト』の正体を暴かれたくないのか――残念ながらこれについては知恵がないが、おぼろげながら全貌《ぜんぼう》が見えてきた気はする。そこには確実に、『記憶移植』と自殺した『天才』が絡《から》んでいるはずだ」

「あの――」

不意に健太の発言を遮るひとみ――その表情は明らかに混乱していたが、同時にある確信もほの見えた。

「『記憶移植』というのは、何ができるんですか?」

健太が簡単に説明すると、ひとみは更に質問を重ねた。

「――つまり、別人に生まれ変わることもできる、ということでしょうか?」

「何をもって『別人』と言うかにもよりますが、まあできるでしょうね」

どうして彼女がそんなことを訊《き》くのか、まるでわからなかった。しかし、続く発言でその疑問はあっさり吹き飛んでしまう。

「すみません、お願いがあります。ジュンさんに会わせてください」

「はい？」

度肝を抜かれたのか、健太が助けを求めるようにこちらへと顔を向けるが、呆気《あっけ》にとられたのは自分も同じだった。

「せっかくいただいた話ですが、今日は『引き取り』をキャンセルさせてください。その代わり、ジュンさんに会いたいんです」

「でも――」

何かを言いかけた健太を、ひとみが制する。

「お願いです、何も訊かないでください。『答え』がわかったんです」

「『答え』――ですか？」

「ええ、だから『答え合わせ』をしたいんです」

5

「――それじゃあ、こういうケースはどうしたらいいと思う？」

二階の「施術室」で、良平はジュンさんと向かい合って座っていた。隣には健太が並んで腰掛けているが、緊張感でいっぱいに見える。「敵」の正体がジュンさんだとわかったのが、先週末のこと。ただでさえ信じられないことなのに、あろうことかひとみは

「ジュンさんに会いたい」と言ってのけたのだ。

結局、望み通りその日のうちに、彼女をジュンさんに引き合わせることにした。当たり前だが「追っ手であるジュンさんに会いたいらしいんです」とは言わず、「『店』のことを僕ら以上によく知る人に話を訊きたいらしいんです」と、もっともらしい理由をつけてのことだ。二人がどのような会話を交わしたのかはわからないし、彼女が何故ジュンさんに会いたがったのかも謎のまま——その後、健太が顚末《てんまつ》を尋ねようと連絡してみたものの、一切返事がなかったからだ。またしても彼女は、二人の前から忽然と消えてしまったのだ。

そんな事情を知らないジュンさんは、いつも通りの笑みで続ける。

「——これは、実際に俺が抱えているお客さんの悩みなんだが、そのお客さんには『突如として姿をくらました幼馴染《おさななじみ》』がいる。生死は不明だが、これ以上やきもきするくらいなら、死んでしまったことにした方がいい。その方がきっと気持ちも晴れるだろう。さて、こういうときはどういうリスクがあり、どういう記憶を植えつけるべきかな?」

「記憶移植」の入門講座第一回が開かれているところだった。

目の前で笑みを浮かべるこの男が、自分たちをつけ狙《ねら》っていた——頭ではわかっているつもりでも、やはりどうにも受け入れがたかった。かと言って「どうして僕らを追っていたんですか?」と尋ねる気には、もちろんなれない。あまりに恐ろしい「何か」と遭遇してしまいそうな気がしたからだ。「パンドラの箱」とでも言えばいいだろうか。とにかく、しばらくは静観しようというのが、二人の出した結論だった。

「そうですね……考えなければならないことはたくさんありますが、特に気をつける必要があるのは姿をくらましたときの状況や、どうやってその幼馴染が死んだという事実を知るか、といった点ですかね」

　胸の奥に渦巻く疑念はおくびにも出さず、淡々と答える。

「さすが『リスクマネジメントのリョウ』だな。それじゃあ、どうやってその幼馴染が死んだという事実を知るのがいいと思う？」

「その幼馴染とお客さんの関係は、友人やお互いの家族などに知られていたのでしょうか？」

「誰にも知られていない秘密の関係だったとしたら？」

　二人の関係は対外的には示されていない――これは極めて重要なファクターだ。すぐに頭の中であらゆる場面を想定する。

「結論から言えば、『新聞の地方版の小さな記事で事故死したことを知る』というのが一番いいのでは、と思います」

「ほう、それは何故？」

「二人だけしかその関係を知らない以上、『人づてに知る』という選択肢は排除しても差し支えないかと。また『探偵に依頼して知る』というのもありますが、これは状況によるでしょうね。もしお客さんが、その幼馴染を見つけたくてたまらないと思っていたのであればアリですが、そういう事情もないのにこの記憶を植えつけたら、微妙に違和感を覚える可能性があります」

ジュンさんは小首を傾げてみせた。

「どんな違和感？」

「どうして自分は探偵を雇うほど固執していたのだろう、という違和感です。別に見逃せる程度の小さな話と言えばそれまでですが、できるだけ『自分に対して違和感を覚えるリスク』は減らしておくべきです」

隣で健太が感心したように頷いてみせたが、ジュンさんはまだ「合格」を出さない。

「――でもさ、新聞に実際にはそんな記事なんて出てないんだよ。そのことが後でわかったら、その方がよっぽど変じゃないかな？」

「いえ、大丈夫です。何故なら『記憶は改竄《かいざん》できる』なんてことを、普通の人は思い至るはずがないからです。今回のパターンで言えば、記事を目にした記憶それ自体を『もしかしたら嘘《うそ》だったのでは？』と疑い始めることは、通常考えられません。ただ、場合によってはお客さんのもとの記憶自体をいじるのはありかもしれませんが」

「もとの記憶をいじるとは？」

「たとえば、その幼馴染の名前自体を記憶上で変えてしまうんです。新聞で事故死が報じられた、全く関係ない他人の名前と同じものに。そうすれば、記事自体は実在することになります。他にも、記憶上の顔を変えてしまうとかいろいろ考えられますが、これ以上は実際のお客さんの性格などを踏まえないと決められないかと……」

ジュンさんは嬉しそうに目尻《めじり》を下げた。

「思っていた以上だよ。いますぐにでも『記憶移植』を任せられる水準にあると思う」

ジュンさんは手放しで賞賛してくれたが、「人を一人消す」程度は今の自分にとって造作ないことだった。これまで幾度となく「引き取り」案件を手掛け、その都度リスクの洗い出しをしてきたのだから。

「じゃあ、ちょっと実際にやってみようか――」

助けを借りつつも、良平は「店」に蓄積されていた様々な記憶を繋《つな》ぎあわせ、見事に「幼馴染の事故死を新聞で知る記憶」の原型となる骨格を作ってみせた。これにはジュンさんもたまげた様子で、ただただ感嘆するばかりだった。

「本当に驚いたな。ここまで『記憶の骨格』を作ってもらえれば、もう九割がた『移植』は終わったようなもんだよ」

幼馴染の名前や顔を良平はもちろん知らなかったが、細部の辻褄《つじつま》合わせは実際に埋め込む瞬間にジュンさんが操作するので問題ないそうだ。あくまで大事なのは骨格となる記憶であり、そこに「ミス」があると高い確率で客は異常をきたすという。

その後もいくつか「記憶移植」の際に考慮すべき事項についてレクチャーを受け、間もなくこの日のレッスンが終わろうかというとき、おもむろに健太が口を開いた。

「今日の題材になったお客さんは、実際に『記憶移植』を希望しているんですか？」

その質問に一瞬、怪訝《けげん》な表情をみせたジュンさんだったが、すぐにいたずらっ子のように笑いだした。

「――鋭いね。もしかして、『幼馴染の事故死を新聞で知る記憶』を実際にこしらえたのは自分たちなんだから、『移植』をした際の報酬を寄越せってことかな？」

「それもありますが――」

「それもあるのか。冗談のつもりだったんだけどな」

おどけるジュンさんだが、健太は真面目《まじめ》な表情を崩さない。

「僕たちは、そのお客さんに会えないんですか？」

思いがけない質問だったのか、ジュンさんが首を傾げる。

「どうして？」

「本人に会ってない僕たち――まあ、自分はただこいつが作業するのを見てただけですが、そんな僕らがこさえた記憶を『移植』して大丈夫なのかと思ったもので」

彼の懸念《けねん》はもっともだった。確かに、案件の難易度としてはそれほど高いものではないが、当のお客さん本人に会わずしてこしらえた「偽《にせ》の記憶」が植えつけられるとしたら、それはいささか恐ろしいことのように思えた。

ジュンさんは「そういうことか」と言って、おもむろにタバコに火をつける。

「その点なら大丈夫。ちゃんと、二人のレベルを考えて案件は選んでるんだ。本人に会わなくても全く問題はないさ」

「でも――」

食い下がろうとした健太だったが、ジュンさんはきっぱりと撥《は》ねつける。

「きみたちが余計な心配をする必要はないよ」

初めて二人が「店」にやって来たとき、どうしてエレベーターの「二階」だけはボタンじゃないのかと尋ねた健太に、ジュンさんが言い放った一言。

――それは今のきみたちには関係のないことだよ。

あのときと同じ有無を言わさぬ迫力があったが、今日の健太はしつこかった。

「じゃあ、せめて、いつそのお客さんは『移植』をする予定なのかだけでも教えてください」

「まあ、それは構わないけど。今日この後、夕方五時からの予定だよ」

それだけ言うと、ジュンさんはぷかっと煙を吐き出した。

「店」を後にした二人は、渋谷駅近くの商業ビル三階にあるカフェに入った。土曜日の夕方なのでたいそう混み合っていたが、運のいいことに窓際の二人掛けが空いている。そこからは、スクランブル交差点が見下ろせた。

「——どうして、あんなにこだわったわけ？」

それは言うまでもなく、先ほど健太が見せた不可解な「食い下がり」のことだ。そうこだわるような話ではないようにも思えたが、きっと彼には思うところがあったのだろう。

注文していたアイスコーヒーが運ばれてくると、ようやく健太が口を開いた。

「——保科は、『答え』がわかったって言ってたよな」

眺めていたメニューから顔をあげ、彼の顔を見やるが、健太は相変わらず眉《まゆ》を寄せながら交差点を見下ろしていた。

「ああ、言ってたな」

「何がわかったんだろう」

「さあな——」

瞼《まぶた》を閉じると、健太は大きく溜《た》め息をついた。

「保科は、『電話をするまでは半信半疑だった』って言ってた。つまり、彼女は俺に電話してきた時点で、既に『記憶は取引できる』という可能性に辿りついていたことになる」

　それは、先ほど自分がジュンさんにしてみせた説明と、明らかに矛盾していた。

　――「記憶は改竄できる」なんて、普通の人は思い至るはずがないからです。

　健太は、テーブルの上で頭を抱え込んだ。

「保科はジュンさんに追われたあの日の夜、『記憶は取引できるのかもしれない』と考えるに至った。置き手紙にあった『答えがわかった気がする』というのは、おそらくこのことだろう」

「俺もそう思う」

「どうしてだ。記憶は取引できるものだなんて、普通に生きていたら考えもしないはずなのに。それこそ『店』の人間に話を聞かされなきゃ――」

　途端に目を見開くと、彼は何かに気付いたように天井を仰いだ。

「そういうことか」

「は？」

「あの日、俺たちは話を聞かれていたんだ！」

「待て、どういうことだよ」

「あの日の夜、保科は寝てなかったんだ。おそらく、扉越しに俺たちの会話に耳を澄ませていたんだろう」

奥の部屋から物音がして、二人で口をつぐんだのを思い出す。

「だからか」と健太は一人で頷いてみせた。

「俺たちの会話を聞いていたんなら、保科が自分から『あの日の夜の出来事を忘れたい』と言い出したことにも説明がつく。それこそが、外道の良平くんの思い描いたシナリオだったんだからな。彼女は『店』が実在するか確かめるために、あえて『飛んで火に入る夏の虫』を演じたのさ」

「でも、それなら『番人』はアウトの判定をしたはずじゃないか」

あの夜、自分は「ひとみの記憶を移転させる意図」を持っていたが、健太はそうではない。ただ純粋に、「店」について議論を交わしていただけだ。それを「番人」が見逃すことがあるだろうか。

健太はゆっくりと首を振る。

「そうはならないのさ」

「どうして？」

「何故なら、俺たちの記憶上はただ会話をしただけだから」

「ただ会話をしただけ？」

「『番人』が判定しているのは『客観的事実』ではなくて、あくまで当人の『記憶』――つまり意識なのさ。逆に訊くが、あの日保科に話を聞かせているという意識はあったか？」

言われてみれば、あの晩、ひとみが盗み聞きしているとは微塵《みじん》も考えなかった。つまり、記憶上はただ「健太と『店』の話をした」だけということになる。これなら、確かに「制裁」を加えられるいわれなどない。

健太はようやく笑顔をみせた。

「俺たちの話を盗み聞きしていた保科は『店』にやって来て、記憶を取引できると確信した。他にも、俺に『ナイト』の記憶が埋め込まれていることや、自分たちを追っていたのが『店』の人間だということ、そして『店』の狙いが『ナイト』の正体が暴かれるのを阻止することだとまでわかった。さて、この状況下で彼女が『答えがわかった』と言い切った、その心は何だろう」

頭を捻ってみるが、答えは出てこなかった。

「――まるでわからないな」

「だけど、彼女は『答えがわかった』と言い切れるだけの何かを悟った」

「『記憶の取引ができる』ってわかっただけなのにな」

瞬間、健太が指をパチンと鳴らす。

「鋭いな、俺もそこがわからない。彼女が『答えがわかった』と断言したのは、正確には『記憶移植』ができると知ったときだったが、いずれにせよこれは重要なポイントだろう」

「つまり、あのときの保科にとっては、本当に『記憶移植』ができるとすればすべての謎が解ける状況だったたってことか？」

「そういうことだ。でも、それってどんな状況だろう」

今度は自分が天井を見上げる番だった。

——「記憶移植」ができるとすれば、すべての謎が解ける状況。

頭の中でそう繰り返す。すると、形をなしてはいないが、言葉にしないと消えてしまいそうなぼんやりとしたものが浮かんできた。

「——『スワンプマン』の逆じゃないか？」

思いついたことを口にしただけだったが、健太はテーブルに片肘《かたひじ》つくと、興味深そうに身を乗り出してきた。

「何やら面白そうな予感がするじゃないか」

「いや、俺もまだ全然考えが固まってないんだけど……」

見た目は同じだが、記憶だけ変わってしまった人がいたとする。本人はそのことに気付いていないが、周りの人間はきっと異変に気付くだろう。「彼の身に何が？」と首を傾げるはずだ……。とりとめのない話になっている自覚はあったが、聞き終えた健太は感心したように手を打った。

「——お前、それすごくいい線いってる気がするぜ。たとえば、こう考えたらどうだろう。実は、保科は既に『ナイト』の目星がついていたんじゃないか」

「まさか——」

「だが、当の『ナイト』は記憶が入れ替わり、まるで別人のようだったとしたら？」

背筋に悪寒《おかん》が走った。

——つまり、別人に生まれ変わることもできる、ということでしょうか？

先日のひとみの質問が、不気味なほどはっきりと蘇《よみがえ》る。

妙な予感を振り払うように、良平は頭を振った。

「ただの思いつきに過ぎないから、忘れてくれ」

「ただの思いつきを舐《な》めちゃいけないぜ、良平くん」

「何か思うところがあるのか？」

尋ねながら、生唾《なまつば》を飲み込む。心なしか、店内の空気が張りつめてきたように感じられたからだ。世界が息を潜めて、自分たちの会話を盗み聞きしているような気配とでも言えばいいだろうか。

「いや、すまん。全然そういうわけじゃないんだけどさ」

「——なんだよ、期待したのに」

期待した、というのが正しいかはわからなかった。もしかしたら、恐ろしかったという方が正しいのかもしれない。そんな良平の内心を知る由《よし》もない健太は、しゅんと肩をすくめた。

「皮肉なもんだよ。『星名の謎』を暴くつもりで探偵を始めたのに、より真相に迫れたのは『放火事件』のほうだ。まあ、こっちのほうがよっぽど探偵っぽいけどね」

それからしばらく、二人は黙ってスクランブル交差点を見下ろし続けた。

行き交う人々の群れ。それぞれが自分だけの記憶を宿し、これからも自分だけの記憶を積み重ねていく。そんな当たり前のことが、何故かこの瞬間、無性に愛《いと》おしく感じられた。

「――思い返すと、本当に楽しかったな」

思わず、そう呟《つぶや》いていた。

一瞬きょとんとした健太は、ふんっと照れくさそうに鼻を鳴らした。

「語尾が過去形なのは気に喰わないけど、まあ、楽しかったという点は同感だ」

「きっと、渋谷の駅前で『星名』と出会ったのが、すべての始まりだったんだろうな」

「いや、違うだろ」と健太は自らの頭を指さしながら笑ってみせた。

「もとはと言えば、『ナイト』の野郎が俺の頭に『スターダスト・ナイト』を植えつけやがったことが始まりさ」

「確かに」と独り言のように呟く。「だけど、やっぱりあの日、教室でお前が話しかけてくれたのがそもそもの始まりだった気がするな。あの日からだよ、俺の人生が不思議な方向に転がり始めたのは」

「懐《なつ》かしいな……確か、授業中『終末のライラ』の最新刊をお前が読んでたんだ」

「いきなり『よほどのファンと見た』なんて声をかけられてさ。初対面の印象は最悪だったぜ。自分が他にどんな失礼なこと言ったか、覚えてるだろうな」

「ああ、もちろん――」

そう言いながら突然、健太は口をつぐんだ。何の前触れもなく、まるでパソコンが強制終了されたかのようだった。

「どうした？」

恐る恐る尋ねるが、健太はこちらを見つめたまま凍りついている。そして、その視線は自分の額に向けられているときた。

「何だよ？」

だが、そう聞いても気味が悪いほど、彼は微動だにしない。

「――おでこになんかついてるか？」

そう言って額に触れようとした時、脳裏にある場面が蘇った。

――ところでさ、お前はかつての俺の傑作漫画の主人公に顔がそっくりなんだ。

――あと、そのおでこの傷。

教室で初めて出会った日、彼は不躾《ぶしつけ》にもそう言ってのけた。そのときは不愉快であると同時にその観察眼の鋭さに驚かされたものだったが、今は事情がかなり違う。

一瞬だけよぎった不穏な予感を振り払うように、笑顔をつくってみせる。

「どうしたんだよ、なんか言えよ」

「——『シーナ』と『リオ』のモデルって、どう見ても保科と『ナイト』だよな？」

ようやく口を開いた健太の瞳は、確信に満ちていた。

「『シーナ』はきっと『ほしな』からとったものだろう。だとしたら『リオ』ってのも名前から取ったんじゃないか？」

「だろうな。でもそれが何だっていうんだよ」

あえて平静を装《よそお》ってそう答えるが、鼓動は速くなる一方だ。

——嘘だ、ありえない。

だが、「リオ」という響きはどことなく似ているように思えてくる。

「良平くんも覚えてるだろ？　初めて保科が『ナイト』に出会った日、剛志に虐《いじ》められていた彼は、棒で殴られて頭から血を流していた」

気付かないふりをしようとしたが、唇の端が震えはじめていた。

——そんなわけない。

そんなわけはないはずなのに、額の古傷が、にわかに疼《うず》きだす。

「それだけじゃない。いつか、バッティングセンターに行ったことがあったよな。あのとき、自称元野球部のエースである良平くんは、まったく打つことができなかった」

「酒に酔ってたからな」

「酒に酔ってたからなんだろうか？」

ユズさんの言葉が戦慄《せんりつ》とともに蘇る。

——たとえば「泳げる人間の記憶」を「泳げない人間」に移植したらどうなると思う？

思い返せば、自分に「違和感」を覚えたのはあのときだけではない。支店長に怒鳴られているところを課長代理に救われ、ＡＴＭコーナーで困っている外国人の対応をしたときのこと。あの瞬間、頭の中は自分たちに届いた警告文のことでいっぱいだったが、それを差し引いてもおかしかったのだ。まがりなりにも世界一周した自分が、あの程度の簡単なやり取りに困るはずなどないのだから。

「——酒に酔ってたからだ。何ならもう一度行くか？」

だがもし、素面《しらふ》でもまったく打つことができなかったら——。

「保科はジュンさんに追われたあの夜、変装してない良平くんの姿を見た。きっと、そこで確信したんだ。目の前にいるのが探していた『ナイト』だって」

「バカな——」

「だが、自分の知る『ナイト』とは似ても似つかない——思い返せば、三人で初めて会った日、あのとき保科は、お前の過去を執拗なまでに知りたがった」

——世界一周するような人って、やっぱり小さい頃から特別だったのかなって。

あの日、何故だかわからないがひとみは自分の過去を詮索《せんさく》してきた。どうして初対面なのにこれほど興味を持つのか不思議に思ったし、彼女に思いを寄せる健太の手前、居心地の悪ささえ感じたくらいだ。

——変装してないとそういう顔なんですね。

——「ナイト」と二階堂さんは、光と影ですね。

ひとみが自分に向けて発した数々の言葉、彼女と会話を交わすなかで生じたいくつかの疑問——それらはすべて、自分が「ナイト」だとしたら合理的に説明がつきやしないだろうか。

「そんなわけない、そんなわけ——」

うわ言のように繰り返しながら、反論を試みる。何かあるはずだと「記憶」の底を攫《さら》うと、それはすぐに見つかった。

「だって、俺の個体識別番号は取引履歴になかったんだ！」

気が遠くなるほど膨大な作業を、徹夜で終えたあの日。過去十年にわたる取引履歴の中に、自分と同一の番号はなかった。『該当　0件』——これは覆《くつがえ》しようのない事実ではないか。仮に自分が「ナイト」だとしたら、履歴にないのはおかしいのだから。

「――どうだ。これは動かしようのない証拠だろ？」

「いや、残ってなくて当たり前だよ」

健太は静かにそう言った。

「なんでだよ？」

全身の毛穴から汗が噴き出してくる。

「覚えてるだろ？　鏡が何をもって『本人確認』しているか」

「記憶構成」

「記憶を総取り換えしたら、それはもはや別人と呼ぶんじゃないか？」

「そんな――」

「いろんな人間の記憶を継ぎはぎした新しい岸良平は、それまでの岸良平とは記憶の構成がまるっきりの別物だ。鏡が同一人物と判断するに足るだけの記憶の連続性が、そこにはないんじゃないか？」

――つまり、別人に生まれ変わることもできる、ということでしょうか？

記憶の一部を取り換えるだけなら、確かに記憶の構成が大幅に変わったとは言えないだろう。だが、文字通りすべての記憶が別物と入れ替えられてしまったら――。

「あり得ない――」

すべて「偽物」だったのだろうか。運動でも勉強でも目立つ神童だったことも、監督と喧嘩《けんか》して野球部を退部したことも、大学に進学し世界一周を成し遂げたことも。

眩暈《めまい》と吐き気が押し寄せてくる。

――だって、こんなにしっかり覚えているのに。

だが、その記憶が「本当に自分が体験したものなのか」を確かめる術《すべ》はない。

「『記憶移植』の天才だった『ナイト』は、自身の記憶を入れ替えるという神業をやってのけた。それは紛れもなく『自殺』だ」

――彼の「作品」は完璧《かんぺき》だった。その後の追跡調査でも「作品」は何ら異常をきたすことなく日常生活を続けている。

ユズさんの言う通りだった。ささやかな違和感は覚えていたが、日常生活に支障をきたすレベルの「齟齬《そご》」は生じていない。これこそがまさに、「ナイト」の施術《せじゅつ》が成功裏に終わったことの最大の証《あかし》なのだ。

「良平くんが『リスクマネジメントのリョウ』として名を馳《は》せているのも頷《うなず》けるよ」

――彼は生まれながらにして「作家」だったのよ。

――いますぐにでも「記憶移植」を任せられる水準にあると思う。

怒濤《どとう》のように押し寄せてくる様々な場面――いったん氷解し始めると、連鎖反応のようにすべての辻褄が合い始める。

「とんでもないシナリオだな。まさに『星空は改竄されて』いたんだ」

漫画『スターダスト・ナイト』において「銀河連合」が自らの「不都合な過去」を隠蔽《いんぺい》するためにしてみせた偽装工作――それと同じだった。「リオ」と「シーナ」が望遠鏡越しに覗《のぞ》いた星々の平和がまやかしだったように、自分の過去だと思っていた記憶のすべては、作られたものだった――。

「――だとしたら、まずいぞ！」

何かに気付いた健太が、腕時計に目をやる。

「ジュンさんが今日の五時から『記憶移植』するのは、おそらく保科だ！　彼女は『答え』を知ってしまった。かつて約束を交わした『ナイト』は、そのすべての記憶を葬《ほうむ》り去って別人になることを選んだんだって」

「そんな――」

「おかしいと思ったんだ。何でそのお客さんに会わせてもらえないのかって。でも、それが保科だとしたら説明がつく。きっと、お前がこしらえた『幼馴染の事故死を新聞で知る記憶』によって、彼女は『ナイト』が死んだことにしようとしてるんだ――」

聞き終える前に、席を立って駆け出していた。直感的に健太の言っていることは正しい気がしたからだ。

――あの星の夜空は、きっと僕らのことを覚えていてくれる。

そう信じていた彼女は、知ってしまったのだ。

「夜空に見えていたのは、既に失われた星の残光だった」ということを。

6

休憩室でタバコをふかしていたジュンさんは、血相を変えて飛び込んできた二人に、驚いたように目を丸くした。

「どうしたんだ、そんな——」

「保科はどこですか?」

「何のことだ?」

「とぼけないでください! すべてわかったんだ!」

ジュンさんに歩み寄り、胸倉を摑《つか》む。

「知ってたんでしょ? 僕が『ナイト』だって! だから、僕たちの企《たくら》みを阻止しようとしたんだ! どうしてですか? 三年半前、僕の身に何があったんですか?」

果たしてそれは、「僕の身」に起きたことと言うべきかわからなかったが、他に言いようがなかった。

タバコを灰皿にねじ込むと、ジュンさんは静かに口を開いた。

「――要点だけ説明しよう。ただ、その前に手を離してくれないか」

何事もなかったかのように「真実」を語り始めようとするジュンさんに、絶望は深さを増す。別人になってしまうことをあれほど恐れていた自分が、既に別人として生まれ変わっていたという事実――ジュンさんの言で、それが本当のことになろうとしているのだから。

言われた通り手を離すと、崩れ落ちるように隣の椅子《いす》に腰をおろす。

「三年半前、きみ――きみと言うのもおかしな話だが、とにかくきみは『自殺』しようと決めた。『記憶をすべて入れ替える』という前代未聞《みもん》の手法でね」

「そんな――」

「うまくいくはずがないと誰もが口を揃《そろ》えたし、俺も当然その中の一人だった。だけどね、店主だけは違ったんだ」

ジュンさんは、右手の指を二本突き立ててみせた。

「店主は二つの理由から『自殺』を認めた。一つは、記憶に携わるものとしての純粋な好奇心。記憶を丸ごと取り替えるということが、そもそも可能なのか――店主はきみの才能に賭《か》けてみたくなったんだろうな」

ところが、さすがと言うべきか、店主は純粋な興味だけで動く人間ではなかった。

「もう一つの理由――条件、と言ってもいいのかな。それは、仮にうまくいったとしたら、きみを改めて『店』に勧誘することだった。もちろん、これはきみに伝わってはいない。『店』側の勝手な思惑さ。でも、考えてごらん。一人の人間を抹殺し、別人を作り上げるという神業を本当にやってのけられたとしたら、そんな才能を逃す手はないと思わないか？」

瞬間、健太と交わしたいつかの会話が蘇る。

——それだけ上客がいるジュンさんは、何故《なぜ》俺らを「店」に連れて行こうとしたんだ？

「だから、俺はずっと大学時代のきみたちを尾行していたんだ。別人として生まれ変わったきみが『記憶の合併症』を引き起こさず平穏無事に暮らしていることを確認し、機が熟したら『店』に勧誘するためにね」

要人クラスの上客がごまんといるジュンさんが、何故「金にならない」大学生の自分たちを尾行していたのか——ようやくその謎《なぞ》が解ける。

「『店』はきみを、『記憶移植』の達人へと育てあげるつもりだった。それなのに、あろうことかきみたち二人は自らの過去を探り始めた——」

健太が持ち出した記憶の数々からその企みを察した「店」だったが、一方で二人が真相に辿《たど》り着くことはないと確信してもいたそうだ。

「きみは『この世からいなくなっても誰も気付かない存在』だった。家族からも縁を切られているし、大学も留年してる。そもそも、友達と呼べる存在もいなかった。全くの別人になるにはもってこいだったのさ。でも、当然リスクの検討は仔細《しさい》にしていた。別人となったきみが、再び『店』に辿り着いてしまうことも想定外のことではなかったが、仮にそうなったとしても『ナイト』の正体には辿り着きようがなかったんだ。何故かわかるかな？」

「――僕は『誰の記憶にも残っていない人間』だったから？」

「そのとおり。見た目が同じなのに全くの別人となったきみを、不審に思う人間はこの世にはいないし、『店』に集う記憶に自分のことを克明に覚えているものがあるはずもない。たとえ別人として生まれ変わったきみが『店』の存在を知ったとしても、『ナイト＝自分』だという『答え』に至りようがなかったんだ。でもね――」

ジュンさんは新たに取り出したタバコに火を点《つ》けると、ふっと笑みをこぼした。

「そこにはたった一つだけ誤算があった」

「誤算？」

「『ナイト』は、誰の記憶にも残っていない人間ではなかった」

そのとき、締めつけられるように胸が痛んだ。

――私たちはあの日、確かに約束したんですから。

ひとみは、片時も「ナイト」のことを忘れたことはなかった。十五年も前に交わした誓いを果たすべく、「ナイト」もこの世界のどこかで奮闘しているものと信じてきた。それは文通が途絶えた後も変わらなかった。けれども、当の「ナイト」である自分は、そのすべてを葬り去ることを選んでしまったのだ。

「もしも彼女が『ナイト』のことを忘れてしまっていたのであれば、何も問題はなかったんだ。でも、彼女は覚えていた。そしてあろうことか、その彼女ときみたちは出会ってしまった。とんでもない確率だよ。奇跡と言っていい」

——幾億と輝く星の中から、俺たちはあの日「星名」を見つけた。

——これってすごい奇跡じゃないか？

新宿駅でひとみを待っているときに、健太は言った。確かに奇跡には違いない。けれども、あの日、ひとみもまた見つけたのだ。

「——怪文書を送りつけたのは、それが理由さ。もちろん、危害を加えるつもりはなかったけど、手を引かせたかったんだ。きみたちが『ナイト』の正体を突き止めてしまう前にね」

絶句する良平に、ジュンさんは憐憫《れんびん》の眼差《まなざ》しを向ける。

「この前、彼女が俺に会いに来たとき、すべてを聞いたよ。新宿できみたち三人が初めて顔をそろえたあの日、会った瞬間に彼女は『おや？』と思ったそうだ。どことなく『ナイト』に似ているし、実はもう一つ彼女にはピンときたポイントがあった」

「——ピンときたポイント?」

「『二階堂昴』という、きみのビジネスネームさ」

——二階堂昴なんてどうだ?

——いいじゃん。恥ずかしくて全身が痒《かゆ》くなるくらい、お洒落《しゃれ》で印象的で……。

ライターを騙《かた》るための偽名を考えるよう健太に言われた時に、ただなんとなく浮かんだ名前。そこには、何の意味も込められていないはずだったが——。

「正直、彼女も自信はなかったそうだ。顔立ちは確かに似ているけれど、きみの語る自らの過去はまったく『ナイト』とは別物だし、他人の空似に過ぎないのではという思いを拭《ぬぐ》いきれずにいたんだと。半蔵門のホテルで変装していないきみの姿を見ても、やはり確信は持てなかった」

だけどね、とジュンさんは笑顔になる。

「彼女はあの日の夜、きみたちの会話を聞いてしまった。そこで『記憶は取引できる』という思いがけない話を耳にしたわけだが、そのなかで彼女が注目したのは『デジャヴ』の話だった」

——これが起こる理由の一つが「記憶移植」なんだとさ。

あの日の夜の会話をすべて聞かれていたのだとすれば、当然「デジャヴ」についても彼女の知るところとなったはずだが、何故ひとみはこの現象に着目したのだろうか。

「置き手紙を残してきみたちの前から姿を消した彼女は、ずっとある物を探して町を彷徨《さまよ》ってたんだそうだ」

「ある物？」

「実家に戻れば、それは大切に保管してあるはずだった。でも、父親と喧嘩して以来まったく連絡もしていないのに、それを確認するためだけに今さら戻ることに躊躇《ためら》いもあった。だから町じゅうの古本屋、床屋、喫茶店など、それがありそうな所を巡り続けたんだとさ」

「何なんですか、それは？」

急《せ》かすなよ、とでも言うようにジュンさんはふうっと煙を吐き出す。

「『週刊少年ピース』のバックナンバーだよ」

「え――」

予想もしていなかった答えに、戸惑いを隠せない。

「何でそんなものを？」

「『スターダスト・ナイト』が佳作入賞した時のペンネームを確認するためさ。彼女の記憶が正しければ、それは『二階堂昴』のはずだった」

「まさか――」

「そうそう思いつく名前じゃないだろ。だから、『ナイト』の面影のある男がその名前を口にしたのは、決して偶然ではない。彼女は『デジャヴ』の話を聞いて、もしや、と勘付いたのさ。結果、彼女の記憶は正しかった。当時の誌面には、確かに『二階堂昴』とあったんだ」

——「無自覚」に潜む何かが、ひょんなことから不意に顔を覗かせることがあるらしい。

記憶をすべて取り替えた自分に、「ナイト」時代に刻んだ記憶の「無自覚」領域が残っているのか定かではないが、もしかしたらそれは細胞レベルにまで刻まれていた何かが思いがけず表出したものかもしれない。

「きみが『ナイト』であると確信した彼女は、『店』の存在を確かめるべく再度、接触を試みた。そこで『店』が実在すること、さらには『記憶移植』が実際にできると知った——だから、彼女には『答え』がわかったんだ」

ジュンさんは、スーツの胸ポケットからおもむろに一枚の紙きれを取り出す。

「わからないことだらけだろうが、いまそれをすべて説明している時間はない。後日、時間があるときにここに書かれた場所を訪ねるんだ。そこにすべての『答え』がある」

「だけど——」

「急いだ方がいい。東京駅七時半発の新幹線に彼女は乗る予定だと聞いてるよ」

なおも食い下がろうとしかけたが、すぐにジュンさんの言葉の意味を察する。

腕時計に目をやると、午後六時四十分を過ぎたところだった。

「『二見コース』を選んだ彼女は、次に眠りから覚めた時には『店』のことすら忘れてしまっている。明日の朝、いや、もしかしたら新幹線を降りたときには既に――」

脱兎《だつと》のごとく駆け出そうとする良平の腕を、ジュンさんは咄嗟《とつさ》に摑んだ。

「ただ、一つだけ忠告する。絶対、彼女に話しかけるなよ。いや、姿を見せてもいけない。あくまで遠くから見るだけにするんだ」

「何でですか!」

「『リスクマネジメントのリョウ』にあるまじき発言だな。いいか。きみは既に彼女の中では死んだ人間になってるんだ。その意味が、分からないとは言わせないぞ。『記憶の合併症』で、多くの人間が狂気に蝕《むしば》まれたことを忘れるな。死んだはずの幼馴染《おさななじみ》が突然、現れてみろ。彼女にどんな影響を与えるかわからない」

「だけど、僕は――」

「彼女を守りたいのなら、絶対に姿を見せないと誓うんだ」

「離してください!」

「誓わないなら、この手は離さない!」

「だって、僕は――」

どうしても、彼女に一言謝らなければならなかった。あの日の夜の会話を聞かれていたという事実。それはすなわち、自分がひとみに意図的にトラウマを植えつけさせたこと、彼女から大金を巻き上げようと画策していたことも聞かれていたということだ。ずっと信じてきた「ナイト」の変わり果てた姿を目の当《ま》たりにし、彼女は何を思ったか。そのことを考えると、いてもたってもいられなかった。謝って済む話なのかもわからないし、そもそも何を謝ればいいのかさえ見当もつかないけれど。

「――わかりました、誓います」

「本当だな？」

　これまでに見たこともないくらい、ジュンさんの眼差しは真剣だった。

　だが、「誓い」を破って彼女に話しかけたところで、何と言えばいいのだろう。経緯を一から説明することなどとうてい不可能だし、かと言って掻《か》いつまんで話したところで理解されるはずもない。結局、遠目に彼女の姿を見ることしかできないのではないだろうか。

「――本当です」

「わかった。それならビルの地下駐車場に行くんだ。クマさんが待ってるよ」

　腕を摑んでいたジュンさんの手からふっと力が抜ける。

「え、クマさんが？」

「『店』の人間は、みんなすべての事情を知っている。『真実』を知ってしまったきみと彼女の最後の瞬間のために、できることをする覚悟はあるさ。それに、きみを騙《だま》していたことは事実だ。せめてこれくらいはさせてくれ。それと——」

ジュンさんは、上着の内ポケットからサングラスを取り出した。

「きみたちを尾行していたときに使ってたものだ。くれぐれも彼女に見つかるなよ」


クマさんが東京駅の丸の内口に車を停めると、良平は一目散に駆け出す。

——実家に帰ると言ってたよ。今日中に岡山辺りまで出るつもりなんだろう。

「店」から東京駅までひとみを送ったばかりのクマさんが、車中で教えてくれた。

入場券を購入し、東海道新幹線の改札をくぐる。階段を駆け上がりホームへ。左右に視線を走らせるが、人混みの中に彼女の姿を見つけることはできない。そうこうしているうちに、アナウンスが七時三十分発のぞみ127号岡山行きがまもなく乗車を開始すると告げる。乗り込んでしまったら、見つけるのは絶望的だ。ジュンさんのサングラスをかけると、理由もなく先頭車両に向かって走りはじめた。

——どこにいるんだ。

停車中の新幹線の車両番号を示す数字がどんどん小さくなっていき、やがてその数字が「5」になったところで、遂《つい》に足を止める。四号車の脇《わき》の列の先頭に、ひとみの姿があったからだ。レザーのジャケットにジーンズ、見慣れたキャップと長い黒髪。オフのときのひとみと何ら変わらないが、ただ一つ今までとは違っていること——彼女の中で、自分はもう「死んでいる」のだ。

そのとき、乗降扉が開く。

「あ——」

ひとみの姿は、すぐに車両に吸い込まれてしまった。

小走りに四号車へと向かう。車両中央部、ひとみはホーム寄りの窓側に座っていた。

——絶対、彼女に話しかけるなよ。

ただただ、立ち尽くすことしかできない。ひとみはまっすぐ前を向いたまま、固まったように動かなかった。窓から覗く横顔には、悲哀が滲《にじ》んでいるように見える。しかし、それは自分にそう見えただけかもしれない。

やがて発車のベルが鳴り響く。

彼女は、何やら前の席に向かって笑顔で頷いていた。「席を倒していいか」と、前の客が訊《き》いたのだろうか。その笑顔が自分に向けられることは、おそらく二度とない。誰の記憶にも残っていない「ナイト」のことを覚えてくれていた唯一《ゆいいつ》の存在。そんな彼女は、もう手が届かないところに行こうとしている。

「——ごめんね。そして、ありがとう」

ポツリとそう漏らしたとき、彼女の顔がこちらに向けられる。

それは一瞬だった。

静かに動き出した新幹線は、あっという間に遠ざかっていく。その姿が見えなくなっても、しばらく良平はホームに佇《たたず》んでいた。

彼女は最後の瞬間、笑顔を寄越してくれたのだ。

その意味するところはわからない。

だが、自分はその微笑《ほほえ》みを一生忘れないだろう。

7

「お待ちしておりました」

呼び鈴を鳴らすと、しばらくしてスーツを纏《まと》った物柔らかな老紳士が現れた。

「遠いところをご足労いただきまして、ありがとうございます」

立派な門扉《もんぴ》が開き、敷地に足を踏み入れる。広大な緑の庭は隅々まで手入れが行き届き、敷石が玄関まで伸びている。そこには、洒落た二階建ての洋館があった。軽井沢の別荘地でも、特に富裕層が集う一角。ジュンさんから渡された紙に記されていた住所は、まさしくここだった。

一階のリビングに通されると、ソファにかけるよう勧められた。庭に面した大きな窓からは、柔らかな光が差し込んでいる。すぐにお手伝いさんと思《おぼ》しき女性が、洋菓子と紅茶を運んで来た。礼を言ったものの、なんだか落ち着かない気分だ。天井から吊《つ》り下げられたシャンデリアや、壁に掛けられた抽象画、棚に並ぶ食器の類《たぐ》いは高価なものなのだろうが、価値は皆目わからなかった。

「――いくらお金があっても、手に入らないものはございます」

向かいに腰をおろした老紳士が、穏やかに言った。

「ジュンさんからその話を持ちかけられたとき、にわかには信じられませんでした。何せ、人生が丸ごと売りに出されると言われたんですから」

「ナイト」の過去を購入したのは「帝都ホールディングス」創業家の分家にあたる、とある一家だった。

「うちの坊ちゃんは昔から身体《からだ》が弱く、学校も休みがちでした。そのせいで仲のよい友達もできず、いつしか学校に行くことができなくなりました。健康状態に問題がなくとも、心が登校を拒むようになってしまったんです」

老紳士は憐《あわ》れむように天井を見上げた。おそらく「坊ちゃん」は二階にいるのだろう。

「豊かな自然のもとで休んでいれば、心も身体もよくなるのでは――という望みをかけてこの別荘で療養をはじめて、もう十五年です」

「え、十五年？」

「坊ちゃんはいま二十一歳。だから、我々も諦《あきら》めていたんです——」

テーブルの上の洋菓子と紅茶を脇によけると、老紳士は身を乗り出した。

「社会復帰するのは難しいだろうって。けれども三年半前、もともとご縁のあったジュンさんから件《くだん》の情報をいただきました」

「僕の人生が丸ごと売りに出されると？」

「『それを、引き籠《こも》ってしまったお坊ちゃんのためにお求めになってはいかがですか』と」

老紳士は笑みを浮かべた。

「世間との繫《つな》がりが絶たれてしまった坊ちゃんの社会復帰のための一つの方策として、ごくありふれた他人の人生を丸ごと追体験することを勧められたんです」

その言葉に、思わず苦笑してしまう。

「ごくありふれた……ですか。誰の記憶にも残らないほど目立たない人間の人生って、ありふれたものと言えるんでしょうかね」

老紳士は大仰に身をのけ反らせた。

「何をおっしゃいますか。購入するにあたって、事前にその中身を拝見させていただきましたが、それはそれは素晴らしい『記憶』でしたよ。あ、気を悪くなさらないでくださいね。何せ、購入金額が三千万円という桁《けた》違いな額だったものですから……」

その金額にピンとくる。

「おわかりかと思いますが、その取引には特別な条件が付されていました。三千万円からジュンさんの仲介手数料九百万を差し引いた、残りの二千万円強――これを、そっくりそのまま保科ひとみさんへお届けするということです」

「――そういうことだったんですね」

「すみません、お金の話をするのは野暮でした。話を戻しましょう。とにかく、あなたの『記憶』は本当に素晴らしいものだった。これほどキラキラと輝く『記憶』を売り払ってしまうなんて、たいそうもったいないことだと思った反面――」

そこで、老紳士は言葉を切る。胸につかえた何かを引き出すのに、一瞬だけ時間を要したように見えた。

「その決断をさせてしまったことには、私どもにも責任の一端があるのです」

すぐさまある名前が脳裏をよぎる。

「柊木琉花の件ですか？」

「そうです。私どもの金に物を言わせた醜い思惑が、お二人のこれほどまでに美しい物語を汚してしまったんですから」

「――どういうことですか？」

「こういうことです」

老紳士は内ポケットからいくつもの記憶の小瓶を取り出すと、テーブルの上に並べてみせた。

「量が多すぎて、小分けになっておりますが」

そのうちの一つに、恐る恐る手を伸ばす。

「ご覧になるかどうかは、あなた様のご自由です」

老紳士は優しげにほほ笑んだ。

「でも、彼女は見ていかれましたよ」

「――と言うと？」

「保科ひとみさんです。彼女は『記憶移植』をする前に、身辺整理のためこの場所を訪れました。ジュンさんから教えてもらったんだそうです。そこで、私からすべての真実をお伝えしました。そうしたら、彼女は最後に面白いことをおっしゃったんです」

そう言ってから、老紳士は語を継いだ。

「心当たりはございませんか？」

見当もつかないので、肩をすくめる。

「思い出したんだそうです」

「思い出した？」

「興味がおありなら、ご自身でお確かめください」

そこで老紳士は、一枚の便箋《びんせん》を取り出した。

「保科さんからお預かりしたものです。もしも『ナイト』がこの場に来るようなことがあれば、これを渡してくれと。そこに、彼女が思い出した記憶が眠っているそうです」

そのとき、部屋をノックする音がした。

「あら、お坊ちゃん――」

開いた扉の向こうには、痩《や》せた「少年」が立っていた。先の話では今年で二十一歳とのことだが、見た目は不相応に幼かった。

「――あなたが『ナイト』なんですか？」

小柄で痩せた身体に蒼白《そうはく》な肌。寝間着姿の「お坊ちゃん」は良平の傍までやって来ると、物珍しそうに凝視した。

「ええ、そのようです……」

「一つ、訊いてもいいですか？」

「お坊ちゃん」は生気のない顔に、辛うじて笑みと呼べるようなものを浮かべる。思わず身構えてしまったが、続けてその口から発せられたのは、予想外の問いだった。

「『スターダスト・ナイト』は最後、どうなるんですか？」

「え？」

「この記憶には結末が示されていません。でも、僕はこの話が大好きなんです。早く続きが知りたくて……だから、作者に直接訊きたいなって、ずっと思っていました」

「ありがとう、と言うべきなのでしょうかね」

「僕はずっと学校にも行けず、友達の一人もできませんでした。怖くてたまらなくて、外の世界に出ていく勇気を持てなかった。そんな僕の人生に、初めて興奮をもたらしてくれたのが『スターダスト・ナイト』だったんです」

そのとき、不意に健太の不敵な笑みを思い出す。

――俺だけが知る物語の続きを世界が待ちわびている。

――もし、俺が死んだら永遠に物語の続きは闇《やみ》の中なんだぜ。

――考えただけでもワクワクしてくるだろ？

この瞬間、少しだけ彼の言うことが理解できた気がした。誰の記憶にも残らないほど目立たない「ナイト」の作品を待ちわびる読者が、この世界にひとみの他に、少なくとも一人はいたのだから。

「ごめんなさい、実は『作者』である僕も結末は知らないんです。覚えていない、と言うのが正しいのかもしれませんね――」

テーブルに並べられた記憶の小瓶の一つを手に取り、蓋《ふた》を外す。

「だから、探して来ようと思います」

自ら噴きかけた飛沫《ひまつ》が身を包む。すぐに視界は歪《ゆが》み、老紳士と「お坊ちゃん」の姿が霞《かす》んでいく。

次の瞬間、良平は「ナイト」になっていた。

記憶其《そ》の七　ある忘れ去られた少年

本棚を見上げていた良平は、背後からした少女の声に振り返る。

「——何見てるの？」

——敵だ、やっつけちゃろ！

羽交い締めにされた身体《からだ》、頭に振り下ろされる太い木の棒。応急手当を終えた額はまだズキズキと痛んだが、彼女の姿を視界にとらえると、不思議と痛みは気にならなくなった。麦わら帽子と長い黒髪。純白のワンピースが眩《まぶ》しい。

少女は良平の隣にやって来ると、本棚から一冊引き抜いてみせる。漫画だ。言葉としては知っていたが、実物を見るのはこの時が初めてだった。

小さい頃から、常に本が傍らにあった。父親は「活字の本以外は頭が悪くなる」と口にしたが、それとは関係なく純粋に本の世界に入り浸るのは楽しかった。教室の後ろの席で本を読み、図鑑を眺めて終わる毎日。それを「退屈」と思ったことはない。休み時間のたびに校庭に繰り出していくクラスメイトたちを、羨《うらや》ましいと感じたこともない。無限に広がる本の世界と比べたら、小学校の校庭などあまりにちっぽけなものに思えたから。

　少女が差し出してきた単行本のページを繰る。所狭しと暴れ回るキャラクター、場面に応じて大きさや形が変わる吹き出しの中の文字。そのすべてが驚くほど新鮮で活《い》き活《い》きとして見えた。ページから目を上げ、再び本棚を見渡す。

「──これ全部、漫画？」

「うん、そうだよ」

「すごい、こんなにたくさん──」

　少女は得意げに胸を張る。

「すごいでしょ！」

　背伸びをして、少女は更に何冊かを本棚から引き抜いた。

「これも面白いんだよ。あとこれも。それから──」

　腕の中に、一人では抱えきれないほどの漫画が積み上がっていくが、その重さは気にならなかった。ただひたすら、少女の純粋で真《ま》っ直《す》ぐな姿に心を奪われていたからだ。

　あ、と手を止めた少女が、思い出したように首を傾《かし》げる。

「そう言えば、名前なんていうの？」

　まるで夢の中にいるかのようにのぼせていた頭が、一気に冷静になる。ごく当たり前の質問のはずなのに、咄嗟《とっさ》に答えることができなかった。同い年の、それも飛び切り可《か》愛《わい》らしい女の子と話したことなど、これまでに一度もなかったから。

「名無しくんなの？」

少女が怪訝《けげん》そうに見つめてくるが、それにも言葉が出てこない。

「じゃあ、名無しくんって呼ぶね。名無しくんはどこから来たの？」

何か言わなければ。そう思えば思うほど、言葉が喉《のど》につかえてしまう。

一言でいい、ほんの一言で——。

「——東京」

何とか返事をすると、少女は驚いたように目を見開いた。

「え、東京なんだ！　東京から来たって、かっこいいなあ」

「——かっこいい？」

思わず訊《き》き返していた。

「うん、かっこいい」

「本当に？」

「そう言ってるじゃん」

少女は不思議そうに顔をしかめたが、やがてほほ笑んだ。「変なの——」

ひとみとの出会いだった。

毎年、お盆休みの帰省が楽しみになったのはそれからだ。

「――ねえ、読み終わった？　じゃあ、名無しくん、次はこれ読んでみて！」

犀川町にいる間、日中のほとんどをひとみの祖母の古本屋で過ごした。

そこでは、いろいろな話をした。学校であった面白いことや、彼女の将来の夢。だけど、もっとも時間を費やしたのは彼女と並んで漫画を読み漁《あさ》ることだろう。漫画を読むことそれ自体ももちろん面白かったが、何より嬉《うれ》しかったのは、一冊読み終えるごとに彼女が感想を求めてくることだった。地元の小学校では演芸会の出し物だって、合唱コンクールの選曲だって、すべてを決めるのは「派手な」クラスメイトたちだ。決して交わることのない異世界の住人。同じ教室にあって「向こう側」にいる連中。学級会の多数決における「一票の重み」は決して平等ではない。だからこそ、自分の投じた一票が世界を変えられるなんて思ったことは、今までに一度たりともなかった。けれども、ひとみといる間だけは違う。自分の一票が彼女に届く。それは教室の隅で本を読むだけの「退屈な」日常では、決して味わえない興奮だった。

「――主人公が都合よく助かる漫画が多すぎない？　『主人公が、主人公だからという理由で助かっていいのは一作品の中で一度だけ』とかルールを決めるべきだよ」

「でもさ、『死んだはずの主人公が実は生きていた』って、最高に面白いじゃん」

「そうだけどさ、助かるにはちゃんとした理由がないと」

「えー、そうかなあ――」

もしも夏休み明けの新学期、自分がクラスから消えても誰も気付かないだろう。ずっとそう思って生きてきた。

――だけど、そうじゃないかもしれない。

彼女といると、何故《なぜ》かそんな気がしてならなかった。


「――ねえ、見て。似合う？」

小学四年の夏、初めて夏祭りに参加した。水色に花びら模様があしらわれた浴衣《ゆかた》を纏《まと》った彼女が現れたとき、思わず息を飲んだ。いつもは後ろに垂らしているだけの黒髪はお団子のように結いあげられ、うっすらとお化粧を施した顔は同い年とは思えないほど大人っぽかったから。

金魚すくいをしたり、お面を買ったり、一通り遊びつくすと、石段の一番上に並んで腰掛けることにした。夜空から落ちてきた沈黙が自分たちを包む。それは、決して居心地の悪いものではなかった。

眼下に揺らめく祭りの灯をぼんやりと見つめていると、やがてひとみが口を開いた。

「――そう言えば、『終末のライラ』って知ってる？」

「知らない」

「すごく面白いんだよ」

嬉々《きき》としてあらすじを語るひとみ――身振り手振りを交え、表情豊かに登場人物たちになりきる姿に思わず見とれてしまったし、特に印象的だったのは、ひとしきり説明を終えた彼女が口にしたこんな一言だった。

「いまこの瞬間、地球上で話の続きを知っているのは作者だけなんだよね。何を考えてるんだろうなあ、こっそり私だけに教えてくれないかなあ」

どうしてその言葉が胸に刻まれたのか、すぐにわかった。

「――その言葉、素敵だね」

二人は顔を見合わせて笑うと、一緒に夜空を見上げた。

「――ところでさ、大事なことまだ聞いてなかったんだけど」

小首を傾げたひとみが、照れ臭そうに笑った。

「名前、教えてよ」

――じゃあ、名無しくんって呼ぶね。

彼女を前に、言葉を失ってしまったあの日の自分を思い出す。「名無しくん」という名を拝命したため、話していて困ることはなかったが、言われてみれば確かにそうだ。

まっすぐにひとみの目を見る。今はすんなりと口にすることができた。

「岸良平だよ。でも――」

「でも？」

「ただ名前で呼ばれても面白くないから、『ナイト』って呼んでよ」

ひとみは目を見開くと、その言葉を繰り返した。

「『ナイト』って？　『宇宙の騎士　スペース・ナイトの冒険』の『ナイト』？」

それは、お気に入りの漫画のタイトルだった。前の年の夏に借りた漫画の中に、偶然第一巻が紛れていたのが出会いだ。既に絶版となっていた古い漫画だったが、そこには無限の夢や希望が詰まっていた。この日も日中、ひとみの祖母の家で貪《むさぼ》るように続きを読み、残すは最終巻だけとなったところだ。

「――そうとも言えるし、違うとも言えるかな」

「なにそれ、変なの」

そう言って頬を膨らませるひとみだったが、小さく「ナイト」と呟《つぶや》くとおかしそうにほほ笑んだ。「でも、なんかいいね。呼びやすくて」

その夜、良平は「ナイト」になった。

「――大丈夫、すぐによくなるよ」

夏祭りの翌日、燃えるようなオレンジに染まる八月の夕空の下。夢のような一夜が明けると、そこに待っていたのはあまりにも非情な現実だった。二人はブランコに並んで腰をおろし、病院へ向かったひとみの両親の帰りを待っていた。忽然《こつぜん》と消えた漫画、祖母との口論。彼女から事情を聞いても、ありきたりな慰めを口にすることしかできなかった。

そのとき、すぐ近くで自転車が一斉に止まる音がする。ぞろぞろと公園の入り口に並んだ顔に、良平は見覚えがあった。

「ツヨシ、見てみろよ。保科が男とおるがや」

「誰やろ、あいつ？」

ツヨシと呼ばれた身体の大きな少年が一歩前に出ると、何かを掲げてみせる。その手に握られていたのは『宇宙の騎士　スペース・ナイトの冒険』の最終巻だった。ひとみが絶叫とも悲鳴ともつかぬ金切り声を上げ、ブランコから飛び降りる。

「そいつとずっとこれを読んでたやろ」

ツヨシは意地悪そうに笑うと、良平のことを指さした。

「返してよ！」

ひとみが駆け寄ろうとすると、彼は漫画本を地面に叩《たた》きつけ、踏んづけてみせた。取り巻きから歓声が上がり、ひとみはその場にしゃがみ込むと大声で泣き始める。その間、自分はただの一歩も動けなかった。

「――悔しくないがや？　かかってこいよ」

ツヨシが薄ら笑いを浮かべながら挑むように言うが、それでも怒りに震える拳《こぶし》を振り上げることができない。

いつだって自分の居場所は教室の隅で、校庭の端だった。誰の目にも留まらず、いてもいなくても変わらない存在。そんな自分を違う世界に連れ出してくれたのはひとみだった。そんな自分を変えてくれたのもひとみだった。その彼女が泣いているというのに、自分ときたら――。

「――お前は誰やき」

橋の下の川は轟々《ごうごう》と唸《うな》り声を上げていた。「どういうつもりや？」

ツヨシは「置き手紙」をこちらに突き出して吠《ほ》えた。

『ボールを返して欲しければ、花火の前に橋へ来い』

奪ったサインボールの代わりに置いてきた手紙――指示どおり、彼は花火が打ち上がる前に沈下橋にやって来たのだった。

顔を見られないよう、戦隊ヒーローのお面をつけていた。昨年の夏祭りに、ひとみと一緒に購入したものだ。視野はかなり狭くなったが、不思議と怖くはなかった。

――悔しくないがや？　かかってこいよ。

あれから一年、ずっと何ができるかだけを考えてきた。漫画の世界で暴れ回るヒーローのように、華麗に戦うことなんてできっこない。ちっぽけで非力な自分が、それでも彼を倒せる方法。ヒントは漫画の中にあった。山ほど登場する敵や裏切り者たち——彼らが主人公を追い詰めるパターンは決まっている。「人質」を取るのだ。

先ほど部屋から盗んだサインボールを掲げてみせる。

「お前のしちょることは泥棒やが」

「それはお互い様だね」

「ただじゃおかんからな」

「それだってお互い様だよ」

「どういう意味やが？」

「こういう意味だよ」

荒れ狂う川めがけて、サインボールを投げ込む。

「あ——」

咄嗟にボールの行方を追おうとしたツヨシは、履き慣れない下駄に足を取られたのか、そのままよろめくと橋から転落し、濁流に飲み込まれてしまった。

その年の冬に祖母が亡《な》くなった。通夜《つや》や葬儀を終え、明日には東京に帰るという日の夜。「おにぎり山」の中腹にある開けた広場に、良平はひとみと並んで座っていた。二人とも黙って夜空を見上げるばかりで、一向に口を開こうとしない。どう口にしても、それが別れの言葉になってしまう予感が、互いにしていたからだろう。

「──夏祭りの日に、剛志が橋から落ちて溺《おぼ》れかけたの」

先に口を開いたのはひとみだった。

「『ナイト』でしょ」

「何が？」

白々しくとぼけてみせる。

──このボールは後で捨てておくね。

ひとみにはそう伝えただけで、その後の計略は告げていなかった。

「私、見てたの。剛志が橋から落ちるところを。誰かと向かい合って立ってたんだ。あの日、夏祭りに誘ったけど『ナイト』は体調が悪いからって帰ったよね」

「うん、具合が悪かったから、おばあちゃんの家で寝てたよ」

あくまでも嘘《うそ》をつき通す。

「──まあ、いいや」

ひとみはふふっと小さく笑うと、近くにあった小石を茂みに向かって放った。

「あの夜も、今日みたいに星が綺麗《きれい》だったんだ」

夜空を指さす彼女につられて、自分も頭上を仰ぐ。冬の澄んだ空気のおかげか、満天の星空が広がっていた。それはまさに「作品」のタイトルにふさわしかった。

脇《わき》に置いていたリュックサックから、一冊の自由帳を引っ張り出す。

「はい」

「なにこれ？」

彼女に捧《ささ》げる渾身《こんしん》の「物語」――自由帳を受け取ったひとみは、次々にページを繰っていく。

「――どうかな？」

ひとみが最後まで読み終えたのを確認し、恐る恐る尋ねる。

自由帳を閉じたひとみは、身体ごとこちらに向きなおった。

「ねえ、この続きはどうなるの？　今まで読んできたどの漫画よりも面白いと思う、お世辞じゃないよ」

ひとみは自由帳を大事そうに胸に抱くと、ニコッとした。

「ねえ、早く続きを描いて！」

彼女から目を逸《そ》らす。さもないと、涙が溢《あふ》れてしまいそうな気がしたからだ。

「――もう、僕は犀川町に来ることはないかもしれないんだ」

いつかは言わなければならないことだった。目を逸らし続けても、現実はいずれ自分たちの前に突きつけられる。だとしたら、それは自分の口から言うべきことだった。

「でも『スターダスト・ナイト』がアニメ化されたら、その主題歌を歌うのはきみだよ」

「え――」

「歌手になるのが夢なんでしょ？　その代わり、きみが先を知りたくてたまらなくなるような、そんな漫画を自分も描いてみせるんだ。約束だよ」

驚いたように目を丸くしていたひとみだったが、すぐに頷《うなず》き返してくる。

「――うん、約束する」

指切りを終えると、二人は並んで草の上に寝転がった。孤独な旅を終えた星々の光が降ってくる。

思わず、夜空に向かって手を広げる。そうすれば砂時計の星座が突然現れ、この時間を止めてくれる気がしたからだ。

「――何してるの？　手なんか伸ばして」

「考え事してたんだ」

「どんな？」

「あの星から地球を覗《のぞ》いたら、まだ人類は生まれてないかもしれないんだなって」

「どういうこと？」

「一億光年離れた星に今の地球の光が届くのは、一億年後。ということは、逆に考えれば、今その星の夜空にあるのは一億年前——恐竜時代の地球なんだよ。ティラノサウルスやプテラノドンがまだ生きているかもしれないよね」

言葉の意味を咀嚼《そしゃく》するように、ひとみは何度か頷いた。

「——だとしたら、今は永遠なんだね」

思いもよらぬ返しに面食らう。

「だってそうじゃない？　もしも、百億光年離れた星にまで私たちの光が届けば、百億年後でも私たちは生きてるってことでしょ」

瞼《まぶた》を閉じると、百億光年先にある星を思った。あまりにも数字が大きすぎて、何もイメージが湧《わ》いてこない。だけど、百億年後のあの星の誰かがいまの自分たちを見つけてくれるとしたら、それは途方もない奇跡に違いなかった。

目を開けると、夜空の一角を指さす。

「宇宙には何億、何兆という星があるけど、その中で地球に光が届くのはほんの一握り。しかもその中で、星座になれたり、名前がついているのなんて、本当に数えるほどなんだ。あそこに見えるオリオン座なんて、特に選ばれた存在だよね。だって、無限に溢れる星の中で、名前をつけてもらえるような特別な星なんだから」

「そうだよね」

「だから、百億光年先のあの星から見つけてもらえるように、目一杯輝こう。そうすれば、あの星の夜空は、きっと僕らのことを覚えていてくれるはずだから」

ひとみは「そうだね」と独り言のように呟くと、ニコッと笑ってみせた。

葬儀以来、犀川町に訪れる機会は巡ってこなかった。けれども、二人は「約束」によって繋《つな》がっていた。その証拠に、毎年欠かさず良平の誕生日には彼女から新曲と「読者の声」が届いた。それは、年にたった一度の最も待ち遠しい日だった。

中学二年の時のこと。封を開いた良平の胸は高鳴った。入っていたテープの背に丸い可愛らしい文字で『スターダスト・ナイト』とあったからだ。二階の自室を飛び出すと階段を駆け下り、リビングに転がり込む。訝《いぶか》しげな様子の母親を尻目に、テープをラジカセに突っ込み再生ボタンを押す。

すぐにひとみの声が聴こえてきた。

「お小遣いを必死に貯《た》めて、やっと自分のギターが買えたよ。練習しすぎて指がカチコチになっちゃったけど、でもようやく完成したんだ。ちょっと恥ずかしいけど聴いてください。保科ひとみで『スターダスト・ナイト』」

一丁前に曲の紹介をする彼女の声は、昨年よりも一段と大人びていた。すぐに流れ始めるイントロ——録音があまりよくないからか、ところどころ雑音が混じるが、気にはならなかった。彼女の歌う『スターダスト・ナイト』はそれほど圧倒的だった。

その年の返事には、いつも以上に熱がこもった。それまで鉛筆書きだったところを初めてペン入れし、本格的に漫画用の原稿用紙を使った。もちろん、彼女の『スターダスト・ナイト』への感想を添えるのも忘れなかった。

『凄《すご》すぎて、涙が止まらないよ』

期待に胸を躍らせながら、ひとみの誕生日めがけて「夢の続き」を送る。

だが翌年以降、二度と彼女から返事が来ることはなかった。


「――全然イケてなかったな。仲間内で好きなようにただ描いて読み合うだけだしさ。一人くらい新人賞目指してるような奴《やつ》がいると踏んでたんだけどな」

歳月は流れ、いつしか良平は大学生になっていた。目の前で水の入ったグラスを傾けるアロハシャツに短パン姿の男。人生で初めてにして唯一《ゆいいつ》の男友達。新入生ガイダンス終了後のサークル勧誘の嵐の中、思わず足を止めたテントの前にいたのが彼だった。

――お前も興味あるのか？　それなら今度、一緒に冷やかしに行ってやろうぜ。

――俺は「如月楓」こと田中健太。いずれ漫画で世界を「あっ」と言わせる男さ。

――同じアパートだなんて、これも何かのご縁だ。よろしくな、良平くん。

漫画同好会を見学しに行った日、二人はすぐに部屋を後にしてキャンパス近くのカフェに入った。彼の言う通り、漫画同好会はただのお遊び集団だったため、入会は見送ることにした。あくまで趣味の延長で、本気で漫画家を目指す者は一人としていなかったからだ。

「――それにしても、お前、なかなか面白いじゃないか」

漫画に懸ける想《おも》いの丈をぶちまけると、健太はそう言って笑った。もちろんその際、ひとみと交わした約束のことも隠さずに話した。誰の目にも留まらない、誰の記憶にも残らない自分が、それでもこの世界に存在しなければならない理由。彼女が待ち望んでくれているはずの「物語」の続き――健太が特に感心してみせたのは、他でもなくその物語についてだった。

「めちゃくちゃ面白いじゃん。マジで新人賞狙《ねら》えるぞ」

「でも、落ち続けてるんだ」

「諦《あきら》めるなよ。俺が面白いって太鼓判押したんだ、絶対賞を取れるって」

「そうかな？」

「まあ、そんな俺も落選続きなんだけどさ」

健太はグラスにささったストローをいじりながら、窓の外に目を向ける。

「正直、羨ましいよ。そんな面白い話が思いつくなんて」

つられて窓の外を見る。

健太が『スターダスト・ナイト』を絶賛してくれたことは、素直に嬉しかった。本気で漫画家を目指しているライバルからの言葉だからなおさらだ。でも――。

行き交う人々の群れの中に、彼女の姿を探してしまう。

――今まで読んできたどの漫画よりも面白いと思う、お世辞じゃないよ。

あの日の夜、彼女が言っていたことは嘘だったのだろうか。年を重ね大人になり、彼女は「夢から覚めてしまった」のだろうか。だから、返事をくれなくなったのだろうか。

「――描き続けろよ。そしたらきっと、ひとみちゃんにも届くさ」

そう言われても、自分の口からは溜《た》め息が漏れ出るばかりだった。

「――ひとまず、今日は盛大にお祝いといこうぜ！」

『スターダスト・ナイト』が『週刊少年ピース』の新人賞で佳作入賞となったのは、大学一年の冬だった。

「二階堂先生の大いなる門出に！」

二階堂昴というペンネームに深い意味はなかった。

――二階堂昴？　個人的にはアリだと思うぜ。

――大型新人コンビ「楓と昴」なんて最高じゃん。「カインとアベル」みたいで。

応募するにあたって筆名をどうするか、彼に相談した時に何となく浮かんだだけだったが、それでも誌面に『スターダスト・ナイト　二階堂昴作』の文字を見たときの感激はひとしおだった。ペンだこは癒《い》えることなく、線を一本引いただけで丸めて投げ捨てた原稿用紙は数えきれない。講義に一切出ず、一週間ずっと部屋に籠《こも》っていたこともある。そんな生活を経てようやく手にした一つの自信。

「――正直、嫉妬《しっと》しちまうよ」

ビールの飲み過ぎで赤ら顔になった健太は、そう言うとゲップをした。

「だって、絶対絵は俺の方がうまいもん。俺とお前が組んだら最強だと思うんだけどな」

その発言が冗談なのか本気なのか、咄嗟には判断がつかなかった。

「いずれにしても、これで俺も更に火がついたぜ」

二人は夜が明けるまで、酒を酌《く》みかわし続けた。

それからまた、いくつもの月日が流れた十二月のある夜。

明日に迫った新人賞の締め切りに、良平は頭を抱えていた。佳作入賞に一時は気をよくしたものだったが、現実はそれほど甘くはなかった。繰り返される落選と苦悩の日々。とりわけ期末試験と新人賞の応募期限がかぶっているのは、忌々《いまいま》しい問題だった。身を削るようにしているときに、試験勉強などしている場合ではない。だから、二度留年することになったのも仕方のないことだった。唯一の救いは、健太も同じ事情で二度の留年が決まり、親から絶縁を言い渡されていたことくらいだろうか。

時計の針は、既に夜中の一時を回っている。ということは、正確に言えば締め切りは「明日」ではなく「今日」だ。当日の消印は有効だったが、残された時間はそう多くない。だが、机にはいまだにペンが入っていない原稿用紙が六枚ほど残っている。

不意に着信音を響かせる携帯――画面には「母」と出ていた。時折、近況を尋ねるメールは来ていたが、電話は稀《まれ》だった。しかも、時間も時間だ。

妙な胸騒ぎを覚えつつ、通話ボタンを押す。

「もしもし」

母親の声は明らかに動揺していた。

「どうしたの？」

それは父の危篤《きとく》を告げる電話だった。つい先ほど病院に担《かつ》ぎ込まれ、母親は待合室にいるという。

「良平も今から病院に来て」

「え、今から？」

目が、描きかけの原稿用紙にいく。母親は、その一瞬の躊躇《ためら》いを聞き逃さなかった。

「どうしたのよ？　他に大事なことでもあるって言うの？」

「そういうわけじゃないけど――」

「まさか、新人賞の締め切りだなんてふざけたこと言い出さないわよね」

思いがけない言葉に、耳を疑う。

「え、どうして――」

「お母さんは漫画家になることに反対はしてないわ。でも、こんなときに漫画を優先するなんて言ったら、さすがに許さないからね」

母親の言っていることはごもっともだったが、問題はそこではない。

「どうして僕が漫画家になりたいってこと、知ってるの？」

電話の向こうで、今度は母親が息を飲んだのがわかった。

両親は知らないはずなのだ。もちろん、小学校時代にひとみと漫画を読み耽《ふけ》っていたことは知っているだろうが、自分の夢が「漫画家になること」と伝えたことはないはずだ。「どうして知ってるの？」と繰り返す。

しばしの沈黙の後、母親は白状した。

「――ひとみちゃんとずっと文通してたでしょ？」

背筋が一気に冷え込む。

「お父さんもお母さんも知ってたわ。でもね、どんなやりとりをしているかは知らなかった。あなたが中学三年になるまではね」

それは、ひとみから返事が来なくなった時期とぴったり一致した。

「お父さんは心配したの。受験そっちのけで、女の子にうつつを抜かすんじゃないかって」

携帯を握りしめた手が震えだす。概《おおむ》ねの答えは既に予想がついていたが、実際にそれを聞かされたら平静を保ち切れる自信はなかった。

「だからお父さんは毎年、私に言いつけて『ひとみちゃんからの手紙』が届かないようにさせたの。でもね、良平、これはあなたのために——」

その後は一切、耳に届かなかった。全身の血が沸騰《ふっとう》し、頭に向かって逆流してくる。

「ふざけんな！」

思わず怒声を張り上げていた。

「良平、聞きなさい！」

「うるさい！　絶対に許さない！」

——『スターダスト・ナイト』がアニメ化されたら、その主題歌を歌うのはきみだよ。

——うん、約束する。

閃光《せんこう》のようにあの夜の「約束」が蘇《よみがえ》り、指切りを終えて笑顔を浮かべる彼女の姿が、悔し涙に滲《にじ》んでいく。

大学生になる前に、手紙を送るのはやめてしまった。思い出したように彼女から返事が来るのでは、という淡い期待は毎年打ち砕かれ続けたし、それでも懲《こ》りずにこちらから送り続けられるほど、自分の精神は図太くはなかったからだ。

だが、返事は来ていたのだ。

彼女は毎年、自分からの手紙をどんな想いで読んでいたのだろう。彼女が送ってくれていたであろう新曲について触れるわけでもなく、「この漫画を読んでくれていることを信じています」などという、見当違いの一文を添えたこともある。そして、とうとう手紙自体がこなくなってしまった。

「でも、良平。お父さんはあなたのこと――」

「知ったことか！　罰《ばち》が当たったんだろうね、だったらそのまま死ねばいいんだ！」

「ちょっと、なんてこと言うの！　そんなこと言うなら――」

「そんなこと言うやつはうちの子じゃない？　ああ、だったら縁を切ればいいさ」

「いいわ。あんたがどこで死のうと、もう関係ない。うちの子じゃないんだから」

電話を切ると、携帯を壁に向かって思い切り投げつける。バキッという砕ける音――

それは、自分の中で何かが壊れた音であったかもしれない。

「――おい、良平くん。いるんだろ？」

世の中が、クリスマスとその後に待ち受ける年末に向け浮かれ始める十二月中旬。閉ざした玄関扉の向こうから健太の声がした。

母親と絶縁したあの夜から、良平はまったく机に向かえなくなっていた。腑《ふ》抜《ぬ》けのようにベッドに寝そべったまま終わる日々。施錠《せじよう》したことのなかった玄関にも鍵《かぎ》をかけてしまった。毎日のように「どうしたんだよ？」と外から健太が呼びかけてきたが、ひたすら居留守を決め込んだ。この日も明かりを消した部屋でじっと息を殺し、彼が立ち去るのを待つつもりだった。

「まあ、いるのは知ってんだ。だから、勝手に教えるぞ。テレビつけろ。保科ひとみっていう女子大生が出てるぜ。この子だろ、お前が言ってたの」

弾《はじ》かれたようにリモコンを手にし、電源を入れる。逸《はや》る気持ちを抑えながら、次々にチャンネルを変えると――。

画面に現れたのは、紛れもなくひとみだった。最後に彼女の姿を見たのは小学五年の冬なので、実に十年以上が経《た》ったことになる。視線は釘《くぎ》づけになり、心臓が早鐘のように打つ。

『――さて、迎え撃つは現役大学生の保科ひとみさんです！』

透明感のある白い肌と優雅になびく黒髪は、あの頃のままだった。

画面の中のひとみが、マイクスタンドの前に立つ。ステージの照明が消え、真上から照らすスポットライトだけになった。いよいよ、彼女の歌う番だ。

だが、彼女が決勝戦で披露した楽曲は、自分の期待したものではなかった。

いく。

咄嗟に腕を摑《つか》まれ、ホームの中ほどに引き戻される。すぐに脇を快速電車が通過して

「きみ、危ないよ！」

「どうしたんだい、そんなに浮かない顔して？」

良平の腕を握っていたのは、バリバリの営業マンを絵に描いたような男だった。

正直に言えば「自殺する覚悟」なんてものはなかった。そんなことを決断する「意気地」がないのは昔から同じだ。それでも、傍から見ればきっと電車に飛び込もうとしているように見えたに違いない。目は焦点を失い、髪もぼさぼさ。そんな人間がふらふらとホームの際《きわ》を歩いていたら、誰だって自殺志願者だと思うだろう。

「――僕は、どこに行けばいいのかわからないんです」

「なんだって？」

「すべての『理由』を失ったんです」

「なるほどね。実は、そういう人にぴったりな『店』を知ってるんだ。よかったら、詳しく事情を話してくれないかな？」

「――さて、ここまでで何か質問はあるかな？」

記憶を取引できるという奇妙な「店」について一通りの説明を受けると、もう一度水晶玉を手元に引き寄せる。

「これを見てください」

ジュンと名乗る男に水晶玉へ触れるよう頼み、自分も手を当てると瞼を閉じた。浮かんできたのはあるカフェの光景だった。険悪な雰囲気のなか男とひとみが言い合いになり、愛想を尽かした彼女が席を立つところで、その記憶は終わっていた。

「――さっき、『玉に手を当てて何か思い浮かべて』と言われたときに見つけました」

ジュンさんが感心したように頷いた。

「すごいな、あの一瞬で？」

「この記憶はごく最近のものです。きっと記憶の主は、いじめにあっていたバイト先での記憶を引き払ったんでしょうね。でも、おかげで決心がつきました」

「決心？」

怪訝そうに眉《まゆ》をひそめるジュンさんに、きっぱりと言い放つ。

「『記憶移植』について、もっと詳しく教えてください。たとえば、記憶を総入れ替えすることが可能なのかどうかとか――」

計画の一部始終を聞いたジュンさんは、大きく溜め息をついた。

「──やめた方がいい。そんなことは不可能だよ」

「どうしてですか？　理屈上はできますよね」

「あくまで、理屈の上での話さ。実際の『記憶移植』は、そんな生やさしいものじゃないんだから。そうだな、こんなことが起きたらどうするつもりだい？」

続けてジュンさんは、記憶を総入れ替えする際の様々なリスクを口にしたが、良平はそのどれに対しても明確な答えを出した。

「──世界一周に行ってたことにします。二年間留年したことにも、母親と絶縁したことにも、『夢』を追うのを諦めたことにも、すべてに理由づけができます。パスポートを紛失したことにすれば、過去の渡航歴についてはわかりません」

「そんな、何も世界一周したことにしなくても……」

「僕は、まったくの『別人』になりたいんです。今の自分とは一切接点がない、完全なる『別人』にです。小さい頃からみんなの輪の中にいて、人並に夢を見て、でもいつしかある種の諦めを抱くようになった──そんな、ごくありふれた普通の人間に」

腕組みしたまま反論を聞いていたジュンさんは、最後に折れた。

「──わかった。そこまできみが本気なんだったら、店主に会ってもらおう」

エレベーターでビルの四階にあがると、ジュンさんに続いて部屋に入る。奥に座っていたのは、狂気をはらんだような老人だった。ジュンさんが経緯を掻《か》いつまんで説明すると、店主はじろじろと良平を品定めした。

「――で、『完全な別人』になりたいってのは本気なのか？」

「はい。約束が失われたいま、もう自分が自分として存在する必要がないんです」

「そういう苦悩を背負って生きていくのが、人間ってもんだと俺は思うが」

「ええ、そうかもしれません。でも、単にわがままで言ってるのではありません。僕はこの『店』の力を使って、自分にとって大切な二人に恩返しをしたいんです」

「どういうことだ？」

訝るように、店主は眼鏡の奥の瞳《ひとみ》を光らせる。

「健太には『自信』を、ひとみには『金』を遺《のこ》すことができる。どちらも、二人に足りないものです」

すべての思惑を聞き終えた店主は、最後に一つ質問した。

「――話はわかった。でも、仮に大金を利用してその女が世に出ることができたとして、世間は怪しむんじゃないか？」

「でしょうね。でも、どれだけ怪しんだとしても、誰一人として『正解』に辿《たど》り着くことはできない。『御菩薩池一家』の焼死事件を前に、誤った推論を繰り広げるのが関の山だから」

そのシナリオに、店主は引きつったように笑ってみせた。

「――なあ、ジュン。『彼にはもしかしたら才能があるかもしれない』って、さっきお前はそう言ったな。どうしてそう思ったんだ？」

ジュンさんが、ごくりと生唾《なまつば》を飲み込んだ。

「『記憶の合併症』によって生じるリスクについて、彼は即座に完璧《かんぺき》な回答をしてみせたんです。驚きました。この『店』のことを知ったのはついさっきのはずなのに」

店主は満足そうに頷く。

「いいだろう。今からこいつの才能とやらを確かめに行こう」

エレベーターで二階に向かう。店主が先頭に立って「施術室」に入っていった。

「ここで『記憶移植』が行われる。今から実際にやってみようじゃないか」

説明を受けた良平は、さっそく「記憶の加工」に取り掛かる。その手際の鮮やかさに、店主も驚きを隠そうとしなかった。

「――大したもんだ。本当にできるかもしれない、前代未聞《みもん》の『自殺』が……」

「――自殺しようと思うんだ」

そう告げると、コーヒーカップを持つ健太の手が止まる。

「ふざけてるわけじゃないよ」

もはや、彼と会うのがいつぶりのことかわからなかった。

その日、良平は健太を近所の喫茶店に誘うことにした。訝しむ健太だったが、「漫画の件で相談がある」と言うと二つ返事で受けてくれたのだ。

そのままの流れで、計画について仔細《しさい》に説明する。約束が失われた今、自分が自分でいる理由がなくなったこと。自らの記憶をすべて売り払い、継ぎはぎにした他人の記憶と入れ替えようと画策していること。そして取引に際し、本来「店」が得るべき二千万余をひとみに渡すことを条件に、店主の了承を得たこと。

話を聞き終えた健太は、質問を二つ寄越した。

「――さっぱり意味がわかってないけど、まずは一つ目。『漫画の件で相談』っていうのはどういうことだ？」

そう言って誘い出したのだから、彼の疑問は当然だった。

大きく深呼吸すると、「依頼内容」を告げる。

「健太に『スターダスト・ナイト』を託したいんだ」

「は？　どういうことだ？」

「言ってただろ。『俺とお前が組んだら最強だと思うんだけどな』って。僕はもうこの世から消えるけど、『スターダスト・ナイト』を闇《やみ》に葬《ほうむ》りたくはないんだ」

「ちょっと待て、つまり――」

「佳作入賞した時の記憶、それから僕の頭の中にある構想を、そっくりそのまま健太の頭の中に移植させてくれないかな」

「お前――」

「お願いだ。僕が死んでも、『スターダスト・ナイト』の灯は絶やさないでくれ」

「悪いけど、まったく理解できない」

「理解してくれなくていい。とにかく、『スターダスト・ナイト』を託すから、それと同時に、僕のことを記憶から消し去って欲しいんだ」

「何でそこまでする必要があるんだよ」

「健太は僕のことを覚えている、僕のたった一人の友達だからさ。計画がうまくいくようにするには、この世界に誰一人として、僕のことを覚えている人間がいてはいけないんだ」

飲み込めない様子の健太は、目を白黒させた。

「すぐに『うん』とは言えないぜ、さすがに。というのもだな、これは次に訊《き》くこととも関係するんだが――」

健太はまっすぐに自分を指さす。

「彼女がお前、そして『スターダスト・ナイト』を覚えていたらどうするんだ？　本来お前のものだったはずの作品の記憶が俺に移植されたことで、ややこしいことにならないか？」

当然、その可能性を考えていないはずはなかった。でも――。

「ひとみはもう、僕のことを覚えちゃいないさ」

「そんなのわかんないだろ。本人に訊いたのか？」

「だとしたら、彼女はどうして決勝の舞台で『スターダスト・ナイト』を歌わなかったんだ？」

思わず語調が強くなる。

「それはそうだけどさ――」

「じゃあ訊くぞ？　『夢』を見続けた僕とひとみに待ち受けていた未来は何だった？　僕たちの『夢』は汚《けが》らわしい大人たちの勝手な都合によって、それぞれボロボロにされたんだ！　もう、うんざりなんだよ！」

あまりの剣幕に気圧《けお》された様子の健太だったが、最後にもう一つだけ尋ねてきた。そして、その問いに対して良平は、咄嗟に答えることができなかった。あと数日で自分はこの世から消えることになる。気持ちの整理も一通りはついたつもりでいた。でも、真正面から問われ、見つけてしまったのだ。まだ自分の中で答えが出ていない問いを――。

「――僕も、自分で自分のことがわからないんだ」

「どういうことだよ」

「僕は、ひとみに忘れられていて欲しいんだろうか」

エピローグ

車内アナウンスが、「次は、星野。次は、星野」と繰り返している。

良平は、漫画原稿の束を封筒に突っ込むと鞄《かばん》に収めた。

――長旅のお供に持っていってくれ。

出発前に健太が渡してくれたものだ。

――「記憶を取引できる店」にまつわるサスペンススリラーさ。

事実に基づくその物語は、実によく描かれていた。かなりの脚色や誇張はあるものの、記憶を取引できる奇妙な「店」で働く主人公二人の奮闘ぶりは、時にお気楽で、時にスリリングで、読み手をまったく飽きさせない。

――大丈夫さ、読者はこんな「店」が実在するなんて思いやしない。

原稿を受け取る際に、一つだけ尋ねてみた。もしかしてお前は『スターダスト・ナイト』の結末を知ってるのか、と。何故《なぜ》なら「ナイト」は、記憶の中で健太にこう言ったからだ。「僕の頭の中にある構想を、そっくりそのまま健太の頭の中に移植させてくれないかな」――しかし、健太はとぼけたように口笛を吹いてみせた。

――さあ、どうだろうな。

その長旅もまもなく終点だ。「ナイトの自殺」を知ったひとみ――彼女は「移植」を前に、「ナイト」にまつわる「ある記憶」を思い出したのだという。老紳士から渡された便箋《びんせん》によると、「移植」の数日前、彼女は約束の場所にその記憶を埋めたそうだ。

茜《あかね》色に染まる真夏の夕空の下、犀川町の最寄《もよ》りである「星野」の駅に降り立つ。そのまま駅前のロータリーでタクシーを拾い、「『星降りカフェ』まで」と告げる。

予想通り、店は大盛り上がりだった。町じゅうの老若男女が集い、飲めや歌えの宴会状態。そのため、カウンターの端の一席を確保するのがやっとだった。

「――ひとみちゃんが勝つに決まっとろうが！」

「ああ、間違いなか！」

中央のテーブルに集ったひときわ賑《にぎ》やかな一団から、そんな声が聞こえてくる。

「――ごめんなさいね、やかましくて」

店長が良平の前におしぼりを置く。

「あれ、きみ、どこかで――？」

投げかけに、小さく頭を下げる。

「ええ、去年の夏ごろに一度、取材のためにお邪魔しました」

「ああ、そうだよね！」

店長は腕時計にチラリと視線を落とす。

「もうそろそろかな」

何が「もうそろそろ」なのか知ってはいたが、とぼけて尋ねる。

「何があるんですか？」

店長は、店の中央のやや高い位置に据えつけられたテレビを指さしてみせた。画面中央には『歌姫頂上決戦　次はネットでも話題のあの人』の文字が躍っている。

「前に話したよね。娘が今日、出るんだ」

それは真夏の特番だった。歌に覚えありの素人《しろうと》が集い、トーナメント方式で競う。最後まで勝ち抜いた一人は、晴れて歌手デビューを果たすことができるという仕組みだ。

「すごいですね、ここまで残るなんて」

「去年の十一月頃ですかね……急に娘が帰ってきたんです。そこで、すべて聞きました。『死んだ幼馴染《おさななじみ》のために、これからも自分は歌うんだ』って――」

そのとき轟《とどろ》くような歓声が上がり、店長と揃《そろ》ってテレビに目を向ける。

『さて、続いてはこの方、知る人ぞ知る流浪《るろう》の歌姫、その名も――』

ほしなー、と誰かが叫び、店内が沸く。

流れるような黒髪に、白い肌――画面に映っていたのは、紛れもなく自分のよく知るひとみだった。

『これまで一切メディアへの露出を控えてきたのに、ここにきて挑戦を決意したのは、何か心境の変化でもあったんですか？』

司会者の質問に、ひとみは笑みを湛《たた》えながらこくりと頷いた。

『――はい、遂《つい》に決心がついたんです』

『決心……ですか？』

まだ何か問いたげな司会者をよそに、ひとみは凛《りん》と背筋を伸ばし、まっすぐこちらに向かってほほ笑むばかりだった。

『自信のほどはどうですか？』

『自信は……正直、あまりないです。でも――』

『でも？』

『届くと信じています。大切な人に』

――そう言えば、名前はなんていうの？

――今まで読んできたどの漫画よりも面白いと思う、お世辞じゃないよ。

――だとしたら、今は永遠なんだね。

あの輝くような日々、二人が紡《つむ》いだ物語。脳裏にいくつもの「思い出」が蘇《よみがえ》る。

「――どうしたの？」

画面に釘《くぎ》づけのままぼろぼろと涙をこぼしていると、店長が心配そうに尋ねてくる。

「ごめんなさい、なんでもありません」

注文したコーヒーはまだだったが、カウンターの上に千円札を一枚残して店を後にした。


「おにぎり山」の中腹にある開けた広場に着いたとき、既に日は落ちていた。ひとみが書き残したものによれば、最後の日に二人が指切りをしたところに「それが埋まっている」らしい。「記憶」を頼りに辺りを見回す。正確な位置はわからなかったが、おおよその見当をつけると鞄を降ろし、持ってきた小さなシャベルで掘り始める。しばらくするとシャベルの先が硬い何かに当たり、はたして土中からは銀色の大きな缶が現れた。そっと取り出し表面の土を払うが、何も書かれていない。恐る恐る蓋《ふた》を開けると、中には畳まれた一枚の便箋と旧式のポータブルラジカセ、見慣れた小瓶が一つ入っていた。草の上に腰をおろし、まず便箋を手に取る。それは、老紳士から渡されたひとみの手紙と同じ便箋だった。そっと開く。書き出しは「ナイトへ」となっていた。

ナイトへ
これを読んでいるということは、ナイトも答えに辿り着いたんだね。
私はいま、同じ広場で星を見上げています。
明後日には記憶移植して、ナイトは私の中で死んだことになる予定です。

ナイトの記憶を見て、どうして「自殺」を選んだのかわかりました。
わかったんだけど、私にはナイトの決断が正しかったのかわかりません。
もっと他にやり方はあったんじゃないかって、正直思ったりもします。
どうして「死ぬ」必要があったのか、疑問がないといったら嘘《うそ》になります。
ただ、それはナイトが決めたこと。
それに、ナイトのおかげで私はもう一度世に出ることができた。
夢を諦《あきら》めかけていた私に、もう一度光をもたらしてくれたんだ。
でも、「ありがとう」って言えない。言えないのが辛《つら》くてたまらない。
だから、私はナイトを「死んだことにする」と決めました。
原宿で「如月楓さん」と出会ってからのあなたたちとの日々を、
そっくりそのまま忘れることにしようと思います。
でも、勘違いしないで。これにはちゃんと理由があるんだ。

まず理由その一。
私は、ナイトが自殺を選んだことを忘れます。
自殺をして別人になることを選んだという事実を忘れます。
本来ならそんな勝手なことをして、バカなことをしてって、私は怒ったと思うけど、
忘れてあげることにします。でも、覚えておくんだよ。
主人公が、主人公だからという理由で許してもらえるのは、一度だけだからね。

そして、きっとここまで読んだナイトは思うはずです。
「別に死んだことにする必要なんかないじゃないか」ってね。

ここで理由その二。
覚えてる？　いつだろ、小学校低学年の頃かな。私はこう言ったの。
「死んだはずの主人公が実は生きていたって、最高に面白い」ってね。
もうわかったよね？
ナイト、いつの日か、私にすべての真実を伝えに帰って来て。
ううん「いつの日か」じゃない。もっと、ちゃんと決めるね。

漫画『スターダスト・ナイト』が世に出て、アニメ化されたときにしようかな。
きっと、私はそのときびっくりするはずだから。
「どうして？　ナイトは死んだはずなのに！」って。
そのとき、私のもとにやって来て、瓶に入っている記憶を私に噴きつけて。
そして、私たちの身に何が起きたのか、そのすべてを説明して。
そうしたら、きっと理解するはずだから。
そうしたら、「実は主人公が生きていた」と知ったその日のことを、
私はきっと、一生忘れないと思うから。

だから、約束だよ。
私、待ってるからね。『スターダスト・ナイト』の最終回を。
私、待ってるからね。ナイトのことを。

追伸　『スターダスト・ナイト』を入れておきます。寂しくなったら聴いてね。

ひとみ

便箋を畳むと、ラジカセを手に取る。中にはテープがセットされていた。

再生ボタンを押す。聴こえてきたのは曲を紹介するひとみの声だった。

「お小遣いを必死に貯《た》めて、やっと自分のギターが買えたよ。練習しすぎて指がカチコチになっちゃったけど、でもようやく完成したんだ」

ラジカセを脇《わき》に置き、記憶の小瓶を手に取る。

「ちょっと恥ずかしいけど聴いてください。保科ひとみで『スターダスト・ナイト』」

すぐにイントロが始まり、疾走感溢《あふ》れるギターの一音一音が夜空を目指す。頭上で瞬《また》く星屑《ほしくず》の一つひとつに想《おも》いを届けるために。まるで「私たちはここにいるよ」と誇ってみせるかのように。主旋律に彼女の歌声が重なる。儚《はかな》さの裏にある確かな力強さ。孤独の向こうにあるまばゆい希望。楽曲はたちまち命を宿す。

目をつぶると、見えてきたのは草の上に並んで座る「ナイト」の姿だった。記憶の小瓶を振りかけたからか、それとも彼女の歌声によるものか。どちらでもいい。いずれにせよ、「ナイト」とひとみがあの日この場所で、同じように夜空を見上げていたことだけは間違いないのだ。そこで、彼らは予感した。いまこの瞬間の自分たちは、星屑の一つとして永遠に夜空に刻まれるかもしれないと。その予感は、きっと正しい。根拠はないし、理屈でもない。だけど、あの日この場所で生まれた愛は、百億光年を超えるだろう。誰が何と言おうと、超えるだろう。ただ、それ以上に、もっと大切なこと。

百億年後のあの星で愛を紡ぐ人々が
　この歌を、光を、見つけてくれるから——

別に百億年後の誰かに、見つけてもらえなくたってかまわない。
「いま、この瞬間」こうして、確かに覚えているのだから。

記憶其《そ》の八　ある夢見る少女

「――そうすれば、あの星の夜空はきっと僕らのことを覚えていてくれるはずだから」

オリオン座を指さすナイトに、ひとみは「そうだね」と独り言のように呟《つぶや》く。

二人はそれからしばらくの間、黙って夜空を見上げ続けた。


「――ねえ、そう言えばさ」

最後にひとみは、ずっと抱いてきた疑問をぶつけることにした。

『ナイト』ってどういう意味なの？」

虚をつかれたように目を丸くしたナイトは、すぐに「ああ」と頭を掻《か》いた。

「すごくくだらないから、あんまり言いたくないんだけど……」

「いいじゃん、教えてよ！」

しばらく下草をもてあそんでいたナイトが、観念したように口を開く。

「――ダジャレだよ」

「ダジャレ？」

「『ナイト』は『騎士』って意味なんだけどさ、僕、『きしりょうへい』でしょ」

思わず、ぷっと吹き出してしまう。

「――くだらないね」

「だから言ったじゃん」

「本当に、男子ってバカだよね……」

「悪かったな、バカで」

顔を見合わせた二人は、もう一度草の上に寝そべった。

無数の星屑が頭上で瞬く、決して忘れたくない、ある夜のことだった。

解説

新川帆立

もし、記憶を売買できる店があったら？

魅力的な空想だ。黒歴史を売って消し去るのもよい。うんと甘いチョコレートを食べる記憶を買って楽しめば、過食や肥満に悩まされることはない。

現実世界にたったひとつだけ、この空想を投げ込んで固めたのが本作だ。ミルクをレモン果汁で固めたカッテージチーズを思わせる。レモン果汁のように甘酸《あまず》っぱい空想だ。その意味については、後ほどじっくり味わうことにする。好物は最後に取っておくほうがよい。まずは「それ以外」から食べ始めよう。

本作の主人公、岸良平はどこから見ても平凡な青年だ。凡庸な自分に辟易《へきえき》しながらも、心の奥では「何者」かになりたいと願っている。だが、「何者」かになるために努力を重ねはしない。本気で夢を追うと、身の丈を知ったときに絶望することになるからだ。「夢なんて見ない方が人生は幸せなんだ」。

自分に言い聞かせながら、都市銀行の若手行員として働いている。そんな良平には、唯一熱《ゆいいつ》くなれる場所があった。親友の田中健太との裏稼業《うらかぎょう》、記憶を売買できる店だ。裏稼業を続けていくために、一定のノルマを達成する必要がある。自分が特別でいられる場所を手放したくない一心で、ノルマ達成に奔走するが――。

普通でいいとブレーキをかけながらも、特別になりたいとアクセルを踏む。ブレーキとアクセルを交互に踏みながらぎこちなく進む若者は、その悩みすらも、残念ながら見事に平凡だ。

親友の健太のほうは、もう少し自信がある。それゆえに、漫画家になりたいという夢を追うことができる。名前も中身も普通の人間だと、世界に埋もれてしまう。ペンネームだけでも派手にして、世界に見つけてもらおうと懸命にもがく。だが現実には、自称漫画家の夢追いフリーターに甘んじている。健太もあくまで、無名の青年だ。

二人の青年は、自信の程度に差はあれ、いずれも平凡で普通、等身大の若者だ。何者かになりたいが、現実に向き合うのは怖い。この思いは、あらゆる人間が抱く普遍的な感情だろう。

彼らの悩みは普遍的であると同時に、現代的でもある。今はSNSを覗《のぞ》くと、凄《すご》い人がごまんといる。「町一番の〇〇」として胸を張っていられる時代ではない。自分の凡庸さを日々突き付けられる。自分が特別な存在だと無邪気に信じられる人は、ほとんどいない。だからこそ読者は、青年たちの悩みが身につまされる。あるいは懐《なつ》かしい思いを抱く。若き日の自らの古傷に手を当てながら青年を見守り、並走することになる。全国各地に良平のような若者がいるだろう。だが良平のように、愉快な親友を持つ者は稀《まれ》だ。青年二人のやり取りや生活に、軽い嫉妬《しっと》を抱く者も多いのではないか。何より雰囲気がいい。奥行きがある。四季折々、様々なイベントを二人で過ごしている様が目に浮かぶ。

クリスマスなのに安居酒屋で冷やっこをつまむ。タイミングを逃して一月も半ばになったところで初詣《はつもうで》に行く。桜の花びらが散る坂を自転車で上っていく。川べりで手持ち花火をし、ふと見上げると東京の空にも輝く星を見つける。そんな二人の姿が瞼《まぶた》の裏に浮かぶ。ええ、すべて私の妄想だ。だが、妄想させるだけの雰囲気の良さが本作にはある。「私も混ぜてくれ。私も青春したい」と歯ぎしりをしながら、（少なくとも私は）読み進めた。

ところが後半にきて、読者は気付くだろう。これはただの青春小説ではないと。二人の何気ない会話、行動すべてが伏線だった。再読すると分かるが、無駄な要素がほとんどなく、緻密《ちみつ》に構成されている。

ミステリーを書いていて難しいのは、人間ドラマとミステリー的展開の調和を図ることだ。ミステリーとして必要な要素を投入すると、人間ドラマが不自然になることがある。逆に人間ドラマを優先すると、ミステリーとしてのスウィング感が失われうる。理想的なのは、各要素がミステリー的下準備として機能しながら、人間ドラマとしても意味を持つよう仕組むことだ。微妙なバランスでパズルを組むようなもので、大変難しい（と個人的には思う）。

本作ではごく自然に、そして緻密に、ミステリー的展開と人間ドラマが調和している。うまいなあと思った。どうやったらこういうものを書けるのだろう。どこからどう考えて組み立てていくのか。作者の頭の中を覗いてみたい（というのは、いち創作者の独り言だが）。

さて、色々と書き連ねてきたが、本編を読まずに解説を読み始めた方は、ここで引き返して頂きたい。解説から読む捻《ひね》くれ者がいることは承知している（私もたまにそういうことをする）。けれども本作は、前情報なしに最後まで読んで欲しい。

よろしいか？

ここから先は、読み終わった人だけで、より深いところに分け入っていこう。

前半の青春小説としての読み味、中盤以降のミステリーとしての緻密さ、これだけでも良いものを読ませてもらったと満足度は高い。ところが本作はさらに、終盤にきて大きな仕掛けが発動する。しかもこの仕掛け、記憶売買という設定があって初めて実現する一種の「入れ替わりトリック」だ。

本作終盤に至るまで、記憶売買について、読者が想定するような切り口はすべて提示されている。トラウマの克服、変態的な利用、認知症の治療など、「記憶売買でできること」が様々示される。その度ごとに「この手もあったか」と膝《ひざ》を打つ。だが終盤にきて、一番大きい使い方が残っていたことを知る。どうしてこれを思いつかなかったのだろう。唇をかむ読者も多いはずだ。

余談ではあるが、作者と私は同じ大学出身の同い年だ。同大学の後輩、辻堂ゆめさんが在学中デビューを果たした時、作者と私はそれぞれにショックを受けていた（これを通称「辻堂ショック」という）。その後、二人ともデビューが叶《かな》い、辻堂さんを囲む会を執り行ったほどだ。私は作者と面識があるぶん、トリック成功に高笑いしている作者の姿が目に浮かび、悔しさもひとしおだった。

記憶売買という空想的設定は、これまでにない「入れ替わりトリック」実現のキーとして作用した。ミステリー的な位置づけはそうなる。

だがこの空想には、別の意味、もっと深い意味があると思う。

人は人に助けられ、支えられ生きていく。人間同士はそのように関わることができる。記憶売買という空想的設定は、人間に対する信頼と希望の投影だ。

自分が自分である唯一の証明は記憶だ。主人公の良平は、記憶をすべて失い自分が何者か分からなくなった。そんな良平を救ったのは、彼を忘れず探し続けたヒロインの保科ひとみだった。

突如として自分が誰だか分からなくなる。人間誰しもが、その可能性と隣り合わせで生きている。疾患によるものかもしれないし、アイデンティティの揺らぎかもしれない。絶望や怒りによって我を失うこともある。

そんなとき、「自分とは何か」を教えてくれるのは他者である。他者の記憶、他者との関わりにより、自分を取り戻すことができる。

認知症の妻を持つ老人、巌は言う。「母ちゃんが俺を忘れても、俺は母ちゃんを覚えてないといけない。それが、それだけが、今の俺にできることだから」。巌は自分が売った記憶を妻に買い与えることで、妻の記憶を喚起した。

誰かが誰かを覚えている。その記憶を差し出すことで、自失の人を救うことができる。そのための補助線が「記憶売買ができる店」である。

そんな店、実在しないと思うだろうか。非科学的でありえないって？

けれども、ないという証明もできない。我々の記憶の限りでは確認されていないだけだ。記憶自体が操作されうるのだから、店に関する記憶が消されているだけかもしれない。

目には見えないし、確認もできない。けれども決して、可能性を消すことはできない。

人は人を助け、支えて生きていける。人間に対する信頼と希望の象徴が「記憶売買」の仕組みだ。そしてその仕組みは可能だという前提が、本作には投げ込まれている。そんなのは絵空事だ、あり得ないと笑ってもいい。だがその甘酸っぱくて青臭い空想が私は好きだ。

作中に登場する「スターダスト・ナイト」の歌詞はこうだ。「百億年後のあの星で愛を紡《つむ》ぐ人々が　この歌を、光を、見つけてくれるから――」。自らの存在を認識し、受け止めてくれる誰かがいる。他者を信じることで、はじめて生きていける。平凡でも無名でもいい。あなたを見ている人は、必ずいるから。そんなメッセージが込められているのが「名もなき星の哀歌」だ。

終盤、ヒロインの保科が記憶の一部を失う。今度は良平が保科を救う番だ。人に助けられ、人を助けて生きていく主人公の背中がまぶしい。

本作は作者のデビュー作である。その後も次々と、綺羅星のような物語を生み出している。ミステリー的技巧を凝らして現代的なネタをさばいた短編「ヤリモク」「#拡散希望」（日本推理作家協会賞短編部門受賞作）、より大きな空想を精緻に構成した長編「プロジェクト・インソムニア」、いずれも一気読み必至の快作だ。

夜空を見上げて目に入る星の光は、数十年あるいは数百年前に星を出発している。たとえば有名なオリオン座、その中でもひときわ輝くベテルギウスは、星としての寿命を終えている可能性もあるという。私たちから姿が見えても、もう存在していないかもしれない。

作家と作品、そして読者も同様の関係に思える。作者が作品をしたためて世に出すと、読者はめいめいのタイミングで受け取る。そのときに作者はもう存在していないかもしれない。だが、そこには光があり、受け止める読者がいるのは間違いない。本作も、時代を超えて永く読み継がれていくことを願ってやまない。

（令和三年七月、小説家）

この作品は平成三十一年一月新潮社より刊行された。

伊坂幸太郎著　フィッシュストーリー

売れないロックバンドの叫びが、時空を超えて奇蹟を呼ぶ。緻密な仕掛け、爽快なエンディング。伊坂マジック冴え渡る中篇4連打。

伊坂幸太郎著　砂　漠

未熟さに悩み、過剰さを持て余し、それでも何かを求め、手探りで進もうとする青春時代。二度とない季節の光と闇を描く長編小説。

伊坂幸太郎著　ゴールデンスランバー
山本周五郎賞受賞
本屋大賞受賞

俺は犯人じゃない！　首相暗殺の濡れ衣をきせられ、巨大な陰謀に包囲された男。必死の逃走。スリル炸裂超弩級エンタテインメント。

伊坂幸太郎著　オー！ファーザー

一人息子に四人の父親!?　軽快な会話、悪魔的な箴言、鮮やかな伏線。伊坂ワールド第一期を締め括る、面白さ四〇〇％の長篇小説。

伊坂幸太郎著　あるキング
―完全版―

本当の「天才」が現れたとき、人は〝それ〟をどう受け取るのか――。一人の超人的野球選手を通じて描かれる、運命の寓話。

伊坂幸太郎著　３６５２
―伊坂幸太郎エッセイ集―

愛する小説。苦手なスピーチ。憧れのヒーロー。15年間の「小説以外」を収録した初のエッセイ集。裏話満載のインタビュー脚注つき。

道尾秀介著
ノエル
—a story of stories—

暴力に苦しむ圭介は、級友の弥生と絵本作りを始める。切実に紡ぐ〈物語〉は現実を、世界を変え——。極上の技が輝く長編ミステリー。

道尾秀介著
貘《ばく》の檻《おり》

離婚した辰男は息子との面会の帰り、32年前に死んだと思っていた女の姿を見かける——。昏い迷宮を彷徨う最驚の長編ミステリー！

湊かなえ著
母性

中庭で倒れていた娘。母は嘆く。「愛能う限り、大切に育ててきたのに」——これは事故か、自殺か。圧倒的に新しい〝母と娘〟の物語《ミステリー》。

湊かなえ著
豆の上で眠る

幼い頃に失踪した姉が「別人」になって帰ってきた——妹だけが追い続ける違和感の正体とは。足元から頽《くずお》れる衝撃の姉妹ミステリー！

湊かなえ著
絶唱

誰にも言えない秘密を抱え、四人が辿り着いた南洋の島。ここからまた、物語は動き始める——。喪失と再生を描く号泣ミステリー！

吉村昭著
星への旅
太宰治賞受賞

少年達の無動機の集団自殺を冷徹かつ即物的に描き詩的美にまで昇華させた表題作。ロマンチシズムと現実との出会いに結実した6編。

沢木耕太郎著

流星ひとつ

28歳にして歌を捨てる決意をした歌姫・藤圭子。火酒のように澄み、烈しくも美しいその精神に肉薄した、異形のノンフィクション。

重松清著

星に願いを
—さつき断景—

阪神大震災、オウム事件、少年犯罪……不安だらけのあの頃、それでも大切なものは見失わなかった。世紀末を生きた三人を描く長編。

橋本紡著

流れ星が消えないうちに

忘れないで、流れ星にかけた願いを——。永遠の別れ、その悲しみの果てで向かい合う心と心。切なさ溢れる恋愛小説の新しい名作。

三島由紀夫著

美しい星

自分たちは他の天体から飛来した宇宙人であるという意識に目覚めた一家を中心に、核時代の人類滅亡の不安をみごとに捉えた異色作。

宮本輝著

三十光年の星たち
（上・下）

女にも逃げられた無職の若者に手をさしのべたのは、金貸しの老人だった。若者の再生を通して人生の意味を感動とともに描く巨編。

宮本輝著

地の星
流転の海 第二部

人間の縁の不思議、父祖の地のもたらす血の騒ぎ……。事業の志半ばで、郷里・南宇和に引きこもった松坂熊吾の雌伏の三年を描く。

名《な》もなき星《ほし》の哀歌《あいか》

新潮文庫　ゆ－16－1

令和三年十月一日発行

著者　結《ゆう》城《き》真《しん》一《いち》郎《ろう》

発行者　佐藤隆信

発行所　株式会社 新潮社

郵便番号　一六二―八七一一
東京都新宿区矢来町七一
電話　編集部(〇三)三二六六―五四四〇
読者係(〇三)三二六六―五一一一
https://www.shinchosha.co.jp

価格はカバーに表示してあります。

乱丁・落丁本は、ご面倒ですが小社読者係宛ご送付ください。送料小社負担にてお取替えいたします。

印刷・錦明印刷株式会社　製本・錦明印刷株式会社

ISBN978-4-10-103261-0 C0193